临潭有道

·脱贫攻坚作品选·

北乔 主编

敏奇才 执行主编

作家出版社

目录

序一：决战决胜在洮州

临潭，古称洮州，位于青藏高原东北边缘，甘肃省甘南藏族自治州东部，总面积1557平方公里，海拔1900—3926米，气候温暖湿润，山水秀美，是农区与牧区、藏区与汉区的接合部，有汉、回、藏等十五个民族。这方热土创造了灿烂的历史文化，蕴含着催人奋进的红色文化，存储着久远的农耕文化、独特的民俗文化和特色地域文化，保留了绝版的江淮遗风和纯朴的民俗风情，孕育出了灿烂辉煌的洮州文明。

临潭历史悠久，吐谷浑牛头城遗址，有一千七百多年历史；历经八百余年风雨，西北地区现存最完整的古城垣明代洮州卫城，遗落在西北大地的江南乡愁里，蕴藏着民族团结、民族融合的中华血脉。1936年8月，红四方面军长征途经临潭新城，召开了著名的具有重大战略转折意义的中共中央西北局洮州会议，建立了在中国革命史上具有重要意义的甘南第一个红色苏维埃政权。

临潭文化璀璨，有六百多年历史。最能体现各民族团结意义的"万人拔河"，也叫"万人扯绳"。2001年7月，该活动被载入上海吉尼斯世界纪录；2007年，又被列为甘肃省非物质文化遗产名录。有盛大的民俗文化活动十八位龙神赛会，同时还有在西北"花儿"中占有重要地位，别具风格的洮州"花儿"，乡音乡韵，悠扬嘹亮。拥有绝版的江淮遗风和淡雅明丽的洮绣，独具魅力的民俗文化和民俗风情。有深厚的宗教文化传统，众多的佛教、道教、伊斯兰教的寺庙古建筑以不同的神韵风姿，丰富着临潭的民族宗教文化，形成了临潭独具特色的人文景观和洮州民俗风情。在千百年的悠悠岁月里，当地逐渐形成了以农业为主，兼营商业的经济结构。

近年来，临潭县委、县政府以习近平新时代中国特色社会主义思想为指导，深入贯彻落实党的十九大精神，立足贫困面大、贫困程度深、脱贫难度大的县情实际，坚持把打赢脱贫攻坚战作为首要政治任务和头等大事，以深度贫困乡村为重点，聚焦"两不愁三保障"，重点突出产业、智力、生态、项目、教育、卫生、金融、社会等方面的扶贫，在扶贫的道路上大踏步地走来。全县141个村723个合作社16893户贫困群众得到了中央、省州和县乡131个单位、51家县内非公企业和县外商会及五千多名驻村干部的精准帮扶，他们夜以继日，对症下药，精准滴灌，靶向治疗，真正让扶贫扶到点子上，扶到根子上，使脱贫攻坚工作取得了显著成效。

中国扶贫是一项规模宏大的人类历史上前所未有的壮举和里程碑式的伟大工程，它体现了党中央让全民共同走向富裕的理想。而在临潭，这条理想之路虽然在贫瘠的大山里走得漫长而又艰难，但是勤劳而又肯吃苦的临潭人民勇敢决绝。十六万各族儿女在极具江淮风情的洮州大地的温润怀抱里日出而作、日落而息，用汗水、用热血浇灌着秀丽的高原绿尘，书写着青藏高原与黄土高原接合部的传奇历史，创造着此地脱贫攻坚的人间奇迹。洮州人的血脉里既流淌着高原人固有的倔强和粗犷，又洋溢着江淮人特有的浪漫和豪爽。洮州这片土地的温润、神秘和美丽，洮州人的淳朴、善良和勤劳，让洮州的各族人民群众和各级奋战在扶贫一线的干部以更加昂扬的斗志、饱满的热情、旺盛的干劲儿，全身心投入到脱贫攻坚的伟大实践中，以实现决胜全面建成小康社会的奋斗目标。

在脱贫攻坚的关键时刻，临潭县在落实精准脱贫多项措施的同时，注重挖掘和宣传临潭传统文化、红色文化和旅游文化，多措并举着力推进文化扶贫，在扶贫与扶志、扶智相结合上下了很大功夫，真正让文化成为了有助于推动广大人民群众脱贫致富奔小康的强大精神动力。广大文艺工作者身体力行，参与到这一人类历史上的伟大壮举和伟大奇迹之中，高举精神之旗、树立精神支柱、重建精神家园，紧握手中的笔，用艺术的形式，深入宣传精准扶贫、精准脱贫的好政策，大力推广脱贫攻坚中的先进经验和成功做法，热烈讴歌扶贫工作中的先进典型和感人故事，通过有筋骨、有道德、有温度的文艺作品，鼓舞人民群众在挫折面前不气馁，在困难面前不低头，让人们的思想得到净化，灵魂经受洗礼，让人们发现自然的美、生活的美、心灵的美，用理性之光、正义之光、善良之光照亮幸福生活，在人性的真善美中让我们看到美好、看到希望，看到梦想就在前方。做到扶贫与扶志相结合，扶贫与扶智相结合，扶贫与扶德相结合，输血与造血相结合，如期实现了临潭的全面脱贫。

中国作家协会对口帮扶临潭以来，充分发挥自身优势，不断加大文化扶贫工作的力度。把中国作协优势与临潭实际相结合，以"文化润心，文学助力"为主攻方向，在帮扶临潭脱贫攻坚中发挥了不可替代的作用。近年来，先后选派了四名干部挂职临潭，组织开办了"助力脱贫攻坚文学培训班"，帮助临潭文学爱好者提高创作能力，着力书写"脱贫攻坚"故事。加强临潭县乡村文体设施建设、中小学语文教师和基层文化干部在京进修培训、基层文学阵地扶持和县乡图书馆及农家书屋建设。组织国内作家深入临潭采访采风，结集出版了文学作品集《爱与希望同行——作家笔下的临潭》，在当地干部群众中产生了很大反响。作家北乔挂职临潭以来，不但踏遍了临潭的千山万水，写出了一系列的大美诗文，还出版了诗集《临潭的潭》，主编出版了三卷本文学作品集《洮州温度》，对临潭七十年的文学进行全面梳理和集中展现，向新中国成立七十周年隆重献礼。

这本编辑成册的集子是临潭县首次采用报告文学的形式，全景式反映脱贫攻坚的伟大征程，通过真实描绘临潭县精准扶贫精准脱贫的历史场景，贴近社会现实、记录农村变迁、描写和反映人民的情感和心路历程；讲述临潭故事，把贫困群众生活状况的改善和生存环境的时代变迁真实记录下来；通过讲述发生在贫困群众身边的精彩故事和参与帮扶的各级干部群众亲身经历或发生在身边的故事，把脱贫攻坚给农村社会生活带来的巨大变化真实展现出来。同时展现了临潭县广大干部群众勇于拼搏、脱贫攻坚的新风貌，生动展示了临潭县在精准扶贫工作方面的新作为，描绘了脱贫攻坚取得的辉煌成就，讴歌巨大变化；回忆脱贫攻坚进程中走过的历史足迹，畅想新时代的发展愿景。

同时，厚重翔实地为读者呈现出了一个个鲜活生动、真情饱满、情系群众、心贴群众、心忧群众的优秀驻村帮扶干部形象和身处大山深谷，埋首黄土、躬身田野、耕耘幸福美满生活的人民群众的高大身影。

临潭人民走完了打赢脱贫攻坚战这一历史性的伟大征程，全面奏响了乡村振兴激越的序曲，为决胜全面建成小康社会实现中国梦的历史留下浓墨重彩的一笔和辉煌悠久的故事！

在今后的岁月里，我们将昂首阔步，引吭高歌，展望未来，努力绘就宏伟蓝图，助力实现中华民族伟大复兴的中国梦。

中共临潭县委书记

临潭县人民政府县长

序二：文学助力文化润心的生动实践

贫困，是经济或精神上的贫乏窘困状态，是社会物质生活和精神生活呈现的一种综合现象。

贫困，是人类社会的痼疾，是古今中外国家治理的难题。

摆脱贫困，是人民的期盼，也是全球发展面临的共同挑战。

让人民群众脱离贫困，实现共同富裕，这是中国共产党矢志不渝的奋斗目标。

党的十八大以来，以习近平同志为核心的党中央把脱贫攻坚摆在党和国家事业发展的重要位置。党的十九大报告把深入推进脱贫攻坚纳入新时代坚持和发展中国特色社会主义的基本方略，把精准扶贫列为决胜全面建成小康社会三大攻坚战之一。中国的脱贫成就创造了全球奇迹，成为人类历史上最伟大的事件。

近年来，中国作协不断提高政治站位，增强"四个意识"，以强烈的政治责任感，积极做好对口帮扶工作。将对口帮扶工作列入每年工作安排并进行重点研究，积极推进；选派优秀干部到对口帮扶地区挂职常委、副县长和村"第一书记"；坚持精准扶贫、精准脱贫，充分发挥作协优势，创造性提出"文化润心，文学助力"工作理念，瞄准群众文化需求，紧抓扶志扶智引擎，强化文化磁场效应，为助推临潭与全国一道进入全面小康社会贡献智慧和力量。2019年，被甘肃省评为"中央国家机关脱贫攻坚帮扶先进集体"。

选优秀干部帮扶，解决谁来扶的问题

2016年10月，甘肃省临潭县脱贫攻坚工作到了啃硬骨头、攻坚拔寨的重要阶段。中国作家协会根据帮扶重点，从优从适选干部，真正做到尽锐出战。经过精准排查临潭县脱贫攻坚的重点、难点和薄弱环节，作出了帮扶工作以"文化润心，文学助力"为主攻方向，并以"政治思想过硬，为民情怀深厚、工作综合素质强、文化文学能力突出"为标准选派挂职干部。经过精心挑选，最终选中了中国现代文学馆朱钢同志挂职临潭县委常委、副县长，外联部陈涛同志和办公厅张竞同志先后任职临潭县冶力关镇池沟村"第一书记"。朱钢同志系共产党员，出生并生长在农村，曾从军二十五年，一次荣立二等功，九次荣立三等功。在部队长期从事党务、人事、宣传、教育等工作，理论功底扎实，思维开阔，具有较强综合素质和多领域工作经验。他毕业于解放军艺术学院文学系，曾获多个文学奖，在文学创作、文学评论和摄影方面具有突出成绩。陈涛和张竞同志政治素质较高，对人民群众富有深厚情感，具备较为丰富的工作经验。陈涛同志从事文学培训、文学创作和文学评论工作多年，具有一定影响力；张竞同志一参加工作就在中国作协机关，熟悉文化文学服务工作，行政管理能力较强。中国作协认为，朱钢、陈涛、张竞三位同志具备熟悉文化领域政策、眼界视野开阔以及专业素养高的优势，这些都与中国作协帮扶工作主攻方向高度一致。在挂职期间，朱钢、陈涛、张竞三位同志克服家庭困难以及高原恶劣气候条件给工作生活带来的不便，按时到岗，认真履行职责，深入调查研究，了解当地人民的实际困难和要求，并及时反馈汇报，为制定相关扶贫实施方案和规划出谋划策，充分发挥单位优势和个人优长，树立了中国作协挂职扶贫干部的良好形象，为临潭县的扶贫工作做出了重要贡献。

扬优势之长帮扶，解决扶什么的问题

扶贫要先"扶志""扶智"，而文学在"扶志""扶智"方面可以发挥独特作用。中国作协作为国家级专业性人民团体，联系着无数作家、评论家，在全国文学生活中具有不可替代的地位和影响，这是最为重要的无形资产。临潭地处高原，具有丰富的历史、文化和自然等旅游资源，近年来临潭县将旅游产业作为脱贫攻坚和新农村建设的重要引擎，但是临潭发展旅游产业也面临着现实的难题和短板：一是本地群众信心不足；二是在外界的知名度不高；三是文化资源整合不够。中国作协在深入分析自身的独特优势和临潭的发展潜质及短板后，在文化方面做到了"三个助力"：一是资金助力。中国作协认真落实《中共中央国务院关于打赢脱贫攻坚战的决定》要求，近年来共向临潭捐赠价值八百六十余万元的扶贫资金、图书、培训项目等，着力于临潭县产业扶贫、教育扶贫、旅游扶贫、文化扶贫以及贫困户人居环境改善和卫生治理，尤其是充实农家书屋，丰富乡村文化生活；着力于冶力关镇池沟村村级党组织活动场所的修缮、党员管理教育活动的开展、党员教育培训设施的更新、农村基础设施建设；着力于扶持临潭县文学创作、文学创作人员培训和文学刊物发展；着力于临潭县开展帮扶慰问、社会救助和组织文学活动等工作。二是培训助力。中国作协先后在鲁迅文学院举办临潭县中小学教师文学培训班，为当地边远艰苦地区农村学校的五十名优秀教师和六十名基层文化工作者进行了培训。组织开展"助力脱贫攻坚文学培训班"，培训了临潭县四十名文学创作者和十一名基层财务人员，帮助临潭文学爱好者提高创作能力，书写"脱贫攻坚"故事。在"洮州大讲堂"、干部夜校等各类培训活动中，为广大干部群众讲授学习十九大精神和习近平新时代中国特色社会主义思想、摄影专业技术、公文写作、临潭文化等，受众人数达到一千二百多人次。三是文化助力。中国作协党组书记、副主席钱小芊先后两次到临潭考察指导，吉狄马加、陈崎嵘、李敬泽、阎晶明、吴义勤、邱华栋等党组书记处同志也都到临潭现场开展扶贫工作；组织国内知名作家深入临潭采访采风，结集出版文学作品集《爱与希望同行——作家笔下的临潭》。《文艺报》以前所未有的气魄，把文化扶贫做到实处，用两个专版集中展示临潭本土作家的文学、摄影作品十四人二十五篇（首、幅），展现临潭人民扑下身子抓扶贫、竭尽全力奔小康的精神风貌和走在幸福路上的欢笑。

激活潜能帮扶，解决怎么扶的问题

挂职干部助力脱贫攻坚，既要充分发挥单位资源优势，又要以自己的特长，做出一些个性化很强的帮扶工作。朱钢同志坚持日常工作尽责，帮扶工作尽力，在业余时间发挥个人特长尽心。肩负中国作协的重托，朱钢同志怀着对临潭人民的热爱之心，主动发力，尽心竭力推介临潭，持续有效地宣传临潭的文化旅游资源。他充分发挥自己在摄影、新闻、文学创作和文学评论上的爱好和优势，拍摄了万余张图片，全方位地展现临潭的脱贫攻坚和人文、旅游风貌。他利用业余时间，创作五百一十多首诗，在中国青年出版社出版反映临潭人文的诗集《临潭的潭》，全国有二十多家报纸和杂志对此作了报道。他注重深度挖掘临潭的历史、文化和旅游风貌，撰写了近十万字的六篇长篇散文，发表在《人民文学》《十月》等全国知名的大型刊物上。他先后在《人民日报》《人民日报》（海外版）等报刊和新媒体发表新闻、摄影作品和文学作品四百八十多篇（首、幅）。他还利用微信公众号等网络新媒体竭力介绍临潭，阅读量超过百万人次。他利用文学评论的优势，推介临潭的文学爱好者，先后在《文艺报》《中国民族报》等报纸发表推介文章十多篇。他认真梳理和汇总临潭七十年的文学成就，主编出版《洮州温度》三卷本，全面梳理和展示临潭七十年来的小说、散文和诗歌创作，为临潭文化添上了浓重一笔。他主编的这本《临潭有道——临潭县脱贫攻坚作品选》，也旨在努力讲好临潭脱贫攻坚故事。2018年9月，他被甘肃省评为"先进帮扶干部"。

陈涛作为池沟村第一书记，挂职伊始，通过调研，"乡村教师""贫苦学生""留守儿童"这些字眼组合在一起使他产生了开展助学活动的设想，于是他发起助学倡议，成立助学小组，帮助学校、教师以及孩子们。在他的带领下助学活动红红火火开展起来。在助学活动的八个多月里，助学小组收到了来自全国各地的上百个包裹，上千件玩具、文具、衣物以及上万册图书，先后为冶力关镇的七所小学及幼儿园，石门乡两所小学，羊沙乡两所小学，八角乡两所小学送去了图书、玩具、文具、衣物等物品，为十所小学、幼儿园创建并完善了图书室，为三所小学布置了几十幅书法作品，为两所小学添置了滑梯，为六个村创建完善了农家书屋，物资总价值达到了五十多万元。他还多次组织全国著名作家赴冶力关镇开展助学活动，规模达到一百多人次。

张竞是池沟村第二任挂职第一书记，挂职期间，他为池沟村争取对口帮扶资金五十一万元，主要用于产业扶贫、文化扶贫。在他任期内，为村里购买了勾臂式垃圾车，配备了垃圾箱，为村委会购买了电脑、打印机、复印机、空调，并更新了全套的办公桌椅，设置了大型室外电子宣传显示屏，为池沟村小学捐赠儿童类书籍两千多册，价值六万多元，更新了校园主题标语，刷新了文化墙，铺设了幼儿园草坪，为幼儿园购置了电暖等冬季取暖用品。每个节日前夕，张竞总是看望慰问村内老党员、特困供养人员，为他们送去关怀和问候，受到群众欢迎。

帮扶工作在路上。下一步，中国作协将深入贯彻落实习近平新时代中国特色社会主义思想和党的十九大精神，贯彻落实全国扶贫工作会议精神，在中央和国家机关工委、国务院扶贫办的指导下，坚持扶贫同扶志、扶智相结合，秉持"文化润心，文学助力"工作理念，充分发挥自身优势，持续加大文化扶贫力度，以文学的形式广泛动员宣传甘肃临潭，助推临潭县脱真贫、真脱贫，早日与全国一道进入全面小康社会。

中国作家协会办公厅主任　李一鸣

第一辑

你的故事，我的歌

新时代 新课题 新作为

——学习习近平总书记致中国文联中国作协成立七十周年的贺信

李敬泽

　　当我们深刻理解历史的时候，我们才能深刻意识到这个时代之新，它的梦想和激情，它的艰难和宏伟，它的规模和深度，我们才能意识到，这是开辟未来的创造，它正在奔腾生成，它必须也必定被铭记。

　　身处宏伟的社会历史中，这个时代的写作者需要一种与之匹配的认识能力、一种辩证的总体性视野，从纷繁万象中把握主流、趋向和结构，从个别、具体中洞察总体，也把个别和具体还给总体、还给中国和世界发展的大势。

　　书写中国故事，要深刻把握和表达新时代中国的历史趋向，深刻反映这个时代正在改变中国、改变无数人的社会生活，正在重塑中国人经验、想象、情感和梦想的那些基本力量与精神。

置身谋幸福谋复兴的伟大时代，感受历史质地与温度

　　在纪念中国文联、中国作协成立七十周年座谈会上，我有幸聆听习近平总书记发来的贺信。贺信中说："中国特色社会主义新时代呼唤着杰出的文学家、艺术家。"总书记号召广大文艺工作者"记录新时代、书写新时代、讴歌新时代，努力创作出无愧于时代、无愧于人民、无愧于民族的优秀作品"。时代召唤着写作者，写作者应无愧于时代，这是摆在我们面前最重要的课题。

由此我想到最近去甘南高原的一次经历，虽然只有短短几个日夜，但却强烈地感到一种"在场"——在时代之场。那是甘南的一个贫困县——临潭县，县城海拔两千八百多米，晚上难以入睡，好不容易迷糊过去，猛地醒来，才夜里2点多，睡不着硬睡，再睁眼，6点多。早上见到当地干部，才知道他们昨晚接了我们之后，接着开会，一直开到夜里2点多，现在又要各自下乡，开车走三四个小时的山路到村子里去。

这么紧张，有什么大事？

众人笑：差不多天天这么干，照你这么说，天天都是大事。

临潭县立下军令状，年底前完成全面脱贫。一路上我见到的干部提起他联系或者所在村镇，三年前贫困户是多少，现在是多少，剩下的这户那户是什么情况，脱了贫的还要有长久之计，不能返贫，说起来都像是在操心家事。

但他们恐怕顾不上操心自己的家。我知道，他们中相当一部分不是本地人，来自甘南其他县，甚至来自北京、天津，和我一样，在高原上睡不好，不是一夜、两夜，是两年、几年地睡不好。但是，他们都在拼命干，为了这村那乡的农家乐怎么招徕游客，为了这个农户养的蜂、那个家庭养的牛，没日没夜地干。问他们今年能全面脱贫吗，他们说：能！不拖全省的后腿、不拖全国的后腿！

"为人民谋幸福，为民族谋复兴"，落到点滴工作中，这就是了。中国特色社会主义进入新时代、打赢脱贫攻坚战、2020年全面建成小康社会，在甘南高原上，在这广袤大国一个偏僻的、几乎不为人知的角落里，我感觉似乎一下子看到了中国，看到了这个时代。这是一种深刻的在场感，在生活之场，在历史之场，在时代之场。常年生活在大都市，我当然知道全国人民在为全面建成小康社会而奋斗，通过报纸、网络、朋友圈，我也确实以为我有资格对扶贫脱贫工作发表种种议论。但是，哪怕只有两三天，你到现场去，你到那些为之奔忙的人们中间去，看着那些干部疲惫却亢奋的脸，走进昔日贫困户的院落，看着主人敞亮的笑容，你会忽然感到时代与历史的质地和温度，这一切不再是新闻，而是你置身于其中的为了美好生活、为了历史目标的共同战斗——这是很不一样的。你会为你的无所不知、指指点点而羞愧，你意识到你的指指点点是轻浮的，因为你根本不是无所不知，而是所知甚少。

伟大时代呼唤创作者具备与之匹配的认识能力

新时代是摆在创作者面前的最重要课题，它奔腾向前、汪洋恣肆，远远超出我们固有的思考路径和文学经验。就以 2020 年全面建成小康社会来说，这意味着什么？意味着古老乡村的现代新生，是乡村社会和生活的重塑，体现着全民族创造历史的意志。中国人创造了辉煌的文明，但是作为一个广土众民的以农耕为主的文明，几千年来我们从未全面彻底地告别贫困，我们既有的历史经验和文学经验都与贫困、匮乏的体验深刻地联系着。小康何其大，我们为它跋涉了几千年。现在，走进一家家农户，我意识到，这是现实，这也是历史，是我们国家发展史上一个至关重要的节点。当我们深刻理解历史的时候，我们才能深刻意识到这个时代之新，它的梦想和激情，它的艰难和宏伟，它的规模和深度，我们才能意识到，这是开辟未来的创造，它正在奔腾生成，它必须也必定被铭记。

现实感是对现实整全的理解和感受，它既包含在场感，也包含历史感。理解新时代之"新"，要从我们古老民族的历史着眼，更要从1840年以来的近现代史着眼。当《三体》这样的小说、《流浪地球》这样的电影忽然流行，这绝不仅仅是文化消费的时尚变化，在这后面，是千千万万中国人走向世界各地，亿万中国人在经济全球化的世界体系中成为巨大的能动性力量。中国日益走近世界舞台的中央，由此，我们想象世界和想象自我的方式正在经历全新改变。

身处宏伟的社会历史中，这个时代的写作者需要一种与之匹配的认识能力、一种辩证的总体性视野，从纷繁万象中把握主流、趋向和结构，从个别、具体中洞察总体，也把个别和具体还给总体、还给中国和世界发展的大势。新时代之新，这意味着必须把中国作为一个整体去认识、去思考。书写中国故事，绝不是说发生在中国土地上或以中国人为主人公的故事都是中国故事，而是说我们要在讲述中深刻把握和表达新时代中国的历史趋向，深刻反映这个时代正在改变中国、改变无数人的社会生活，正在重塑中国人的经验、想象、情感和梦想的那些基本力量与精神。

自觉成为"剧中人"，发现和开辟辽阔的艺术天地

达致这种总体性视野当然不容易，首要的是认真深入学习习近平新时代中国特色社会主义思想，这是中华民族正在展开的伟大实践和创造的行动指南，也是我们认识时代、理解现实的指南。学懂、弄通、做实，这是每一位对中国负有责任和使命的写作者首要的、根本的功课，既是为了认识中国、认识时代，也是为了由此出发重新建构写作者的主体。所谓做实，最终是要解决我是谁、我属于谁、我为了谁的问题。只要真正面对中华民族近代以来的历史命运，真正面对世界正在经历的百年未有之大变局，任何一个有着起码诚实和反思能力的写作者，都不得不承认，历史没有终结，中华民族依然在为回应现代世界的严峻考验而奋斗，我们每个人都是这宏大历史的"剧中人"。要解决的问题是，如何成为自觉的"剧中人"，如何在历史和时代中确立我们的认同，并由此建构起向着大地和人民敞开的强健主体。近百年来，众多中国作家自觉践行这个艰苦过程，他们投身时代洪流并深刻认识到，必须在艰苦的自我革命中与民族、与人民一起迎来新生。这个自我革命，就是以"脚力、眼力、脑力、笔力"走进人民，在人民中发现和开辟辽阔的艺术天地。

对我来说，甘南三日是重要的，它让我想起那些先辈：你意识到

世界在你眼前扩展，呈现出新的面貌。这里是一个个具体的人，他们是平凡的，忙于自己的生活和工作，也有自己的矛盾和烦恼，但同时，这些人正在创造历史，他们正为国家和民族的未来而奋斗。他们本身是"新人"，他们也正在为未来的"新人"创造着生活的和历史的条件。

我确信，很多年后，当那时的人们回望今日之中国，有些事必定被看到，比如这个古老民族历史上小康理想前无古人的实现，他们一定会铭记这一时刻，他们也必定会寻找关于这个辉煌时刻的故事。那么，为了现在，为了未来，为了无数人的汗水、无数人的梦想和奋斗，我们必须去写，写出最好的，以无愧于这个时代。

部长娘娘

敏海彤

　　农历八月的清晨，院内几棵葳蕤的杏树在微风里抖动着亮晶晶的叶片，一群早起的麻雀叽叽喳喳地在杏树枝上欢快地跳来跃去，盯着菜叶间的几只草绿色的菜虫，勾起了甜甜的食欲。鸡舍里的鸡儿也耐不住寂寞，扇动着翅膀，高亢地打鸣，想走出鸡舍出去填空了一夜的肚子。伴着清脆的鸡鸣声，安沙高老人睁开了眼睛。阳光跳过树梢，透过窗帘洒在了炕上。安沙高惬意地伸了伸懒腰，干净柔软的被子里还残留着阳光的香味。自己怎么也没想到，老了老了还能过上这么舒服的日子。想到这，不由得念叨起部长娘娘的好来。

　　"娘娘"是临潭地区对中年妇女的统称，"娘娘"前面加上对方的名字就表示对方和你的关系很亲很近。"部长娘娘"在流顺镇群众口中就好比自家的亲戚一样熟稔，亲切。

　　自临潭县委宣传部部长山梅兰帮扶流顺镇上寨村及丁家堡村的安沙高老人以来，她以亲切和善的做人风格、务实肯干的工作作风得到了流顺镇干部群众的一致肯定。

　　古人说：病有标本，知标本者，万举万当；不知标本者，是谓妄行！从帮扶工作一开始，部长娘娘就注重贫困户以及上寨村的贫困症结所在。她挨家挨户走访，有时候在群众家里一待就是一天。尤其是丁家堡村的安沙高老人是她关注的重点。

　　在部长娘娘没来之时，安沙高觉得自己就是一个没人管的糟老太太。虽然公家给发的钱也能衣食无忧，但是无论什么时候这心里总是空荡荡没着没落的。房子破、家里乱、自己脏，就算是公家给重建的钱，自己也没办法盖呀！到哪里去找匠人，谁给帮着收拾？而且也向别人打听过公家给的四万可能不够，自己又拿啥填呢？

那时候安沙高的心情一直处在低谷，看着别人家重建的重建、改造的改造，想着自己要继续在那漏风漏雨、墙体快坍塌的破房子里住，总是禁不住地彻夜难心落泪。自己吃不好穿不好也行，咱不讲究，可是能够在天阴下雨时安安稳稳地睡个觉，这样的心愿也完成不了的话，那活着还有什么意思呢？

就在这个时候，公家派部长娘娘来帮扶自己了。安沙高清清楚楚地记得部长娘娘第一次来的情景。她一点儿都没嫌弃自己，拉着她的手，坐在自家的脏炕上，从身体到生活详详细细地问着，记着；从院子到屋子仔仔细细地看着，记着。

安沙高老人当时心里乱乱的有一搭没一搭地答应着。只是有一句话她听得特别清楚："今年来不及了，明年开春的时候一定要把新房子给盖起来，赶明年入冬的时候一定要让老人住上新房。"

安沙高不懂啥叫共产党人的承诺，但是她深知公家的人是说到做到。有了部长娘娘这句话，安沙高觉得生活又有了指望，她在憧憬中掐着日子算着、等着、盼着。

自此之后，部长娘娘就会隔三差五地来，入冬前准时送来取暖的煤，逢年过节米面油肉都不用她操心；换季的时候添件新衣，定期带她检查个身体。安沙高觉得自己再也不是一个没人管的孤老太太，部长娘娘待她比亲娘还亲。这就让她那些个儿女双全的亲朋好友和邻居羡慕不已，都说她攀了一门好亲戚，认了一个好闺女。听了这些话的时候，她的心里比吃了蜜还甜，睡觉也比以前安稳多了。她走起路来脚上都有劲儿了，好像一下子年轻了十几岁似的。

日子过得舒畅了，就觉得时间转得也快了。一转就到了来年春天。盖新房的事也开始筹备了，从找匠人到买材料，从前期修建到后期的归置打扫，从添置家具到置办被褥，部长娘娘要么亲力亲为，要么委托相关干部帮忙料理。安沙高什么也不用管，什么也不用干，只是坐等着住进新房安享晚年。安沙高虽然什么也不用操心，但是她知道光公家给的钱是远远不够的。问了几次，部长娘娘都说让她安心地住着，好好地生活，好好地安享晚年，其他的不用想，钱的事不用愁，以后的事也别想那么多。

如今安沙高老人住在粉刷一新的三间新房里，闻着略带香皂味的被褥和衣物，心里那个舒服，那个激动，她怎能不念部长娘娘的好呢？而且人家怕她一个人寂寞，抓了些鸡子让她养着迷日子。现在鸡子长大了，不但成了自己的伴，还每天都有新鲜鸡蛋吃。安沙高觉得自己的身体都比以前硬朗了。

安沙高知道，在他们村记着部长娘娘好的除了自己还有王喜林这个病号。

王喜林每次住院都是部长娘娘帮着联系的，补贴医药费。这次病重转院到兰州，部长娘娘第一时间又是帮着转院，又是带头捐款，还派干部带着捐款去兰大二院探望慰问。现在的社会就是自家亲戚都不一定能走这么亲。怪不得王喜林老是对村里人说，部长娘娘就是他的亲阿姐。

部长娘娘从帮扶流顺镇开始，就走村入户地帮助群众解决生产生活中的难题。当她发现上寨村红堡子社的村民存在饮水困难的问题时，就一次次地寻找原因，经过几次排查发现是水泵出了问题。部长娘娘积极协调县水务水电局为上寨村红堡子社解决水泵一台，解决了一百五十七户群众的吃水问题。部长娘娘还细心地给红堡子社水源地新修了一间水房，这样大家的饮水才有了安全保障。

安沙高知道除了这些，这两年多以来，小到镇子上六个村的邻里纠纷，贫困户的个人脱贫，大到文化、生态、项目、社会扶贫等，以及产业发展和环境整治，田间村头、院落巷道到处有部长娘娘的忙碌身影。

帮扶记

敏奇才

俩兄弟

那天，冒着风寒轻轻推开矮小陈旧的大门，一脚踏进去，院内静悄悄的，没有一丝声响。种田歇活儿的简单传统农具整齐地挂在西房屋檐下的土墙上，一排看过去有两把割田的镰刀，三把刨土的镢头，一把锄草的锄子，两把打土疙瘩的木榔头，一把捞草的捞耙，两把挑草的铁叉。另外墙根底下还有一个碾场用的石碌碡，两头中间镶嵌的红桦木柄磨劂得光溜溜的，纹路很是清晰，像是久经风霜的哪个农人的脸庞，没有丝毫的杂质。院落中没有农村庭院里常见的那种杂乱无章和无序，也没有一般人家中打扫不净的草棍、鸡粪和杂物，显得干净整洁，透着生活的气息，从这一切可以看出这是一个对生活充满了憧憬和希望而且人穷志不穷的家庭。

也许是听到了我们一行几人的脚步声，杨成俊和他弟弟掀开堂屋门帘微笑着迎了出来，热情得不得了。这种真诚的热情让我们一行感到很不自在。因为我们从乡上对接贫困户的时候，就知道了他们的具体情况。双双残疾的兄弟俩，哥哥杨成俊五十五岁，十个手指莫名溃烂；弟弟五十岁，有点智障，智力有限，听力受阻，你说啥他只会笑着。坐在他们家堂屋的破沙发上了解基本情况的当儿，我环视周围，屋内空空如也，家具是古董样的老家具，不知是用了几辈子，漆黑中透着几分光亮。土地上洒了清水，扫得一尘不染，透着一种久违了的腥土味。就是这样的俩弟兄，家里的土地硬是没有荒着，去年弹挣着种了两亩油菜，一亩大豆，半亩洋芋，还种了两亩麦子，吃饭不成问题，再加上享受着农村二类低保，生活还能勉强过得下去，但假如两人中的一人有点闪失得一场病，或是杨成俊的十个手指检查不出病症治愈不了，那对这个家庭来说无疑就是雪上加霜，惨不忍睹。今年要种地，早早地用积攒的钱买了化肥，怕过个年把仅有的一点钱花光了种不了田，他们还是愁着来年，愁着来年的耕种，愁着来年的日子。

　　说实在话，工作性质使然和曾经的乡镇工作经历，接触过采访过形形色色的群众，多少知道一点群众心里想的东西，多少知道一点他们最缺的东西，也多少知道一点我们干部心里想的东西。这几年农村虽然少了偷鸡摸狗的事，但伦理道德滑坡，兄弟反目为仇、子女不赡养娘老子的事还是层出不穷，不过总的趋势是在向好的方向不断发展着。而杨成俊兄弟俩却是互帮互爱，相互依靠，不弃不离，和睦相处。见了干部也不会哭穷喊怨，更不会要这要那，而是心纯如水，不求不靠。只是当杨成俊伸出双手说他很疼很无助无奈的时候，我深深地为自己的无能为力而感到羞耻和自责，感到阳世如此的不公平，这样的家庭竟会得这样莫名的病。其实，我们知道阳世间是没有绝对的公平，但是会有爱心的。他诉说病情的时候，我就心疼得不行，紧张得不行，我知道回去后有一段时间心情会好不起来。果然，在家或是在单位的几天里，眼前总是闪现杨成俊兄弟俩纯朴而厚道的身影和甜甜的笑容。从杨成俊那甜甜的笑容里我读到了他是一个易于满足的人，是一个对生活和未来充满希望的人。

　　杨成俊的十个手指头是一个大问题，是关乎兄弟俩脱贫的大事，也是关乎兄弟俩后半生能否平平安安愉愉快快生活下去的事。假如杨成俊的手指发生了病变，那他兄弟俩的生活将会是可预见的。只有杨成俊还健康地活着，凭着他对生活的信心和他对弟弟的关心，他弟弟吃饱穿暖平平安安地度过一生是有一定保障的。

　　近期联系乡卫生院和县卫计局，对杨成俊的病情分析研究治疗方案，做进一步诊断和进行有效治疗，但均没有诊断出个结果来。有省级医院的专家诊断的结果是农药中毒，但我们一般人就是用肉眼也能看出，这不是一般的病，也不是农药中毒。不过，在多方努力下，他最终还是被纳入县上的医疗救助名单，将去省城医院彻底地检查诊断。期望杨成俊的手能在医疗救助过程中彻底治愈，让他们兄弟俩有一个美好的未来。

老两口

顾了儿子拉孙子，拉了孙子顾重孙。在当下的农村很少见到这样儿孙满堂的情形，即使是四世同堂，在农村也是很少见的事，但绝对不是啥稀奇的事，可是眼前这样一个有着四代人但不是四世同堂的家庭，着实让人无奈。

自从入户了解李晒来家的情况后，我就给同事们说，这老两口绝对是顾了儿子拉孙子，拉了孙子顾重孙，现在顾重孙的迹象已经很明显了。同事王丽霞主任笑着说，没有那么悬乎吧？我神情凝重地对她说，拭目以待吧，为期不远。

你说就这样一个积贫难返、老两口又疾病缠身的家庭里，唯一的儿子出走多年不着家，留下唯一的孙子让老两口宝贝样拉扯长大，供其上学。孙子十几岁上也出了远门，老两口终于松了一口气，可以让操劳的心有轻闲的时候了。虽说儿子丢下孙子在外谋生从不着家，可有孙子在家也缓解了对儿子的念想。孙子在临潭一中读书时谈了新城扁都村的一个同学，后来孙子书未读成，到州政府所在地合作打工，女同学则在兰州上学，两人像牛郎织女般约会。时日一久女朋友未婚先孕，纸里包不住火。李晒来老两口赶紧央人走年轻人的手续，央媒提亲，结果女方家拿走了六万元彩礼，却把女娃扣在了家里，并去医院打掉了孩子，而后把女娃又送回学校读书去了。但棒打鸳鸯两不散，两个年轻人仍背着家里人偷偷约会，同居，怀孕，今年上冬悄悄回到李晒来家生下了一个女孩。我们去慰问的那天刚好孩子满月。那天傍晚，女娃的家里人不知从哪儿得到了消息，带着家族里一群人前来要人，两个年轻人丢下孩子上房翻墙跑了。两个人这一跑快五个月了，不知是跑到了天南还是海北，不知所终。

我给同事们说过的话变成了现实。

一个哇哇号哭的月娃娃，让李晒来两口子拼了命拉扯。

再说李晒来患有糜烂性胃炎和贲门炎，还在前春去地里种庄稼的时候摔了一跤，摔裂了膝盖骨，磕磕绊绊地走着，家里万样的轻重活儿不能动手；老伴也于几年前动了鼻癌手术，生活上能自理就算不错了，但孙子丢下了嗷嗷待哺的重孙女，家里家外就老伴儿一个人操持，其中的艰辛可想而知。

但为了这个家，为了孙子，他们还有一个期盼和奢望，孙子以后能操持这个家的时候，他们就可以彻彻底底地放下心来安度晚年。但现在他们还得挣死拼活，像鸡一样张开十个爪子弹挣着去刨食，把重孙女顾盼着拉扯长大成人，她毕竟是老李家的血脉，断了骨头连着筋呢，再苦再难还得撑下去。

这是个让人难过而又疼惜的家庭，是让人产生诸多思考的家庭，在脱贫攻坚的路上，他们一家老的有病，小的在襁褓中，帮扶的措施该从哪里入手呢？对他们的艰辛，帮扶的难肠可想而知了，难啊难，真的难肠。

今晚，当提笔写下李晒来一家的这些情况留存记忆时，我的心难受到了极点，完全没有了睡意。我知道，休息不好，我的哮喘和肺心病就会加重。妻子拿来速效救心丸和安神补心丸放在电脑桌上，说快休息吧，这样愁着是解决不了事情的。我知道我今晚必然是没有一个好心情好瞌睡了。

李晒来老两口本该是颐养天年的时候，却付出了比同龄人更多的辛劳和苦楚。干净整洁的村街上三三两两的老人们哼着小曲，谈天论地，不愁里不愁外不愁老不愁小，按农村人的话说是把日子过成了年。可李晒来老两口起早贪黑拉扯重孙女，实在是无精力照看了，可有谁能帮得上这个忙呢？张口的难照看，尤其是张口的婴儿更是难上加难，农村有句俗话叫能割一天田不引一天娃，可见照看婴儿的艰难了。

地里的庄稼得种上一把，还得不时地照看，要不然，吃啥喝啥呢？油菜、洋芋、青稞缺一样不行，一年洋芋半年粮，老辈人都这样走过来了，那就磕磕绊绊地再走下去，在明年入冬的季节里，给孙子和他女朋友准备一个暖暖和和过年的热窝窝儿。

不过，他们的窝窝儿还热着，只要窝窝儿还热着，那人心就热着；只要人心还热着，那生活和未来就还有奔头和希望。

老无奈

2017年9月份，我从羊永乡孙家磨村被调整到流顺乡上寨村驻村帮扶。10月份，县上要求所有驻村干部都沉下身子到村里去，帮村上和联系户出谋划策，出点子想办法。

那天，我陪同乡上干部去上寨村的红堡子社宣讲党的各项惠民政策。乡上干部说，村里有一个张老头，七十多岁了，带着重孙生活，日子也苦得很，乡上干部要到他家去宣讲惠民政策。我决定跟着他们去一下，一是了解一下情况，二是了解一下干部们对群众政策的宣讲情况。

这天清晨，我跟着驻村干部一同前往上寨村。清晨的太阳刚有一点热气，路边的黄草上白生生地落了一层霜，在阳光的照耀下熠熠闪亮。同车的干部们天南海北东拉西扯地谝闲传，似乎此时他们肩上没有一丝负荷，而是一次愉快的郊游而已，我努力地听着，听不出个所以然来。一路上看着路边白生生的洁霜，饱享视野的盛宴，心中却没有那种心旷神怡的感觉。车窗外，三三两两的老者牵着耕牛，避让在路边收过庄稼的荒地边上，神情有点古怪地看着我们，满眼的迷茫和期盼。从那一晃而过的眼神里我读出了他们的孤独和无助，忧愁和无奈。

这地方，家中的年轻人到外面闯荡世界拼光阴去了，把养家糊口的担子扔给了老人。有那么一些年轻人在外面也确实挣到了钱，却一分也拿不到家里，而是潇洒在了歪门邪道上，回到家里后却撒谎说什么在火车上被小偷割破衣服掏了去，或者工程完工后被包工头骗了，再就是没有找上活路，差点回不了家了，反倒让在田野里辛劳了一年的老人多了一份同情，觉得娃们出门在外不容易。第二年开春，这些年轻人又走了，挣了钱潇洒完了，又编上那么一个谎言，骗取家里人对他们的信任，骗取家中老人对他们的眼泪和同情。

车在路上颠簸着，田野上的荒芜一晃而过。快要到达目的地了。车转过了一座小桥，红堡子社到了。我看离村子还有一百多米远。我问那户人家在哪儿，驻村干部指着半坡上一处绿树掩映的破旧房子，说就在那儿。

清晨的霞光轻轻地流泻在了山坡上，村子里家家户户烟囱里的草火烟和煤烟交织着缭绕在村子上空，像游曳不止的浮云，没有方向没有目的地缠来绕去。早起的麻雀在树缝里嘹亮地唱着歌，像在欢迎我们的到来，又像不是。我无心留意村子里的鸟语狗叫。那家的院落在山坡上，一院低矮的土房大概是五六十年代盖的，墙上的泥皮剥落得坑坑洼洼凹凸不平，院墙坍落得没有一人高，两扇破损的门扇上拴着一截黑毛绳，显然意味着主人不在。门外的一棵大白杨树上拴着一头花雌牛，比一只羊大不了多少，正瞪着两只湿漉漉的大眼睛，一脸无辜地看着我们。这是我所见到的贫困户中的一户。站在门前，望着这低矮而又黑乎乎的房子和破损的大门，我的心里涌动着一股难以自抑的伤痛和难受。那头小花雌牛吃着槽上的青草，望着我们古怪的神情，满脸的茫然和漠不关心。老丁和老马蹲在一截矮墙上抽着烟，望着远处发呆。

我从门缝里向里瞅了几眼，只见有几只鸡在院子里走来啄去的，再没有其他生灵。要再没有这几只鸡，院门这么一拴，院内可就没有任何一点生活的气息了。大家拍拍身上，其实身上也没有多少土尘，起身往回走的时候，我回头看了一眼那拴着的大门，门外那头花雌牛也抬头望着我们，一动不动的。

其实，包括我在内，我们的干部都出身于农民家庭，是在农村长大的，只要看一眼这户人家的房子和没有门锁的大门，就知道他们穷得只剩下栖身的土房子了，最值钱的也许就只有这头小花雌牛了。我们敲开邻居的大门，想向邻居打问这家人去了哪儿。但没有人，大家只有回去。

下午，我又跟着乡上干部去了。大门依旧用毛绳拴着，院内几只鸡依旧在悠闲地踱来踱去，寻寻觅觅的。人肯定在家里面。我解开绳栓，推开大门径直朝堂屋里走。堂屋门开着，屋内没有人影，我伸手摸了一把炕上的被窝，被底下暖烘烘的，这说明有人刚才还焐在被子里，我不相信人会钻进地缝里了。里里外外找了几遍就是没有找见一个人影。就在我出门的那一瞬间，我看见门旮旯里有几双小脚在挪来移去的，像几只小老鼠。我轻轻地拉过门扇，看到的是两双惊恐的眼睛，两个高矮不等的瘦小身子穿着破破烂烂的衣裳，头发乱奓着，脚上的鞋尖也都磨破了，脚指头在鞋套里钩来钩去地，显得有点害羞。我拉过她们，最小的一个因害怕“哇”的一声哭了。这一哭，让我想起了我女儿。

我女儿比这最小的一个稍微大一点，可从来没有受过如此惊吓。小女孩哭着，小身子颤抖着，我估计是家里人在我们还没有到来的时候就恫吓过她。小女孩的表情好像见了吃人恶魔似的，满脸的恐惧。当我问及她们家里人时，她们再次睁大了眼睛，不肯说话，互相瞅着不时地向院子里的洋芋窖那儿瞅上几眼。我知道她们家里人一定是藏那儿了。乡上干部过去往洋芋窖里瞅了一眼，在瞅的同时惊叫了一声。我连忙过去往窖里看了一眼，看到一位满脸布满皱纹的老者头发乱奓着，顶着一身土坐在洋芋窖里往一个破旧的塑料篮子里拣洋芋。我让他赶忙上来别阴着，老者的耳朵不好，听起来有困难，他在包村干部的指引下，站起身顺着一截短梯慢慢地爬了上来，然后坐在窖口的土沿上。我让他坐到炕上，听干部们宣讲政策。

我问乡上干部这老人是谁，说是屋里那两个女孩的太爷。我又问了老者，他有气无力地说一家人都到外面打工去了，让他一个孤寡老头照看三个孩子。面对这种境况，我还能说什么呢？老人听着干部们的宣讲，竟一脸的茫然和无措。听着听着，他就瘪着嘴有了哭的意思，这是一种无法言状的委屈，此时，空气好像要凝固了似的，让人觉得喉咙里有一种东西堵得慌，好像喘不上气来。

我了解到，他家是村里最穷困的，村里给他家安排了一类最低生活保障，还时不时地让包户干部去接济一下。只是乡上安排的为困难群众建房任务，他家是无论如何也完不成的。乡上干部说，明年开春以后乡上筹款帮他家找人修房子。我的心里有了些许安慰，可老惦记着张老头那湿漉漉的眼睛，好像还在望着我，像在向我诉说着他们家的生活困境和留守的无奈。

　　我知道，今天我这一来一去，到他家的脚步就再也不会停下来了。我要在我驻村帮扶期间，让他家过上正常安稳的生活。

青春闪耀

禄晓凤

7月，走进冶力关。

蓝天下白云舒袖，青山碧水怀抱中，狼毒花格桑花竞相开放，金灿灿的油菜花漫山遍野纵情地歌唱，用火热的青春渲染着这绚丽多姿的季节。唐蕃古道上满目高山流云，一幅幅绝美的山水画卷就在眼前徐徐拉开帷幕……

"我们的家乡，在希望的田野上，炊烟在新建的小房上飘荡，小河在美丽的村庄旁流淌……"车窗里响起这亲切又熟悉的旋律。驱车行走在合冶二级公路上，夕阳掩映下的冶木河对岸，一排排崭新、整洁的江淮风貌民居于不经意间就会闯入你的视线，并牢牢锁定你的目光。村内屋舍俨然，白墙黛瓦，错落有致。公路四通八达，水电齐全，太阳能路灯、各种健身器材应有尽有。正面大型墙绘上展示着洮州万人参与拔河的盛景，侧面屋檐上点缀着红色的灯笼，配饰着雨伞、农具、耕牛以及五谷杂粮，极具古洮州农耕文化和地域色彩，让人顿觉眼前一亮，那曾是我们心中挥之不去的乡愁……伴随着一阵阵激昂欢快的节奏，广场正中央，一群妇女正踏着节拍尽情跳着广场舞。孩子们奔走嬉戏，老人们三个一群五个一伙，悠闲地坐在秋千上谈笑风生，布满皱纹的眼梢挂着幸福的笑容。那河畔鸟儿清脆的叫声，巷道里传来的狗叫声，孩子们的喊叫声、嬉闹声和广场舞的欢歌声纵横交织成一支交响乐，久久回荡在空气中传出很远，很远。

看着眼前和谐欢乐的场景，我一时百感交集，感慨万千。脑海里瞬时划过一幕幕熟悉的画面……

2013年7月，我被选派到蒽家村开始驻村工作。一天中午下大雨，我们接到通知马上去蒿坪社采集房屋信息。沿着崎岖不平的山路东绕西绕半天才绕到村口。从村口通向村里的路都是土路，遇上下雨便泥泞不堪，满满是牛羊走过留下的深深浅浅的蹄印，蹄印里盛满泥水和动物的尿便。村民们居住得零零散散，房屋都是七八十年代盖的房子，土木结构。有的人家怕费电至今还点菜籽油灯盏照明，有的人家用柳条编制成门用来遮风挡雨，房子破败不堪不说，还和牛羊等家畜共用一个院落，一脚踏进院子就能闻到一股刺鼻的腥酸味儿。路上偶尔碰见一两个牧羊的老人，还没开口说话，身上早蹿过来一股土炕的烟熏味儿，呛得人几乎不能说话。我一边皱着眉头打量村里的状况，一边心里直犯嘀咕："怎么隔着半座山，这里同镇区差距那么大呢？"

事实上，蒿坪社是这样。可到黄家山社看了后，更让人觉得失望。

到达黄家山脚下时，我几乎傻眼了——眼前仅有一条羊肠小道，弯弯曲曲地爬向高高的山顶，车辆根本就开不上去。没办法，我们拎着东西，气喘吁吁地从山脚下艰难地步行上山。将近八十度的山坡，不足五公里的山路，我们大汗淋漓憋红着脸足足花了三个多小时才到达山上。之后的半个月，每天早出晚归，翻山越岭，我这才领教了这座山的厉害——基本上是"晴天一身土，雨天一身泥"，我真的难以想象，如此偏僻恶劣的生存环境，黄家山祖祖辈辈的先民们是怎么熬过来的呢？

7月份，冶力关连续下了近二十多天的雨，街道上到处溢满水，田地里的小麦、油菜、大豆、青稞等农作物成片成片平铺在地上。7月22日早上7时45分，甘肃省定西市岷县彰县交界（北纬34.5度，东经104.2度）发生6.6级地震，震源深度2万米。受此地震波及，黄家山部分房屋倒塌，受灾较为严重。收到灾情报告后，我们冒着余震第一时间火速上山查看灾情。刚入村口，我们就被惊慌失措的群众争相拉往家里，告知我们自己家的受灾程度。许多农户家的住房地上坑坑洼洼很不平整，有的偏房倒塌，院墙倾斜厉害，有的主房墙面裂开了宽二寸不等的口子，有的把墙壁里外用柱子给顶起来，有的用麦草遮住屋檐以防漏水，有的家里太潮湿干脆把门板卸了敞开晾风，有的则望家兴叹干脆出门打工逃离这个地方。在关改娃大姐家里，因为雨下得太久墙壁被泡软了，不巧又赶上发生地震，三间厢房几秒钟便被夷为平地，仅剩的家什也被埋了，进门时她偷偷抹眼泪对我们说："家里没个男人，房子塌了，这可让我一个妇道人家怎么办呢？"我们看了心里都是酸溜溜的，除了帮她清理杂物安慰几句，没有任何办法可想。

就在我们一筹莫展的几个月里，新的惠民政策如一股春风吹遍了大江南北。2013年年底的时候，国家开始大力实施脱贫攻坚政策。临潭县也积极响应，我们一方面进村入户进行广泛宣传扶贫政策，多次摸底登记详细掌握家庭基本情况，在精准识别贫困户的同时，因地制宜制定切实可行的帮扶措施，积极开展帮扶工作；另一方面镇政府积极规划，启动项目建设，欲对我镇条件最为艰苦的蕙家村蒿坪、黄家山两个社实施易地搬迁项目。

听到这个好消息全村一片喧腾。大家聚集在一起很是兴奋，都很期待早点住到新房子里。"政府要将我们从祖祖辈辈生活的山区全部搬迁至蕙家村搬迁点进行集中安置，这意味着我们日后的命运将彻底改变了"，村民们站在路口大树下七嘴八舌，议论纷纷。有人说搬下去也好，以后我们再也不用困在这山上了；也有人惋惜地说："好是好，可农民离不开土地，搬下去耕地就离得远了，农忙时怕是不大方便，再说一时半会儿也故土难离啊！"这时候，村主任斩钉截铁地说："人是活的，办法总归会有的。我们要是不愿搬走，继续留在这个偏僻得近乎与世隔绝的地方，我们的子子孙孙还要继续重复我们这种生活，大家说说，谁愿意再留在这个鬼地方？有的话请站出来……"一时间大家都不说话了，举手表决一致同意集体搬迁。

经过一个星期的周密商议，大家终于商定了具体的搬迁时间，之后各家各户就开始紧锣密鼓地进行备钱备物备工备料。而剩下的，我们工作组的任务就更多更艰巨了——比如通向黄家山、蒿坪的村道路面太窄坡度太陡弯度太急，需要组织大家好好修一修；搬迁下来后两个社的群众具体怎么进行集中安置？划定的安置区域怎么才能做到不偏不倚？房屋应该盖成什么样的才更利于群众以后的产业发展呢？水电、绿化、架桥、村道硬化等等一系列问题也接踵而至，该怎么解决，这些都是搬迁所要面临的严峻问题。

当日下午，我们拿到河北某设计院给搬迁点群众设计的图纸，却发现这完全不符合我们北方人坐北朝南的盖房惯例和生活习惯，毋庸置疑，群众肯定不会乐意的。可重新设计图纸已经来不及了。组长沉思片刻，语气凝重地说："自己动手，丰衣足食。没事，我们自己就是最好的设计师。"之后，他便主动承担了总体设计的任务，日夜赶工，花了一个多星期的时间，设计图纸总算完成了。

为节省施工成本，我们的工作组自己动手开始在之前平整好的工地—— 一块长300米、宽220米呈梯形的土地上开始丈量并划分宅基地。我们六个人，各有分工：三个负责测量，分别固定尺子两端和中间，一个负责拎大白粉袋子，一个拿铁锹沿铁尺画线，另一个则是负责看方向，掌握画的线是否笔直。从早到晚，除了吃饭，大多数时间基本上待在工地。累了就躺在车上休息会儿，困了就坐在地上打个盹儿。整整一个星期，画了两遍，总算画定了，大家终于松了一口气，都高高兴兴地回家去了。可谁承想，半夜突然下起了大雨，第二天早上到工地才发现我们用大白粉画好的线条都被雨水冲没了，顿时都傻眼了，一个个像被秋霜打的茄子，蔫头耷脑。组长一看连连摇头，拍拍脑门儿，然后一脸苦笑闷着头蹲在地上狠狠地吸烟……半晌，只见几个村民拎着一堆东西过来了。原来是一些削尖了一头的短木棒，用来给宅基地四个方向定位。因为缺乏必要的施工器材，为确保宅基地画得方正我们几乎绞尽脑汁，最后有人提议用勾股定理来验算直角。一个星期后，我们把画好的宅基地采取抓阄的方式公平公正地分到群众手里了。

2014年3月，工程正式动工了。我们在工地中心的空地上扎起活动板房，在门口竖起一面国旗，在板房的墙上挂上党徽，安置简易的桌凳作为项目指挥部，进行现场办公。指导大家按照镇区规划，统一施工，统一标准，统一风格。为明清风格江淮风貌，白墙黛瓦，房屋地基要深挖井桩具备一定的抗震防灾能力。在修建过程中，我们经常和群众同吃同住同劳动，全天候手拿铁尺、标杆，挨家挨户地查看、询问、测量，严格把好安全关的同时严格监管工程质量和整体风貌。

因为每家都在施工，每家都有运料的车辆来来往往，没过几天，原本好好的村道上集起了足足有一尺来厚的土层，双脚走过去，松松散散的浮土就会立刻埋掉脚脖子。有车经过路面，几丈高的空中全是漫天飞扬的黄土，尽管都用口罩把脸捂得严严实实，可回去后鼻子里嘴里头发里眉毛缝里，到处都钻满了土，随便抖一抖都能抖出个半斤多来。每天里，我们有时在项目部整理文件票据，有时给缺劳力的人家搭把手帮忙和水泥拌砂浆，有时帮忙开三轮车搬运沙子石头，有时帮忙铲土抬砖头。时间一长好多人手上磨起了黑乎乎的血泡，有人脚上被砖石砸得红肿，走路一瘸一拐，有人衣服划开了口子鞋子裂开了帮，有人坐在凳子上坐着坐着就打起了呼噜，有人重感冒吊着药瓶子依旧坚持到岗，周末有人孩子没人看管就带着孩子一起下村。三个女同志，尽管都爱美，出门时都不忘涂上厚厚的防晒霜，戴上帽子把自己捂严实，可几个月下来，皮肤晒得一个比一个黑，脸上手上胳膊上腿上使劲儿地掉皮，撕掉一层又是一层。可我们全然不在乎这些，每天不遗余力地开展工作，谁都不退缩半步不拖大家后腿，我们心中只有一个念想：尽早让我们的群众都早日住进新房子，感受新生活的美好。

就这样，我们在工地上，风里来雨里去，来来回回三个多月。有一天，几个州上的领导前来我们的工地督查工程的施工状况和进度，看见我们一会儿填表整理资料干得很起劲，一会儿又忙着给群众搬东西量尺寸，就说："这几位年轻人是你们工地上聘任的监理吧，工作还蛮专业认真呢。"组长笑呵呵地说："这几位都是我们冶力关镇政府的干部，也是蒐家村的驻村工作组成员。"女领导一时瞪大眼睛很惊愕地看看这个又瞅瞅那个，连连夸赞说自己走了好多乡镇，可从没见过乡镇上的干部像我们这样吃苦耐劳为民分忧的，连连夸我们扶贫工作做得扎实，思想好党性觉悟高，临走时还拉着我们的手，特意叮嘱组长一定要让大家注意安全，尽量把我们的伙食安排好，生活上多加照顾。

施工当中，我们难免会遇到各种难题：有群众房子盖到一半因没钱购买材料而无法施工了，我们就多方协调帮他从料场把材料运回来；有群众房子盖着盖着，家人突然得急病住院了，我们就又帮其做担保从信用社贷款应急；还有的群众，既盖房子又供大学生上学，没有学费，我们就帮他借钱或通过其他途径筹集资金，全力保证工程顺利实施。

多日来，我们同群众打成一片，在工作中生活中建立起了深厚的友谊。有天我们忙着给群众发项目款，为不耽误群众干活儿，我们从早上一直忙到下午4点多，嘴里滴水未沾，想尽快发完了再吃饭。有个先领了款的大娘看见我们忙得都没有时间吃饭，就去自己家里煮了一锅洋芋，烙了几张葱油饼，捞了点腌制的泡菜就送了过来，我们心里都暖暖的，连连说着感谢的话。大娘说："你们都忙着帮我们盖房子，工作这么辛苦，说啥也不能让你们饿肚子啊！"排着长队的群众也纷纷央求："是啊，是啊，快先别忙了，赶紧趁热吃吧。"我们再谁都没有说话，一人拿一个洋芋，就着凉菜，和大家伙儿一起吃了起来。那顿饭，虽然吃得晚过了饭点，但我们都吃得津津有味。还有一次，有群众煮了一些自家熏制的猪肉腊排，趁我们不在，悄悄地放在了我们项目部的桌子上……

因为群众都忙着施工，我们也就无法闲着，没有半天假期可以用来休息。组长整整三个月没有回家看望父母妻儿一趟，同组小伙子小固半年前就订好票打算和未婚妻去三亚旅游的计划也泡汤了。而我家就住在镇区，离工地还不足五公里，也是整整两周没有回家。有天中午，我很想念儿子，忍不住借午饭时间抽空回去了一趟。老公心疼我工作辛苦特意犒劳，做了一桌子我最爱吃的菜。等一家子坐在桌子上吃饭的时候，儿子用异样的眼神看着我，让我不知所措。我拿起筷子夹起一口菜，正要往嘴里送，不料儿子用筷子把我的菜给截了下去，我愣了愣，又夹起另一个碟子的菜，冷不防儿子又从筷子上给截走了。我皱皱眉头，笑笑又继续夹菜，谁承想，儿子又一次用筷子挡住了已经夹到我口边的菜。我疑惑地看看老公向他求救，老公说："没事，儿子这是嫌你陪他少了，故意跟你怄气呢。过几天习惯了就好了。"饭是吃完了，可我吃到嘴里，五味杂陈，吃不出是什么滋味。我抱起噘着嘴一脸委屈相的儿子，陪他玩了一会儿。半个小时后，当我从家里出来的时候，儿子冲到楼门口号啕大哭，我强忍住夺眶而出的眼泪和内心的愧疚硬是没敢再回头……

六个月后，房子的基本框架都出来了。有天晚上天快黑了，组长忽然赶来说，明早全省住建系统一百多人要来我们所在的搬迁点观摩。晚上下了整整一夜的大雨，到第二天早上6点多，小雨还在淅淅沥沥地下着，我们打着伞在蕙家村工地对面的路边空地上摆放上桌椅、展板和一些项目建设简介及相关资料。半个小时后雨停了，观摩组的也离开去了别处。我们就又开始往河对岸的项目部搬运之前刚刚摆放的物件。别的人都搬着东西去忙别的了，剩下我们两个姑娘，落得远远的，一手互相搀扶，一手拿着需要搬运的东西，在泥泞不堪的路上，走得东倒西歪。同事小花穿着一双没有鞋带的花色平口休闲鞋，刚一抬腿，深深的泥泞就拔掉了她的鞋子，她光着一只脚在空中摇晃了几下，重心不稳一脚就搅和进了又冰又凉的烂泥里。我赶忙去拉，可就在转身的一瞬间脚下一滑，也趴倒在了烂泥里，胳膊磕到了石头上一时火辣辣地疼。又气又好笑，两个人尖叫着在泥泞里找了半天鞋子，嬉笑着拔泥腿子。返回的时候，我们把脚上穿的鞋子里三层外三层包点心似的包裹起来，可是没走多远烂泥就把包着鞋子的塑料袋子给扒走了，没办法，最后我俩干脆把各自两只鞋子都拎在手里索性蹚过去了，两只光脚沾满了厚厚的泥团，膝盖以下被泥泞糊得惨不忍睹。我们两个人你看看我，我看看你，连个叫辆出租车的勇气都没有了。好在村文书看见我们，好心要送我们回家。我俩在这个狼狈的时刻再生怕碰见个熟人，于是赶紧就钻到车里去了。到了院子楼下的单位门口，我们左看右看，瞅准四下无人，赶紧从车上溜下去，逃也似的回家了……

天空没有留下鸟的痕迹，可我们已执着飞过。

五年过去了，如今的蒽家村群众已经彻底从旧的半原始化的生活环境里解脱出来，住在了如今政府安置的宽敞明亮的新房子里，把日子过得红红火火，把自己的家园收拾得干干净净，种花养草，下棋健身，开办农家乐。农闲时间还聚在一起跳跳广场舞，把对新生活的憧憬和向往舞动在轻盈的步伐里，挥洒在幸福的微笑里，播种在漫游的时光里。我想他们都是幸福的，大概连晚上做梦都是香甜的呢。

没有大海的壮阔，可以有小溪的优雅；没有蓝天的深邃，可以有白云的飘逸。生活中，我们总能找到自己的光源，自己的声音。在故乡的土地上，我们唯有谦卑地把头深深低下，用实际行动埋头苦干，用我们虔诚的爱和火热的青春去浇灌这片神奇的土地，为她打扮，为她梳妆。

我庆幸自己祖孙三代都是乡镇基层干部，身上流淌着父辈不忘初心坚守基层的红色血液和为民情怀，肩负着神圣的职责和光荣的使命；我也是中国数千万脱贫攻坚一线中的一员，是全县脱贫攻坚队伍中的一分子，能有机会冲刺在脱贫攻坚这场没有硝烟的战场，亲自参与一场伟大的变革本身就意义非同寻常。而我所在的蒽家村也是全镇扶贫攻坚建设中的一个缩影。数十年来，冶力关镇的建设者们前赴后继以信念和使命为伴，与绿水青山明月清风相依相守，把满怀的激情和最美好的青春默默无闻奉献给了这里，并拧成一股绳，牢固树立起了一种冶力关精神——团结拼搏，苦干实干，敢于创新，争创一流，正是在这种内化于心的精神的启迪和引领下，冶力关才以开放包容的姿态，绽放在希望的田野上，绽放在生态旅游发展的前景里，绽放在脱贫致富奔小康的道路上。

艾青说："为什么我的眼里常含有泪水，因为我对这片土地爱得深沉！"

——是的，正是这种精神，这种超乎寻常的深沉的爱，镌刻在了我们每个人神圣的信仰里，渗透进了我们每个人沸腾的血液里，支撑着我，支撑着我们无数的扶贫人——风餐露宿却从不言苦，披星戴月却从不言累，呕心沥血却从不言败，披荆斩棘却从不退缩，备受煎熬却甘之如饴，甘心情愿为之努力，为之奉献，让青春在汗水中闪耀！

扶贫路上

卢丰梅

　　有人说，人生是一场旅行，需要在意的不是目的地，而是路边的风景；也有人说，你的气质里藏着你走过的路、读过的书、看过的风景和爱过的人。正是如此，我们因自己走过的路而变得成熟、理智、坚强、豁达。在脱贫攻坚的这条路上我们走得艰难辛苦且坚定从容。这一路走来，村口晒太阳的阿婆亲切的一声问候，入户时贫困户端来的一杯热茶，特困老人欣喜的笑脸以及村容村貌的改变都会让我们倍感温暖和欣慰。这一路走来的风景让我在工作中成长，也让我的生活变得更加充实而有意义，从一些填满内心的小事中汲取的营养将让我受益和回味一生。

水墨阳光

　　记得那年我作别象牙塔，步入工作岗位，当时考的大学生村官，任村委会副主任。刚刚步入工作岗位的我来到这个全乡最大的行政村，内心充满无限的热情和憧憬。这个村让我印象最为深刻的就是村里一个叫小岭堡的自然村。小岭堡因在两座山岭中间建于元代用于军事防御的堡子而得名，意为小山岭之间的堡子。如今依然清晰地记得第一次下村时的情景，一场初冬的大雪后天气放晴，天空飘着丝丝轻盈如羽毛般的云彩。我们从乡政府出发时雪已经在冬日的暖阳下化了大半，斑驳的残雪把眼前的山河装点成了一幅素雅的水墨画。我和两位包村领导以及两位同事乘着乡司法所的司法车沿着公路来到村里，随后去了小岭堡。小岭堡距离村委会所在地有八九公里的路程，村子坐落在树木葱茏的山里面，通往小岭堡的村道是小岭堡与外界唯一的通道，沿山沟的脉络取土而开，路的两边是一块块依山形而铺开的耕地。这是一条两米多宽的土路，看起来好久没有修补过了，坑洼不平。由于雪后方晴，融化的雪水四处流散，还没有消融的雪零散地铺在路上，让本来就不太好走的路更加泥泞不堪，坎坷难行。车子摇摇晃晃地缓慢前行，不到十公里的路程走了许久，到达村口时平时容易晕车的我被颠簸得直吐。当车子停在村口，下车一看，村口泥泞的路上庄稼的秸秆和家畜的粪便到处都是，被牲畜踩过的村口成了"南泥湾"，脚都不知道往哪儿放，一踩下去就有被陷进去的感觉。走过一座简易的土桥，用石头和水泥砌起来的一米多高的坎上安装着一截水管，水顺着水管流出，就是村民取水的水池。水池边不远的地方堆放着几堆柴火和家畜肥。我们沿着这条泥泞而杂乱的路进入村庄，村庄里的巷道和村口的路如出一辙，空气里弥漫着动物粪便发出的味道。村民的房子大都是土木结构的瓦房，普遍比较破旧。偶尔有一两座房子更是一副摇摇欲坠、再也不能经历任何风雨的样子。也有一两户房屋状况较好的，但是由于基础设施差，家里到处都是泥土，卫生特别差。村里没有幼儿园也没有学校，孩子们需要通过这条泥泞不堪的路到远在八九公里以外的村委会所在地去上学，家里日常的生活所需也需要去别的地方置办，生产生活十分地不便。

2013年脱贫攻坚的春风吹到了每个角落，我所在的村也不例外地沐浴着脱贫攻坚政策带来的雨露阳光。在上级领导的关怀和大家的努力争取之下，全县第一批易地扶贫搬迁项目落到了这个急迫需要改变面貌的自然村。搬迁工作很快紧锣密鼓地开展起来了，从动员搬迁到征地选址，从通水通电到搬迁入住的两年时间里我们几乎每天都在村里，风雨无阻。在搬迁的过程中每天都能遇到各种各样的问题：张家搬迁除了政府补助还缺多少资金，李家劳力较少，是否能够顺利搬迁，王家搬迁后牛羊将圈在哪里，这些琐事一一牢记在包村干部的心头，抑或扶贫贷款，抑或适当照顾，抑或减小工程量，通过这些具体措施村民遇到的问题逐一协调解决了。当新农村建成，村民陆续搬入新居时，站在新农村崭新的篮球场上，一排排整洁漂亮的新居，一盏盏屹然挺立的路灯，宽阔平坦的硬化路，绿草茵茵的绿化带，直接入户的自来水，村民洋溢在脸上的幸福笑容和篮球场上孩子们雀跃的嬉戏声都让我倍感欣慰，激动不已。

星夜载歌

在扶贫的路上同事们相互依靠。谁要是由于家里有事需要请假，其他人就会帮着把他的活儿干了，谁要是因为什么原因不能按时完成工作，其他人就会主动地过来帮忙，有时候忙得顾不上按时吃饭，有人会帮着打好饭菜，等忙完了不至于错过饭点而饥肠辘辘。在艰苦的基层我们以这样的方式建立起牢固而深厚的友谊。

在脱贫攻坚的工作中包村干部是村民和政府的纽带，除了双休日（极少有双休日是能够休息的），我们几乎天天都在村里，村里谁家有几口人，谁家的孩子在哪个学校的几年级上学，哪家的老人什么时候该领取养老保险金了，哪一位残疾人的补贴没有及时打入账户，哪一户的年轻人去了哪个城市的哪家工厂务工，甚至谁家有几间房、几头牛，谁家孕妇的预产期是什么时候，我们都要了如指掌。大家经常白天进村入户，了解民情，晚上回去整理资料，上报数据，晚上加班是再正常不过的事情。很多时候，特别是农忙季节，村民们大都白天出去劳作，到了晚上家里才会有人，针对这种情况我们就在吃过晚饭后进村入户，每当完成工作任务就到了深夜。工作了一天应该是疲惫不堪的，但是在回乡政府的二十多分钟车程的路上，累了一天的我们也不放过片刻寻找快乐的机会。每每来回的路上我们五六个同事挤在包村领导的车上，会不约而同地唱起喜欢的歌儿，优美的歌声和一路的欢笑驱散工作的疲惫，月亮星辰以及吹过耳畔的夜风似乎都陶醉于夜晚属于我们的快乐里。我们就这样在基层最艰苦平凡的工作和生活中相互取暖，相濡以沫地辛苦并快乐着。

雪地身影

两年前，一张同事们在雪地里推车的照片让我热泪盈眶，直到现在对那个画面依然记忆犹新。距离乡政府二十多公里的秋峪村是全省的深度贫困村，条件十分艰苦。说起秋峪村最让人望而生畏的就是通往秋峪的路了，因李白的一首《蜀道难》大家形象地将通往秋峪村的路称为"蜀道"。去秋峪村要走十多公里陡峭崎岖的山路，这条路大约有两米宽，路面是铺着沙砾的，路的一边几乎都是接近六七十度的陡坡，十分危险难行。即便是平时从乡政府所在地到秋峪村，开车也得走大半个小时，有时一遇上大雪天或大雨天，村里的人出不来，外面的人进不去。秋峪村的驻村干部们几乎每天都要通过这条崎岖难行的"蜀道"来往于乡政府和秋峪村之间，有时候遇上雨雪天气，他们就只能在村里住下，有时一住就是一个星期甚至半个月。

去年冬天，一场大雪纷扬而至，去村里的路又一次被大雪所封，一连几天没有下村，许多重要的工作被落下了，大家都十分着急。为了能够按时完成工作，在省级验收时不至于拖全县的后腿，我的同事们不顾自身的安危，毅然地开着乡政府最"可靠"的一辆汽车下村入户去了。由于雪融化以后又结成了冰，路面十分光滑，车子走到比较陡峭处时开始打滑不前。就这样，同事们在大雪里被困在了"前不着村，后不着店"的野外的路上了。此时由于路滑也没有其他的救援方式，他们一行七个人只好刨开路边或路边山坡上的积雪，铲土铺在汽车前面，然后再大家一起推着车子走一段，又停下来铲土铺在车子前面，又推着前进几米，就这样他们硬是在冰天雪地里推着一个铁制的"庞然大物"走过了陡峭崎岖的雪路，进村完成了工作任务。当我从微信工作群里看到这个画面时心里五味杂陈。万一哪天一个不留神汽车脱离了路面，滑下陡峭的山坡，后果不堪设想，那将是几个鲜活生命的逝去，几个家庭的支离破碎，几个孩子的坎坷人生，我都不敢往下去想。那张照片至今还保存在我的手机里。

饭菜飘香

大家不能每天回家，单位就是我们的第二个家，单位有餐厅，早晚大家统一上灶。中午能够按时在灶上吃到热乎的饭菜也是幸福的，但是中午大多数时间大部分人在村里，不能回单位吃饭，午饭都是在村里自行解决。村里又没有餐馆，每到饭点康师傅方便面就是我们最好的伙伴，一桶方便面、一个卤鸡蛋再加上一根火腿肠，大多时候这就是我们最丰盛的午餐了。

方便面吃的时间长了，一打开方便面的包装就会有一股难以接受的气味直往鼻子里钻，胃里就会觉得难受，更是难以下咽。但是也不能饿着肚子，于是大家商议在村委会里起个小灶，时间宽裕的时候可以自己做饭，就不用顿顿吃方便面了，这个提议大家举双手赞成，一致认可。大家踊跃参与，当即就行动起来了，当晚回到乡上立即置办了锅碗瓢盆和一些食材，有各种调料，各色辅料，琳琅满目。村委会本来就生火，有现成的炉子。经过一番收拾我们的小灶开起来了。第一次在小灶上做饭，兴奋得差点儿就放几串鞭炮庆祝一下呢！从此我们下村如果有时间就自己做饭。大家你洗菜，我生火，他和面，其乐融融、齐心协力地操持着一顿饭，就像一家人一样，在锅碗瓢盆碰撞的交响曲中开心地享受着做饭带来的乐趣和自制的美味。小灶一开就是两年多，到现在每每回想起那个独特环境之中的小灶上大家"自力更生"一同操持的饭菜竟有些嘴馋。

秋风洗尘

　　孖三是村里典型的贫困户，他是一位残疾老人，六十岁，没有子女，听力有些障碍，腿脚也不是十分灵便，走起路来驼着背，有些一瘸一拐的。他年纪不是太大，但岁月的风尘似乎在他脸上留下了更多的印记。他平时不大爱说话，黝黑的脸上颧骨高高耸起，眼睛深深地陷在眼窝里，眼珠有些发蓝，他抬头看人时额头上三道长长的川字纹显得十分突兀，整张脸看起来像是瘦骨嶙峋的老虎，几乎没有人见过他笑。孖三老人除了自己耕种的两亩土地外没有其他生活来源，他的生活基本上靠政府发放的最低生活保障金维持。按照政策，年满六十岁没有生活来源也没有法定抚养人和其他抚养人的可以申请特困供养待遇。那一年，孖三老人到了六十岁，经过村、乡、县的申请和审批，他成了一名特困供养人员。特困供养人员每月由政府给予与当地居民生活标准相当的供养费，特困供养金比起最低生活保障金几乎多了一倍。享受了特困供养待遇的孖三老人的生活基本上没有什么问题了，他脸上的表情也不再那么凝重了。解决了孖三老人的基本生活后他的住房问题又困扰着大家。我们专门去孖三老人家里查看他的住房情况。他住在三间土木结构的低矮的旧瓦屋里，屋子周围是高不过一人的土坯墙，一个用木板钉成的简易门便是他家的大门。可能是修建年代久远的缘故，这座旧瓦屋比起现在常见的房子较矮，柱子和房梁被烟熏得漆黑，窗户是由木条拼接而成的镂空状的花窗，然后装上玻璃，玻璃的一角缺失，用报纸糊了起来。这种窗户现在除了一些仿古建筑和庙宇里面，外面几乎是见不到的。走进屋内，中间是堂屋，堂屋地上放着一个农村人放粮食的柜子，柜子也被烟熏得难辨颜色。从堂屋左边的小门进去便是孖三老人的卧室，由于后墙有很大的裂缝，从报纸糊着的后墙上能看到太阳透过的光亮。孖三老人的房子就这样在瑟瑟秋风中摇曳着，随时都有倒塌的危险，更是牵动着大家的心。而当时时令已过立秋，马上就要过冬了，孖三老人的房子要是出了问题，在寒冷的冬天里他将没有住处，无家可归。为了他的安全，经过协商，我们暂时为孕三老人借了一间房子，先让他从那座风雨飘摇的房子里搬了出来。之后，村里和乡政府设法筹资，包村干部和村干部们忙前忙后，在短短的一个月里就为孕三老人建起了三间砖木结构的新房并为他置办了家具和基本生活用品。新房建成那天，孕三老人紧紧握着包村领导的双手，激动得一句话也说不出来，感激的泪水在他干瘪的眼眶里打转。

看着在清爽的秋风里屹立着的整洁的新居和紧紧相握的两双手，一股暖流冲击着我的心脏和喉咙，也冲走了这些天由于忙碌而积攒下来的苦闷。我抬头看见湛蓝的天空中飘着洁白的笑脸形状的云彩。

发型凌乱

同事们大多家不在附近，不能经常回家，长期住在职工宿舍里，只能在双休日的时候回去一次。由于工作太忙，乡镇上很少有周末能够休息的情况，有时候一连三四个星期，甚至一两个月都不能休息一天。乡政府所在地又不是很繁华，几乎没有卖衣服的店，也没有理发店，如果其间没有带够换洗的衣服，那就只好穿着脏衣服上班，如果没时间去理发那就只好蓬头而安了，这种情况时常发生。

有一次由于年底验收工作十分忙，有一段时间连续加班，没能休息，有些原本很注意形象、精干帅气、英姿飒爽的男同事的发型由于长时间没顾得上打理，变得凌乱不堪。一天，吃完午饭，看着眼前的这些平时常呼"血可流，头可断，发型不可乱"的帅哥一个个由于头发过长而失去了往日的风采，显得憔悴不堪。看着他们凌乱的发型，想起他们一贯注意形象的臭美的模样，竟有些忍俊不禁。由于经常好几个星期不能回家，休息时大家改编一首诗拿来自嘲：

本月离家隔月回，头发未理面容衰。
小儿相见不相识，千呼万唤不入怀。

如果您经过农村看到原本破旧参差、如今整齐漂亮的民居，如果您踏上通往村庄的宽阔平坦的硬化路，如果您站在村里宽敞亮豁的文化广场上，请记得那是脱贫攻坚带给农村的改变，那一切改变的背后都有基层干部默默的付出和艰辛的努力。在基层一线走过的每个人都是扶贫路上一道亮丽的风景，他们用自己的梦想与行动、眼泪和欢笑装点着脱贫攻坚的道路，把满腔的热情和辛勤的汗水挥洒在了农村这片炙热的土地上，为新时代的新农村注入了新鲜血液，实现了自身的价值。通过大家一路的披荆斩棘和无私奉献，如今我们走过的这条路已经布满鲜花！

老申脱贫记

李雪英

　　临近傍晚，我们又来到岗沟村。岗沟村是2015年天津援建项目村，全村的房屋重建和维修全覆盖。

　　放眼望去，修葺一新的房屋一律的白墙青瓦，或错落有致，或排列有序，或整齐划一，尽显出古香古色的江淮风格。干净的水泥路延伸到每家每户，宽敞的文化广场上各类健身器材一应俱全，村道两旁新安装了太阳能路灯。

　　成片绿色的秋菜、黄色的药材花使平整后的田地显得层次分明，墙头上伸出的树枝挂满了诱人的果实，大门口的墙角都堆积着各类药材，空气中弥漫着泥土和药材别样的清香。

　　大家不约而同停在塬上社的老白杨树下，从这里可以俯瞰小镇的全景。夕阳还没有隐没，天际的浮云被折射成橘色。将军山在夕阳的余晖中更显得棱角挺拔，蜿蜒而绵长的冶木河在夕阳下显得既妖娆又温婉。

　　"江山如此多娇，我们还是快行动……"不知是谁说笑了一句，在笑声中大家向目的地走去。

　　我的帮扶户在岗沟村塬上社。

　　说起塬上社，是小镇附近有名的光棍儿社，全社有八十六户人，光棍儿就有四十一人。

　　自天津援建项目实施后，塬上社发生了翻天覆地的变化：家家户户窗明几净，现代化电器也是应有尽有，很多家庭买上了小轿车，

"晴天一身土，雨天一身泥"的情景成了遥远的记忆，人们走路腰杆直了，说话声音亮了，每年都有好几个新媳妇娶进村，光棍儿的数量在逐年减少。

老申家是我帮扶的四户中最困难的。

其他三户因为有劳力、有产业、有技术在三年的时间里相继脱了贫，只有老申家是除了兜底户外最后脱贫的了。

2015年帮扶之初，残垣断壁护着的三间土坯房，熏黑的墙壁，油腻的被褥，缺胳膊少腿的老家具，十四英寸的黑白电视机是老申家的全部家当。

老申一家四口人。五十八岁的老申患有腿疾，三级残疾。五十四岁的妻子蒲梅，既要带孙女又要干农活儿。离异的儿子整天不着家，在外自顾自生活。一家人仅靠低保来维持生计，年人均纯收入不到两千元，靠天吃饭的思想使地里的庄稼仅能糊口。

2014年年底，老申在镇、村干部的鼓励下申请了天津援建项目，第二年开春拆除旧房后在原址上重修新房。于两位老人而言，修房子是件难事：缺钱缺人。别人用了一年的时间住上了新房，而他家整整用了两年时间，六间大瓦房才算勉强盖了起来。

2015年年底，老申又申请了五万元脱贫攻坚贷款，镇、村干部找老申商讨产业发展计划。

2016年开春，老申用大部分耕地种上了柴胡、羌活、当归等药材，帮扶干部们也帮着干起来。老申鼓起干劲儿，整天在药材地里打药、除草、灭鼠。妻子蒲梅几乎一年多没有上过街，除了吃自己种的蔬菜以外，没有买过任何蔬菜和水果，更别说肉食了。

老两口不管雨天还是晴天，不管白天还是晚上，不管冬天还是夏天，都忙碌于药材地和新房子。

药材收入虽然没有我们想象得好，但终究有了不错的回报。

老申一家积极配合天津援建等项目的实施，于2016年年底通户路水泥硬化，自来水引进院子，光伏发电落地生根。

2017年春节刚过，趁村里人还没有外出务工的空隙，他家将卖药材赚来的钱用在改善居住环境上：除了修起三间偏房，还将主房的暖廊封闭打好。积极响应国家政策：油菜套种啤特果的方式充分利用了有限的耕地，除自给自足外将余粮换成现金，还领取了不少的种植补贴。

老申说，他年轻时养过蜜蜂，想重操旧业。我们便鼓励他尽快行动。说干就干，老申跟着镇上组织的培训班去外地参加中蜂养殖培训，自己又多次去附近的几个蜜蜂养殖合作社取经学习。

2018年6月，国家拨付给贫困户的产业扶持和人居环境改善资金到位后，老申全部投入，加上自己平时攒的钱，购进了十箱中蜂，买了三头猪崽，五只羊。当年，还种植了柴胡和羌活等药材，套种油菜十亩，多渠道增加收入。9月份，盖起了三间西厢房，给院子全部进行硬化。

今年，孙女也上幼儿园了，教育扶贫政策使孩子上学有了更好的保障。

今天，是我和老申约定核实年初制定的"一户一策"脱贫计划和措施到位情况、核对各项脱贫认定指标的达标情况、核算家庭收入和生活支出情况、核查"两不愁三保障"落实到户情况的日子。虽然无数次出入于这个家庭，但这次却非比寻常，复杂的心情难以言表，是喜悦，是忧虑，还是担心，自己也说不清……

一进大门，老申的孙女小欣怡就朝上房喊道："阿爷，来了，阿姨们来了。"话音刚落，蒲梅端着冒着热气的烫面油饼走出厨房。上房的炉子生了火，茶壶里的水沸腾着，老申已经在杯子里放好了冰糖、桂圆和茶，等着我们的到来。

我再次仔细打量了老申家的房子和院子：院子里的灰尘和落叶都清扫过了，墙角堆积的泥沙和烂家具不见了，取而代之的是几十袋新收的油菜籽和豌豆，暖廊的玻璃洁净透亮，炕上也换上了新床单……看得出，老申为我们的验收做足了工作。

我拿出计算器和表册准备工作，老申搓着手连忙说："吃了再算，吃了再算……"我们还是按原计划在温馨的家里开始工作。

住房、饮水、教育、医疗都达标。最后开始核算收入和支出情况。老申说他儿子今年打工还拿来了五千元，定做了西房的门窗，老伴儿在种植农民合作社药材地里拔草挣了三千四百元，油菜籽收了二十几袋子，去年种的四亩大柴胡卖了三千六百元，还有两亩多小柴胡没有拔完，前两天宰了一头大猪，卖了一千五百元，光伏发电的收入一千八百元……他一口气说完了这些后，告诉我们，等明年铲了蜂蜜就准备还扶贫贷款了。

计算器上的数字稳稳地上升着，我的心里逐渐有了底。刚要开口，老申又抢先一步："今年能脱贫就脱贫，不能再让你们帮扶了。"犹如一颗定心丸，将我出发前准备了一肚子的道理原路送回。

告别老申家，月光如水。我的心头也敞亮了许多。

扶贫，不仅是让乡亲们的物质生活达到一定的水平，更是个"扶志、扶心"的过程。"扶贫先扶志，扶贫要扶心"，老申一家从那些艰苦的日子里转变思想，获得力量，找到自身的价值和自尊自信，也将成为乡亲们的榜样——人生在勤，不索何获？

我在韩旗当队长

刘满福

    2017年9月，组织安排我来到临潭县王旗镇韩旗村，担任第一书记兼驻村帮扶工作队队长。9月的临潭，天气已经凉飕飕的，庄稼地里没有了一丝绿意，原野里的草木开始枯黄，这时候，省交通运输厅的领导和同事送我到了韩旗村。韩旗村是深度贫困村，全村现有114户455人，建档立卡贫困户46户214人，人口贫困发生率为47.03%。这个村给我的第一印象是山大沟深，严酷的自然条件制约当地经济社会的发展。走近乡亲们，倍感这里民风淳朴，一张张憨厚的脸及期盼过上好日子的眼神，深深印在我的脑海里。

    了解村情民情，掌握老百姓的诉求和真实想法，是脱贫攻坚帮扶工作的"第一步"。我积极开展走访入户活动，与乡亲们拉家常、摸底数，掌握他们生活中的困难与问题，认真听取他们的想法，竭力为群众办实事、办好事、解难题。

    我详细对照调查表，重点围绕农户收入、安全饮水、安全住房、义务教育及医疗保障等方面开展拉网式排查，认真梳理"两不愁三保障"指标落实中存在的短板与问题，建立整改台账，制订计划，逐项逐户对账销号，为韩旗村的脱贫退出验收工作提前打好基础。

    为了提升农村家庭的内生动力，我利用入户走访的机会，宣讲惠民政策，引导他们树立"勤劳致富光荣，懒惰贫困可耻"的理念，并不断创新帮扶方式，鼓励有健康富余劳力的家庭发展劳务经济，与经济效益好的企业建立长效劳务机制；针对劳力少、以传统农耕为主的家庭，强化种植养殖业技能培训，在大力发展中药材产业的同时，鼓励其发展短平快的"五小"产业（养鸡、养蜂等），为全村22户贫困户购买鸡苗600只，多渠道多方式实现增收；加强特殊困难群众与乡镇、村"两委"的协调联络，增加政策性兜底保障。

我带领驻村帮扶工作队把教育扶贫作为"拔穷根"的有效途径来抓，一是确保义务教育阶段适龄儿童少年完成学业；二是长期抓好控辍保学工作，确保在校学生不因贫困辍学；三是重点关注高中及以上学历学生学习情况，确保其顺利完成学业，并协调县有关部门优先保证贫困家庭子女就业，切断贫困代际传递。通过帮扶单位真帮实扶，韩旗村高中及以上学历的贫困家庭学生都顺利入学。

水、电、路、房及网络等是老百姓最基本的生产生活需求。驻村帮扶伊始，看到村组道路晴通雨阻的现状，作为交通人我急在心里，暗暗下决心一定要改善道路通行条件，让老百姓走上水泥硬化路。2019年4月份，韩旗村村组道路建设正式施工，驻村帮扶工作队与村"两委"及时召开会议，专题讨论相关事宜。我从专业角度详细地给施工单位现场负责人讲解施工质量控制要点，强调要因地制宜，优化施工图设计，加强施工现场管理，合理安排施工工序，确保项目建设有序推进。截至目前，韩旗村实现了村社通硬化路，部分自然社实现4G网络覆盖，全村各自然社实施了太阳能路灯亮化工程，基础设施得到极大改善，为群众脱贫致富奔小康创造了有利条件。

产业发展是脱贫攻坚帮扶工作的核心，是脱贫退出验收的主要指标，是困难群众稳定增收的载体。我认识到扶持合作社发展并带动贫困户增收是一项紧迫的任务。经与村"两委"、群众代表讨论及实地考察，韩旗村天然条件适宜养羊，群众有传统的养羊好经验、好做法，特别是当地水草丰富，发展养羊特色产业前景广阔。2018年9月份，韩旗村村委会主任胡正吉带头发展了"临潭县正吉养殖种植农民专业合作社"，合作社启动运行，面临的最大问题是资金短缺，我多方奔走，在县乡两级党委政府及帮扶单位的帮助下，积极筹措资金二十万元，促使正吉合作社逐步走上良性发展道路，带动当地养羊业快速发展，成为农户增收的重要来源之一。

2018年8月，我的两年驻村期已满，面对去留我心里很矛盾：高兴的是可以与家人团圆，过上舒适的城市生活；纠结的是脱贫攻坚正进入最吃紧的关键时期，没有看到乡亲们彻底摆脱贫困，心里感觉不安。当组织征求意见时，我决定留下来，继续与韩旗村父老乡亲一起脱贫致富奔小康。

两年多来，我始终坚持群众利益无小事，带着对老百姓的深厚感情，扎实开展驻村帮扶各项工作。无论是大山、马山社亮化工程，村级党组织活动场所阵地建设，还是教育扶贫、"两节"慰问及产业扶贫等，一桩桩、一件件都做到实处。村"两委"及群众的肯定，让我在脱贫攻坚工作中信心十足。

我们的闫主任

张彩霞

闫锐锋，男，汉族，中共党员，现年四十二岁，是新城镇肖家沟村千马勺社的一名普通党员，也是县能源办的一名临时沼气维护工。闫锐锋工作几年来，他时时刻刻不忘以共产党员的标准来严格要求自己。做事不声张、勤勉工作、乐于助人是他的特点。这些年来，他出色的工作能力，心系群众的高尚情操和无私奉献的精神，赢得了领导、同事和广大村民的交口称赞，尤其是在贫困群众中有很好的口碑。由于他出色的工作成绩，2011年度被肖家沟村党支部评为"优秀党员"，2012年度被甘肃省农牧厅评为"全省优秀沼气生产工先进个人"，更由于热心的服务，被新城镇、羊永乡等乡镇多个村委会敬赠锦旗予以鼓励。

勤学苦练 本领过硬

2008年，闫锐锋被县能源办招收为临时沼气生产工。刚工作的他，憨厚、朴实。他一方面积极向老同志虚心请教，一方面利用休息间隙对拆换下来的零件进行研究、维修，将自己的满腔热情完全投入到了忘我的工作之中。艰苦的努力，务实的工作，很快使他成为了单位业务骨干，赢得了领导和同事们的高度评价。

"一个人可以没有文凭，但决不可以没有知识"，这是他十分欣赏的一句话，为此，他几乎把所有的业余时间都用在了钻研业务上，努力将自己的工作吃透，干好。也正因如此，他勤奋好学，吃苦耐劳，练就了一身致富本领。他先后参加过多种学习培训，取得了砌砖、粉刷、电焊、土建工程施工等技术资格证书，摩托车、三轮车等中小型机械的维修，部分中药材的种植等多项技术，并在家中安装了粗饲料加工机，使自己家庭收入情况有了改善。

"现在我的收入来源于电焊、粗饲料加工和外出土建工程施工放线，加上种植当归、柴胡、油菜等，一年下来收入还算可观，日子过得还可以，儿子正读高二，女儿也上二年级了。"他满脸幸福地对笔者说。

甘于付出　群众信任

群众一直称呼闫锐锋为闫主任，其实，他以前并不是什么主任，只是肖家沟村千马勺社的一名普通党员，由于他素日里乐于助人，又从不计较得失，帮助村里化解了多起民事纠纷、婆媳矛盾，村民们曾称他为"包公"，因此当地村民一致推选他任村里的调解委员会副主任。于是"闫主任"就成了群众对他的尊称。

2013年冬天，千马勺社村民王怀强驾驶三轮农用车拉煤回家时，在哈尕滩村发生了交通事故，致该村一男孩在医院抢救无效死亡。闫锐锋闻讯后第一时间赶到现场，自己掏钱，带上礼品慰问其家人。死亡男孩家属的情绪一度失控，他在劝解疏导的同时发动亲朋好友，对死亡男孩的家属多次进行耐心细致的疏通劝导，使其家人的情绪逐渐稳定，理性促其双方达成了谅解协议。据闫锐锋说，像这样的事，他已经处理习惯了。多年来，他调解的婆媳关系不和睦，邻里雪壑水路之争，兄弟妯娌分家失和等矛盾，更是数不胜数。

"谁家有事，闫主任就往谁家跑，不管事情大小，无论刮风下雨还是烈日严寒，他都会第一时间出现在事主家。"这是村民们对他的评价。

作为一名普通党员，他关心着周围贫困老百姓的"衣食住行"问题，哪家的电路线坏了，哪家的电动机烧了，哪家的农用车坏了，只要有人叫他去帮忙，他从不扯"把子"，都会第一时间前去。

随叫随到 任劳任怨

"喂，闫师傅，我家的沼气这几天打不起气了，麻烦你有空来帮我检查一下！"王旗乡立新村村民杨登拨通该乡沼气后续服务技术员闫锐锋的电话，客气地说道。

据了解，2008年至2009年期间，闫锐锋先后参与实施了临潭县新城镇肖家沟村，三岔乡直沟村、岳家河村、斜沟村，羊永乡拉布村、李岗村和长川乡冯旗村等多个乡、村的沼气项目工程，碌曲县发改委十户沼气项目试验工程和合作市农牧局协助勒秀乡"百户沼气工程"的建设落实。2011年以来，闫锐锋先后为全县义务维修沼气存储池已达到一百余口。但是近两年来，和他一起招收的沼气维护工为了提高经济收入都已经不在其位，而他不顾家人埋怨，始终以一名沼气维护工的身份拿着微薄的薪酬，一如既往地工作。无论是农忙之际，还是烈日当头，他只要接到村民打来的电话，就会第一时间带上相关维修设备，开着沼气池抽渣车前去维修。

"他的服务态度硬是好，我每次打电话叫他来帮我维修沼气池，没有听见过他发一句牢骚。"站在一旁的村民陈喜林告诉笔者。

当笔者询问村里的村民，闫锐锋来维修沼气池是否要收取一定的"技术服务费"时，不少村民纷纷表示，除了必要的更换材料的费用，他从来不会向村民收取任何"技术服务费"，有时连材料费都不收。

"虽然我做的是一份义务工作，但是从来不感到后悔。通过这项工作，我得到了乡亲们对我的信任与尊重。看着沼气用户送的一面面锦旗，我就倍感欣慰。只要在我身体允许的条件下，我就会把这份工作一直干下去。"闫锐锋一脸平静地说道。

心系群众　无私奉献

"要致富，先修路，这是他劝导村民们时说的话。"一位村民对笔者回忆说。

2010年在村委会成员的力争下，肖家沟村千马勺社的社道需要硬化，但道路拓宽伤及部分村民利益，要削墙挖场，而闫锐锋家临路长五十米的麦场、菜园也面临挖掘近两米的损失，他不顾家人的反对，二话没说，主动修路让地，并协助村干部劝导其他村民。他的举动使部分持观望态度的村民打消了顾虑，纷纷让道，才使村道拓宽和硬化得以如期开工和竣工。

近几年来，社民们的生活水平提高了，但一些不良风气也日益增长，逢年过节、农闲时，社里的年轻人结伙赌博、酗酒闹事的事情时有发生，闫锐锋怕这些情况一直延续下去，败坏社里的风气。今年7月，他主动和村干部商量，提出修建社文化中心，并第一个带头出钱出力，发动村民献工献料，同时和大家一起，多方募捐筹措资金，修起了一座二层砖拱结构的文化中心，现在文化中心主体已经完工。

"现在像闫锐锋这样的人已经不多见了，很多人为自己着想，不管他人过得怎样，都不去过问。而闫锐锋一心为村民着想，不管是义务植树，还是修建村道……他都第一个站出来响应号召。"村党支部书记李长荣这样评价他说。

2004年，当闫锐锋听邻居说王旗乡一名一岁女孩因父母在兰州务工时离异而无人抚养，被遗弃在一位老太太家中时，他连忙赶去兰州，从老太太家中将女孩领养回家，视如己出，并主动给老人四千五百元作为孩子在她家两个月的生活费。回家后，他多次耐心地说服妻子，采取了长期放环节育措施。在他们的细心呵护下，女孩健康成长着，现在已经上小学二年级了。去过闫锐锋家的村民都感叹说："锐锋子对这孩子比亲生的还要疼。"

"路漫漫其修远兮，吾将上下而求索。"这是闫锐锋最为欣赏的诗句。他以此勉励自己在人生的道路上不断探索，追求真理，为人民群众的和谐安康多干一些力所能及的实事，这就是他的理想，他的追求。

初心与坚守

敏海彤

一个匆忙的身影背着药箱急走在空茫的乡间山野里；

一个匆忙的身影背着药箱急走在泥泞不堪的村道上；

一个匆忙的身影背着药箱在空苍苍的夜色里急着回家。

这个匆忙的人就像蜡烛一样默默地燃烧着自己，却无私地点亮了他人，他就是羊永镇畜牧兽医站站长魏永红。

魏永红在甘肃农业大学上学时就是一个勤奋好学、品学兼优的好学生。毕业后被分配到临潭县法院，但热爱畜牧兽医专业的他执意选择了畜牧行业，走进了基层。2009年，由于工作业绩突出，县农牧局要求他调到局里工作，他一再婉言谢绝，再次选择了基层，认为自己的工作和理想就在基层，在基层工作更有作为，会实现自己的梦想，彰显人生价值。

刚送走给鸡子买药的，又迎来给猪崽瞧病的。在临潭县羊永镇的兽医站院内，从天刚亮就陆陆续续有周边的群众来给自家的牲畜看病。嘈杂中，魏永红娴熟地看病配药，迎来送往。

自1991年参加工作以来，魏永红扎根基层，长期从事疫病防控、兽医门诊治疗、良种鸡推广、牧草栽培、牛羊育肥、暖棚建设、奶牛冻配、农牧业技术培训及推广工作。

近三十年的基层工作，让魏永红坚守了初心不变，也扛起了使命与担当。

基层工作是没有上下班限制的，群众的需求也是不分白天黑夜的，而兽医工作是出了名的又脏又累。

"因为爱这个岗位，所以才会更好地敬业。"在魏永红看来他的工作虽然苦点，但是带给他更多的却是付出之后的"乐"。每当救活一头牲畜，每当成功诞生一头新生命，他的心里比群众更高兴。因为他深知多一头牲畜，群众的生活就多一点希望。

魏永红通过无数次的操作练就了过硬的人工授精和母牛发情鉴定技术，常年为当地群众开展服务。近五年来累计为当地群众冻配荷斯坦良种2100头，西门塔尔良种2250头，安格斯良种1250头，德国黄良种680头，北京娟姗牛820头，总受胎率达98%。

用他的爱心和热情凭着娴熟的操作技术赢得了广大农牧民的一致好评，平均每年配种良种奶牛达1000头以上，使农牧民增收500多万元，取得了显著的社会效益。

近几年来，依托国家扶贫政策，农村的合作社遍地开花，养殖业发展迅速。魏永红的工作也越来越忙，肩上的担子也越来越重。

他虽然服务于临潭县羊永镇，但是由于技术过硬，又乐于助人，魏永红的工作很多时候是没有地域限制的，临卓两县的群众只要是上门的，魏永红都会尽心尽力地帮忙。

近两年来，外出放牧的少了，更多的养殖改为舍饲，加之甘南州临潭、卓尼两县气候寒凉湿润，导致牲畜的发情、发病从周期性到常年性。

魏永红凭着一股执着的韧劲儿，不畏困难，钻研家畜寄生虫病的发生规律和防治技术，踏遍临卓两县广大农牧区开展调查，在业内也小有名气。

他不断学习现代畜牧业科技知识，同时积极向业内同行学习，不断提高业务水平，平均每年诊治各类牲畜3800头（匹、只），治愈率达98%，无一责任事故发生。

同时，积极开展畜牧业先进技术推广工作，在甘南州农牧互补大战略中，深入村社开展服务，四年时间帮助广大饲养户建筑暖棚500座，推广优良牧草6000亩，跟踪指导，跟踪服务。

组织全站专业技术人员进行畜牧业科技下乡活动，培训农牧民专业技术人员2000人次，正确引导农牧民群众发展畜牧产业化经营，及时向农牧民提供先进技术、信息服务。

他和同事每年育雏良种仔鸡3万只，向广大农民推广，赢得了广大农牧民好评。

由于魏永红工作成绩突出，2013年3月被临潭县农牧局评为农牧业工作先进个人，2013年8月被中共甘南藏族自治州州委、州政府评为"首届甘南藏族自治州先进工作者"，2014年7月被中共临潭县委、临潭县人民政府评为全县农牧业工作先进个人，2014年9月被中共临潭县委、临潭县人民政府评为首届"中国梦·最美临潭人物"，2016年5月当选为第十七届临潭县人大代表。

让群众花最小的成本救活牲畜，是魏永红在工作中秉持的原则。做有独立见解的自己，活出真我，是魏永红生活的真谛。

风雨兽医二十载，"爱兽医这行业，不怕苦，不怕累，不怕脏，不怕麻烦"是他真心的话语。"无论是晴天，还是雨天，无论是白天，还是黑夜，随叫随到，他总会骑着摩托车赶到，车不行就步行，牲口病了，比他的亲人病了还急。"这是群众对他二十多年兽医工作的肯定，也是对他的肯定。扎根基层畜牧事业二十二年，他奉献着，快乐着。

未来，魏永红将永葆初心，继续扎根基层，在农牧业产业扶贫上贡献自己的力量。

做一个行者

高金慧

在扶贫路上

"只要人人都献出一点爱，世界将变成美好的人间……"是的，只要我们每个人能以爱心待人，都会带给别人丝丝暖意。

在同一片蓝天下，却有着这样一个可怜的小女孩，她——岳尚环，女，汉族，出生于2011年8月23日，是一名义务教育阶段适龄儿童，是临潭县新城镇哈尕滩村南沟社村民岳康东之女，她因肢体一级残疾，让这个原本就不富裕的家庭变得更加贫穷。她不能像其他小孩子一样正常行走，不能像其他小孩子一样活蹦乱跳，不能像其他小孩子一样走进校门快乐地学习，更不能像其他孩子那样更好地融入班级……

在上级文件精神的期许之下，在家长充分解读党和国家的惠民政策之后，为了圆她的上学梦，为了她能像其他正常孩子一样接受教育，我和同事孙培霞对该生实施送教上门。当我们敲开家门，家长就非常热情地迎上来，我们与家长亲切地进行了交谈，说明了来意，了解了孩子的情况，倾听家长心声，并鼓励家长不能泄气，要坚强面对。在与家长交谈中我了解到岳尚环小朋友平时很少"走"出家门，她的大多数时间是在炕上度过的，她对外界的了解都是从父母或亲人口中得知的，但她非常渴望上学，对外界的一切充满了好奇，充满了幻想。

当第一眼看到这个可怜的小女孩的时候，我的内心被深深地触动了，她虽然有着八岁的年龄，但由于身体原因，看上去十分瘦弱，让人不由自主地想要呵护她、帮助她、关心她。随后，我和蔼地与孩子聊天，通过心与心的交流，拉近了我们之间的距离，打开了孩子紧闭的心扉，我们不再陌生，看到她天真烂漫的笑容，我会意地笑了。看着孩子期盼的眼神，我鼓励孩子要勇敢地面对生活，要快乐认真地学习。

我从她的身心发育和智力发展情况，从运动能力、感知能力、语言能力、认知能力、生活自理能力、社会适应能力等方面进行客观评估，为孩子制定了个性化切实可行的教案，切实做到了因"人"施教，并对送教时间、送教内容、送教方式都做了切实可行的计划。每次送教，她都快乐得像个小天使，我知道她对知识是渴求的，对书本中的一切是新奇的，对外界的一切是幻想的，而我对她除了怜悯，更有深深的爱。

爱心点燃希望，政策成就梦想。送教时我会为她送去简单的学习用具，有时我会用多媒体课件给她进行直观、形象的授课，使她更易于理解课本知识。我们一起学习，一起快乐，一起成长，她开心地笑了，我也笑了，我们寓学于乐。我们都深深知道，这不只是简单的学习用具，而是一个殷切的期望，一份深深的爱……

爱心点燃希望

我深深地知道"授人以鱼，不如授人以渔"。在授课时我会认真耐心地给她讲解课本知识，结合生活实际，举一些她容易理解掌握的生活实例，做到举一反三。但是在教学中我更注重学习方法与良好习惯的培养，教给她的不只是简单的课本知识，更多的是获取知识的方法，是知识在生活中的运用，是知识改变命运的真理……

累并快乐着，我送教的时间大多是周末或下班时间，虽然到她家有一段泥泞的马路，但我还是抽出时间坚持去送教，因为我决定要帮助她、关爱她。如苏霍姆林斯基所说："把整个心灵献给孩子。"在和她相处的这段时间里，我们不是亲人，却胜似亲人。在课间休息的时候，我会去照顾她的生活起居，就像照顾自己的孩子一样，在她父母忙的时候我会帮她洗脸，洗手，给她换衣服，和她一起整理学习用具，和她玩有趣的数学游戏，给她讲张海迪的故事……我们是师生，是朋友，更是亲人！

扶贫之路并非一朝一夕，路漫漫其修远兮，在扶贫的道路上我将继续坚持前行，我坚信我能走得更远。使教育脱贫攻坚政策落到实处，让孩子拥有明媚灿烂的阳光！切实让爱的阳光照耀每一个孩子，助力孩子在阳光下幸福成长。

脱贫攻坚　教育先行

"百年大计，教育为本"，教育作为社会发展永恒的主题，它是提高人口素质、促使国家和人民摆脱贫困的根本途径。知识改变命运依然是这个时代无法改变的定律，"教育扶贫"在脱贫攻坚中有着举足轻重的意义。我们国家的发展离不开文化发展的支持，而文化发展的使命就责无旁贷地落在了人类的文明使者——教师的身上。教师——一个被称为太阳底下最神圣的职业，教师，也被人们冠以"人类灵魂的工程师""燃烧自己照亮别人的蜡烛"的美名。

作为一名人民教师，作为一名扶贫工作的践行者，在两年的扶贫工作（送教入户）之路上，我深深地体会到"脱贫攻坚，教育先行，教育扶贫，育人为本"这句话的真谛，"教育扶贫"是斩断贫困锁链的重要方式，其根本在于"精神扶贫"。它不是简单的对扶助对象"授之以鱼"，更多的则是"授之以渔"，引导受助者寻找造成贫困的根源，鼓励他们树立改变落后面貌的思想，提高教育文化素养，变被动脱贫为主动致富。

要做好扶贫工作，要做到"扶贫先扶志"，"扶志"就是要让专业人员对他们悉心辅导，让他们感受到我们党的温暖，让贫困者树立脱贫致富的意识，只有思想上"扶志"，能力上"扶智"，才能使"脱贫攻坚"工作真正落到实处。

开展扶贫工作，离不开党的关心与支持，离不开党和政府的带领，更离不开扶贫工作者的不懈奋斗、持之以恒。在送教时除了要多体谅她的心情之外，还要多鼓励她树立信心，振奋精神，自力更生。在平时的工作中还要让家长多了解惠民政策，我还会让家长、孩子都感受到来自政府、学校、老师的关爱和温暖，激发他们热爱生活的信心。和他们进行多种方式（面谈、电话、微信等）的沟通，了解他们的需要，倾听他们的心声。

沟通——让爱更贴近

在制定帮扶措施方面要勤于思考，充分考虑实际情况，因人制宜，合理进行调整。教育扶贫是一长期系统工程，需要长期的努力。应根据实际，制订长期送教计划，给予扶贫对象长期、持续跟踪的帮助。结合被帮扶对象的实际特点开展帮扶。提高自身水平，做好新时期教育扶贫工作。

《学记》有云："君子如欲化民成俗，其必由学乎。"一语中的地揭示出教育在育民为善、改良思想中的重要作用。当下，脱贫攻坚更是要教育先行。而"送教入户"更是为学校教育和家庭教育搭建了良好的沟通桥梁。一方面让贫困家庭感受到党的温暖，感受到学校的无私和热情；另一方面切实落实了教育扶贫政策。教育扶贫真正做到了：切实让每一个贫困家庭的学生享受到良好的教育；切实让每一个贫困家庭的学生不因贫困而辍学，不因病而辍学；切实让每一个贫困家庭从根本上脱贫致富！

阳光温煦

孙培霞

    为贯彻落实关于展开教育扶贫攻坚"送教上门"工作的精神，保障因生活不能自理等客观原因不能到学校接受教育的建卡贫困家庭残疾儿童受教育的权利，我校展开了"送教上门"工作。

    我送教的对象是哈尕滩村南沟社的一户家庭。残疾孩子名叫岳尚环，女孩，八岁。如果是一个正常的孩子，她应该在学校上三年级了。不幸的是孩子肢体一级残疾，身体只能勉强坐一会儿，但也没有多大力量。孩子走动只能坐轮椅，需要大人帮助。生活不能自理，吃饭、穿衣、上厕所离不开大人。除了肢体上的残疾外，语言方面没有障碍，小嘴很巧的，大脑发育正常。由爷爷奶奶常年照顾她，爸爸在外打零工，妈妈干农活儿。由于孩子的原因爸爸都是在我们当地打工，不敢走太远。孩子的情况使这个家庭生活过得并不快乐。为了这个家庭她的爸爸妈妈只能苦苦支撑。

    很开心认识这个孩子，愿我的绵薄之力带给她快乐，带给她知识。愿我的到来，就如今日的阳光温暖和煦！

    接到送教的任务后，知道孩子是肢体一级残疾，不知道具体情况。于是我和同事两个人决定去她家了解详细情况，先是联系上了孩子的爸爸，说明了我们来访的目的。孩子爸爸很乐意。来到她家见到了孩子，在炕上躺着，爸爸给孩子说这就是你的两个老师，以后跟着她们好好学。孩子说："我是不是可以和其他孩子一样上学了？"看得出孩子是多么渴望上学啊！孩子满脸绽放着激动的笑容。在和爸爸深入交流后真正知道孩子残疾的严重程度，多么可怜的孩子，多么痛苦的家长啊。我能帮她什么呢？我能教她什么呢？第一时间想到了这个棘手的问题。从来没接触过这样的孩子，平时都是在学校教正常孩子，可以说一点儿经验都没有。于是回到家我在手机上查找这方面的资料，查看这方面可以借鉴的案例，那天我查到了很晚才睡觉。

第二次去我正式和孩子进行接触，因为孩子从来没上过学，也没接触过老师，我想孩子肯定会紧张害怕的。但出乎意料的是，我坐到她身边后，她表现得很勇敢、兴奋。她说："老师你给我教什么呀？"我说："先教写你的名字吧。"在教写名字的过程中，我发现孩子小小的手在写字方面很困难，几乎笔都拿不住，再加上她不能长时间地坐，顿时，我一阵心酸，多可怜的孩子啊！于是我想让她多读多看，尽量少写，从孩子感兴趣的话题着手。这样可以减轻孩子身体的压力。由于时间原因，第二次的送教就这样草草收场。

在回家的路上我想，通过我的不懈努力和社会各界的支持，相信这个孩子会和正常孩子一样健康、快乐地成长。

第三次的送教孩子见到我非常高兴，我也很随和地靠近她了。我用尽量温暖的声音和孩子交流，从她的眼睛和表情里我看到她真正接受了我这个老师。

这次，按照我的计划先给她教一些简单的日常出现的字。孩子写字能力有限，刚一会儿就累了。于是，我就给她讲一些简单的故事，并问她一些简单的问题和孩子喜欢的话题，比如说：你见过小猴子吗？你见过小白兔吗？她说："没见过猴子，见过兔子、小鸟。"孩子不能走路，基本上没出过大门，知道的事物是有限的，怎能回答复杂的问题呢？她坐了没多久就坚持不住了，说要躺会儿呢，非得让她妈妈或者奶奶扶她躺下。对于上课孩子不大感兴趣。说了那么多话，解释了那么多，她还是不太明白。说实话我很受打击，正常孩子很容易能学会的东西，无论用什么办法也教不会，确实很头疼。但又想：对于这样的孩子我们要有耐心，多交流孩子感兴趣的话题，让孩子慢慢地去适应去接受。孩子学不会的不再教，寻找孩子的兴趣点及能改善和提高的地方。我发现孩子比较喜欢数字，我的同事就和她一起练习用手指表示数，看到她收获了数字的认识，同时收获了快乐，我也很满足。

就这样我和同事一周去两次，每次回来都有不同的收获，不同的感想。多么可怜的孩子啊！没有和正常人一样快乐的童年，快乐的人生。

"假如命运为你关闭了一道门，我愿用我的爱心和耐心为你打开一扇窗，让你感知外面的世界，看到光明和希望。"这是我们送教上门老师的美好愿望。这个虽然是一项长期而又艰辛的工作，但它却包含了无限的正能量，我愿以执着的信念把这正能量持续下去，为这个愿望做踏实、细致、耐心的工作。给那些无法入学的孩子带去快乐和温暖，让孩子感受到世界的五彩斑斓！

时间过得真快，在忙忙碌碌的一学期里，送教工作也接近了尾声，作为一名送教老师，工作是平凡的，从计划实施到走访落实，每一步都饱含着艰辛，查找不足，探索经验，精心准备，耕耘着，收获着，其中的点点滴滴都饱含了对残疾儿童的爱心。

甜蜜生活

杨志龙

元宵节后第二天一早，天还雾沉沉的，寒气凛人。

我是冶力关镇洪家村驻村帮扶工作队队长，那天我和帮扶队员开始分组入户走访贫困户，以确定2019年产业发展计划、完善"一户一策"等工作。我和帮扶队员侯冬林来到自己帮扶的贫困户——老洪爷家，早起的爷儿俩已在烤箱上烧开了第二壶水，喝着茶水，吃着有点干硬的馍馍。短暂的寒暄之后，我们详细询问他家所养土蜂的收入和蜜蜂过冬情况。说起蜜蜂，老洪爷的眼睛顿然一亮，放下正在啃吃的馍馍，滔滔不绝地说起来。听着他们爷儿俩热情的叙说，看着眼前的情景我们心中充满着欣慰——七间漂亮的大瓦房，铝合金全封闭暖廊，擦得发亮的新式烤箱。清甜的自来水拉到了门口，巷道到大路也全部硬化了，还有那二十来箱装满蜂的蜂箱更是引人注目。老洪家我记不清来过多少回，一时间不由得回想起帮扶工作这些年来的点滴。

2015年5月份，我们单位的帮扶工作从冶力关高庄村调整到了洪家村。第一次走访重新分解给我的贫困户时，看到那个家里只有一位六十多岁患有严重腿关节病的老人和一位四十来岁患有先天性小儿麻痹症的男人以及三间破陋的住房，我眉头紧锁，心里一阵难过和愁肠，尽管来之前有一定的心理准备——单位统一给领导干部安排的是条件最差的贫困户，可怎么也没想到会差到这样。

接下来的时间和其他帮扶干部一样，我从春节前后送些慰问品和农资，开始和他们试着建立感情，多次入户和爷儿俩谈心交流，了解他们生产生活的详情，多方协调落实各项惠农资金，逐渐获取了他们的信任。2015年中秋节后的一次走访中老洪坚持要让我吃点他亲手酿的土蜂蜜，吃了一口，那种香到脑子里的甜味是我近十多年记忆最深刻的，是吃过的最香的一次。吃了几口蜂蜜我突然有了个想法，老洪有多年养土蜂的经验，门前屋内也有很多空地，再加上州、县对冶力关又有大面积退耕还林和种植万亩油菜的有利条件，何不走养蜂致富的路子呢？我当时把想法说给老洪听，老洪虽然嘴上答应，可我看得出他没有太大的信心，或许他要得到儿子的支持。年底一次走访时儿子洪安荣也打工回来了，那次我费了很多口舌，鼓励他放弃外出打工的念头跟他父亲学习养蜂的技术，走养蜂致富的路子。我给他讲在家养蜂的好处，比如可以照顾老人，可以滚动发展，可以解决以后的生计，可以致富以及规避外出打工遭人嫌弃、收入不高的不利因素。多次的劝说之后，我的建议终于得到了他们父子的认可，我也把这个想法正式列进了帮扶计划。2016年年初，凑巧的是老洪家仅有的一窝老蜂分了四箱新蜂，年底蜂蜜卖了三千多元，安荣也初步学会了养蜂的技术。初次成功的喜悦终于坚定了他们的信心和决心。2017年年初，他们扩大了养殖规模，年底蜂蜜收入近七千元。

有道是好事成双，2016年根据县上和镇上统一安排，洪家村洪家社被纳入灾后重建项目范围，符合条件的建档立卡贫困户每户可补足项目资金四万元。我和镇上包片领导卢继业又多次给他们家做工作，鼓励引导他们抓住这次机会修缮住房，老洪和儿子也决定拿出家里的积蓄，拆掉住房重建。可对于他们两个人来说盖起几间像样的房子是何等的困难，更何况还是拆除重建，光是小巷道就窄得只有小三轮车才能勉强进出。中途我去过好几次，每次去都觉得他们特别不容易，随着房子一天天建起，让我惊奇的是，他们竟设计盖出了一个用洪安荣的话来说是全框架的瓦房——底梁、顶梁、人字梁都是混凝土，在农村这样盖瓦房的还真少见，我也认同他们的观点，毕竟这样的房子抗震性更强。2017年7月份，当我坐在客厅新式布艺沙发上，看着宽阔洁净的客厅，高大的组合式电视柜，六十来英寸液晶彩电，那种温馨的感觉我也想多坐会儿，我想或许这也圆了这家人一生的念想。这件事我感触很深，从那以后我觉得工作比以前好像积极多了。我相信有这样的毅力和决心，加上国家这么好的政策，老洪家脱贫致富不会有什么问题了。房子盖起来了，蜂养起来了，通过参加县上组织的统一培训科学养蜂的经验也积累起来了，剩下的就是如何让他们鼓足勇气，扩大规模。2018年上级安排给未脱贫户的两万元产业扶持资金经帮扶工作队和村"两委"班子商议，征得老洪家同意后全部由他们自行投资购买蜂种、蜂箱及养蜂设备。现在的养殖规模已达二十余箱，今年正常分巢后可达五十至六十箱，年底收入一点五万元的目标应该可以轻松实现。以后即便没有低保金和残疾人补助金，生活同样可以得到保障。

老洪家走过的脱贫路是全国千万贫困家庭中的普遍一例，也是国家大扶贫战略成效的具体体现，这说明有国家脱贫攻坚政策强有力的支持，有切实可行的帮扶计划和行动，激发贫困家庭脱贫致富的内生动力，在社会各方共同努力下，我们的脱贫攻坚工作一定会如期完成。

多年扶贫路，一路走来，饱含着各级领导的期盼和努力，汇聚了众多有生扶贫力量，谱写着更多帮扶故事，更浸润了基层帮扶干部们的汗水和泪水！我相信，在大家的共同努力下我们必将在脱贫攻坚的路上再拓出一条小康大道，这是宏伟蓝图和群众的期盼，也是广大基层工作者的壮丽舞台。

在脱贫攻坚的路上，我们正奋勇向前！

扶贫路上的印迹

——记流顺乡宋家庄村帮扶工作第一书记兼队长高振雄

金朝旭

　　记得初见高书记时，第一印象是一位慈眉善目、和蔼可亲，与我父辈同岁的优秀工作者。2018年的3月，他被西北民族大学选派担任临潭县流顺镇宋家庄村驻村帮扶工作队第一书记兼队长。因常年从事学院工作，初来乍到，面对该村的脱贫现状和目标任务，他一片茫然，一筹莫展，该怎么办？怎么做？宋家庄村是西北民族大学所帮扶临潭县2个乡镇6个村中人口基数最多、贫困程度最深、扶贫难度最大、帮扶任务最重的村，有7个自然村，12个村民小组，475户2068人（比个别乡的人数还多），建档立卡贫困户194户838人，仍有贫困户39户138人，计划年底整村脱贫退出。两年时间转眼即逝，回忆过去的风雨岁月，历历在目，让人难以忘怀。

　　"让贫困人口和贫困地区同全国人民一道进入全面小康社会是我们党的庄严承诺"是高书记工作的动力。

　　他到村任职第一天就参加了党员活动日，感觉到村支部建设较为软弱，党员作风散漫。从带头学习《甘肃省农村党支部建设标准化手册》、撰写学习交流材料入手，用自己所学所悟上好党课，做好党内思想政治交流交心，寻求建强支部帮扶方案。

　　面对贫困，高书记紧盯年底整村脱贫退出的目标任务，与包村领导紧密协作，坚持业务优先、优势互补、摸实情、出实招、办实事、求实效的原则，分组明责、精准高效地做好"一户一策"帮扶工作；

吃住在村、工作到户，上田间地头寻找帮扶思路，下河沟井道解决实际问题；与各级各类帮扶人员、贫困户并肩作战，新建11个安全饮水点，成功解决了孙家庄和宋家庄两个自然村四社183户772人的饮水问题，改造加固危房4户，做到精准施措，精准帮扶，精准退出，成功实现年底脱贫35户125人，余4户13人，贫困发生率0.88%，实现宋家庄村率先在流顺镇整村脱贫退出。

"实施精准扶贫方略，找到'贫根'，对症下药，靶向治疗"是高书记工作的方向。

面对全村456户（194户贫困户和其余262户非贫困户），逐一走访，一户也不能缺下足迹。通过多次走访深度调研，推心置腹把心交，观察判断交朋友，了解近几年来生产收入和生活支出基本情况及原因探讨，立足村情民情实际，要寻找发展短板和存在问题。一是贫困户脱贫愿望强，发展能力弱。部分贫困人口文化低、思想守旧，无技术、缺资金，怕失败、不敢投资；部分贫困户有"等、靠、要"的依赖思想，自力更生发展致富动力差。二是科技运用程度低下，开拓意识差。村民文化素质低，学习和运用科技的意识淡薄，惯性思维、常规作业、粗放式生产，新技术、新品种的引进和转化速度慢，科技运用程度低。三是地域差异客观存在，观念转变难。生活目标低、懒散随便、趋利性强；几年的帮扶，村民们物质资源富裕了，发展动力减退了，创新意识衰弱了，转变观念、扶志扶智刻不容缓。四是农牧产业结构失衡，生产收益低。种植是全村生产收益的主要支柱，效益差；养殖合作社三家，集体经济薄弱。农牧村，种植养殖严重失衡，没有形成科学合理的产业链条发展致富。

在工作中调研，调研中探索，先后草拟了唐古特大黄试种植等六份报告，最后形成《关于宋家庄村产业基础调研和结构调整建议的报告》。调研时间长了，村民亲切称呼高书记为"农民教授"。

"小康不小康，关键看老乡；幸福不幸福，样样在脸上"是高书记奉行的原则。

第一次到贫困户张顺生家里去，只见破乱不堪，一片狼藉。经过详细调研了解，顺生家五口人，两口子五十一岁，女儿女婿三十一岁，有一个九岁的孙子上学，全家人健康。张顺生嗜酒不顾家人，与女婿有矛盾，女儿女婿关系不好，长年在外打工也没有带来多少钱。高书记一面与顺生谈心、谈生活、谈责任、谈尊严，一面讲政策、讲方法、讲观点、讲法律，交朋友、交亲戚。最终顺生深知自己的家庭状态不应该成为贫困户，五人四个劳动力，主要是自己嗜酒如命，家庭不和睦，没有责任心。顺生有了新认识，精神面貌有了转变，媳妇、孙子的脸上也露出了微笑。在带给顺生家自立信念的同时，高书记留下了学校给他过冬御寒的被褥。

宋家庄村杨家川下社贫困户、六十九岁的王天昌一家四口人，四十五岁的儿子和儿媳妇，还有上学的孙女，勤劳致富靠养牛于2016年脱贫。原来在自家院墙外盖一间五十多平方米的牛棚，养三十八头牛，院内厢房、暖廊都是草料储蓄场，条件极为简陋且严重不符合养殖要求。高书记积极邀请学校养殖畜牧专家教授前来现场调研指导，陪同王天昌协调选址，已建成人畜分离的养殖合作社，带动帮扶五名贫困户一起致富。

发现问题不易，解决问题更难，如何借用各种帮扶政策的阳光雨露，发挥各级帮扶单位的优势资源，进一步巩固提高全村群众的生产效益和生活水平，夯实宋家庄村实施乡村振兴战略的基础建设和资源保障，早日完成生态文明小康村建设，就成了帮扶队长的使命责任。高书记苦思冥想，夜不能寐，怎么办？

"帮钱帮物，不如帮助建个好支部"是高书记工作的目标。

作为一名共产党员，高书记经过几番协调努力，2018年11月26日，成功举办了西北民族大学管理学院党委与流顺镇宋家庄村党支部"结对共建支部、助推脱贫攻坚"党日活动，西北民族大学党委书记邓光玉参加。

2019年6月11日至14日，西北民族大学管理学院党委与临潭县流顺镇宋家庄村党支部共十名党员代表前往延安开展"结对共建支部、助推精准扶贫"主题党日活动。通过观看图片、资料、实物展览，深切感受革命圣地延安孕育的实事求是、理论联系实际、自力更生、艰苦奋斗、全心全意为人民服务的延安精神；深切感悟坚定信念、一心为民、艰苦奋斗、实干担当、敢为人先、廉洁奉公的梁家河精神。

在梁家河村史馆前广场，管理学院党委书记祁永龙同志带领大家面向党旗庄严宣誓，重温入党誓词。

通过党日活动，进一步深化了结对帮扶成果，接受了一次深刻的党史教育、党性教育和党的革命传统教育，大家纷纷表示要结合自身工作职责，不忘初心，牢记使命，树立自主脱贫的志气和本领，发挥基层党员干部的引领和首创精神，胸怀担当，主动作为，在扶贫中率先垂范，调动起贫困群众的积极性和主动性，坚决树立"脱贫致富终究要靠贫困群众用自己的辛勤劳动来实现"的思想自觉，为建强支部、引领脱贫攻坚夯实了觉悟基础。

"俗话说得好，家有良田万亩，不如薄技在身"是高书记工作的思路。

村民对新品种、高科技的接受是有难度的。他经过多次走访交谈讲解动员，党员常过关、张军娃，建档立卡户孙树中等几家同意试种藜麦（陇藜1号、4号）五亩，优质柴胡（中柴2号）四亩，洋芋（新大平）零点五亩等试验田。引进优质种子和科学种植管理技术，使用专用肥料，请来学校种植专家教授在选种、倒茬、整地、施肥、下种、间苗、锄草、田间管理等技术上进行现场指导。村民在种植时唯恐种稀了，间苗时就怕留少了影响产量，禾苗长到五十厘米后对稀密状况进行对比，大家才一致认为还是科学种植效果好。用鲜活的事实来转变群众传统的种植观念和懒散随便的习惯，用实际行动树起参考样板，激发自身发展内在活力。

"精准扶贫，一定要精准施策。要坚持因人因地施策，因贫困原因施策，因贫困类型施策"是高书记工作的方法。

充分调研后，发现农牧村产业结构严重失衡（以种植业为主，养殖业匮乏），农民专业合作社（四个）发挥作用微弱，集体经济薄弱，乡村振兴战略的推进缺乏抓手和依托。针对所调研出来的问题，拟订了《关于在临潭县流顺乡宋家庄村建设饲料研发及技术推广中心的报告》报西北民族大学脱贫攻坚协调领导小组寻求技术帮扶，草拟了《关于宋家庄村产业基础调研和结构调整建议的报告》上报临潭县委、县政府相关领导寻求匹配资金支持和政策指导帮扶，调节产业均衡发展，破解传统发展瓶颈。

由乡镇领导牵头、村委会为主体成立集体经济组织，由西北民族大学脱贫攻坚协调领导小组整合各级各类帮扶资源，建立"西北民族大学高原饲料研发与技术推广中心"，学校出资购买多功能铡草机等基础启动设备为村集体经济的支撑发展资源；发挥学校养殖种植资源优势，在施肥、选种、育苗、栽培、田间管理等种植技术和饲料配方、加工、圈舍修建标准、分养要求、生理期饲养、饲养配种、排泄物育肥等养殖配套技术上现场予以指导和培训；推广"高校+合作社+农户"的产业化发展经营方式，引导农民建立起利益联结机制，尽快形成利益共享、风险共担的共存理念；帮助合作社带动农户家庭养殖，通过技术培训、科普宣传、现场指导、饲料加工、示范带头等方式将先进的生产技术和经营理念传授给农户，指导群众扩大养殖规模，规范科学种植养殖，形成"施农家肥有机种植为科学养殖备绿色饲料，用绿色饲料科学养殖为有机种植储育农家肥"的有机循环产业链。

经过深度走访、宣传、讲解、帮助，贫困户逐渐观念更新转变，已经有几家建档立卡户筹资自建养殖场，孙家庄上社贫困户孙淑英家养猪十五头，半年纯收入一点二万元，被评为2018年致富带头人。今年又养猪近二十头，其叔叔孙树中家也积极建圈养猪十几头，正在规模扩建养殖场所，前景看好，收获在望。

张家庄上社生产发展带头人王全顺，通过对乡村振兴战略的了解和农村产业发展的判断，以近年来自己辛勤劳作的所有积蓄，申建了"临潭县剑霞养殖种植专业农民合作社"，正在建设中的合作社其规模和经营运行能力看好。今年来已特别邀请西北民族大学畜牧养殖专家教授先后三次到施工现场帮助规划设计，指导合作社建设。农牧村产业均衡发展的观念有了更新，特色产业发展的瓶颈有了破解。

2019年是不平凡的一年，是临潭县整体脱贫摘帽的决胜之年，五十三岁的高书记挥洒着自己辛勤的汗水与忠诚担当砥砺前行的干劲儿，带领着宋家庄村群众为实现共同的脱贫目标、共赴小康而努力。

老敏的笔记本

敏海彤

　　天刚亮，临潭县流顺乡上寨村帮扶队长敏奇才顾不上疲惫就急匆匆地敲开了马大夫家的大门，把马大夫从被窝里拉出来"牵"到了他的药铺里。马大夫在抓药时转身问道："哎！老敏，你的哮喘、肺心病最近怎么样了？"老敏不说话笑了笑。赶早饭时间他得让李晒来老人把药吃上。说起这李晒来一家，老敏这心里的疙瘩……可能"心有余而力不足"是老敏内心的真实写照。

　　李晒来是流顺乡上寨村马场沟的贫困户，是真真儿地苦了一辈子的人了，老了老了却落了一身的病。加之老伴前几年刚做了鼻癌手术，而孙子又到了适婚的年龄。李晒来顾不上自己是糜烂性胃炎还是贲门炎，心里一着急还把膝盖骨给摔裂了。真是屋漏偏逢连夜雨，叫天不应叫地不灵。"李晒来要是倒了，这个家庭可真就没救了。"老敏焦虑地说。李晒来的儿子出门一走近二十年了，从来没回过家，更谈不上赡养双亲。老伴的鼻癌手术后遗症很明显，孙子常年在外打工，帮不上一点儿忙。老两口还得拉扯孙子和对象未婚先育嗷嗷待哺的孩子。这家里家外就老李一个人操持，其中的艰辛可想而知。

　　老敏从当初信心满满主动请缨当这上寨村的帮扶队长到现在心里老是沉甸甸的。作为一名文艺工作者，他觉得这是一个扎根基层、深入群众的好机会，而当他真正深入其中的时候，什么文艺创作，早都被抛到九霄云外了。老敏的笔记本上早已不再是随手而记的各类创作素材，也不是即兴创作的美文佳句，而是密密麻麻的帮扶队里七十四户贫困人家的基本情况、贫困面貌、待办事项以及琐碎之事。

他的笔记本上标注着，今天得先去马荟英家里转转，给老马打打气。提起马荟英老敏不由地赞叹：这是一个少有的攒劲女人。一个人供着两个大学生，还把家里收拾得井井有条，一尘不染，一有时间就去周边找零工打。儿子现在学厨艺，女儿也快毕业找工作了。这两个娃娃找工作的事还得在心上放着。两个娃娃有了工作，老马一家今年就有望脱贫，得先在笔记本上打个钩。老敏说着仰起头由衷地笑了一下。

下一个是张关花和张尕兄的事情。张关花家在盖厢房，婆婆特意叫了张尕兄去帮忙。老敏说这婆婆思想开明，是有意在撮合他俩。自从儿子去世后，张关花的辛苦婆婆看在眼里疼在心里。现在好不容易有个对媳妇好的人，她从心里为媳妇感到高兴。张关花虽然也乐意，但传统思想让她都不好意思和张尕兄说话。老敏已经对两人推心置腹地做了好几次思想工作了，张关花也终于抛开了思想的包袱。这眼看好事近了，老敏的心里比当事人还美！

这天下午，老敏可能得在李登荣家里，还得和他好好唠唠。李登荣初中毕业，在村里也算是一个有文化的人，身体也健康。可就是瞻前顾后地什么风险都不愿意承担。他甚至怕婚后有矛盾而不愿结婚导致至今单身。翻看着笔记本，老敏无奈地摇着头，唉声叹气地说这人的工作就是难做，尤其是人的思想工作不是一朝一夕能够做通的。

夜幕降临，家家户户炊烟袅袅。老敏在饭菜馆里扒拉了几口吃的，就去沙玉梅老人家里转转，陪着老人唠唠嗑儿。从儿子出事服刑，媳妇改嫁，把孙子从一岁多拉扯到十八岁，真是不容易。老人如今快八十岁了，孙子出去打工，她又成了一个孤寡老人，寂寞地守护着冷冷清清的家，过着冷清的光阴。好在孙子听话，平时打工的钱都攒着，冬天回来也能陪她过一个暖和的年，陪她说说话儿。再加上儿子因为表现好，明年就能提前出狱。"总体看来沙玉梅老人家的日子可能会越来越好，现在能做的就是有时间了过去多陪陪老人，和老人多说说话儿。"老敏高兴地说。

翻开笔记，明天的工作也都排满了，先去刘守信家店里看看，经营得怎么样了？俞存德老人的孙子去学校了没有？再去俞富民家，看他儿子去新疆找工作的事怎么样了。还得去看看杨成俊兄弟俩，庄稼种到地里了没有……

脚下有多少泥土，心中就有多少真情和实意，在驻村帮扶的路上，洒下的是对贫困群众的一把辛劳的汗水，播下的是一片真情，收获的是那满满当当的民心！

丁家堡的主心骨

敏海彤

初见流顺镇丁家堡村第一书记、驻村帮扶队队长艾力时，被他威严的外表和散发出的英气折服而胆怯不敢接近。经过几次采访和接触之后才发现艾力队长是一位和蔼可亲、热爱生活的人，更是一位心系群众、初心如磐的老党员。

自从西北民族大学来到丁家堡村肩挑第一书记和驻村帮扶队长的担子以来，艾力走遍了丁家堡的田间地头、山川沟壑，百姓的房前屋后、灶舍圈栏都有他忙碌的身影，脚蹬布鞋、头戴藏蓝色罩罩帽的艾力成了丁家堡村的一分子。

老年人口中的艾队长，中年人口中的艾大哥，年轻人口中的艾叔，孩子们口中的艾爷爷，成了丁家堡村脱贫致富的主心骨——谁家有难事都愿意和他商量，谁有心事也愿意向他倾诉。

做群众亲人，方能知群众之急

"做帮扶工作，要和群众打成一片。"艾力说。

"艾大哥喜欢和大家聊天，你一言，我一语，脱贫办法就这么出来了。"艾力一个人住在村委会，但除了睡觉，他几乎没有独处的时间——要么入户和群众拉家常，要么大家来他的办公室聊天喝茶。不到一个月时间，丁家堡的脱贫攻坚已经由乡亲们口中的难题变为老艾的工作动力。

他用精练的语言概括了自己的目标——让丁家堡村彻底拔掉穷根。为此，经过西北民大校党委的积极协调，邀请种养专家、旅行社等进行反复调研和论证，形成了高校科研团队+合作社、农户代表贫困户的帮扶模式，为丁家堡村量身定做了一套科学致富规划——以火鸡养殖为短效致富途径，以种植高原错季有机山杏为长效发展机制，以休闲纳凉避暑乡村旅游为重点贯穿始终。

"村干部的思想开化了，乡亲们就有信心了。"作为一名党员，艾力深知一个强有力的基层组织是何等的重要。从到任之初他就竭力打造一个团结务实、战斗力强、服务水平高的"两委"班子。

他积极组织村委会成员和党员认真学习贯彻党的十九大精神，提高村党员干部的素质和能力，并定期组织举行民主生活会和民主评议活动，倡导班子成员通过批评和自我批评，查找不足，不断改进工作方式方法。同时，充分发挥村里每一名党员干部的工作特长，做到人尽其才。为进一步提高村党支部活力，将条件成熟的村民发展为中共预备党员，增添后备力量。

做科学规划，方能解群众之难

"杏子浑身是宝，如果在山上种起杏树，春天有风景，秋天有果实，夏天能吸引各地游客来避暑，树下可以发展禽类养殖，这是一举多得的好事。"临潭的气候环境适合杏树的生长，利用荒山荒坡种植杏树，投入不大，既能实现"一村一特色"产业帮扶计划，也是将绿化从生态林向经济林转变的大胆尝试，更有可能打破临潭全县无村级集体经济现状。艾力队长向村民们详细介绍错季山杏的种植计划和市场前景，俨然一位农业资深专家。

"看一个地方有没有希望，要先看年轻人有没有干劲儿。丁家堡是个充满希望的地方，这里的孩子们都很上进。"艾力队长很欣慰地说道。

丁家堡村的致贫原因存在共性，但也存在形形色色的个体差异，艾力队长在制定"一户一策"的同时，更注重"一策"的落实。

如何把这"一户一策"落实好，为群众找到致富之策？他积极协调联系丁家堡的年轻人赴新疆务工，通过劳务输出促进脱贫致富。

"今年要把临潭土鸡苗子培育起来，争取明年能赚钱。"王爱平是丁家堡村为数不多的大学生之一。大学毕业的他选择回乡创业，但大学生创业不是一句话那么简单。在了解王爱平的顾虑后，艾力队长多次与他促膝长谈，鼓励他树立信心，并协调镇政府、农牧局，为合作社争取扶持资金。

有了资金更不能缺技术，艾力队长为王爱平找来了西北民大生命科学院的教授们进行技术指导。解除了资金和技术的后顾之忧，合作社顺利开张了，也为当地的大学生创业增添了信心，大家纷纷效仿。

"艾队劝我不要放弃，养牛不行试着养别的。"宁永红说。

2014年他与同村几人合伙成立了展鹏养殖合作社养牛。由于丁家堡草山面积小，需要大量进购饲料，成本过高致使宁永红的合作社只剩他自己和圈舍了。

就在进退两难时，宁永红将自己的困窘告诉了艾力队长。经过反复商谈和论证，决定合作社改养火鸡。艾力队长并为他垫资购买了二百只火鸡苗和饲料、疫苗，还帮他联系好了销路。

"我现在只需要带动贫困户把火鸡养好，前期费用和销路都不用担心。"如今，宁永红对他的火鸡养殖事业充满信心。

做好勤务兵，方能齐心奔小康

"路好走了，村里也漂亮了，这些凳子、路灯都是今年装的，艾大哥给村里办了很多好事……"王树全向记者细数着丁家堡村这一年的变化。

艾力队长为村里制定了三年帮扶规划，并积极协调做好规划的落实和基础设施建设，为丁家堡小学安装适用于小学生的体育活动器材，改善了村级集体交通基础设施，硬化宽三点五米道路五百米，安装路灯三十盏，方便村民出行，完成危房改造两户六间……

三年帮扶规划赢得了乡亲们的一致认可，也让艾力更忙了，田间炕头、路边山坡都是他的办公场所。

"如果交通圈跟得上，我们要好好利用本土的气候、资源优势，把流顺镇夏季旅游休闲产业发展起来，逐步扩大到全县乃至整个甘南州，逐渐形成冬游海南、夏游甘南的旅游趋势……

"我既然申请到丁家堡来干脱贫攻坚工作，就要把它干好，否则，就是对不起党和国家。"

虽然未来无法预知，但艾力大叔的不懈努力，就是想让乡亲们为更美好的未来共同奋斗。他希望丁家堡成为"村杏野桃繁似雪"的人间仙境，更希望这样的美丽乡村前景成为乡亲们脱贫的持久动力。

道阻且长，行则将至。五十三岁的艾力队长正在用一股不破楼兰终不还的干劲儿，带着丁家堡的乡亲们奔跑在脱贫致富的道路上。

陈勇的勇劲

敏海彤

自脱贫攻坚工作开展以来，在临潭县王旗镇龙元山村田间地头、村头舍尾活跃着一个忙碌的身影。

他废寝忘食深入农村，与群众同吃、同住、同劳动，脚踏实地抓帮扶，竭尽全力解民忧，千方百计促发展，赢得了当地群众的信任和支持，他就是甘肃省交通厅派驻龙元山村第一书记、驻村帮扶工队队长陈勇。

陈勇从破解制约龙元山村群众发展最迫切、最直接的基础设施、致富产业、家庭收入、思想观念等问题入手，倾心倾力，真帮真扶。他努力为龙元山村办好事、做实事、解难事，一心帮助贫困群众脱贫致富。

沉下身子　为群众谋福

第一次踏上龙元山村这片土地时，给陈勇最深的印象就是山区农村的贫穷和农民生活的艰辛。龙元山村是王旗乡内一个典型的贫困村，地处偏远、交通不便以及村民缺资金、少技术等原因，脱贫致富步伐一直较为缓慢。看到这些情景，陈勇感到了自己肩上沉甸甸的责任，在与老百姓的交流中，群众对早日脱贫的渴望坚定了他立足农村，推动农村发展的信心和勇气。

思路决定出路。没有调查就没有发言权，陈勇深知，做好农村、农民工作，不是凭着满腔热情就能干好的，只有多接地气，工作才有底气，只有真正了解村情、民情，才能掌握群众所急，解决群众所需，真正帮到点子上。

首先他走门串户拜访老党员、老干部以及村里有威望的老人，了解村子的历史背景和对脱贫致富的意见建议，走进田间地头与群众促膝长谈拉家常，正是怀着谦虚而真诚的心，他与群众的距离更近了。

"通过走访，龙元山村有很多的草场适合发展养牛养羊，而山谷中百花齐放，是个发展养蜂酿蜜的好地方。"陈勇说，"我们就召集群众开了发展养殖产业的动员会，想听听大家的意见。"

正是这样一个动员会，点醒了村民闫焕娃。

他养了三十年的蜂，从他父辈就开始养蜂了，但是并没有把养蜂当作致富的门路来看。如今要发展养蜂产业，带动大家致富，老闫是第一个赞成的，开完会他就找到陈勇说自己以前一直在养蜂，愿意来干这件事。

"我们乡下人情大，酿了蜜就给左邻右舍送了人情，从来没卖过钱。"老闫说，"陈书记说发展养蜂产业来带动大家致富，我觉得非常可行。"

"老闫找我谈了想法后，我们连夜就对养蜂产业的发展开会商量，大家讨论到了半夜3点。"陈勇说。

说干就干，陈勇带着大家成立合作社，筹集资金买蜂筑巢。

"为了抓住当地中蜂繁殖期和花期的最佳时节，陈书记就从朋友、同事跟前借了41万给我们合作社做了前期启动资金，买了460箱蜜蜂。"

正是陈勇四处筹集的这41万，让老闫更加坚定了养蜂致富的信心。经过两个月的发展，460箱蜜蜂已经变成了520多箱，照这样发展今年保底可以酿蜜6000多斤。

没有产业支撑，群众致富是空话，陈勇力求做好产业扶贫这篇"大文章"，千方百计让富民的产业兴起来，让广大老百姓的腰包鼓起来。

解百姓难 群众得实惠

龙元山村各个村民小组分散在深山大沟里，交通不便，遇到雨雪天气就不能出村，给村民生活和生产带来了很多不便。

看到这种情况，陈勇觉得解决龙元山村贫困问题的关键是要修好路，他与工作队成员把交通列为脱贫攻坚工作的重中之重。

陈勇积极协调省交通厅及相关部门对龙元山村六公里通村公路和九百米村组道路进行测绘设计，对族尼社和麻路社村组道路已完成一千三百米硬化和排水设施的修建；实施了蓄水池建设工程，修建了三座三十立方米的蓄水池，修建了一座泵房，并安装了相关抽水设备，目前该工程在开展后续设施完善工作，确保今年全面建成，彻底解决龙元山村民饮水安全的问题……

去年冬天，陈勇在下队入户时，来到了贫困户刘玉环家，冷夜寒天里七十二岁患病不起的刘玉环的炕上被褥很单薄，这让陈勇看了心里非常难受。

"这么冷的天，这么薄的被褥怎么能驱寒呢？"陈勇说。于是，他便在微信朋友圈里发起了以"奉献爱心，情暖藏区"为主题的旧衣服捐赠倡议活动。

倡议发出后短短几日就得到来自河南、四川、兰州、陇南、临夏、天水等地爱心人士捐赠的衣物、被褥一万两千余件，收到的被褥、衣物等用品送到了刘玉环老人手里，不仅为刘玉环老人解决了过冬问题，剩下的物资还发放到了各贫困户家中，确保大家都能够度过一个温暖的冬天。

"我们龙元山村里都发完了，剩下的就送到了水草滩社。"陈勇说。

去年，龙元山村的陈会平突然得了尿毒症，治疗费用高，导致家庭陷入了困境。当陈勇了解情况后，发起了网络筹款活动，通过向微信朋友圈、QQ空间、微博等社交媒体大量转发，经过一个月的筹款，共筹集资金八万余元，极大地缓解了陈会平的家庭经济压力。

一件件实事，凝聚着实情，龙元山村的夏天悄悄来临，行走在村里，每一家的小困难，陈勇都记得，每一家的难心事，他都放在心上。他的心里每天都很充实，他把这里当成自己的家，目标只有一个——带领乡亲们致富奔小康。

真情帮扶 架起民心桥

"干部怎样，群众心里有一杆秤。"陈勇扎根在基层一线，一心一意帮助群众脱贫致富，他用真情与群众架起了连心桥，群众看在眼里，记在心间。

龙元山村民闫爱娃说："自从驻村帮扶工作队来到我们村后，陈书记带领工作队员夜以继日地工作，为我们村脱贫致富做出很大贡献，帮助我们解决了不少生活中的实际困难，不但为我们指明了致富路子，还极大地改善了我们的生产生活环境，他们真正是我们群众的'贴心人'。"

"在脱贫攻坚工作中，作为工作队长的陈勇发扬艰苦奋斗的精神，带领工作队为我们谋发展，从他的身上看到了工作队一心一意服务群众的风采。"村委会主任侯秀平说，"如今，我们龙元山村基础设施极大改善，致富产业蒸蒸日上，脱贫致富的路子越走越宽，这些成绩的取得与他的艰苦付出是分不开的。"

2018年7月，省委组织部任命的驻村第一书记任期两年届满，即将离任，这让他心里又高兴又难过，高兴的是可以放下手头帮扶工作，回到久别的妻儿跟前；难过的是村里还有十五户未脱贫，老百姓对党和政府的期待还很高。

就在"两难"关键时刻，陈勇突然做出了一个让人意外的决定——回到工作岗位上，回到扶贫队伍中，回到老百姓身边，继续发挥才能，把扶贫工作做好做扎实，让老百姓早日实现脱贫，不辜负党和政府的委托，不辜负老百姓的期望。曾有人劝他，国家都让你休息了，你干吗不休息？他总是笑笑说，身为一名共产党员，就应该为老百姓做点事情。朴实的话语里，流露的是一颗共产党员的敬业之心。陈勇同志用自己的实际行动诠释着共产党员"为人民服务"的宗旨，也践行着共产党员"甘于奉献"的品格。

如今，龙元山村的群众在陈勇等帮扶干部的倾情帮扶下，沐浴着脱贫攻坚的强劲东风，满怀信心，正奔跑在通往脱贫致富的康庄大道上。

尕郭书记

王丽霞

"以前是土巷子，下雨下雪路难走，这会儿水泥硬化到大门跟前了……"

"以前天天要到泉里担水，这会儿自来水拉到院里了……"

"听说是尕郭书记的单位帮了大忙呢……"

绿树环抱中的临潭县术布乡普藏什村，一派生态文明新面貌。文化广场上，八十岁的汉族阿婆马兰香和六十八岁的回族阿婆马金花、八十一岁的藏族阿婆李彩凤争先向笔者夸耀着村里的变化。

老人们口中的"尕郭"名叫郭彩霞，是中共甘南州委党校副科级干部，2016年7月由组织选派担任临潭县术布乡普藏什村党支部第一书记、扶贫帮扶工作队队长。

在村民郭顺喜的带领下，笔者走进了郭彩霞在普藏什村的住处——原村委会。推开院门，三间旧瓦房映入眼帘。"前几天连续下雨下雪，暖廊漏水，房子里比较潮。今天天气好，赶紧晒晒……"简易的太阳能暖廊内，郭彩霞和同事王淑娟正在晒被子。

屋里光线暗，布置简易，除了两张单人床，一张茶几，一张办公桌（放置餐具）和烤箱等生活必需品外，最显眼的就是凳子上的脱贫攻坚工作袋、宣传手册和她刚从合作带来的小鱼缸和几条小金鱼。

"尕郭，这两天把养鱼的方法教给我哈哦，不然你一走我怕把鱼养死呢。"

"尕郭，我媳妇压的面吃完啦？完了给你再拿点过来。"

"好的，给你教……面还有呢，完了我说……等会儿我给校长汇报一声，咱们村委会的院落硬化和围墙明早要开工了……"与村支书丘喜全和村主任苏而沙聊天的空隙，她切好前两天单位同事带来的西瓜给大家吃。

眼前的郭彩霞，已经是普藏什村的一员。村里大到老人，小到孩子，远到常年出门务工、做生意的，近到村委会附近的邻居，没有她不熟悉的人，也没有不认识她的人。这与她两年来对普藏什村的默默付出密不可分。

对于一名从未在基层工作过的女干部而言，担任村党支部第一书记，是一种责任，更是一种挑战。

朋友开玩笑："你是第一书记，怎么还天天向村上的书记请示汇报工作？"她总是笑着说："人家书记的经验就够我学五年八年的了，我的任务就是帮书记把支部建设规范就好。"刚到普藏什村，陌生的环境、陌生的工作也曾让她压力倍增。但这些变化并没有难倒爱学习的郭彩霞，她从单位、农民书屋找来关于支部建设的书籍，从书中寻找工作方法，也常向村干部和老人们请教。很快，从一个对支部工作一无所知的"白丁"变成村党支部的"文书""秘书"和参谋。

"小到村民们写个申请，大到村里的发展规划，都是我执笔。"凡是她能帮上的忙，不论集体个人，她都没有拒绝过。也正是因为一个"帮"字，拉近了她与原村"两委"之间的距离，理清了第一书记与村干部之间的工作关系，使普藏什村的党建工作逐年规范，走在了全乡前列。

"这两年基本上就是吃'百家饭'过来的，与群众建立的深厚感情是我最大的收获。"脱贫攻坚是近两年的头等大事，也是村里的难事。怎么做到对象精准，帮扶精准，成效精准？仅凭三本账、扶贫手册等软件资料是不能全面掌握村情的。她就用起了"笨"办法：把全村一百零四户群众挨家挨户走一遍。

"不是每次入户都顺顺当当，也有撒谎的群众，也有不讨人喜欢的时候，各种情况……"刚开始，村民对这个州上派来的"女书记"很有距离感。不止一次，在户里，群众当着她的面说："我们的困难，给你说了你也解决不了，你也辛苦，我们也很忙，再不耽误时间了……"

"遇到问题就要解决，得不到大家的信任就要想办法，自己往后退一步，普藏什就少一分希望。"她及时将入户中发现的问题汇报给党校领导，积极协调单位针对建档立卡户开展送温暖活动，积极向学校反映村里的实际困难和自己的帮扶计划……温暖的心总能打动身边人，她与群众的关系，悄悄地发生着变化。

"想要自己的想法得到大家的支持，首先要和村里人打成一片，成为大家的亲人。"五保户遇到困难，她自掏腰包帮忙解决；邻里间闹矛盾，她主动当起调解员；困难群众不转变观念，她又化身政策讲解员，在"扶志"与"扶智"上下功夫。孩子们都喜欢围着她，她随身的小背包里随时准备着各种小零食；村民们说起伤心事，她也跟着落泪……用一颗真心，她赢得了村民们的认可。在她建起来的普藏什村贫困户微信群里，大家积极交流生产经验，向她讨教"致富经"。

帮扶的路上有喜悦也有辛酸，有获得感，也有失落感，甚至会遇到生命危险。

"那天要是方向往右一打，我可能就没有了。"考虑到大家白天都忙，她的入户工作一般在晚上进行。去年12月底，她与帮扶队员冒着零下二十多度的寒冷，再次入户半个月。一天晚上入户结束时，下起了大雪，她开车将两名帮扶队员送到乡政府后掉头赶往村里。天黑路滑，加上被她带到村里的儿子还在老乡家里，心里着急。一不留神，车头撞到了路边的山崖上。进退两难间，她流下了平生第一次无助的泪水。此后，村民们只要看见她开车，就会再三叮嘱："小心点，开慢点。"

"孩子们的爸爸在乡镇工作，也忙，小的就留给年迈的老人带，大的自己在合作上学。我下来时，他（大儿子）的成绩在全班前十名，现在开始倒数了……"说到孩子，她低头抹起眼泪。两年中，家是她亏欠最多的地方。

舍弃办公室优越的工作条件，风霜雪雨奔走在田间地头，两年来，她操心着一个个贫困户的家务事。没有鲜花也没有掌声，没有丰功更没有伟绩，她只是一个普通的下派女干部，众多村党支部第一书记、帮扶队长中的一员。在脱贫攻坚的队伍里，他们履职尽责，甘当绿叶，为村里默默做着自己力所能及的一切……

再续鱼水情深

敏海彤

一进入羊永镇拉布村第一书记、驻村帮扶队队长石磊的办公室，最吸引眼球的便是那叠成豆腐块的被子。

这么多年来，离开了部队的石磊却一直保持着部队里的作息规律和生活习惯。部队里的磨炼，使为人民服务的信念深入他的灵魂，使军民鱼水情深的情结刻入他的骨髓，使他把拉布村当成了实现自身价值和理想的战场。

刚到拉布村时，这里的贫穷、落后让这个出生在城市的小伙儿深有感触。

村委会里没有电，群众吃不上水，而他宿舍里唯一的一张床还是坏的……

但是，他没有丝毫的退缩，反而更激起了斗志。从修理床铺、接电开始，他决心要改变这一切，而这一干就是两年多。

"谁都不愿意守着贫穷过"

村里至今还吃不上自来水，这成了他的一块心病，从进入拉布的第一天，石磊就为饮水问题而四处奔走。从筹集资金、管道规划到一遍遍地实地勘测，两年的时间，他走遍了这里的山川沟渠。

村民们打趣道："现在别说咱们村里的老老少少，就连这里的花花草草都认识石书记。"

如今，饮水工程进入了实质性阶段，石磊一刻也不敢松懈，恨不得一天跑八趟去监督工程进展和质量，他只盼望着让老乡们早日喝上自来水。

太阳渐渐露出了头，鸟儿在树梢上欢叫着，村子里狗吠鸡鸣，农用车的喘息声夹杂着耕牛低沉的哞哞声，各种声音奏出农忙时的乡间交响乐，这乡间乐曲对于石磊来说是亲切的。

"对幸福生活的追求到哪儿都一样，谁都不愿意守着贫穷过，都想过上好日子，也都在为了生活而努力着。"石磊若有所思地说。

"明年再增加十户"

以前拉布村一直积极发展中药材种植合作社的产业致富模式，石磊在民进甘肃省委员会帮扶产业发展的基础上，争取资金三十万元用于帮助大家发展种植产业。但是对于靠天吃饭的拉布，种植业是一个发展缓慢且效益不稳定的产业。

今年初，石磊又协调民进甘肃省委员会为十户建档立卡户争取到五百只鸡苗和一吨麦子，为保证能让贫困户增收，由合作社与贫困户签订代养协议。合作社采用专业的养殖和培育，出栏后的高原当归藏鸡可让每户保底收入一千五百元，在合作社打工增收一千元以上。

"刚开始养时，由于经验不足，导致鸡苗大量死亡，那时我心里真是难过死了。"石磊说。

他赶紧帮忙找专家为群众讲授养鸡知识，引进技术。

"有了科学的养殖技术，现在我们的高原当归藏鸡供不应求了，我们打算明年再增加十户，争取带动二十户贫困户。"石磊看着逐渐长大的鸡子欣慰地说。

"先从娃娃抓起"

以前，拉布村的孩子上幼儿园只能去羊永镇，除了需要租房、交通往返，还需要有人陪读，牵绊着一个劳力。

石磊心中算着一笔账：房租、吃饭、交通以及劳力，只要有孩子的家庭，每年在一个孩子身上至少投入一万元。对于很多家庭困难的人家来说，这无疑是雪上加霜。面对这种现状，石磊看在眼里，急在心里，他心里的负担一点儿也不比群众小。

石磊积极同镇党委、教育部门联系协调，争取到幼儿园修建项目，向帮扶单位民进甘肃省委员会争取到后续达到日托标准的保障资金。

"我想过了，这个幼儿园我们要建成一家日托式的，这样不仅解放一个劳力，还能为家庭节省很多开支。当然，最重要的是让农村的孩子从小养成讲卫生、爱集体，按时吃饭、按时休息的良好生活习惯，真正做到提高全村素质，先从娃娃抓起！"石磊笃定地说。

每年的"民进书画家进村"活动，有他忙碌的身影；困难学生得到"阳光育才基金"的捐款，他比家长还开心；村卫生室从设备到环境面貌焕然一新，他比患者还舒心；莫多、塔哇、扎路沟三个社的路灯亮起来时，他的心里比村民们还敞亮；村小学里美术、体育等学科的教学器材配备到位，他比老师和学生还欢畅……

拉布村的脱贫攻坚对于石磊来说并不仅仅是一项工作任务，更是一个转业军人执着的信念，是必须要完成的军令。

服从命令，毫不动摇，义无反顾——是石磊在驻村帮扶工作中最简单的追求。

日记本里的帮扶故事

魏建强

　　长川乡塔那村，是临潭县纪委监委的帮扶联系村。2017年年初，我被组织派驻长川乡塔那村任帮扶工作队队长。塔那是长川乡唯一的纯回族村落，也是全县海拔最高的几个村落之一，气候高寒阴湿特征明显。2013年年底，塔那村有建档立卡贫困户三十八户一百八十六人，占全村总户数三分之一以上。

一

2017年4月10日　星期一　晴

　　初春，乍暖还寒，洮州上西路这一片地方，慢腾腾地迎来了播种的季节。因上周五已经和农资单位、塔那村里协调沟通好，今天要给村里的贫困户送春耕物资。

　　一大早，风飕飕地吹着有点凛冽，浑身上下凉乎乎的。我就和办公室的小梁、小袁等五人，到县种子站和县农技站装物资。12点多，车到村里，村委会院子里，群众早已经在等候。春耕物资发放仪式的横幅已经挂了起来，一排桌子也已摆好，这些都是村主任朵东地尼和工作队的同志们提前做好的。

　　初春的中午，在太阳底下还是很暖和的。村委会院子里，来的群众有七十几人，大家围站在桌子前，最前面的几个男的干脆坐在了地上。一同来的副书记孔德强讲完话，农业技术推广站的孔安平讲解了药材和紫花苜蓿种植知识，祁双丰讲解了优质高原油菜种植知识，大家都听得很认真。不时有迟来的群众加入进来。讲解完后，我和主任分别简单强调了几句，就按照化肥（每家一袋）、地膜（每家一捆）、青稞（每家五十斤）、油菜籽（每家两包）、苜蓿籽种（养殖户每家十斤）的顺序，一样一样，一户一户，边发放边签字，发放过程井然有序。此次共发放化肥九十八袋，地膜九十八捆，青稞四千九百斤，优质油菜籽二百包，紫花苜蓿籽三百多斤。

这样的发放场景，近几年都在相同的季节、相同的地方重复上演着。

和大家忙活了一阵，竟然渗出了汗。能为大家多办点实事，多流点汗水，又有何妨呢？

二

2017年8月31日　　星期四　　多云

一川的庄稼、药材长势喜人，快到了收获的季节，而孩子们也迎来了秋季开学。

中午时分，我去了我的联系户马素旦和马而沙两家，主要了解孩子们开学报名和其他情况。

在马素旦家，三个孩子都在家。其实她家是暂时借用亲戚的房子，房子有点破旧，上房四间，除了一间卧室外，三间里面是家具和粮食。家具是亲戚的，粮食等一些杂物是她自己的。偏房两间里面是一点煤和麦草，院子里留了一小块菜园。孩子们都认识我，穿着朴素干净，也难为马素旦丧偶多年，一个人拉扯三个孩子。马素旦说长女苟玉霞，已经报上一年级。儿子苟玉强，升到乡中心幼儿园中班。小女苟玉娟，也刚把幼儿园小班的名报上，明天就要上课。她说这样反而整齐，一起就能把三个孩子接上，免得小丫头放家里不放心，放车厢不安全。但是，日常三个孩子的接送，就把她死死缠住了，一把庄稼也要等到把孩子们送到学校后才能下地抢时间种。为了接送孩子，她今年春天省吃俭用买了一辆电动小三轮车，我嘱咐她一定要注意安全。今天到她家，我还通知给她两件事：低保上，经过和包村领导向乡上反映，她们家四人四个三类低保，已在上个月全部调整为一类低保。听到这个消息，她一再说着感谢我们工作队的话。住房问题上，我告诉她乡上已经把她的住房考虑在内，今年要她自己先把宅基地解决了，明年就给她安排新建住房项目，宅基地的事情，我们大家都帮她想办法。对于这个消息，她激动欲哭，为了孩子们，她一定会想办法把房子修起来，不然孩子们越来越大，还住在别人的家里。她表示会尽快把宅基地解决好，计划能到年底上冬前，把地基打好，明年春天就可以建房了。看得出来，她对新房的渴望，是多么地强烈。

　　到马而沙大叔家，马大叔一人在家，正在侍弄牛棚，说孙子们早已经到县城去上学了，老伴儿过去陪，儿子和儿媳也在县城里。儿子和村里人在县城搞劳务，儿媳开个小卖铺。谈到两个孙子的学习情况，马大叔很是高兴，特别是小孙子虽然身体有疾，但是学习成绩非常好，说他们这一辈，儿子这一辈都吃了不识字的亏，两个孙子一定要把书念完念好。马大叔人很豪爽，很勤快，家里除了农忙季节儿子们回来帮忙外，基本上是一人打理，除了地里的庄稼，他还养了一头牛，小牛犊时买进来，精心饲养半年多，再卖出去。马大叔家的住房台子高，玻璃暖廊很亮豁，很干净，暖廊里还养了几盆花草，院子和门外，都扫得很干净，能看得出来马大叔是个细致的人。他在牛棚里隔了一间，搭个土炕，烧的炉子，生活起居都在那儿，说是住着舒服。他们家是2015年脱贫的，对于脱贫这事，马大叔很明理，说国家给两个孙子"两免一补"，小孙子还享受残疾人特困补贴，家里三人享受低保，享受了五万元扶贫贷款，儿子儿媳在外面挣钱，他自己在家里务弄两把庄稼，育肥牛，赚差价，不靠不要，心里踏实。像马大叔这样的人，村里还有很多，他们身上那种朴实无华、自强发展、不等不靠不要的良好品质，给人极深的影响。

三

2017年12月6日　星期三　阴

塔那村海拔高，地处风口，冬天的风刮不完似的，还冷。

早上9点左右，村委会二楼的会议室里，党员群众早已围坐在桌子四周，有些党员是专门从县城赶过来的，放下了手头的生意和活计，专门来参加今天村党支部"党员活动日"。经提前请示沟通，县委常委、县纪委书记加洋久美也借此机会，到村里开展十九大精神宣讲和座谈。塔那村共有党员三十二名，因事因病请假七名，参加会议的有二十五名。村支部进行完"党员活动日"议程后，加洋书记随即宣讲了十九大精神，讲解了十九大召开的历史背景，报告的结构、特点，和"新时代、新时代中国特色社会主义思想、社会主要矛盾变化"等概念内容，重点讲解了十四条基本方略、国家发展两个阶段的战略安排以及全面从严治党和乡村振兴的内容。党员群众对十九大报告提出的住房、医疗、教育、养老、乡村振兴的内容非常关注。宣讲结束后即开展了座谈。加洋书记对照十九大报告里面国家过去五年的发展成就，结合县纪委近几年帮扶塔那村情况，向各位党员做了简单介绍，恳请大家提出意见建议。党员们表示，我委帮扶他们村以来，全村自来水到户，村道和入户道路全部硬化，新建村级文化广场和村两委办公楼，新修护村护田河堤、村道两侧排水渠、便民桥，安装了十多盏路灯，协调调运、种植了一千多棵杨树、柳树、松树，村子面貌发生了很大变化。每年还开展慰问活动，有些帮扶人员和村民都成亲戚了。

冬天的风很冷，但党员群众对我们所说的帮扶工作的话语，却很热。

四

2018年5月25日　星期五　小雨

一周的督查工作终于结束了，今天做个小结，也为下周汇报材料提前梳理一下。

按照帮领办要求，我作为长川乡帮扶工作队总队长，担任县驻村帮扶工作队总队长第二督查组组长，同新城镇、羊永镇、流顺镇的三位总队长一起，从周一开始，对城关镇、古战镇、卓洛乡、术布乡等四个乡镇开展了交叉督查，重点查看了帮扶人员到岗情况、"十五类"工作基础资料、八项制度建立运转情况，以及环境卫生整治情况。我们在一周的督查中，走了二十七个行政村，对三十一个州县帮扶单位的驻村帮扶工作进行了大致的了解。每到一个村子，我们随机走访建档立卡贫困户和非贫困户，面对面了解、掌握帮扶责任人入户工作情况，同时看村容村貌、环境卫生、住房安全，拧开水龙头看自来水是否入户，以及群众对脱贫攻坚的知晓率和满意度。通过督查，我们大致归纳了发现的一些问题和亮点。发现的问题，有全县共性的，也有部分乡镇具体操作上的。亮点方面，州委办公室帮扶的古战乡卡勺卡村，结合农户实际情况，为每一户量身定做了《入户方案》和《一户一展板》，帮扶户应享受已享受的各类政策一目了然；州委党校帮扶的术布乡普藏什村，利用晚上空闲时间，组织全村党员每隔二十天讲一次党课，编印《明白册》，购置了三十多面国旗悬挂在村里，购买花草籽在村道两边及村子周边种植，硬化道路，美化环境，提升爱国情怀。州科技局帮扶的术布乡扎乍村，向每户发放张贴《致全体村民的一封信》，在宣传各类政策的同时，把环境卫生整治要求也传达到每家每户，很接地气。县水电局帮扶的术布乡术布村，各帮扶责任人分别与帮扶户签订了《产业发展承诺书》和《人居环境改善建设协议书》，在发展的同时，不忘环境改善工作。

对发现的问题和亮点，既要向上汇报，更为要紧的是我村的工作队要尽快对表检查整改，不管其他督查组对我们的督查结果如何，都要全部照单认领，这样，才能继续推进我们的工作。

五

2019年3月7日　星期日　多云

今天早上，参加了纪委常委会和监委委务会，会上决定我不再负责委机关驻村帮扶工作，由其他同志替换我开展工作。即将要离开熟悉的脱贫攻坚工作，心里还是有隐隐的不舍。回顾两三年来的帮扶工作历程，有汗水，有付出，也有看到帮扶户开心的笑容和感激的眼神时的一丝欣慰。虽然自己做得还不够好，但想起工作中的点点滴滴，就像昨天，还在村子里——入户讲政策，算收入，填表格，一起发物资，听党课，陪新来的同志到联系户"结亲戚"……敏大爷孙子的户口上成了，医疗保险也报销了；朵大哥外甥孙子落户的问题答复了，疑惑消除了；我的帮扶户马素旦家，新址上新房也盖起来了。这两三年里，感谢村民们对我们工作队的支持和理解，感谢包村领导和我们的队员对我工作的莫大支持。虽然暂时离开了脱贫攻坚一线，但我相信，我新的工作，也是一种不同形式的脱贫攻坚工作，在扶贫领域监督执纪的岗位上，我会恪尽职守，心系脱贫，努力守护好、维护好群众的切身利益，唯愿全县乡亲们早日脱贫，过上好日子。

过两天就要移交工作，回顾帮扶心路历程，以一首小诗，作为我驻村帮扶工作的印记：

攻坚莫畏难，实干立标杆。

弃得机关病，能知百姓餐。

家长勤惦记，里短务亲观。

待到无贫日，扪心我自宽。

生命是一场修行

王丽霞

如果生命是一场修行，近四千个日夜的思念与期盼足够漫长；

如果生命带着原罪而来，近四千个日夜的忏悔与祝福足够真诚。

十一年，百余封信，其间不为人知的心酸困苦。

除了忠贞不移的爱情，还有一个儿媳对老人的呵护，一位母亲对孩子的爱护，一名妻子对家庭的守护。

这是一位值得尊重的贤妻、良母、孝媳。

——题记

上

漫长的日子日复一日、年复一年地就这样过着，我的信件也随我的心邮寄不断。十余年中，上百封信倾诉不完我想说的话，直到他回来的前两个月，也就是最后一封信寄到他那边时，我清楚地知道，十多年的煎熬总算是熬出了头。不久后，他出来的喜讯传来，我欣喜若狂，再次落泪。

这段话来自临潭县城关镇教场村三十五岁的敏桂兰。

丈夫离开时，她芳华正好。十一年间，带着孩子，照顾着重病的婆婆，用勤劳的双手撑起整个家，以小学二年级的词汇量，给高墙内的丈夫写下百余封信，诉说相思，鼓励他重新树立生活的信心。其中有错别字，有病句（已校正），但字里行间的期盼与深情，早已超越字句本身。

这是一场长达十一年，以书信为媒的爱情马拉松。

以下文字节选自敏桂兰写给丈夫马而南的信，也许长，但必定值得读下去。

亲爱的老公：

你好，近来身体好吗？祝你有个健康的身体，祝你天天有个好心情，你在那么远的地方，我们也不知道你过得好不好。你已经走了一年五个月零三天了。你知道这些日子我是怎么走过来的吗？我一天天等你，一天天盼你。大门一响，我以为是你吧，赶紧去看，却盼来的是你的通知书。

我看到通知书的时候好像晕过去了，那一天的那种难受，我这辈子都无法忘记。太难受了，太害怕了，你知道吗？

……

我收到你的信是2008年4月22日，下午2点钟。我看到信就哭了，心里又高兴又难过，收到信的那天，我买了纸买了笔，当天晚上就给你写信。

我写信的时候，曼苏然（经名）在我身边问："妈妈你写什么呢？"我说："给你爸爸写信。"他问爸爸去哪里了，我就对孩子说："你爸爸去上海了，等过几年就来看我们了。"

……

你的老婆：亥娃

2008年4月28日

等你等你等你

我心里很难受你知道吗？我天天以泪洗脸，真的好像坚持不下去了，可是为了孩子，为了阿妈，为了这个家，又站起来了……（2008年5月4日）

丈夫入狱之初，敏桂兰惶惶不可终日。面对不可预知的结果，她被恐惧和焦虑压得精神恍惚。但生活的压力更大，不允许她悲伤、退缩。

换位思考，二十五岁的年纪，很多女孩还过着无忧无虑的单身生活，更不必说这突如其来的家庭变故。

擦干眼泪，她埋怨过丈夫无数次，却始终没有动一分离开家的念头。

我知道你有很多的愿望要实现，才走上这条路的，我很了解你。你不要多想，安心下来，好好改造，争取早日回家，我还等你回来过日子呢。

你在那边要吃饱，管好自己的身体，我和咱们的儿子等你回来过日子呢。我想等你出来，就能看到我心爱的人，还是那个白白胖胖、很帅很帅的马而南。（2008年9月19日）
……

等一个人十一年。其中的艰辛，只有敏桂兰自己清楚。

现在出去干活，看见人家两口子说说笑笑那么好，我就又想起以前我们也很快乐，很幸福是吗？晚上你坐在炕上，饿了就让我给你做吃的去，那种情景时常在我的脑海中，每次我走进房间就会想起我们以前的日子。可是现在，一到吃饭的时候，就会想起你。（2008年11月22日）
……

"心里面既害怕又焦虑，我不知道怎么去支撑这个千疮百孔的家，担心婆婆的病，担心他在里面不好好改造，担心孩子不能健康成长，可是我一个妇道人家能怎么办？真的感觉天都塌了。"马而南入狱不久，年迈的婆婆就病倒了，家徒四壁。孩子要上学，老人要看病，一家人要吃饭穿衣……需要花钱的地方越来越多。每当婆婆病情加重时，敏桂兰就会觉得特别艰难，甚至感觉快要喘不过气了。

但想到年幼懂事的孩子和卧病在床的慈祥老人，她咬牙咽下了所有的眼泪，并提醒自己："马而南不在家，我就是老人和孩子的支柱。如果我倒下了或放弃了，那老人和孩子的日子就真的没法过下去了。"

马而南，你吃了不少的苦吧？你已经在那里住了11个月零两天，从去年5月8日，到今年5月8日就一年了，我们的孩子到8月22日就四岁了。我们收不到你的信，就去照相了。我把相片和信一起寄过来，你放好，想我们了就拿出来看看吧。那两张照片是2008年4月23日照的，我这里都有一模一样的两张。你记住，一定一定要给我写信啊，我每天都等着你的信，我也会常给你写信的。（2008年5月10日）
……

因为婆婆和儿子都需要照顾，她无法出门打工赚钱，只靠着一把庄稼和指尖上的针线活儿，将三口之家经营了十一年，稍有结余时，就寄生活用品给丈夫。

你怎么样？这些日子还好吗？不知道你身体怎么样，我很牵挂，你在那么遥远的丽江劳改队，我在临潭县，我们好像相隔了几千几万里。不知道哪一天才能和你见上一面，我真的好想你。我和阿妈孩子一起等你，不管十年八年，我不在乎，你要好好改造，早日回来。（2009年2月20日）
……
……5月8日就两年了。这两年我真不知道自己是怎么过来的，还好有咱俩的儿子在陪我，我才不会孤单。阿妈身体很好，你不要牵挂。虽然你不在她身边，可有我这个儿媳妇，还有孙子陪着她，她很开心。我会照顾好阿妈，你就放一百个心吧。妈也没什么杂病，有时候感冒了，我出去买点药就好了。你放心，我一直都陪在她的身边，没有离开过。阿妈去哪里我就去哪里，我不会一个人在家的，到地里干活也是三个，到哪里都是我们三个，反正我们三个是不能分开的，我不会离开这个家和阿妈的。我嫁给你是我的福气，是我一生不悔的知遇。（2009 年 4 月 27 日）

……

"虽然等待是煎熬的，但我想着，如果有一天孩子他爸回来了，我能给他一个温暖的家，这就是我所能做到的全部了。所以，哪怕再苦再难我都得扛起这个家。"面对我说出这两句话时，她仍然像个瘦小的姑娘，除了那双清澈中透着坚毅的眼睛。为了让丈夫安心改造，她隐瞒了身患肝癌的婆婆的病情。

……想你对我说话的样子，想你吃饭的样子，想你生气的样子，想我俩以前去过的地方，想以前你在的时候，多好啊！想着想着，泪水流湿了我的枕头。我在炕头的墙上放了你的两张照片，我抬头不看低头看，我天天都能看你。你是想让我们过上好日子才走上那条路的，现在你在那里受苦受累，如果能代替，我跟你换。我们已经结婚六年了，孩子快五岁了，我很想来看你，可是现在没有钱。等有了钱，我和阿妈还有儿子就来看你。我真的很想见你一面，我想看看我的丈夫是胖了还是瘦了，我已经两年没见到我最爱的丈夫了。（2009 年 1 月 17 日）

……

提起笔，话太多，眼泪太多。

"十年来，前前后后写了不下一百封信，每次写信都是提笔就落泪，很多时候一封信要写好几次才能写完，因为总是写着写着就被泪水打湿了。"她低头回想每一封信背后的苦楚，背过身去，抹掉眼泪。此刻，看着书信的我的眼睛早已模糊一片。

　　你知道吗？我在家里能收到你的一封信有多高兴，就好像看到了你一样。我做了很多鞋垫子，你要的话我就给你寄过来好吗？这些时间我在绣花，是我接的，一对枕头五十元钱，我接了十对，是五百。等做完以后拿到钱可以给家里买点东西，给孩子买点学习用品。反正家里我们怎么都能过得去，就是你要照顾好自己。（2009年4月9日）

　　你不要担心，我会照顾好这个家的，你放心。我最担心的是你的腿子，你要好好照顾自己啊，只要你好，我就放心了。（2009年8月17日）
　　……

　　由于结婚前敏桂兰离二十岁生日还差几个月，虽为明媒正娶，她和马而南却没有合法结婚手续。高墙内的马而南不想连累敏桂兰，一直拒绝与其领结婚证，并多次在信中坦言，希望她选择更好的生活。都被敏桂兰以各种理由拒绝。

　　今天我收到你的信了，我很高兴。我那天去镇政府领结婚证去了，他们说要你的证明。让你从白银监狱开证明，开好了我收到后就去领结婚证，没有结婚证儿子不能上户口，所以报不上名，我求你快把证明开过来，尽快寄过来吧！好让儿子念书，（快快寄来）。（2009年8月）
　　……
　　我们都很好，请你放心。儿子快一年级了，学习还不错，我和阿妈庄稼也做完了，我接了针线活在做，你不在我会好好地照顾这个家，照顾好阿妈、你的儿子、你的弟弟。我给你买了两套内衣，一件棉衣，过些日子我给你寄些冬衣啊。祝你身体健康，一切顺利，天天有个好心情。（2010年10月20日）

……

2008年汶川地震，波及甘南州大部分县市，马而南家的旧房子受损。

2009年，政府配套灾后维修资金，为一家三口改善了居住条件，并将他们确定为农村低保户，享受国家救助。在政府扶持和个人努力下，敏桂兰与老人、孩子的生活基本稳定下来。她最大的牵挂，还是丈夫马而南。

　　……我很想念你，我们的房子也修好了，家里一切很好，请你放心。
　　……我们刚过了开斋节，我们做了些馍馍，给你寄过来。给你邮了两双鞋，一双皮鞋，一双旅游鞋，两双袜子，两双我给你做的鞋垫子，还有我和阿妈儿子照的照片，还有一个表。这些你先收下，下次再给你邮点吃的。（2009年9月22日）
　　……

　　我已经三年没有看到你了，我把你珍藏在心底，我心中的思念谁都体会不到，我心里的苦只有你能体会得到……我不知道你什么时候回来出现在我面前。我不会离开你的，我会等你出来，我为你付出再多也愿意，我会堂堂正正做人。
　　……

久而久之，等待成为她日常生活的一部分。她将之化为信念，化为对未来所有美好与幸福的憧憬。

你在信上说让我考虑，我考虑到最后就是要等你，不管你在里面坐十年八年，我和儿子都会等你出来的。你知道吗？儿子见不到爸爸，再不能没有妈妈！……你好好出来，争取早日出来，我们在等你……我们结婚已经七年了，儿子快六岁了，你说快不快？……（2010年3月17日）

"期待着他刑满释放回家的那天，期待着全家团圆的那天。最后一封信寄出的两个月后，我终于盼来了这天。"加上宣判前收监的一年多时间，他们分别了整整十一年。而此后相聚的日子里，他们都是过着寻常生活的普通人，只是更懂得努力和珍惜。

后记：马而南是出生于农村的"80后"。自幼丧父，和母亲、弟弟相依为命。现实迫使他过早承担起了养家糊口的重任，初中还没毕业，就开始外出务工了。贫苦的生活，让他尝尽艰辛。

结婚后，他在县城开了个钟表铺子。但生意不景气，收入不理想，只能勉强养家，生活依然很拮据。年轻气盛的他不甘于贫困现状，走火入魔。2007年年初，马而南经不住别人的怂恿和金钱的诱惑，走上了犯罪之路，次年5月8日，被判处有期徒刑十五年。

在敏桂兰至少每月一封的书信鼓励下，马而南成为深墙内改造最积极的人。由于马而南表现积极，勤奋好学，被调到后勤处从事缝纫加工，制作军需物资。并以过硬的设计、制作技术，先后考取了初级、中级职业资格证书。

在他重获自由时，由州住建局帮建的房屋，主体已完成。2017年年底，夫妻俩白手起家，在家中加工起旅游帐篷，短短半年时间盈利四万多元，并带动了本村两户困难群众，成了教场村的创业模范。

下

2018年5月，一处普通的农家小院。

马而南夫妻俩和马麦来叶、马二然叶两位阿娘，正在埋头赶做开斋节前的最后一批帐篷。

紧凑的小院里，除了缝纫机的响声外，就是四个忙碌的身影。他们只顾得手头的活儿，顾不得闲聊。空房子里，放着布料、成品帐篷和制作工具。包括负责人在内的五个人，都是低保户。

"大家只要有好的想法，我们都会支持的。"

"我家掌柜的会做帐篷，可以吗?"

半年前，在甘南州住建局与脱贫攻坚帮扶点（临潭县城关镇教场、杨家桥村）群众的座谈会上，敏桂兰举手说出办帐篷厂的想法，当即得到了帮扶单位和镇党委、政府的支持。

半年内，州住建局、城关镇先后帮助合作社申请扶贫贷款十万元，互助资金五万元。

"公家这样帮我们，我们自己也要争口气。"马而南夫妇暗下决心：靠自己学到的缝纫技术，摘掉贫困户的帽子。

夫妻俩将自家的农家小院做了一番改造，购买了三台缝纫机，叫来两个和他们一样为贫困户的阿娘，办起了帐篷加工厂。

敏桂兰上手很快，很快成了马而南的得力帮手。

为了纪念自己的重生，马而南将加工厂命名为"758"帐篷厂。2007年5月8日，是他获刑入狱的日子。

"他做的帐篷没话说，客商们评价高，我们厂的工人都比不上。"在临夏州开帐篷厂的马来财是马而南的第一位合作商。2017年10月，马而南在马来财的帐篷厂里设计、试制出了第一顶帐篷，精湛的手艺得到了马来财的肯定，并赊给他一台旧缝纫机，备下一百二十顶帐篷的制作材料，送到临潭，让马而南搞来料加工。

被经销商认可并帮助，马而南和敏桂兰信心十足，加昼连夜地赶起活儿。两个多月后，顺利交货，他们挣到了一万多元。

实现创业就业的夫妻俩用第一笔收入买来一台新缝纫机以加快生产速度，但帐篷仍然供不应求。

"机器不够，人也不够，不如想办法带几个阿娘一起做。"生意实现开门红，经营状况不断好转。马而南开始琢磨着扩大生产规模。他用经营利润和扶持资金陆续购买了四台全新的大缝纫机，在来料加工的同时，少量购进原材料，做起了自己的商品帐篷。

2018年，帐篷厂共制作帐篷二百多顶，实现盈利十万元以上，带动十七户贫困户入股、就业。马而南夫妻俩甩掉了贫困户的帽子，成为教场村脱贫速度最快、带动能力最好的创业能人。

"我想再带两个年轻人，让他们也学个手艺，学好了手艺好就业。"马而南说，授人以鱼不如授人以渔，他希望所有在他帐篷厂学习、务工的贫困群众转变思想，用双手创造好生活。

天色暗了下来，但院子里的阿娘还在忙着剪裁布料、印图案、打孔上扣，争取多完成几顶帐篷。

敏桂兰将丈夫算好的工资递到她们手中，笑着说："阿娘，再不要做了，赶紧回家过尔德，往后有你们挣的钱。"

院子里，几十顶帐篷已经打包待发，小缝纫机也即将淘汰。夫妻俩整理着阿娘们未干完的活儿，商量着开斋节后马上要到的两台新机子该由哪位阿娘操作。

敏桂兰仍然瘦小，轻言细语间，脸上洋溢着幸福的笑。

点燃希望之光

敏海彤

　　在鑫驰物流公司的大院里，车来人往，装车卸货，繁忙而有序。靠南宽敞的办公室里马忠仁盯着电脑在熟练地操作着。录单、出单，一切都是那么得心应手。

　　在这平静如常的画面下，不仅隐藏着马忠仁不为人知的艰辛，更蕴含着物流公司经理马玉峰的一片赤诚。

　　让我们把时间倒退到2014年。

　　一场突如其来的车祸将马忠仁的幸福击落一地。当时的马忠仁在临夏一家企业上班，有稳定的工资收入，有简单的三口之家，生活虽不富裕，却也甜美。已成为车间代班的马忠仁努力着，也憧憬着。

　　现实往往是残酷的，生活中我们往往不知道意外和明天哪一个会先到来。车祸的撞击声到现在还会将马忠仁从梦中惊醒。

　　颈椎第七骨骼压缩性骨折，经过医生精心艰难的治疗，到出院时马忠仁还在昏迷当中，医生的诊断结果是98%的高位瘫痪。苏醒之后的他，疼痛还在其次，成为废人、成为拖累的打击，生生地摧垮了这个高原汉子的意志。

　　回想过往的种种，自己在繁华都市里努力打工所积累的经验，走青藏线做生意时积攒的资源，所有的这一切，如今都已归零，化为泡影。

　　为了减轻家里人的心理负担和持久的担心，马忠仁在绝望中慢慢地努力着站了起来。腰际以下部位的疼痛、麻木、萎缩、无力，时时折磨着他的意志，但为了家人，为了自己今后的生活，他时时刻刻尝试着站起来，日日夜夜锻炼着挪着小步重新像新生的婴儿学步一样扶着妻子和孩子的肩头或是炕墙学着走路，经过一年多的尝试和锻炼，马忠仁才能勉强拄着双拐行走几十米远。

日子在无助中慢慢滑过，2016年马忠仁家被评为脱贫攻坚户。低保到手的那一刻，马忠仁除了对国家雪中送炭的感恩外，更多的是羞愧和不甘，难辛和思索。

有了国家的各类惠农补贴，马忠仁的生活和看病基本有了保障，加上亲友们的帮衬，日子也还过得去。可拖着一具残体，日夜思谋着往后的光阴，觉得生命于他，只是一具残存的躯壳。

生活在无望中一天天地推进，时间快到我们来不及慨叹。到2017年年底的一天，许久不见的马玉峰来到了马忠仁的家里。与以往不同的是这次马玉峰不是来送钱的，而是叫马忠仁和他一起出去做事的。

"在准备开这个物流公司时，我第一个想到的就是他。"马玉峰的初衷并不是指望马忠仁做事，而是让他出来改变一下心境，哪怕是每天出来坐坐，什么也不干都行。两人非亲非故，马玉峰又为什么会在马忠仁最困窘的时候伸手去扶他一把呢？

追溯二人之间的渊源，时间又得往前推。

马忠仁高中未毕业就带着对外面世界的好奇离开了家乡。大上海的繁华让马忠仁眼花缭乱，也让他深深地吃到了缺乏知识、没有文凭的苦。即便他很努力，但是依靠打工，在高消费的上海还是月领月光，在苦苦支撑了一年多的日子以后，马忠仁回到了祖祖辈辈洮商所行走的青藏线。

见惯了商场上尔虞我诈的马玉峰，在西藏偶遇寡言实诚、肯吃苦、能担当的马忠仁。惺惺相惜中二人成为了挚友。在两人生意渐有起色的时候，厌倦了漂泊的马忠仁回到了临夏，选择了一条稳定而有节奏的生活。而马玉峰则继续在川藏线经营虫草生意，并渐渐地有了一定的积蓄。

2016年年初，脱贫攻坚战的冲锋号已经吹响。勤劳的临潭人拿出"敢教日月换新天"的气概，鼓起"不破楼兰终不还"的劲头儿，向贫困发起总攻。马玉峰响应号召，开办了鑫驰物流公司。

"你是办公司的，不是做慈善的。你雇用一个连鼠标都拿不住的人，算怎么回事?"一开始，员工们对马玉峰雇用马忠仁的事颇有微词，甚至对公司的发展前景也产生了怀疑。

的确，鼠标都拿不动，稍微坐一会儿屁股底下就是钻心的痛。这是马忠仁刚进公司时的现状。但是他没有放弃，他深知这次机会对他来说是多么难得，而且他也不能辜负马玉峰的一片好心。

马玉峰为了用他顶了多大的压力，他是知道的。一方面是别人的质疑，一方面是他的身体能不能扛得住。而且为了方便他，马玉峰将公司的办公室从舒适整洁的二楼迁到了嘈杂的一楼。

事实证明，只要你足够坚强，人所能激发出的潜力可能连自己都能吓一跳。经过一年多的努力，马忠仁对公司电脑操作得心应手，能独当一面。不但能拿得动几公斤的东西，还能骑着电动车上下班。

拿到工资的充实和满足，让久违的笑容重回到马忠仁的脸上。生活中不如意事十之八九，但是只要你不放弃，在困窘时选择希望，幸福迟早会来敲门的。

生活中像马忠仁一样坚持努力的人不少，但是我们更需要的是像马玉峰一样能够雪中送炭，愿意扶别人一把的人。

得其大者可以兼其小。我们不能只局限于眼前的付出得失。当我们将眼光放长远，以善良的初心对待身边的人和事，命运馈赠给我们的可能不仅仅是事业的成功。

走进卓洛

梦 忆

　　从小就和外公一起生活在旧城的我，对于卓洛这个地方并不喜欢，甚至，我曾鄙视过这个我一直以来就讨厌的地方，因为泥泞不堪的路面总是把母亲做给我的新布鞋弄成脏兮兮的样子，那些低矮的土墙像极了那些年轻时苦败的老人。那时候家里来的亲戚特别多，母亲特别忙的时候总能听她念叨：要是有个铺子能买调料就好了。原来，偌大的一个卓洛乡竟然找不到一个小卖铺能买调味品。小时候家里条件并不好，每天的早饭都是青稞面馍馍就着炒洋芋吃，而我，总是那么地不爱吃，家里人都说我嘴太刁。回到旧城外公家时，我就会对外公说，那个青稞面的馍馍咽的时候感觉喉咙里有点扎。外公笑了，一只手搭在我的肩膀上说：一看就是没挨过饿的娃娃呀！要是把你生在60年……说着说着，外公就沉默了，眼睛一动也不动地发呆，我知道，外公又想起了他嘴里说的那个可怕的年代。

　　时间过得真的很快，渐渐地我也长大了，读了书，结了婚，生了孩子，现在，我已经住在了那个我曾经鄙视过、讨厌过的地方，才发现，原来卓洛的山野是很美的，油菜花田、狼毒花海都是诗意的发源地，这里的每一朵花都开得那么妖娆，每一株草、每一棵树都散发着迷人的清香。原来，卓洛里的人情味是很美的，家家户户永远都是那么热情好客，这里的每一个人都那么地质朴，春种秋收，这里的每一个人都自给自足，自力更生。生活的悠然自得，使我竟然毫不察觉地爱上这里。我时常这样介绍自己：我从半个卓洛人蜕变成完完整整的卓洛人。甚至于我可以自豪地说，我就是一个实实在在的可以尽地主之谊的卓洛人。

现在的卓洛早已不是当年的模样，处处都发生着翻天覆地的变化，卓洛再也不是当年的那个"干卓洛"了，而是人人羡慕的卓洛二城。从什么都没有到现在的什么都有离不开党的好政策，更离不开卓洛人民的勤奋智慧和勤劳。那段泥泞不堪的路面早已成为回忆里的往事，宽敞的水泥硬化路使步履蹒跚的老人和孩子们走得更加稳当些，那些穿了新鞋的孩子再也不会有我当年的担心，而你，只有真正地走进卓洛才能了解卓洛，发现它的美，发现它的独特，并且爱上这里。

从大坡桥那里的卓洛路口打车一直到上园子村大队部门口，再往上走几步就是我家。2017年下旬，经过卓洛乡政府、村委会干部等等的一致决定，将我家纳入脱贫攻坚项目户，其第一项任务就是危房改造。2018年3月28日清晨，随着清真寺的邦克声后，全家人在老屋礼完了最后一个晨礼，在父亲的带领下便开始忙碌起来。"大家先把这个柜子抬出去。"是父亲在喊，穿着一身迷彩服的父亲阴沉着脸，也许是因为昨天熬夜的关系，布满血丝的眼里写满了担心，似乎看不到那份他一直为之坚持的期盼。但我知道，他的心是澎湃的，他的担心源自钱，他担心着这些年节约而攒下的钱不够用。母亲也同样担心着，她说我想到一个办法，我们可以让匠人把房子的主架骨盖出来（把后墙前门面的砖墙拉起来，把大梁上昂），剩下的活儿我们自己家里人做，你爸也是匠人，虽然不是什么大匠，但剩余的活儿应该不在话下，都能做得来，这样就可以节省出一部分钱，省下的钱还有很多的用途，买材料，全家人还得吃喝拉撒，爷爷奶奶都那么老了，万一……母亲不敢往下说了，未来的事都不在谁的意料之中。

听完母亲的建议，父亲的眉心也稍微舒展开了，大家又开始忙碌起来，下午的时候，老屋内几乎存放了五六十年的老家当都被清理出来，像是给老屋做最后的洗礼。傍晚时分，老屋的门窗都被拆下了，昏暗的视线里老屋像极了一个临终的老者，没有绝望，没有痛苦，只有安详……第二天清晨，刚露出地平线的太阳，泛起一道道的红光，似未出阁的少女羞红了脸。

在农村，和睦的邻里关系是空洞的大城市无法媲美的。一大早，我和母亲也开始为前来帮忙的人准备食物，炒好了鸡肉，火炉上沸腾的开水犹如我的心情一样澎湃，街坊四邻、亲戚等等都相继过来帮忙，你拿着铁锹，我拿着镢头，你一言我一语地说说笑笑，一粒粒飞扬的尘埃，一根根旧而腐朽的木头不断地跌落抑或是被扔下，老屋就在这样一个大时代的向导下褪去了长达六十几年的历史故事。

我的目光锁定在爷爷的身上，尽管他忙着跟前来帮忙的人打招呼，可我依然能看到他时不时地把目光聚集在同一个地方，一张黑而瘦的脸上布满了岁月的沧桑，一双凹陷的眸子竟然有那么一丝湿润，尽管他努力地保持睫毛的安静，却也掩饰不了内心对老屋的不舍。

在经历过六十几载的青春岁月后，老屋在党的扶贫好政策之下也迎来新的篇章，成为几代人共同美好的回忆。爷爷虽然对老屋有着难以割舍的情感，但更多的是对新房的期待。

随着打地基的开始，我们家危房改造项目正式拉开帷幕，一袋袋水泥、一块块砖的叠起，都牵动着我们的心，那种激动感是语言无法形容的。匠人的速度真的很快，不到半个月的时间就要准备上梁了，在农村或者说在卓洛这个地方，上梁是一件非常重大的事情。但不同的地方有特殊的意义，届时，几乎全村的人和所有的亲戚朋友都会过来帮忙，而我们也要精心准备美味的食物，炸馓子，炸油香（是我国少数民族的传统食品，逢年过节是家家都要煎炸油香），煮牛肉或羊肉等等，来招待亲朋好友，那种场面实在是热闹非凡，新房在亲朋好友街坊四邻的祝福里落成。

2018年进入冬天之前，新房彻底竣工，八十七岁的爷爷站在四米宽的玻璃暖廊内开心地笑了，他的笑那么爽朗，没有一丝疲惫感，邻居家串门的老爷爷对着爷爷说：老汉，你把福享上了。爷爷边捋着胡须边说：是嘞是嘞，我老头子也把福享上了，再也不用羡慕人家的洋房房咯。阳光下两位老爷爷笑得那么幸福，旁边玩耍的重孙子眨巴着清澈的眸子也跟着笑了，在那眼神里看到的是新房里四世同堂更加美好的明天，也是卓洛乡奔向小康社会更加繁荣昌盛的明天。

一位母亲的三十年

王丽霞

　　结婚前，她是个高中生，由于一门心思在学习上，还不懂结婚意味着什么，生活应该怎么过，甚至，连饭都不会做。婚后的三十年里，她与丈夫王临安克服种种困难，将五个孩子抚养成人，还清弟弟生前所欠的巨额外债。五个孩子中，只有三个是她亲生的，但在她心里，他们都是儿子，从不偏袒。她用三十年谱写了一部充满正能量的妇女励志故事。

　　也许，你听说过她的故事；也许，你见过她本人；也许，你根本不知道有这么一个人。但无论如何，让我们一起，还原一个农村妇女不平凡的三十年。

　　她叫李桂梅，出生在卓尼县上卓村，是典型的觉乃藏族。1984年1月，二十二岁的李桂梅由父母做主，嫁给临潭旧城（现临潭城关镇）杨家桥村的王临安。在她嫁到王家之前，根本不知道今后要度过她一生的那个家的样子——年过花甲的公公，丈夫和一个儿子，二弟一家四口，三弟夫妻俩，未成家的四弟，一家十口人同在一个大家庭生活。

　　在村里，丈夫王临安算是比较积极能干的，带领弟兄几个从事运输及商贸业：二弟和四弟经营一个门市部，他和三弟常年穿梭在川藏、青藏线上。20世纪80年代初，富裕的人是少数，但他们家在兄弟四人的努力下，从来不为吃饭穿衣发愁，加上丈夫体贴，老人健康，妯娌和睦，一家人生活幸福、安逸。

二十二万八千元，这是一个天文数字

然而，天有不测风云。1989年腊月，二弟突发脑溢血，经抢救无效过世，留下了妻子、两个加起来还不到四岁的孩子，以及生意资金运转中产生的巨额债务。面对天天上门讨债的债主和五花八门甚至有些恶毒的逼债手段，丈夫怕老人承受不起，就带着她挨家挨户打欠条，把债务全部转到自己名下。回想起这件事，她说："其实，我们当时根本不知道二弟到底有多少外债，打完欠条算了一下账，把我们吓坏了：二十二万八千元。"在当时，这几乎是一个天文数字。面对一家老少，丈夫咬咬牙说："砸锅卖铁也要还账，我不会欠别人的钱。"他们拿出家中全部积蓄，卖掉所有能卖的东西，还给逼得最急的债主后，还剩二十万。这二十万，他们还了整整二十二年。

突如其来的打击，改变了一家人的生活，每个人都变得松松垮垮，日子没了盼头。但她没有埋怨，埋葬了二弟，她回到娘家，从兄弟姊妹手里凑了点钱给丈夫："别灰心，你是老大，大家都在看着你，打起精神来，过几天把前段时间你说的碌曲的那辆破东风车买过来。"她的态度给了心乱如麻的丈夫和一落万丈的家重新振作的希望。1990年春节后，丈夫买来那辆即将报废的东风车，带着三弟、四弟继续搞运输，她接手经营门市部。

祸不单行。二弟去世后的第二年，二弟媳准备带着两个儿子改嫁。得知消息后，她一面竭力稳住了二弟媳，一面千方百计想办法给远在昌都的丈夫带口信。丈夫回家后，和她商量，决定尊重弟媳的选择，让她留下两个娃娃改嫁。弟媳走后，她告诉丈夫："娃娃我们养活，不要给三弟四弟了，你就是娃娃的大大，我就是娃娃们的娘，叫他们改口吧。"自此，她成了五个孩子的妈妈。每一顿饭，第一碗是公公的，第二碗便是二弟的孩子的，这个习惯一直保持了近二十年，直到孩子们各自工作。

面对生活，所有本事仿佛与生俱来

1991年，为了生计，弟兄们和父亲商量后，决定分家。她和丈夫接手了几乎没有什么货物的门市部和大部分债务，同年过古稀的公公一起生活。二十六岁的她开始和时间赛跑：半夜四五点起床，扫院，墁房，烙馍馍，跟两个上小学的孩子一起出门开铺子。"中午，让一个娃娃边看铺子边写作业，我要回家做饭，完了再换娃娃回家，农活特别紧张时，还要利用娃娃们休息的时间去地里，让他们边写作业边看铺子。"半开玩笑的叙述，听不到一个"累"字。大儿子回忆："除了过年，一家人从来没有在一起吃过饭。"小儿子说："我阿妈那时候一直都是晚上洗衣服、做针线，每天都是我们睡了她还不睡，我们还在睡，她早起来了。"

似乎用一天的时间，她学会了所有的农活和针线活，学会了精打细算地过生活。

农忙时，她要起得更早。从播种到打碾，从不耽误孩子们学习，不少老人一顿饭，不耽误铺子里的生意。她经常天不亮就去收割庄稼，早晨正常营业；经常会在夏季的某个周末被暴雨淋透在地里；也经常在接近凌晨时，才把打碾完的麦子装进袋子。面对生活，她所有的本事仿佛都是与生俱来的。

小卖部里的货不多，但周转得快。她从批发部欠货，卖完后还账，再欠，剩下的钱攒起来买米买面，这样周转了近二十年。"娃娃们都在长，都能吃，饭里没啥油水了面就特别不耐用。我们的铺子在公社门口，认识不少干部，他们把用不完的粮食指标卖给我，她就和娃娃们到粮站换面。因为还账时把面柜卖掉了，买回来的面只能放到一个大纸箱里。那时候，家里平均每年要吃掉五十多袋面。"丈夫王临安苦涩地说。

作为母亲，她始终爱着儿子们

　　家里没有多余的钱买新衣服。腊月里，她就抽空把母亲接来给娃娃们缝制新衣服，补补旧衣服。邻居杨大妈至今记得那时候她经常挂在嘴边的话："我们家的娃娃们长得慢得很，你家的娃娃怎么长得那么快。""那些年，一个娃娃一年只有一套新衣服，两双鞋，老大穿小了给老二，老二穿旧的给老三，破了补一下，一直要穿到老五身上。"说话间，一滴眼泪落到了手中正纳着的鞋垫上，她慌忙低下头去抹脸。

　　虽然艰难，家里家外还是被她打理得井井有条，一家老小一日三餐从未间断。日子，在她和丈夫没日没夜发疯似的干活挣钱中度过。虽然经常顾不上吃饭，但他们很满足，用她的话说："娃娃们不用像刚分家时那样折断扫帚当筷子用了，而且他们都听话，不惹事，互相疼爱，能帮我干点家务，这比什么都好。"

　　"十个指头都有长短，她是怎么做到的?""从来没见过打或是骂娃娃的，但娃娃们从来不闯祸。"说起她教育孩子，左邻右舍无不佩服。

　　1995年8月的一个中午，邮递员的鞭炮声在他们家门口响起："你家娃娃考上甘南师范了，恭喜恭喜。"这一串鞭炮，给贫苦而沉默的家庭增添了一个久违的喜讯。紧随其后的，却是更多的惆怅。学费! 学费! 学费! 对夫妻俩来说，这才是真正的考验。她急在心里，但不能让孩子看出来，只能悄悄想办法。

　　时隔一年，二儿子（二弟的大儿子）考入天水林业学校。

　　第三年，三儿子（二弟的小儿子）和四儿子同时考取重点中专。

　　从1989年二弟去世到2011年还完弟弟生前欠下的最后一笔账，她陪着丈夫和孩子们整整二十二年。这期间，她卖过煤，卖过水泥，卖过建材，搞过批发，摆过水果摊，在城关，不认识她的人没几个。"那年头，挣钱很不容易，我们双职工供一个娃娃上学都很吃力，人家两口子没有工作，供五个娃娃上学，真不知道怎么做到的。"提起她，同族里大家称作"五妈"的退休干部邢凤英直摇头。"不简单啊，临安一年四季在外面，她一个女人家，要照顾全家人的生活，又种庄稼、做买卖，还把五个娃娃都拉扯成人了，确实吃了不少苦，这样的媳妇儿我们队里没有第二个。"七十五岁的李春芳老人有点哽咽。当问到供孩子们上学的过程时，她笑着说："时间长了，都忘了。反正娃娃们都争气得很，在家是好娃娃，在校是好学生，他们考上学校了，我们大人高兴得很，我们自己没念成书，学习上帮不上忙，总不能让他们愁学费嘛。"大概，她是不愿意多说。作为母亲，她始终爱着她的儿子们。

她坚信，一切都会好起来

2000年，大儿子中专毕业参加工作，成了家里第一个干部。在刚得到消息的那一刻，她满意地笑了。随后，老大结了婚，老二也分配了工作，老三、老四相继参加招考参加工作，仅剩下小儿子在读书。很快，小孙子们也相继出生，剩下的债，还在还。那个家，仿佛开始好起来。

然而，丈夫的一次胃镜检查，再一次如五雷轰顶般打蒙了她。那是2010年秋天，丈夫被检查出贲门癌。听到消息，她昔日雷厉风行的果断被一扫而光，瞬间，像个木头一样不知道往东往西。丈夫被两个弟弟迅速转院到兰州后，医生建议手术治疗，她缓过神来，十分坚定地让大儿子在手术协议上签了字。她坚信，丈夫一定可以治愈，一切都会好起来。

当医生告诉她手术非常成功的那一刻，她的眼睛才有了神。

这一年，是她嫁到临潭的第二十七年。

光阴如梭。如今，又是四年过去了，他们的生活好了很多，她也不用再跟时间赛跑了，只是还种着地，务着园子。农闲时帮儿子们带娃娃，傍晚陪丈夫散步、锻炼，给孙子们纳几双鞋垫儿。村里的老人们在茶余饭后，仍会谈起当年那个泼辣的"三格毛"……相信，她的生活会越来越好。

守望生活的曙光

敏海彤

天还未亮，王秀花却怎么也睡不着了，眼看要起冻皮（冬天地皮封冻）了，地里还剩一点洋芋没挖完，得赶紧挖完，要不亲戚们又该来帮忙了。像平时一样，在照顾好丈夫起床、洗漱、吃饱以后，王秀花心不在焉地扒拉两口，便背着背篓牵着丈夫党尕成的手往自家的地里走。

一路上，王秀花一遍遍地为丈夫讲述着两人之间的点点滴滴。王秀华说："我现在最担心的就是有一天尕成会忘记我，忘记我们之间所有的事。"自从2013年帮堂哥家卸木材，脑袋被几根大横木砸过，导致颅内出血后，尕成的智力、记忆力都受到了重创。当时医生诊断即便活过来，也只会是植物人。

王秀花今年四十八岁，比丈夫大三岁。俗语常说，女大三抱金砖。曾经的他们是周边四邻口中的金玉良缘。王秀花温柔贤惠，丈夫党尕成英俊能干，一手木匠手艺更是得到了十里八乡群众的一致好评。的确，在意外发生之前，秀花勤快善良，孝顺老人，乐于助人，是过日子的好手，丈夫靠木匠手艺养家糊口。日子虽说不上富裕，却也殷实。女儿和儿子的出生更是凑成了这个家庭的"好"。照顾老人，抚养孩子，耕田种地，操持家务，虽然辛劳，但有那么能干且对自己体贴的丈夫，王秀花觉得日子过得像喝了蜜一样甜甜的。

然而天有不测风云，人有旦夕祸福。2013年年底，党尕成的堂哥家准备盖房子的木料，热心肠的两口子天还没亮就赶来帮忙，王秀花帮着堂嫂在家里忙着给男人们做早饭，而党尕成则去汽车上卸刚拉来的湿木材。随着一声巨响，支撑木材的挡板断裂，党尕成从汽车上被摔了下来，那粗重的木头一根根地从他身上碾过。好强的尕成站起来说没事，但是不一会儿血便从他的耳朵流出。亲友们将他送到县医院检查，医生说得去兰州做开颅手术。

由于去兰州路途遥远，党尕成错过了最佳的抢救时间。医生说，即便救活也只能是植物人。所有人都劝王秀花放弃治疗，但是她怎么舍得深爱的人离她而去呢？在接下来的一年多里，王秀花将所有的精力放在了丈夫身上。喂饭喂药，擦洗揉搓，翻身呼唤。她像入了魔一样，日复一日地重复着这些动作。慢慢地丈夫有了知觉，慢慢地丈夫能坐起来了，慢慢地能扶着去厕所了……经过王秀花一年多不懈的努力和精心的护理，丈夫虽然看不见，但是能慢慢地行走，也能和她之间有简单的交流。

如今五年多了，王秀花如同抚育一个巨型婴儿般拉扯着她的丈夫。王秀花说这辈子觉得最亏欠的就是自己的老婆婆。本以为婆婆可以在自己家安享晚年，可是自从丈夫出事以后婆婆怕给自己添麻烦去了哥哥家。"婆婆在秀花家住了近二十年，从没见她们婆媳红过脸，拌过嘴。婆婆爱干净，秀花不管多忙都把婆婆的穿装换洗得干干净净的，都不像个乡村的老太太。"邻居杨大婶说。

不知不觉已经到了地里，秀花找了一块避风的地边把准备好的垫子铺好，让丈夫坐好，再给他披上小毛毯。这一切的动作是那么的娴熟与干练，而眼里尽显的是关爱与宠溺！秀花想清楚了，等地里的活儿完了，儿子放假回来，无论如何都要带尕成去兰州复查一下。想到这里，王秀花就充满了力量。"现在政府的惠民政策好，尕成看病有大病救助。乡上也关心，给孩子联系着上了一个学汽修的高职学校，三年的学费、生活费都是免费的。儿子有一门吃饭的手艺，就不愁脱不了贫了！"王秀花说着，眼里满是憧憬的光芒。

洋芋剩的不多，王秀花人也攒劲儿，一会儿就挖完了。亲戚们也及时地到地里帮着把洋芋拉回家。王秀花收拾好东西，背着背篓，牵着丈夫，夫妻二人又急匆匆地往家走。回到家里，把丈夫捂到炕上，秀花又忙着做锅饼子，"今天村里有人去合作，婆婆最爱吃我烙的饼子，做点给她老人家捎过去，也算是我的一点心意，其他的都办不到嘛……"说着说着秀花的鼻子酸酸的。做好饼子，伺候丈夫吃饭吃药，睡着后，秀花又匆匆忙忙地出门了。

"今天邻居强老太家碾大豆呢，一定要去帮忙。她小儿子从两岁得了癫痫和神经病，犯病了要么自己不省人事，要么打砸东西。老人的日子也着实难过。"王秀花一边说着，一边扛着家伙什加入了碾场的队伍里。看见秀花来了，强老太和邻居们都说，秀花太辛苦了，应该歇着。可秀花坚持地说："力量是泉里的水，我还年轻没事的。"邻居们知道秀花的性子，不让她帮反而会让她难受，也就不再劝她了。

这只是王秀花生命里最普通的一天，她的每一天都是这样被忙碌和辛劳充斥着，她用最平凡的生命叙写着最不平凡的人生；在坚持与守护中，守望着生活的曙光！

大山沟里蜜香甜

敏海彤　王　鑫

　　"没良心的后山坡，一晚夕愁着睡不着……"这段经典的洮州"花儿"唱出了自古以来出入石门的不便和艰辛。今天我们就要翻越这巍峨的后山坡，进入石门，去探寻那大山沟的致富经。

　　车行至后山坡梁上极目远眺，茫茫绿海之中，零星散落着几处村庄，在群山环抱中恬静、安逸，像极了熟睡的孩子！

　　初夏的石门绿意盎然，顺着平坦的林荫道，便到了位于石门乡梁家坡村的盛华养殖合作社。

　　传统的农家园里，一排排地码放着新式的蜂箱和传统的木槽。合作社负责人梁志成正挨个查看蜂箱里蜜蜂繁殖及酿蜜情况。"目前正是花开的好时候，也就是我们蜂蜜养殖的大留蜜期。像我这个养殖，就是通过这个养蜜，慢慢地增加收入。我们成立合作社，也是想通过我们合作社，带动更多的贫困户脱贫致富。"梁志成边工作边说。

　　梁志成最早在外打工，但是由于父母年迈，而自己打工仅能维持日常开销，谈不上脱贫，娶妻生子更成了奢望。他一直在寻找商机，寻找机会，终于他发现养蜂效益好收益快。他想：石门自古就有养蜂的习惯，而且近几年家乡的环境好了，植被繁茂，这些先天条件都有利于养殖蜜蜂，更重要的是还能照顾父母。说干就干，梁志成立马返乡开始了他的养蜂生涯。

　　一开始，梁志成用传统的木槽养蜂，但时间一长，他发现这种木槽养殖存在很多弊端：像难以取蜜，难成规模，难以科学化养殖。于是梁志成上网查询、线下咨询，开始采取专业化蜂箱养殖。自养两年以后梁志成的养殖已初具规模，也有了可观的收入。梁志成的成功也让乡亲们动了心。"梁志成是个热心肠，他愿意给乡亲们教授他的经验，他告诉我们，在二十七种大蜜源里我们石门就有党参、黄芪、红芪、沙参等六种以上，其他蜜源更有十几种之多。"梁家坡村主任宋国玉说道。

石门乡镇府了解到群众有养殖蜜蜂的意愿后，与帮扶单位县委办协商，积极联系天津援建。给予梁家坡村十万元的产业发展补助资金（贫困户每户补助八百元，非贫困户每户补助六百元），并为群众联系好了销售渠道，解决了养殖户的后顾之忧。"现在有七十一户群众加入了我们合作社，共有蜂群一百五十多箱，保守估计每箱产蜜二十多斤，年收入在十二万左右。"

梁宝珠是盛华养殖合作社自养蜂群的社员，也是自养农户中养蜂技术比较好的。"养蜂也好着呢，我现在有七箱蜂群，坐在家里一年还能增收五千多元呢，到明年我的蜂群最起码能繁殖到二十多箱，到时候收入更多。"梁宝珠高兴地说着，脸上洋溢着希望的光芒。

在石门乡像梁志成、梁宝珠一样养蜂的群众还有很多，他们中有些是依托政府的扶贫惠民政策参加集体经济的，也有一些主动作为、不等不靠不要、勤劳致富的养殖户。查浪沟村的张润祥便是其中的一位。为了能更好地了解主动致富群众的心态以及产业发展状况，我们与电视台记者驱车前往查浪沟一探究竟。

汽车如游龙般在蜿蜒盘旋的山道里摸索前进。在曲折行进了一段时间之后，如瑞士田园般的查浪沟出现在我们眼前，瞬间惊艳了我们。

村道两旁野水仙等各色野花竞相开放，田里嫩绿的庄稼仿佛能掐出水来，清澈见底的溪水潺潺地流淌着，绿如毯的草坪上，茂密的树枝随风舞动，正如诗中所写"绿树村边合，青山郭外斜"。蓝天白云下蜜蜂嗡嗡地飞着，热情好客的女主人早已出来迎接我们。

在女主人的带领下我们见到了正在忙碌的张润祥。他正在树下忙着收蜂。只见树枝上密密麻麻地趴满了蜜蜂。老张慢慢地把蜂斗罩在上面，不一会儿，蜜蜂们便一只接着一只飞入蜂斗。"收完的蜜蜂要先放入通风的袋子里，等到了夜里再放入蜂箱。"老张很专业地说道。

老张是查浪沟的能人。他善于思考，懂得变通，很有经济头脑。在羊毛紧俏的时候，他走街串巷贩卖羊毛；在药材市场兴起时，他出入周边县市贩卖药材；他更是将药材种植技术引入石门的第一人。他以独到的眼光和丰富的社会阅历，总能发现独门生意。自从盯上蜂蜜产业后，他先是深入学习养蜂技术，并贩卖蜂蜜，为自己打通了销售渠道。等一切水到渠成之后，老张才悠然自得地念起自己的养蜂经。"从去年开始养了二十箱，到现在已经发展到五十多箱，年收入至少有个五万元。"老张自信地说道。

花草的鲜香伴着蜂蜜的清香弥漫开来，甜蜜的产业在这大山沟里慢慢壮大。勤劳的石门人正在用双手酿造属于自己的甜蜜生活。

邢八英盖房

王丽霞

"只要思想不滑坡，办法总比困难多。"内生动力是脱贫攻坚最根本、最稳定、最强大的力量。有了群众的呼应、认同，脱贫才是有源之水，有本之木；有了群众的内生动力，才能凝聚起脱贫攻坚的伟大力量，凝聚起稳定脱贫的长期力量。

傍晚，晒场上。

邢八英帮邻居家粉完牛草，背起背篓，沿着整洁的水泥路赶往家中。步入大门，整洁的庭院、崭新的太阳能暖廊映入眼帘。窗明几净，朴素温馨。"阿妈，夜饭想吃啥?"女主人拂去满身灰尘，笑问正在暖廊中晒太阳的老婆婆。

刚刚过去的春节，是丈夫离家后的第九个春节。故事，也要从九年前说起。

2010年，三十二岁的邢八英与丈夫魏焕福共同经营着岗沟山上产量不高的耕地，供养着年过七旬的老婆婆和两个读小学的儿子，生活紧紧巴巴。

"守着夏天漏雨、冬天钻风的老瓦房也不行。"夫妻俩暗下决心，要攒钱盖新房。

魏焕福头脑活泛，肯吃苦。农闲时就去附近的小工地上打零工。一年下来能为家中多添补四五千元，除去日常开支和两个住校学生的生活费，所剩无几。

"那几年家家一样困难，都不知道出去打工能挣钱。"说起十年前小岗沟村的贫穷，邻居魏来生感慨不已。

小岗沟是岗沟村的一个社，位于临潭县冶力关镇以西的山上，曾经是镇上有名的贫困村。穷则思变，魏焕福却因穷生祸。

那一年，离岗沟村不远的黄家山脚下修水电站。秋收后的一个雨夜，喝了酒的魏焕福与同村两个年轻人糊里糊涂偷了电站工地上用于炸洞口的炸药，打算倒卖出去赚钱。因此获刑十五年。

一家五口对生活的无限希望变为其余四口人的漫长等待。在外人看来，突如其来的生活变故犹如一场劫难，女人的肩膀怎么可能扛起一个贫困无助的家？

邢八英没有上过一天学，却是个明事理的人。她劝说丈夫归还炸药并自首，同时也羞于在乡邻中抛头露面。

"我不敢出门，又不得不出门，家里处处需要钱。"丈夫离开后，一家老小羞愧难当，很少去晒场上的人群中。

家徒四壁。看着东倒西歪的房子和存折上仅有的几千块钱，想到往后的柴米油盐和两个儿子每年三千多元的固定开支，连续三个多月，她几乎昼夜未眠。

既要洒扫庭除，又要挣钱养家。邢八英丝毫没有心理准备，却毅然接过了家庭的担子。

"等他回来，娃娃们就成人了，总不能还住在老房子里。"2011年春节后，她种完庄稼，安顿好老人孩子，就跟着哥嫂去内蒙古建筑工地上打工了。

一心想着挣钱的他们承包了一栋住宅楼上的砖活儿，没日没夜地干起来。抬砖、砌砖、提水泥成了她的日常生活。"疼得睡不着，第二天早晨5点仍会毫不犹豫地起床搬砖。"从未有过的工作强度令她四肢肿痛，浑身酸痛。

想到家中老小，她咬牙坚持了下来。

"想到要盖房，就有力量了。"从春耕后到秋收前，四个月时间，她挣了一万七千多元。

第一次出远门，每天劳动十六小时以上。在仅有不到八小时的休息时间里，除了吃饭睡觉，还担心着老人的身体、孩子们的学习和地里的庄稼。

孩子们记着父亲的错误和母亲的叮咛。

出门前，她怕孩子们不孝敬老人，不好好学习，就将需要叮嘱的事情口头交代下来，让两个儿子记在日记本上随时翻看。在工地上，为了鞭策自己勤上工多挣钱，就利用休息时间跟着工友们读写常用字，将自己的上工情况一日不漏地记下来。雨天上不了工，就在笔记本上给丈夫和孩子们写几句话。

春耕后出门打工，秋收时回家，颗粒归仓后再苦三个月。这样的生活持续到2016年。七年里，她砌过砖，刷过墙，扎过钢筋，背过水泥，修过路。

和男人们一起在风雨里拼体力，她忘了自己是个女人。

到2013年年底，经过多次修补的老房子只剩下厢房还能住人。她在养家之余，也攒了四万多元钱。

"框架起来起码需要十二三万，万一拆了盖不起来可怎么办？"经过无数次纠结，几乎目不识丁的邢八英让两个上初中的儿子粗算出房屋造价后，最终决定盖新房。

稍有盈余的亲戚、乡邻都爽快地借钱给她，冶力关镇政府也补贴一万多元灾后重建资金，鼓励她把新房子盖起来。

2014年春节后，全村人为她的新房忙起来了：男人们帮匠人拆旧房、盖新房，女人们围着院子里的大炉灶供应着大家的一日三餐。

4月底，新房封顶，她又买了去往兰州的车票，在高速公路上做了三个多月小工，挣回上万元，给新家贴了墙砖。

2015年打暖廊，2016年刷墙，2017年室内装修，2018年装家具。在邢八英勤俭持家的九年里，四口之家的喜人变化由饭桌上一年好过一年的家常饭菜，到过年时老人孩子身上的新衣，到越来越漂亮的新房子，到毫不掩盖的自信与知足。她说："过去的所有汗水都值得。"

2019年，邢八英和婆婆、儿子们在新家里过了魏焕福不在的

第九个春节后，又马不停蹄地忙起了二十亩地里的农活儿。她盼望着果树早一年开花挂果，中药材价格能涨几块，孩子们的工资再高一点……

还有家里的那个顶梁柱，要早日归来。

不畏前路，不怕艰难，朝着既定目标稳步前进，这是一个女人带动下的四口之家最好的"内生动力"。

马拉黑曼还款记

教场村包村工作组

2018年12月28日，星期六，天气阴。

像往常一样，马拉黑曼吃过早饭后就又躺在炕上。额头困疼困疼的，感冒好些天都不见好转。

"老婆子，老婆子……"他喊道。

妻子会意赶紧拿了几片安乃近过来，患病多年，最有效的药就数安乃近了，既便宜又管用。

马拉黑曼今年六十一岁，是临潭县城关镇教场村的贫困户，年轻的时候背就驼了，又得了肺心病，已经吃了二十几年的药了。不知从啥时候起，大家都叫他"背锅"。

这些天算是把"背锅老汉"愁死了，又是感冒，又是发愁。2015年贷的脱贫攻坚款已经逾期，镇上已经通知好多次了。当初贷款五万元到手的时候马拉黑曼喜上眉梢，想着这一笔钱可以好好改善一下生活，完全忘了当初签订协议时承诺贷款下来后必须用于发展种植业和养殖业。

"背锅老汉"隔壁的老王头在五万元到手的时候赶忙去集市买回几只羊羔，老王头出去放羊时逢人就念叨：羊养到明年一定能卖个好价钱，也不辜负政府的一片好意和镇干部尕张。尕张到家里来了一次又一次，今天忙着贷款明天忙着签棚户区改造的协议，可不能再让人家操心我这个老头子今年能不能脱贫了。老王头看着自家享受了四万元补贴新盖的房子，见人就说这放在以前想都不敢想。现在贷款的三年时间到了，老王头的养殖规模也越做越大，当初贷款的钱也翻了好几番，是时候把贷款的钱还给银行了，正想着要去银行，马拉黑曼慢慢悠悠进来了。"老王头，去哪里，是不是又要放你的羊啊？哎，你说我的命怎么就这么苦，以为过了两天好日子，谁知道现在好日子到头了，镇上的尕张来家里要我还款，连下班的时间都不放过，打电话让我把钱凑齐，你说我该怎么办呢？"

老王头寻思这可能是要借钱，可是自己也是在今年生活才有了起色，俗话说，救急不救穷。张口道："拉黑曼巴巴，政府给咱贷款的时候可说了，这个钱三年必须要还清，而且要发展养殖业或种植业的，你忘了吗，当初我喊你一起去买羊的时候你可不是这个样子啊。"

"背锅老汉"面露难色，一听这就是不想借钱，扭头就往外走。

当初他们两家是一起被村民选的贫困户，老王头那几年因为患病常年卧病在床，一个儿子也常年不在家，管都不管老王头，村上张支书多方打听到老王头儿子的电话号码，电话里动之以情晓之以理，还狠狠地批评了一番，让老王头儿子到家乡来，一来可以照顾父亲，二来这些年有政府政策的帮扶，只要是个有干劲儿的年轻人，都能有一番作为。张支书在几次贫困户座谈会上和党员会上最爱举的例子就是："你看教场口的马而南出狱才一年，帐篷厂就有了一定的规模，早先马而南就是村里的致富能手，头脑灵活，又敢想敢干，十多年前就开了一间修钟表的铺子，日子过得有滋有味，但是年轻人总有一夜暴富的想法，被人怂恿去贩'大烟'，没想到第一次就使他有了十年的牢狱之灾。出狱以后教场村的变化他亲眼看到了还有点不敢相信，一听自家的房子是政府补助四万元加上村委会的人想办法盖的，马而南都不知道要说什么好。马而南刚出狱的时候整宿整宿地睡不着觉，历经十年坎坷，已经不是当年那个意气风发的小伙子了，牢里的饭算是吃得够够的了，再也不能走邪路了。为了那个家，为了等待了自己十年的妻子。妻子照顾患病的母亲直至去世，一个人含辛茹苦拉扯儿子长大，一定要做些什么，再也不能活得那么窝囊，被人笑话抬不起头。说干就干，第二天马而南就去兰州买了台缝纫机用来缝制帐篷，从最初的自家小作坊到现在的扩大规模雇用工人加工。在州住建局领导的帮助下贷款十万元，帐篷厂的规模也越做越大，现在都成了教场村致富模范了。"

经过村支书以及镇上干部苦口婆心的劝说，老王头的儿子回村了，从原先的吊儿郎当到现在的致富能手，用他自己的话说就是感谢他活在了好时代。小王来的时候刚赶上脱贫攻坚贷款，爷俩一商量，一部分钱用来买羊，一部分钱买了当归和黄芪苗子，三年时间药材种植上有了可观的收入，养羊的钱也翻了几番，小王也和邻村的桂花谈起了恋爱，准备过年就结婚，算是"事业爱情双丰收"。

再看看"背锅老汉"马拉黑曼，转头就花完了贷款的钱，尕张今天打电话，明天来家里，也跟着着急。"巴巴，那是公家的钱，不还不行，你一句没有钱，这让我们怎么办？不是我非要逼你，当初我们签了协议，这个钱可不能乱花的，你忘了吗？唉，你哭也不是办法呀，我去镇上和杨镇长商量一下，再给你想想办法。"

"好，好，尕张让你每次都这样我都不好意思了，给我们申请低保，入股双龙铜器有限公司，申请村保洁员，老婆子病了又操心看病报销，尕丫头上学的补助，咳，咳……"说到这里，"背锅老汉"又是标准的哭腔。

"知道了，知道了巴巴，你看天都已经黑了，明天我一定想办法把这个事情给你解决了，但是你要答应，下次可不敢这样了。"

尕张深知话是这样说，但是一辈子"等靠要"的思想已经根深蒂固，作为乡镇干部又能做些什么改变这些人的思想呢？

从"背锅老汉"马拉黑曼家出来，天已经黑了，尕张都忘了有几天没看到自己的孩子了，早上出门的时候孩子在睡觉，晚上加班回家孩子已经睡着了。中午孩子打电话还问："妈妈，奶奶说你给教场村的娃娃们当妈妈去了，不要我了，是真的吗？呜……呜……"说着孩子放声哭开了，尕张的眼泪也早已经在眼眶里打转，能怎么办，本来还打算今天早点回家，现在回去孩子肯定又已经睡着了。顾了这头顾不了那头，照顾不了孩子的结果是和群众打成了一片，一口一声巴巴阿娘，这样一来大事小事都成了乡镇干部的，尕张帮我写个申请，尕马帮我复印一下户口本，尕敏帮我看看我住院报销的药费下来了没有，尕苏我家娃娃不想读书了帮我劝劝，尕严我家娃娃还没有上户口，尕刘我家屋子还没有粉刷……

晚上刚一回家，尕张就打电话把"背锅老汉"马拉黑曼还不了款的事情向包村领导杨副镇长专门进行了汇报，杨副镇长对"背锅老汉"马拉黑曼真是恨铁不成钢，没想到事情还是这个结果，能想什么办法呢？马拉黑曼贷款还不上，但不能让这一个案成为影响全镇脱贫攻坚工作的污点，况且今年教场村要整村脱贫摘帽。

尕张开口道："要不，实在不行我们干部先想想办法垫付吧，这样下去也不行呀。"

"不行，不行，你们工作已经够辛苦了，还让你们垫钱，那怎么能行？这个事情我去想办法。"杨副镇长也很无奈地说道。

第二天刚一上班，杨副镇长就带来了好消息，他从一个二友物业马经理处借来了钱，这样可以先让马拉黑曼把钱还上然后再续贷。"尕张，你赶紧给马拉黑曼打个电话，让他来镇上，我们一起去银行还款办续贷手续。"

杨副镇长带着尕苏和"背锅老汉"马拉黑曼去了银行，在去银行的路上杨副镇长和马拉黑曼拉起了家常。

"拉黑曼巴巴，银行的款还上了，你有什么打算?"

"杨镇长啊，不瞒你说，我以前是靠着'公家巴巴'的脊背过活，但是经过这次到处找人借款我知道了，人活着主要还是要靠自己，款贷出来了我想赶紧先把你们帮我借的钱还给人家马经理，如果不是你们出面做担保人家肯定不会借给老汉我的。现在你们又帮我续贷，续贷的款我一定不会拖后腿。老婆子六十岁不到现在在家也没事情可干，我们商量等翻过年也把一部分土地像别人一样流转给岷县的药材老板，两口子自己也种点药材，药材种上后闲时间就都到铜器厂打工擦铜器，干上一年了再把工资全部入股，反正平时生活还有低保呢，听说贾老板那里工资待遇也好，工作又不重，我们把工资直接再入成股，再加上公家给我们入的股分红，三年时间我想我一定能攒几万元。"

"好好，有想法有计划就好，日子要精打细算着过，不然又是竹篮打水一场空，以后可不能再拖村上的后腿了。"

说话间三人已到了银行，在询问银行接待员无果后只能等银行行长，等待的间隙，"背锅老汉"向大家讲起了自己年轻时候的往事。用他的话说，自己命太苦了，被电打过，农药喝过，就是不死，最悬乎的一次是从屋顶摔下来，头落一堆土上了，离一块石头仅一寸呀。"背锅老汉"每每说起这些总能让人想起《活着》中的富贵，只是富贵的那些不幸是整个时代的不幸，富贵带着时代的烙印活成了草根英雄，我们的贫困户把国家给予的"绿色通道"想象成了"传送带"。

"杨镇长啊，你说说我命苦不苦，就是怎么也不死。"杨副镇长虽然听过无数群众诉说自己的"苦难史"，但看见六十多岁的大爷鼻涕一把泪一把，也不知道说什么好……心想"背锅老汉"现在一家三口享受着农村二类最低生活保障金，各项惠农政策一项不差地享受了，今年政府为了贫困户顺利脱贫每户补助两万元，又怕农户自己没有发展的渠道，将两万元入股当地铜器公司，每年都有股份分红的同时可以到铜器公司务工，起码吃喝不愁，再加上各项惠农补贴，人均收入都达标了，也顺利脱贫了。能想的办法想了，不能想的也都想了，可是"扶志"永远在路上哪……不想了……

杨副镇长的头和"背锅老汉"一样地疼，好久没休息了，群众也就罢了，责任所在，可被上级各部门、各种指标折腾得身心疲惫，就是个皮球，这样推来推去也早泄气了吧……

"杨镇长，下班先吃饭，吃完饭我们再想办法解决。""背锅老汉"马拉黑曼等待得有些不耐烦，如是说道。

"我都没有心急，你倒还急着要走。"

"不是，杨镇长你看天已经黑了，我家住得远，老汉我眼睛也不中用了，天黑就看不见道了。"

"也罢，今天先这样，我让尕苏送你回家。"

从银行出来，杨副镇长想起几天前去银行协调另外一件贷款的事情。前几天尕马和胡光明老汉去银行查看贷款保险的事情，本来老头子的儿子在一场车祸中意外死亡，再加上银行要老头还当时儿子借的款，老头子跟银行说明了当时是缴了三百块的保险，但是银行有自己的规定，没办法，胡老汉急火攻心病倒了，这样一来镇上的尕马只能一次次地跑银行跑保险公司……

第三天晚上大家正在加班，杨副镇长带来了好消息，说"背锅老汉"的贷款续贷成了，大家也总算在2018年的最后一天松了口气。

"还有几分钟就12点了，新年大家都有什么愿望呢？"

"希望来年遇到的人和事，不要让我们这些青年从热血变得麻木。"

"希望大家身体健康不要生病。"

"希望教场能顺利脱贫。"

"希望涨工资。"

"希望消除贫困。"

"希望我的贫困户不要生病，娃们好好上学，吃饱穿暖。"

随着新年噼里啪啦的鞭炮声，临潭人民迎来了2019年全县脱贫的一年。

身残志坚的追梦人

——记临潭县恒达商贸有限责任公司党支部书记敏永杰

马俊平

人生，最糟糕的境遇不是贫困潦倒，不是厄运连连，而是精神、心境和梦想背道而驰。

敏永杰，临潭县城关镇下河滩村人，现任临潭县恒达商贸有限责任公司董事长兼支部书记。2009年加入中国共产党。先后任临潭县电子协会会长、临潭县工商联合会执委、临潭县私营企业协会副会长等职务。虽身有残疾，但他以顽强的毅力、自强不息的精神，克服种种困难，自1987年开辟了一条创业之路，赢得了大家的尊重和信任。

说及敏永杰的人生，既有充满心酸苦楚的过往，又饱含精彩纷呈的眼前和未来。十四岁，花样的年华，却因为一场始料未及的车祸失去了右腿。于一个风华正茂、满腔热血的少年而言，他失去的不仅仅是一条腿，更是他继续活下去的动力。在那段暗无天日的日子里，他一度消沉颓废，甚至有过轻生的打算。父母家人的陪伴终使他走过那段黑暗岁月，意识到如果一味地沉沦，崩溃的是所有关爱他的人。他明白失去的一切都已无法挽回，但他还有一双手，还有一颗想认认真真过好将来每一天的心。于是他开始调整心态，重新振作起来，从自学维修家电开始，一步一步，边学习边实践，在黑暗的生活中，亮起了点点璀璨的星光。

命途坎坷　身残志更坚

经过五年时间的不断钻研和探究，1987年，在民政部门的帮助下，十九岁的敏永杰成立了临潭县社会福利厂家用电器维修服务部。从维修部成立以来，每天早出晚归成了敏永杰生活的常态。用同事的话说，不管什么家电、什么问题，他说几天修好，就几天修好，不会让老百姓来回跑几趟，兢兢业业是他工作的态度，说话算数是他做人的原则。几年的维修生涯，为他积累了相当丰厚的经验，也正是在这个时候，他的事业开始蒸蒸日上，生活也有了很大的起色。

在家用电器维修市场摸爬滚打之余，敏永杰瞄准家用电器市场，走上了自主创业之路。创业初期充满艰辛。他拄着拐杖奔兰州、临夏，拿着钱跑客户、跑市场，渴了喝口凉白开，饿了啃口干馒头。

功夫不负有心人。1995年，"恒达电器总汇"开业。开业后店铺坚持"优质快捷，信誉第一，诚实为本，客户至上"的服务宗旨，很快以高质量、低价位和优质的售后服务占领了临潭县家电市场。

在敏永杰带领下，经过所有职工的不懈努力，恒达不断得到发展。2006年4月，"恒达电器总汇"将主店面扩大至一百五十平方米。并于2006年年底，在新城开设第一家恒达电器分店，年总营业额达到四百多万；2012年12月，临潭县恒达商贸有限责任公司正式注册成立，同年年底临潭县恒达购物广场开业，营业面积达两千多平方米。恒达电器是集家电、食品、百货经营于一体的综合卖场，在当地有良好的市场占有率。2015年旗下成立了百信源山野珍品开发有限责任公司，这是临潭县第一家网店加实体店联合销售的企业。公司经营总面积达三千三百平方米，现有职工四十八人，根据市场需求，公司成立了售后服务和工程安装部，具有专业的安装人员和技术人员，配送车辆六辆，售后服务车两辆。随着不断地发展，公司于2015年申请临潭县农产品电子商务平台建设项目。同年年底临潭县电子商务运营中心正式成立，敏永杰担任临潭县电子商务协会会长一职。临潭县电子商务体验馆也在公司旗下正式投入运营。在电子商务运营中心的支持下，公司的网络销售体系恒达淘淘商城也逐步得到推广和发展，给了消费者更愉快的消费体验和更快捷的购物方式。

经过三十多年的洗礼，在各级政府部门的不断培育支持下，恒达公司已形成了自主营销、售后服务完整的营运体系，公司先后被评为"州级诚信单位""省级诚信单位""省级诚信示范市场""守合同重信用企业"，敏永杰先后获得"省自强模范""共产党员示范户"等荣誉称号。

不忘初心　聚力助脱贫

自强自立，探索致富路；不忘初心，聚力助脱贫。在着手非公企业党建工作的时间里，敏永杰坚持以习近平新时代中国特色社会主义思想和党的十九大精神为指导，紧盯脱贫攻坚"一号工程"，深入推进"两学一做"学习教育常态化制度化，扎实开展党支部标准化建设和支部结对共建活动，积极发挥党员先锋模范作用。在他的教育引导和影响带动下，临潭县恒达商贸有限责任公司党支部切实发挥战斗堡垒作用，不断加强党员教育管理，把非公党建内化为公司青年的情感认同，外化为青年的行为习惯。他注重企业党建和文化建设，及时规范完善企业规章制度，其修订的范围涉及基层党建、部门职责、企业管理等诸多方面。用敏永杰的话来说，党支部引领企业发展不是一朝一夕的事，如何让党员影响员工，如何在销售管理中发挥先锋带头作用就成了党支部当前和今后的一项重要工作。

2016年年底，临潭县恒达商贸有限责任公司积极响应习近平总书记在十八大上提出的精准扶贫的提案，在县政府的大力支持下，敏永杰带领公司团队开展了"精准扶贫，全民奔小康"的扶贫惠民活动，针对临潭县城关镇等十一个乡镇的困难、残疾、单亲等家庭，免费发放多功能电热锅三百台，价值四万一千四百元，共投入补贴资金一百六十万元。补贴对象基本包含了临潭县所有的残疾人及残疾家庭。在活动过程中，敏永杰同志身体力行，不畏严寒，不惧山路崎岖，把真正的温暖送到了临潭县五保户及残疾人的手中，活动反响良好，老百姓好评如潮。

2018年1月16日，为进一步做好党建助推电商扶贫工作，深入推进电子商务进农村项目，扩大消费需求，临潭县委组织部、临潭县商务局联合临潭县电子商务协会共同发起"非公党建助推脱贫攻坚战"捐赠活动。敏永杰同志带着内心的承诺与期许，带着一颗感恩的心，再次出发，带领团队投身到扶贫工作当中。此次活动为临潭县、乡、村的贫困老党员、低保户、五保户、部分精准扶贫户免费发放温暖包（蚕丝被及电热水壶）共计三百件，价值五万九千四百元，以惠民卡的形式发放扶贫惠民工程投入补贴资金六百万元。用行动证明了一名党员的先锋模范作用和自己在扶贫路上义无反顾地走下去的决心。

2017年6月，临潭县恒达党支部被临潭县机关工委评为"星级基层党组织"。

心怀感恩　暖心报桑梓

致富不忘本，富而不忘乡邻，这是敏永杰身上折射出来的共产党员优秀品质。

截至2019年，他的创业之路已走过了三十三个年头。回忆起自己初创业时的艰辛，他要感谢遇到过的所有好心人，更要做力所能及的事来回报社会。于是他把下河滩村的几名精准扶贫户安置到卖场打工，让他们通过在家门口就业，实现了增收脱贫。截至目前，他的三个店共有员工三十多人，其中精准扶贫户十一人，残疾人四人，大中专毕业生六人，党员五人。寒暑假期间，还会额外招一些贫困大学生来超市打零工。他清楚地知道"授人以鱼，不如授人以渔"这个道理，所以在店里的时候，他尽可能地给员工传授自己的经验以及相关技术，毫无保留，不少员工之后想自己开店，他便主动提供帮助，予以一定的指导。

每年，他都会拿出一部分收入去帮助生活困难的亲戚、邻居、孤儿和孤寡老人们，给老人们送米、送面、送衣服；资助孩子们完成学业。

因为本身身体就有残疾，因此他对残疾人员工的不易更加关心。他说："因为残疾，最开始非常自卑。"一条不利索的腿，让他一路走来饱尝艰辛。如果仅凭一己之力，他或许不能像今时今日这般充实幸福，正是因为国家政策和政府社会的包容和帮助，才让他在创业路上走得一帆风顺。经历过磨难，也让他对生活充满了感恩，坚定了他以残助残的信念。为了尽最大能力去帮助他们，不断地吸纳残疾人到他的企业就业，因人而异，合理调整工作岗位，安排从事包装、库房管理、保管、保洁等较轻的工种，鼓励残疾人树立自信，让他们的生活更美好。

尽管身体残疾，但他却始终笑着坦然面对人生，他用勤奋弥补自身不足，用拼搏开辟后天之路，努力让自己的生活变得更加美好。他以顽强拼搏、自强不息的精神艰苦创业，以热情周到的服务和诚实守信的品质打动了乡亲，为当地经济发展贡献了自己的力量。用自己的切身行动表现了一名优秀劳动模范和共产党员应该具有的品质，用坚韧不拔的性格谱写了一首致富赞歌。

蜕变的人生

张红平　蒋建基

"公家的任务是把我们这些贫困户扶上马、送一程，但要真正脱贫致富，过上我们想要的好生活，还得靠自己用双手来创造。"——这是冶力关镇堡子村大路社贫困户刘润喜逢人便念的致富经。

雪后的清晨，我们到堡子村大路社入户。通往大路社的村道上，积雪早已被清扫，村子中央的文化广场上还有人在清理积雪。刘润喜驾驶着载满雪的三轮车从广场口驶出来，黑里透红的脸庞露出憨厚的笑容——他总是以这种方式和我们打招呼。

今年四十五岁的刘润喜，曾是一名铁路工人。2007年下岗后，因无一技之长，被迫靠打零工维持生计。收入微薄的他，生活举步维艰，只得选择回家务农。他回家后，老母亲随弟弟一家搬进了另修的新房，将三间老房留给了他。有钱时喝酒、赌博，没钱就睡大觉，院子里杂草丛生。不规律的生活使他成了村里游手好闲的懒汉。

2014年国家启动脱贫攻坚项目，刘润喜被识别为堡子村脱贫攻坚户。看着村里家家盖起了新房，年轻人们都娶上了媳妇，开上了小车，他的心中开始不安起来。在老母亲苦口婆心地劝说和驻村干部、村两委班子的引导鼓励下，他下定决心，要改掉一切不良习惯，从头开始。

2015年，刘润喜申请了危旧房改造项目，将主房进行了加固维修。脱贫攻坚贷款政策落实后，没有任何发展思路的刘润喜找驻村干部商量，大家齐心协力帮他出谋划策，但久久未能找到适合他的发展途径。不经意间，大家的目光落到了刘润喜家糊墙的报纸上——一则旋耕机广告引起了大家的注意，刘润喜的心里也亮了起来。

春节后，他便揣着扶贫贷款和自筹的六万多元去外地购置旋耕机了。2016年春天，堡子村大路社有了第一台旋耕机。每天除了睡觉，他都在旋耕机旁钻研。靠着在铁路上学过的器械维修知识，硬是将旋耕机的所有性能弄了个精通。由于收费合理、肯吃苦，乡亲们犁地的活儿自然都归他了。村里的闲人变成了大忙人：每天天刚亮，他便带着早午饭，到乡亲们的地里开始忙活起来。

忙碌中，日子也变得快了起来，刘润喜的钱兜也鼓了起来。年底，他拿出存折和记账本，仔细核算一年的收入：春季的收入一点八万多元，秋后的收入二点五万元。此时，他开始对未来的生活有了更好的规划："除去机器维修和生活开支，一年存上二点五万元，三年准能还清扶贫贷款……"

2018年，产业扶持和人居环境改善资金落实到位后，刘润喜将积攒的一部分钱拿出来修了三间西房，硬化了院子，为主房打了玻璃暖廊，新购置了一台三轮车。他积极响应国家政策，将自己仅有的十亩耕地全部用来种植啤特果树、杏树、李子树，并套种了油菜。

生活有了起色，刘润喜观念也发生着变化。以前不关心村里事的他，开始关注和参与到村里的大事小事上来——每天早起，第一件事就是沿村道捡拾垃圾，带头清理道路和广场上的积雪，并驾驶着自己的三轮车义务为村里拉运垃圾和积雪。每次走进大路社，远远就能看到刘润喜忙碌的身影。

俗话说：一花独放不是春，百花齐放春满园。刘润喜不满足于"小富即安、小富即满"的现状，自己脱贫致富的同时不忘村里的其他贫困户。2018年年底，他拿出积攒的五万多元，还完脱贫攻坚贷款后又续贷了五万元，计划再购置两台旋耕机出租给村里的贫困户，带领他们共同致富。

古人云：志不强者智不达。只有扶正思想、扶起心智、扶强信心，才能使贫困户真正摒弃等、靠、要的思想，实现稳定增收。

爱的岁月

王丽霞

她，是一个普通妇女，一个平凡妻子，九年如一日服侍右半身不遂的丈夫，无微不至，无怨无悔，从不言弃。她的坚持让丈夫一次又一次地创造着奇迹，也感染着家人、同事、朋友和周边群众。她向我们诠释了真正的爱情，也诠释了一种责任——做妻子的责任。她，就是甘肃省临潭县农村信用合作联社新城信用社职工杨菊芳。

幸福的日子过得飞快

1970年，杨菊芳出生于临潭县流顺乡眼藏村的一个农民家庭。受父母亲的教育和家庭熏陶，她自幼就是一个乖巧懂事、善解人意、尊老爱幼的好女孩。1994年8月，经人介绍，二十四岁的杨菊芳与年长自己两岁的李福平结婚，婚后夫妻和睦、家庭和谐。丈夫是一名乡镇干部，夫妻俩聚少离多。杨菊芳从未因此对丈夫有过丝毫不满和抱怨，照顾老公公更是无微不至。在丈夫心里，她是一个温柔贤惠的好妻子，在公公眼里，她是一个孝顺懂事的好儿媳。三年后，他们的儿子出生了，一家四口其乐融融。

"上班、做家务、照顾老人和孩子，偶尔有闲时间，也打扮一下自己。"就这样，幸福的日子过得飞快。她说，她从来没有想过自己的生活会和别人有什么不同。

那一个电话，惊醒了梦中的她

她至今清楚地记得那一刻——2005年10月18日凌晨两点。电话铃声将她从梦中惊醒，是丈夫单位的领导。电话中，对方说话有点急促，大概意思是丈夫摔伤了头，不严重，正在县人民医院做检查。她立即打电话让在县城工作的丈夫的五哥李富强赶快去医院看看。半小时后，李富强告诉她，丈夫颅内出血，得尽快转院去兰州治疗。因为路不好，从新城到县城坐车要差不多两个小时才到，等她赶到医院时，丈夫躺在救护车上，深度昏迷。她蒙了。那一个电话，惊醒了梦中的她，也惊醒了幸福中的她。

医生告诉她，几乎没什么希望，但他们可以考虑转院。"当时我什么想法都没有，就想让他醒过来看我们一眼。"说这句话时，她的眼圈红了一下。

到兰州大学第二附属医院时，丈夫的眼睛已经反应迟钝了。一位刚从国外进修回来的大夫告诉她，唯一的希望就是手术，但风险很大。"就算手术风险再大，总比放弃治疗有希望。"她毫不犹豫地选择了手术。"手术时间长达七小时多，那七个多小时，我的脑子里一片空白。"她不敢想结果，没力气也没时间想。在重症监护室半个月，看着双眼紧闭一动不动、身上插满各种塑料导管的丈夫和隔三差五发来的病危通知书，她心如刀绞，几近绝望。

但她相信，他能听到她的声音，听到孩子的声音。她相信，他也在努力，也想醒过来。她相信，他一定会好起来……经过两次手术和各种辅助治疗后，医生告诉她："有生还的希望。"那一句话，犹如黑暗中一丝微弱的光，给了她希望，也给了她力量。病房里，当其他人不在时，她便在丈夫耳边不停地说话，说他们的儿子，说他们的老人，说他们的兄弟姐妹们都在干什么，不停地叫他醒来……

他没有任何反应，漫长的五十多天，长过过去幸福的十一年。不是因为喂粥、喂水、接大小便、按摩、翻身、擦洗身体有多难，是不知结果的等待痛苦而煎熬。那五十多天，让她身心俱疲。她一下瘦了十多斤，也似乎老了好几岁。

一切皆有可能，生命也一样

突然他的左手动了一下，当家人因为这一丝希望激动不已时，她却因为过度劳累，趴在丈夫身边昏睡过去了。第七十天，丈夫说话了，虽然吐字不真，但她听懂了，那是儿子的小名："伟——伟——"出事后，她第一次流泪了。

"医生说了，如果不好好按摩，他的肌肉会萎缩，会影响康复。"在他们简单而温馨的家里，她一边低头认真地帮丈夫揉着腿脚，一边解释。

出院后，她的生活完全变了。早晨6点前起床给儿子做好早点，帮丈夫上厕所，吃早点，按摩，扶着他锻炼，安顿好一切后按时上班。中午下班后匆匆跑回家再帮他上一次厕所，快速地做饭、喂饭，边看孩子写作业边洗碗、收拾屋子，上班前再按摩一次、翻个身。晚饭后，倒半盆热水泡脚、按摩。睡前，在屋子里再转两圈。等丈夫睡好后才有时间看儿子写完的作业。"他病重的那几年，我们住的平房，没有马桶，没有坐便器，我要扶他上厕所，他比我高，又胖，开始还是吃力呢，慢慢就习惯了。到第二年的时候，他可以自己上厕所了，我把他扶到厕所里就可以了。"她说每句话时都微笑着，仿佛在讲述一件多年前的美好故事。"周末，如果太阳好，就扶他出去晒晒、走走，再给他洗个热水澡，理个头发。"他的头发，一直都是她亲自给理。

晚上12点之前她没有休息过，也从来没有睡过午觉。九年，可以让一个女人习惯这样晚睡早起的艰辛生活，习惯未曾感受过的家庭的重担，习惯不停地照顾人。生活让她变得更加坚强、乐观。

手术后，他的主治医生曾告诉她："你丈夫能活下来就是一个医学奇迹，但就算活下来，也只有两种可能性：要么是植物人，要么在轮椅上度过后半生。"

一切皆有可能，包括生命。到满三个月出院时，他创造了三个奇迹：活着、感知、说话。半年后，他开始学着用左手拿勺子吃饭；两年后，可以拄着拐杖在屋子里随便转转；三年后，可以帮她烧开水；五年后，跟在她身后小孩儿似的问这问那……现在，他已经能帮她洗碗、洗菜、拖地、收拾屋子、洗几件轻薄的衣服。早点或晚饭后，如果她有事，他就可以自己出去锻炼，万一找不到回家的路，就给她打电话，她去接他。她需要加班时，他可以自己到饭馆去吃一碗面。他每一天都在进步……

这就是最本真的爱情

"他每天在家等我下班。需要出门的话就带着他，我带习惯了，他也跟习惯了。"这些话不小心被他听见了，他有些孩子似的害羞和生气，瞪了她一眼笑着说："菊芳，不要说，不要说，人家笑话呢。"他的右半身仍然不灵活，他说话和小孩儿一样没有太多逻辑，他的心智变得简单、不成熟。但她永远都笑着为他做一切他不能做的事情，像教小孩儿一样跟他对话。她的坚持与努力并不为证明什么，只为一个生命好好延续下去，为老人有儿子，孩子有爸爸，自己有丈夫。

谁说这不是一种幸福呢？每天，都有一个人在家里等她下班，跟她说话，坐在沙发上静静地看着她，帮她干点简单的家务，不管倒忙还是顺忙，都在用心帮着。大概，这就是最本真的爱情：安静、简单、纯粹。

忘记艰辛，只记得感恩

"九年，确实辛苦，要照顾老人，照顾孩子，照顾丈夫，还要上班，但从来没听见她在单位说过什么，工作一样都没有耽误过，能吃苦，很乐观，热情、善良，大家都喜欢她。"杨瑞凤和她共事十多年，说到她，竖了个大拇指。

"从出事到现在，她一直尽职尽责，住院时天天守在病床前，出院后无微不至地照顾，把所有的积蓄都拿出来给我弟弟看病；开头几年，弟弟脾气不好，经常骂她，我们也从来没听到过一句怨言，这样的妻子难得得很，作为兄长，我敬重她，也感谢她。"这是丈夫的哥哥李富荣对她的肯定，也是整个婆家的肯定。

"在我们姊妹中，她从小就是最懂事、最能帮父母分担家务的。在姐夫生病后，她上有年近七旬的公公，下有不满七岁的孩子需要照顾，在医院开颅手术治疗及后来漫长的康复过程中，充满辛酸苦楚，大姐克服了各种困难，陪姐夫创造了一个个医学奇迹，她在我心目中，永远是最棒的。虽然，在以后的生活中可能还有各种困难，但我相信，他们的生活一定会更加幸福。"弟弟杨全忠说，大姐杨菊芳是他的一面镜子，让他懂得如何热爱生活，珍惜亲情、友情和爱情。

面对别人的肯定与赞赏，她有点紧张："他是我丈夫，这些都是应该的。能恢复得这么好，不是我一个人的功劳，是大家的功劳，也是他自己努力的结果。"她说，这九年中，不管亲戚还是朋友，都一直没有离开过他们，这是一分收获，她很开心。很多艰辛，她已经想不起来，但记得感恩。

这九年，是为爱坚守、永不言弃的九年，也是漫长而艰辛、充满奇迹和幸福的九年。尽管，岁月在她脸上留下了痕迹，让她不再年轻，但她那双眼睛，却比年轻时更加明亮、清透、坚毅，充满了爱与相信。

梦想灯塔

卢继业

在冶力关镇洪家村，我们走进了这样一户人家。

步入小巷，映入眼帘的是几十箱蜜蜂有序排列在大门外左侧空地上，走进大门，水泥院子清扫得干干净净，七间新修建的大瓦房高大宽敞，封闭暖廊上的玻璃洁净透亮，院子西边的空地上还整齐地摆放着十几槽老式土蜂，南边的墙角是敞开的杂物间，里边的杂物摆放得整整齐齐，东边厢房墙上的瓷砖擦拭得干净洁白。家里面所有物品摆放得井然有序，炕上的被子和床单整理得整整齐齐，整个屋子显得窗明几净，无一丝杂尘，给人温暖舒适的感觉。虽然是早春，院子里偶尔也有蜜蜂在活动，俗话说"人勤春早"一点都不假。但有谁能相信，这样勤劳的一户人家是只有两个残疾人的家庭。

父亲洪玉树在十四岁时患骨结核导致左腿残疾，妻子先后生了一儿一女，在儿子一岁时因病去世，今年四十三岁的儿子洪安荣从小患小儿麻痹症致右腿残疾，洪玉树凭自己精湛的木匠手艺，一边拖着残疾的腿挣钱，一边千辛万苦地将一对儿女拉扯大。女儿嫁到外村后，每年农忙时节忙完自己家的活儿后又马不停蹄地赶来娘家干活儿。沧桑的岁月总带给人很多苦难，就如"花儿"里唱的"孽障人人儿心不甘，麻线绳绳儿细处断……"女儿在四十岁时也因病早逝。

如今，洪玉树已经七十三岁了，这位老人的一生经历了太多的坎坷和苦难，生活的艰辛使儿子洪安荣变得沉默寡言，腿脚不便的他为了减轻家里的负担，经常去外面建筑工地打工，因身体的原因找工作非常困难，但只要找到一份工作，即使是在建筑工地搬砖头、扛水泥、搞粉刷……他都做得非常仔细，凭着他工作的认真和厚道，经常拿着和别人一样的薪水，他眼眸中总透出一股刚毅之气……如此的艰难丝毫没有挫败父子俩坚韧的毅力，他们并没有拿着最低生活保障金和残疾人补助等政策性收入生存，他们用身残志坚的精神诠释着生命的意义。

2014年，洪安荣家被纳入建档立卡贫困户，在扶贫政策的大力扶持下，在镇党委、政府的带动下，在驻村干部的精心谋划和鼓励下，父亲洪玉树终于鼓起勇气在家发展起了土蜂养殖业，儿子洪安荣也积极参加了劳动技能培训。2017年洪家村实施灾后重建项目，父子俩拆除原来的三间危房，拿出家里所有的积蓄加项目补助资金在村民的帮助下修起了七间大瓦房，又一鼓作气将新房子进行了装修，做了封闭式玻璃暖廊，院子水泥硬化，家里添置了新式家具。

洪安荣继承了父亲的养蜂事业，一边在外打工一边帮父亲料理着家里养殖的几十箱蜜蜂。2018年父子俩参加了县上组织的中蜂养殖技术培训，洪安荣还从网上购买了《养蜂实用技术大全》，一有空闲便捧着书学习养蜂知识。勤劳的父子俩像蜜蜂一样，每天天不亮便起床在院子里忙活，家里家外收拾得干净整洁，即使是蜜蜂箱也擦拭得一尘不染。用洪安荣的话说："蜜蜂是一种勤劳、干净的小生命，要是家里脏了，它们就飞走了……"

和洪玉树聊天时，他说前几年养了三十箱蜜蜂，蜂蜜收入每年只有四千多元，自从把学来的先进技术用上后蜂蜜的产量比前几年好得多了，去年的蜂蜜收入六千多元。他指着院子里洗衣服的洪安荣说："家里全靠这娃娃了，他这样的情况每年还能挣回一万多元，在我有生之年就想完成一个心愿，给安荣娶个媳妇，把日子过得像正常人一样，也就没有什么遗憾了……"说话间洪玉树脸上露出久违的笑容。

法国思想家罗曼·罗兰说过："我们最可怕的敌人不是身体的缺陷，而是没有坚强的信念。"洪玉树父子凭着坚强的信念，为自己创造着美好的生活，在没有阳光的日子里，他们凭着一颗执着心在风雨中找到了阳光。在艰难的岁月中用自强不息的精神谱写着新时代残疾人奋斗的篇章。

　　只要心中有信念，就不会被摧垮，只要心中有梦想，希望就会在眼前！

苟达吾老人的幸福晚年

张卫国　丁海龙

在农村，或者在城市，生活着这样一群老人，他们的生活不仅限于温饱富足，更多的是追求着内心的幸福感。近年来，在惠农政策的扶持下，老人们安度着自己的晚年，也获得了满满的幸福。

走进临潭县城关镇城内村，穿过平整干净的水泥硬化路，映入眼帘的是一座座美丽的民居整齐地排列着，在冬日的阳光下，显得格外显眼。

当记者走进苟达吾家中，看到他正在室内忙碌着，一会儿精心地摆弄着自己心爱的花草，一会儿擦拭着温暖的炉子，炉火哧哧地响着，各类家具摆放有序，一种舒服的感觉迎面扑来。

苟达吾一家是城内村的贫困户，自2014年建档立卡以来，他利用产业扶贫资金两万元，积极入股，每年可享受两千元的分红效益，再加上子女务工，家庭人均收入有了很大提高，于2018年年底顺利脱贫，摘掉了贫困户的帽子，走上了脱贫致富路。

城关镇城内村村民黎米乃告诉我们："苟达吾是我们的邻居，以前过得生活也不那么好，经过自己的努力，再就是国家的帮助扶持，生活过得越来越好了。"

虽然苟达吾已经七十多岁了，但显得精神矍铄，看上去不像年过古稀的老人。

说到自己的家庭，苟达吾老人脸上露出幸福的笑容。据介绍，他现在有三个孙子，均已成婚，子女们对他很孝顺，他感到自己的晚年过得很充实、很幸福。

苟达吾的脸上笑成了山丹花："以前我们生活过得也不太好，经过国家的帮扶，自己的努力，过得一年比一年幸福了。我就在家里干点家务，浇浇花。"

像苟达吾这样的老人还有很多，他们有着自己丰富多彩的晚年生活：或打牌，或走T台秀，或打太极拳，或练书法。老年人的晚年生活真正是"老有所依，老有所乐，老有所学，老有所养"。

爱的坚守

张林海

"她是我的妻子，我永远不会放弃她。"在临潭县石门乡的一个小村庄里，村民徐尕平八年间悉心照顾瘫痪在床的妻子的事迹感动着身边的每一个人，他用最朴素的方式诠释了爱，诠释了责任与担当。

1985年，徐尕平出生在临潭县石门乡大桥关村的一个农民家里，懂事的他，自小便懂得替父母分担。2006年，经人介绍，二十一岁的徐尕平和比自己大一岁的杨代花结婚，年轻的他们一起做饭、一起干活儿，收入不高也没因此闹过矛盾，日子平淡却也不缺少温馨和幸福，两个本来陌生的人成了最亲的人。一年后，他们的儿子出生了，一家人有说有笑，其乐融融。

2007年孩子出生后不久，徐尕平到江苏打工，有一天接到家人的电话，"你赶紧回来吧，代花生病了，发烧、说胡话。"电话里传来父亲焦急的声音，听到这个消息他当天出发，急忙从江苏加昼连夜地赶了回来。他赶到洮砚医院时，妻子已经不能说话，不能走路，看到妻子这样他无比地心痛。治疗了几天没有效果，他又带妻子到卓尼县医院治疗，心里备受煎熬的他每天在床边握着妻子的手祈祷，希望她的病情能够好转。然而治疗的时间一天天过去，妻子的病情却没有好转。三个月后由于经济方面的原因，只好转到家里休养，徐尕平的心里深深地责备自己，他多希望妻子能再治疗一段时间。

回到家后徐尕平每天四五点起床，打扫卫生烧好水做好饭，然后伺候妻子大小便，给妻子穿衣梳头、刷牙洗脸。妻子的嘴不能动，只能吃流食，徐尕平就把吃的嚼烂了一口一口喂给妻子。"她吃好就行，我吃啥都行。"尽管家里生活很困难，但徐尕平总是买一些麦片、芝麻糊之类的东西，保证妻子的营养。等妻子吃完后自己随便吃点就到地里干活儿。他担心妻子摔伤，担心她要大小便，每两三个小时就回家去看一下，伺候妻子大小便。中午回家给妻子喂过饭后再去地里。晚上吃过饭后，他就抓紧时间洗衣，然后给妻子按摩一会儿，伺候妻子睡后，徐尕平才会躺下，但一天晚上至少要起来两三次，帮助妻子翻身，检查妻子是否大小便。"她总是一个姿势躺着累。"八年来，徐尕平没有睡过一个踏实觉。"照顾她是应该的，因为她是我的妻子。"妻子虽然不能说话，但从她的表情中能够看出她对丈夫的感激之情。当我们和徐尕平交谈时，妻子会发出哭闹声。"她听得懂，还是有些意识的。"徐尕平说。

考虑到妻子生活不能自理，徐尕平不敢出远门打工，只能一边种好家里的四亩地，一边在附近打些零工贴补家用。遇到有打零工的活儿，他总要算计着时间赶回家照顾妻子上厕所。有时怕回家晚了妻子饿着，细心的徐尕平制作了长长短短十几根棍子，上面绑上钩子放在床边，供妻子用胳膊夹着取附近的东西。2013年，考虑了很久，徐尕平决定带着妻子去临潭打工，这样他既能照顾妻子，也能赚些钱，虽然自己辛苦但他觉得这没有什么。到临潭后，他在工地附近租了间房子，每天伺候好妻子后就去工地干活儿，中间他也要回来好几次。他担心老板知道后不让他干，然而他不知道他的事迹感染了身边的每一个人，老板了解了他的情况后，允许他经常回去照顾妻子，工友们也在他忙的时候，经常帮他干活儿，以便他能腾出时间回去照顾妻子。

徐尕平和妻子的感情非常好，在他眼里，妻子以前是一个非常开朗、爱笑的人，能吃苦，会过日子。"人都说，少年夫妻老来伴，能走到一起不容易。"说到这里，徐尕平这个一直看着很坚强的汉子，有些哽咽，"我不知道该怎么说，就是觉得她一辈子也没有过上什么好日子，心里也挺愧疚的。"

在邻居眼里，徐尕平很让人敬佩。"他真是不容易，一个男的能这么照顾妻子，真是女人修来的好福气。""这么多年了，尕平把妻子照顾得很好，家里收拾得也干净。""村里人也都力所能及地帮帮忙，这么多年了，尕平的这种精神挺让人感动。"问起徐尕平，村里的人这样说。徐尕平从不出门和大家闲聊，因为他没有时间，家里有个病人需要照顾，一刻也离不开人。"我的任务就是照顾妻子，希望她有一天能够好起来。"妻子生病以后，徐尕平再也没有机会出门，甚至连县城也没有去过，偶尔到集市上买点生活用品，还得着急赶回来，因为他心里惦记着妻子。

说到将来的愿望时，徐尕平说希望妻子的病能好起来，一家人快快乐乐的。

十来年，足以改变一座城市的面貌，也能改变一个人的容颜，但对徐尕平来说，不变的是对妻子矢志不渝的真情。

一个和睦的家庭离不开无私奉献，以及彼此的关爱和相互间的理解支持。回望这一切，徐尕平用真诚和爱，悉心地经营着这个家，照顾着妻子，传承和发扬着中华民族的传统美德，让人无不为之动容。这个家，不仅是平凡生活中一座展示人生风采的平台，更是和谐社会、和谐临潭、和谐家庭的典范。

柔情大爱撑起苦难的家

王丽霞

　　她是一个普通的农村妇女，一个平凡的农家媳妇。上孝敬公婆，下优教子女。结婚十五年来，一如既往，无微不至，从不言弃，无怨无悔，用实际行动展现了一个农村妇女尊老爱幼、纯朴真诚的博大情怀。她的孝心感染着周边群众，她的事迹传遍周边村庄，她就是洮滨乡总寨村有名的好媳妇王小琴。

　　王小琴，三十六岁，洮滨乡总寨村人。2000年，二十一岁的王小琴同丈夫曹吉荣结婚。2008年，丈夫患上了恶性脑肿瘤，2009年年底去世。为丈夫治病花掉了家里的所有积蓄，并欠下债务，全家人的生活一下子滑落到贫困线以下。上有老、下有小的生活重担压在她一个人肩上，但她不离不弃，为家人奉献了全部的精力与年华，演绎着一个执着的、尽显爱的坚守与担当的感人故事。

　　"两个娃娃都肯吃苦，踏实，孝顺。"七十多岁的老公公说，老两口一直跟王小琴夫妻住一起。丈夫曹吉荣生前是个踏实的年轻人，她也是村里数得着的能干媳妇儿。婚后，一家的日子过得不富裕，但很幸福：她孝顺公婆，体贴丈夫。在与丈夫外出打工三年后，用所有积蓄在新城镇开了一家家具店。在夫妻二人的用心经营下，家具店生意红火。红火的生意给家里带来了财富，也使夫妻二人对生活充满希望。几年间，他们从贫困户变成了致富带头人，盖上了新房。几年内，他们的爱情结晶三个子女相继出世，生活似乎对这个七口之家很眷顾。

新房盖起第三年，突然有一天，丈夫说头疼得厉害。她慌了，赶紧带着丈夫前往医院检查，是脑瘤，县医院建议转到兰州大医院治疗。在兰州大学附属第二医院，丈夫被确诊为恶性脑瘤，并且已经是晚期。她当场就蒙了，眼看着家里的顶梁柱突然倒下，一家的生活重担全部压在了她的肩上，一时不知所措。她明白，自己已经是这个家的依靠，必须顶上去把所有的事承担下来，家里已经离不开她了。

为给丈夫看病，短短一年就花光了家中十几万元的积蓄，并欠下五万多元债务，丈夫病情却不见好转，日渐恶化，到2009年下半年，丈夫开始丧失意识。

丈夫要看病，孩子要上学，公婆要照料，而这些都要靠她一个人承担，生活的重担压得她疲惫不堪、喘不过气来。每当丈夫发病疼痛时，她总是守在身边，常常一夜不睡，默默守着丈夫，直到他的疼痛减轻，情绪稳定下来。

2009年年底，丈夫去世了，把这个贫困的家和一家老少丢给了她。家中的大小事务一下子落到了王小琴身上。面对突如其来的生活磨难，不到三十岁的她心里十分难受，像是跌进了冰窖。但是，她义无反顾地选择了坚守。生活再苦也得自己默默忍受着，没有在老人和孩子们面前流露出半点脆弱，"胳膊疼是袖筒里，肋巴疼是肚子里"，她也慢慢地习惯了这样的生活，选择了接受与承担，看着子女一天天长大，再次感到了生活的希望。

"头一年觉得吃力，老的老，小的小，所有事情都要一个人处理，不敢想以后的生活，慢慢就好了，也习惯了。"丈夫去世之后，一家人要吃饭生活，欠下的外债要还，孩子们要上学，生活极度困难。为了撑起六口之家，她在亲戚朋友的帮助下，在村里开了个小饭馆。开始由于经验不足，生意不好，几次有关门的想法，但她想到家人，就又有信心了。她熬过了艰难的一年，随着自己的努力，不断创新，她的小餐馆开得红红火火。她不但要操持家务、照顾孩子、做生意，还要兼顾家里的农活儿，每天都起早贪黑地忙。年复一年，日复一日，她的生活就这样重复而沉重地走过，所有艰辛苦楚，她默默藏在心底。

"三个娃娃都懂事，老人们对我好，没有争争吵吵的事情，觉得自己的努力值得。"生活虽然艰辛，但她没有跟两位老人吵过嘴，没有因此向孩子们发过火，她是个孝顺的儿媳，坚强的母亲。一家老小生活有保障。两位老人在她的细心照顾下，身体一直很健康；三个孩子因为有母亲的呵护，无忧无虑。所有的艰辛她一个人承受：农忙时，她半夜起床去忙地里的活儿，早晨按时开饭馆；除了饭馆的生意外，一家老小安排一日三餐再忙也不会耽误；在饭馆生意不景气时，她没钱买面、买煤，就到新城去欠账，等好一点再还。岁月如梭，孩子们一天天长大，老人们一天天变老，六口之家的开销也越来越多。八年中，她和三个孩子、两位老人很少穿新衣服，但都穿得干干净净，整整齐齐。

"娃娃决心大，怕再找个丈夫对自己的娃娃们不好呢，这么好的媳妇儿村里没有第二个。"总寨村六十八岁的包明老人说。在周围人看来，她一定会改嫁。亲戚、朋友、同学不止一次地劝她再嫁，好帮她照顾孩子们。她也想过，如果有合适的对象，可以考虑再嫁，但条件是要带着三个孩子和两位老人——公婆出嫁。八年来，王小琴虽然离娘家很近，但她很少回娘家，就连到外面进货，都要赶晚饭前回家，否则心里不踏实。

日复一日，年复一年，每天天不亮就起床，收拾屋里，打扫院子，洗完衣服再去饭馆开门，中午饭时抽空给公婆送饭。"庄稼少，我还多少能帮忙，其他的事情我们都没办法帮娃娃。"大伯曹玉生说。八年里，里里外外的活儿全靠她一人去干，一般的男人都干不了的苦活儿、累活儿、脏活儿、重活儿，她都在默默地干着。

"如果饭馆实在开不下去，就出去打工。"她说，从今年起，村里大部分外出打工的年轻人找不上活儿，回家务庄稼了，收入有限，来饭馆吃饭的人也明显少了，有时候从早到晚等不来一个人，日子又开始不好过了。为了替母亲省钱，懂事的孩子们几乎不参加学校的任何文艺活动，不用零花钱。她嘴上不说，但心里难过。

"今年从娘家拿了点当归苗子和黄芪籽，种了一亩当归、一亩黄芪，想着和庄稼搭配着种，收入比光种庄稼好一点。"饭馆生意萧条，家里人多地少，一家人的生活再次跌入困境。面对新的考验，她没有向乡政府申请过最低生活保障，而是想方设法把日子尽量往好过。前不久，她关掉经营了六年的饭馆，准备年后去附近的饭馆打工挣工资。她说："如果节俭一点，我的工资够一家人开支了。"

如今，大女儿已经在新城一中上高中了，在学校省吃俭用，成绩优秀；九岁的二女儿也乖巧懂事，勤奋好学，农忙时，能帮她和面、洗锅刷碗了；最小的儿子也已经上小学四年级了。在她的感染下，三个孩子都十分孝敬爷爷奶奶，尊老爱幼成了这个家的家风。她孝敬公婆、爱护儿女的举动深受乡亲邻里们的好评，也深深感染了周边的村民。她的事迹在周边村广为传颂，大家在传颂中受教育，在传颂中被感动。

十年里，她没有过一天清闲日子，苦难还在延续。这位普通的洮州女人，牺牲着自己的青春年华，照料公婆，抚养子女，独自一人用屦弱的肩膀，独立撑起一个苦难的家庭，谱写了一曲人间大爱。

沐春风

彭德恒

我认识吴由奴是在办公室的楼道里，虽没怎么接触，但觉得就是老上访户，从感觉上来说总不大好，潜意识认为就是巧取之人。

他是杨涛副主任的脱贫攻坚帮扶户。家庭人口五人，夫妻俩都已花甲之年，育有一子一女，女儿已出嫁。儿子吴永峰，现年三十五岁，育有一女，与妻子离婚，无稳定的工作，是家里的主要劳动力，常年外出务工。初次随杨涛副主任到吴由奴家就未脱贫建档立卡贫困户"一户一策"精准脱贫计划调研时，看着土坯的围墙，陈旧的院门和泥泞的院落，残破的没有暖廊的檐台时，我心中很忐忑。

我们刚进门时，就看见老吴在院里翻圈粪，见我们进来，乐呵呵地迎了过来，礼让我们坐在檐台的沙发上，尽管有点乱。当我问他生活和对脱贫的想法时，他的话匣子一下子打开了，如滔滔流水。"感谢党，感谢政府，感谢政府办的同志。"老吴第一句话就这样说，让我有些纳闷。

"以前我是老上访，给领导和同志们添麻烦了。我每次上访，县上领导都接访我，并且亲自上我家来询问情况，帮我解决冬季取暖，危旧房改造，落实了很多惠民政策。"侃侃而谈如数家珍。老吴详细地介绍了家庭的具体情况，惠民政策落实情况。我问他既然政策都落实了那么多，怎么人居环境好像没多大改善。说到这儿，老人家笑盈盈地说："去年儿子出去打工，我忙于种庄稼，自己担负的那部分资金没凑够，虽然政策落实了，但我没实施。你们放心，去年我种亲戚们不种的地十几亩，青稞收成不错，能收益四千多块钱，再加上今年儿子打工也能挣万把块钱，预计脱贫有望。现在家里存粮、菜籽油够吃好几年，不愁吃，不愁穿，医疗有保障，住房安全有保障，孙子上学义务教育有保障。"

他取出自己自改革开放以来的家庭收入记录，尽管字歪歪扭扭，但每年的产业收入记得清清楚楚，每年的小麦、大豆、小豆、油菜、洋芋、粮食补贴、禁牧、医疗补贴等等。他说："我是老老实实的庄稼汉，务农是我的本分，我勤俭持家，辛苦耕作，可我仍然没脱贫。我也学习十九大精神，并记了一些。现在我也想清楚了，脱贫不能仅仅依靠传统的农耕，面朝黄土背朝天地辛苦劳作，遇到不好的年份，所有的辛苦都要泡汤。现在政策这么好，我也要抓住机遇，搞点产业。去年我养了二十只羊，当年出栏五只，净收入三千多块钱。别看我六十几岁了，我在去年的登山活动中取得了第二名。"这不由得让我想起"廉颇老矣，尚能饭否"。

2015年，吴由奴满怀信心地从银行贷到五万元的脱贫攻坚贷款，开始养羊，一口气购进藏羊二十多只，每天起早贪黑，背上干粮去山里放羊，精心伺候着这些小羊羔。第二年秋，羊群数量增加到快四十只了。可天不遂愿，这一年，儿媳妇见生活辛苦，离家出走，儿子负气离家外出打工，这一下彻底打破了老人的计划。本以为自己对养羊很有经验的他，被突如其来的变故搞蒙了，只好将一部分羊提前低于市场价出售。他的产业梦，刚刚起步就遇到了坎儿，一时间他心灰意冷。杨涛副主任听到情况后，及时安慰和鼓励他重拾信心，经过多次沟通和谈心，老吴想通了。

来年春早早规划，最初的养殖定位也是出栏绿色生态的藏羊，不能用其他育肥饲料，可是劳动力少了，面临的困难就是要解决冬季的饲料问题。他打算租种青稞二十亩，油菜五亩，可是手头紧，正是"一分钱难倒英雄汉"，无奈的老吴向帮扶队的同志诉说了他的难肠。消息传到洪小流副县长那里，他带着下乡回来的土尘和疲惫，亲自看望老吴，鼓励他坚强起来，并自掏腰包解决了部分农耕需要的化肥、籽种。丁志远副县长知道后，自愿承揽了剩余部分的费用。2018年

6月份，杨涛积极和帮扶工作队对接协调，申请到了两万元产业扶贫发展资金，让老吴自行发展。天道酬勤，这一年就农作物净收入八千块钱，当年出栏藏羊十二只，存栏五十多只。杨涛联系了畜牧站的兽医，定期为藏羊检查。羊儿一只只活蹦乱跳的，老吴的养羊劲头足了，那个喜悦劲儿，洋溢在眉梢之间，收入增加了，气也顺当了，生活也好起来了。为了感谢各位领导的帮助，他想将自己家榨的油送点心意，洪县长知道他的想法后，又去跟他谈心，婉拒了他的心意。

2018年11月份，在县农业农村局的组织下，来自各个乡镇的九十名有迫切脱贫致富意愿的农民，到陇西参加培训和观摩学习，老吴荣幸地成为其中一员。

这次培训深入学习党的十九大和中央农村工作精神，学习陇西在贯彻落实习近平总书记关于农村脱贫攻坚、精准脱贫战略思想的先进经验和好的做法。虽然学习时间短，但听了很多，学到了不少农牧产业发展的管理和种植、养殖的先进技术，增长了见识，积累了经验。他在自己的培训总结里写道："百人朝陇心归一"，大家到这儿来有一个共同的目标，互相学习，互相交流，提高脱贫致富的能力。通过参观陇西产业发展好、带动致富动力强的农民专业合作社及发展势头强劲的龙头企业，我感触深刻，县上为了贯彻执行习近平总书记在小康路上一个也不能少的脱贫攻坚战略思想，组织我们农民参观、学习，就是让我们摆脱贫困，树立信心，开阔视野，激发民智，坚强民志。

正所谓："农民专业合作社带动扶贫发展好，是座幸福桥；顺桥往前走，人人心上到。"在党的政策指引下，在城关镇党委、政府的大力推动下及驻村帮扶工作队的帮扶下，除老弱病残兜底脱贫之外，大部分已脱贫，年初贫困发生率下降到6.1%。培训回来，他告诉帮扶工作队干部说："这次的学习培训，使我收获很多，作为新时期的农民，我有信心、有决心鼓足干劲儿搞好自身脱贫，加快步伐奔小康。由衷地感觉到，临潭县脱贫攻坚挖（跑）得快，书记县长在挂帅；城关镇的脱贫搞得好，全靠镇上两领导；上河滩帮扶路子走得宽，包村的是政府办；党的政策明亮就像镜儿，重点帮扶对象中有我

吴由奴儿；政府办帮扶好不好，六七十羊满圈跑。前年青稞种三担
（石），费用没够找洪县；洪县自掏腰包付一半，剩余一半找丁县，二
话没说全解决；感谢的话我不会说，送点心意全拒绝，劝我安下心来
谋发展，就是最好的答谢言，激动得泪花眼圈圈里转。"

要脱贫就得算细账，我们的生活就要奔小康。他说："有的人不
讲良心，说我们临潭没发展，临潭发展没发展，请看新农村的楼房成
大片；临潭人富没富，请看东西北的环城路；四十年前煤油照灯盏，
临潭最高的楼是电影院；如今灯都是节能环保的，大楼都是江淮休闲
风情的；党的路线走得顺不顺，就得群众和干部拧成一股绳，才能实
现我们的中国梦。"

感慨之余为培训作诗总结。

上对坡山打湾山
陇西县城坐十天
小豆开花赛红果
新城镇上都散伙

红旗插在洮州地
百人朝陇心归一
鼓足干劲搞脱贫
加快步伐奔小康

一心进陇取经验
党的好处说不完
心中暗自许个愿
要把小康抢在前

临出门时，他捡起人们丢弃在路旁的馍馍，深情地说："我有信
心脱贫，幸福就是奋斗出来的，我要让娃娃们知道，这每一颗粮食都
来之不易，千万不敢浪费，哪怕生活有多富。"

洮水深处　巾帼如歌

王丽霞

冬日，天气晴朗，缓慢流动的洮河水在阳光下金光闪烁。

临潭县术布乡术布村，老人们下棋、聊天，妇女们在院里晾晒中药材，一群七八岁的孩子在洮河岸上的药地里翻捡残留的党参、当归。阳光下的生态文明小康村，安静而和谐。

我要找的人叫刘雪琴，全国妇联代表，术布村党支部书记，鹿儿台子小学代课教师。

整洁的旧房子里，一家人正在吃午饭，客厅墙上两幅小油画尤为引人注目。除此之外，没有一件鲜亮的摆件、漂亮的家具。

除了母亲，没有人会不计成本地付出爱

三十九岁的刘雪琴看起来与术布村的其他妇女别无二致又与众不同：朴素、内敛的外表下透露出一股不服输、不甘平凡的力量，以及历经风雨后的坚毅与自信。

作为单亲母亲，她培养出了村里第一个到北京读名牌大学的孩子。作为女儿，她对父母承担了与儿子一样的责任。

提起女儿，她很骄傲，也面露难色。

女儿刘梦圆的微信昵称是"别人家的孩子"。刘梦圆说，她要做别人口中夸奖的那个"别人家的孩子"。

"女儿顶着复读的压力，而我因为她高昂的学习费用寝食不安。"为了帮女儿圆梦，从高中阶段至大学入学，她陆续贷款四十万元，以保障孩子的绘画专业课学习。

没有上大学，是她最大的遗憾，以致现在面对自己想干的事，常常感到心有余而力不足。所以，下决心不让孩子们重蹈自己的覆辙。

她将女儿刚考入中央美院时画的静物油画挂在客厅墙上，不是炫耀，而是提醒。当她坐在沙发上，一抬头看见对面墙上的画，就会想起远在北京求学的女儿和高昂的学习费用。对家的责任，是她不断努力的动力之一。

整整十年，一家始终聚少离多：在姑娘初一、儿子三年级时，她就让父母带着孩子们辗转到县城、合作上学。独自留守家中的刘雪琴除了代课教师的日常教学工作，还要打理七亩地。她一直是村里最忙的女人。

除了严厉，她也努力使自己成为孩子们的良师益友。在兰州新区舟曲中学上高三的儿子性格内向，不够自信。每周五，她都要到近三百公里以外的兰州陪孩子过周末，了解他一周的学习思想状况，等孩子返校后，她再返回来，继续自己在学校、村里的工作。

每周往返近六百公里，几乎从未间断。除了母亲，没有人会不计成本地付出爱。

善良、公正，她对术布村的未来充满信心

术布村位于临潭县城西南方，距县城约九点五公里。曾经由于有限的交通条件和粗放的种植模式，是出了名的酒不香、巷子更深的偏远乡村。

村子虽小，四个自然村却星罗棋布。加上藏汉杂居，汉传佛教、藏传佛教、基督教等不同信教群众互为邻里，工作难度较其他村要大。村民间不时起矛盾，间接加大了很多民生实事的落实难度，影响整个村的发展。

人心涣散办不成事情，解决问题要对症下药。"既然被大家选上了，就要想方设法为大家干好事，解决问题。"2017年10月，刘雪琴被选为术布村党支部书记，同时给自己定下制度：公正办事、善良为人。

要发展，先要团结。她利用自己女性的身份优势，开始了货郎似的走门串户。从妇女开始，从拉家常开始，与大家建立起感情后再征求意见、了解情况，并考虑通过组织村民文化活动促进团结、凝聚力量。

她想到了赛马会。这个停办近三十年的传统民俗活动早先在每年农历正月二十五举行，参与者不分民族。为了重拾全村人共同的美好记忆，她挨家挨户动员，并精心策划了较以往更精彩的活动内容：赛马+群众文艺会演。

看着男人们骑马欢呼，妇女儿童们载歌载舞，刘雪琴对术布村的未来充满信心。

扶志+扶智，描绘最美藏韵旅游小乡村

"以前村里人种地，投入多，产出少。作为庄稼汉，我们明知白白往里搭钱搭人，但还是舍不得扔了地去打工，现在想通了，日子也好过了。"说起自己从农民到电商的转变，村电子商务运营点负责人王耕玉深有感触。

扶贫先扶志，扶贫必扶智。在电子商务点建成前，王耕玉常年出门打工，妻子守着上学的孩子，种着十多亩地。虽然不愁吃穿，也并不富裕。

从与王耕玉的妻子李芝梅每天半小时的谈心开始，慢慢引导李芝梅动员丈夫王耕玉。半年后，夫妻俩转变思路，开始学着打理电子商务点的业务。如今，王耕玉忙着从乡亲们手中收土特产，妻子负责在网上销售，不仅发展了自己，更带动了不少乡亲。

除了通过电子商务、土蜂养殖、中药材种植加工等途径改变传统生产模式，提高群众经济收入外，刘雪琴还积极探索乡村旅游业：为村里注册了鹿儿沟旅游品牌商标，鼓励大家建设美丽庭院，开办农家

乐，规划集吃、住、游、购于一体的乡村旅游模式。

"起初我也担心，刘书记再三鼓励，就把农家乐开上了，真的比打工那会儿挣钱多了。"王志奎有一手好厨艺，村里的红白事都是他主厨。办起农家乐后，虽然比以前辛苦，但收入可观。

"乡村旅游才是真正的靠山吃山，靠水吃水。明年，我们村就不止一个农家乐了。"早在今年开春，她对术布村乡村旅游产业就有了清晰的规划。

产业富村，她在坚持、鼓励、创新

村子要实现长足发展，就要培育产业。店子乡业仁村的高原夏菜带动了整村人，她就从西正开公司买来西兰花苗进行试种；在北京开会时，得知自己常种的豆子价格不错，就决定推广给村里的妇女们大量种植，再通过电商平台向外销售；村里有不少手巧的女人，就鼓励大家在农闲时绣花、纳鞋，并四处联系销路……

2016年试种植高原夏菜时，大部分村民质疑，家人朋友反对，银行拒绝贷款。她执意坚持："不试一试怎么知道不行？"

当年，一百五十亩夏菜大丰收。为了保证西兰花、娃娃菜、红笋的新鲜度，她在采摘季节不分昼夜地将菜运送到西正开公司指定的冷库，时常工作到半夜两三点。每每拖着疲惫不堪的身躯走进村庄时，除了车灯，四处漆黑。她打心底里羡慕那些早已熟睡的人。

"我尝过失败，也被乡亲们误解过，但从未想过停下来。"术布村的脱贫故事，就是在刘雪琴鼓励、带动下的普通农民们的创业故事。她信心十足地说，还要带动大家种更多品种的蔬菜、药材，养适合本土的牛羊，打造洮河岸边最美丽的生态旅游村……

一路走来，苦乐参半。能安好小家也能带好大家，会做孩子们的好妈妈也能做乡亲们的好书记。

2018年10月30日，刘雪琴代表临潭七万多妇女参加中国妇女代表大会。于她和她深爱的术布村，这将又是一次新的启程。

王付仓：酿造甜蜜生活

李雪英

    一代人有一代人的长征，一代人有一代人的担当。新时代，每个人都有一份责任，只要找到自己的舞台，就能成就精彩人生。

    "我腿子不行，拄上拐杖才能挪动，就一个儿子还是聋哑人，儿媳妇儿也有侏儒症，老婆子七十多岁了，这多少年日子过得不易。2013年，我们被村里评为贫困户，靠着公家还盖了新房子。前年，在老营里付仓的帮助下，老伴和儿子开始养土蜂，生活算是稳定了。"在临潭县冶力关镇洪家村贫困户罗彩云家中，七十多岁的阿婆拄着拐杖，对我们讲起一家五口的奋斗故事。

    阿婆口中念叨的老营里付仓是故事的主人公——福仓专业农民养殖合作社法定代表人王付仓。

    四十九岁的王付仓是冶力关洪家村人，年轻时聪明好学也爱"折腾"，经常来往于四川、青海、云南等做狼肚菌、虫草、药材等生意。2008年，在他人生步入辉煌、事业达到顶峰时，一次意外的交通事故将他推入人生的低谷，也打碎了他所有的梦想和希望。

    "我整天躺在炕上，看着窗外飞过的雀儿，感觉自己都不如一只雀儿。自卑、自惭、自怜、自暴自弃，整天摔东西，骂媳妇孩子，甚至活都不想活……"回想起曾经消沉沮丧的自己，王付仓不禁叹息。

    在家人、朋友、亲戚的鼓励和劝说下，王付仓逐渐鼓起勇气，对生活进行了新的规划。

    利用冶力关景区的有利条件，他承包起了家门口的滑草、射箭和漂流等旅游娱乐设备。虽然挣钱不多，但一家人的日子过得踏实快乐。

接待游客之余，王付仓的妻子在娱乐场后面的空地上养了几只土鸡，打算家里过年时吃。一次偶然的机会，游客要买他们的土鸡，王付仓突发灵感："何不把重点放在土鸡养殖上？"他按捺不住内心的冲动，不顾老婆的劝阻，拿出年轻时敢闯敢干的劲头，用亲戚、朋友在他患病期间送来的帮忙钱和家里的所有积蓄五万多元购置鸡苗，办起了土鸡养殖场。

万事开头难。靠着双拐走路的王付仓比起常人，创业更是难上加难。鸡瘟导致大量土鸡死亡，他在请技术人员进行治疗的同时，自学配药、注射。鸡瘟过后，又因销路不畅，天天与妻子跑农家乐、酒店、宾馆。凭着坚强的意志和执着的信念，夫妻俩挺过了一个个难关，养殖场逐渐步入正轨。

家常有了收益，敢闯敢拼的王付仓又大胆创新，在土鸡养殖的基础上增加了土猪和土蜂养殖。

2012年7月，在冶力关镇的扶持引导下，王付仓申请注册了以养殖土猪、土鸡、土蜂为一体的综合性农民养殖专业合作社。

2013年，国家启动脱贫攻坚工程，加大了对农民专业合作社和贫困户的投入和扶持力度，王付仓赶上了好政策。他鼓起了勇气和信心，申请了合作社产业扶持资金。在县扶贫办、县残联，镇党委、政府以及社会各界的关心关怀下，合作社从最初的作坊式养殖发展为有专业技术和稳定收入的正规化养殖场。

"自强不息，自主创业，助残济困，回馈社会"是王付仓创办合作社的初心。2018年1月，合作社有意吸纳并带动贫困户，特别是有残疾人的贫困户。同时，无条件接受无劳动能力贫困户的入股资金，通过"保底收益+按股分红+技术培训"的运作机制，变"输血"为"造血"。

"大家都相信我，我就要为大家负责。"王付仓通过名片、网络和熟人，将自己和贫困户养殖的土鸡和土蜂蜜推销给冶力关的各农家乐、宾馆、酒店和临洮、临夏、兰州等地，还辐射带动了附近蕙家庄、东山、岗沟等村的土鸡、土蜂养殖贫困户。并利用经营收益，通过入股分红增加贫困户的经济收入，以免费提供技术服务的形式反哺贫困户。

2018年10月，合作社第一次为入股贫困户分红。

2019年5月21日，冶力关镇联合县残联在福仓专业农民养殖合作社开展助残配股活动。

尝到土蜂养殖的甜头后，王付仓不再贪心养猪养鸡，将全部心思放在养蜂上。他将原来的十三箱土蜂逐渐阔大到四百多箱，并动员全村贫困户加入土蜂养殖队伍。在大家担忧蜂蜜能否顺利卖出时，他拍着胸膛为大家保证销路。

肯动脑勤钻研的王付仓一有时间就搬个凳子对着蜂巢研究蜜蜂的生活习性，一点一滴地积累蜜蜂养殖的经验技能，而后将自己所学传授给其他养殖户。此外，提供蜂源、联系销路、技术指导……只要贫困户有要求，他都第一时间上门指导。

"脱贫还是要靠自己，不能一心等公家给。"这是王付仓在合作社每年举办的两到三期土蜂养殖技术培训班上都要对来自各村的养殖户们说的话。在他的带动下，很多生活困难的残疾人成为家庭式土蜂养殖能手。少则七八箱，多则三四十箱，他们的自强不息使冶力关镇家庭土蜂养殖产业逐渐壮大。

"只要肯努力，没有过不去的火焰山。"这是王付仓经常挂在嘴边的话。

"蜜蜂很有灵性，庄稼好的一年蜜也产得好。"如今，坐落于冶力关大景区黄家山脚下的福仓专业农民养殖合作社，每天前来取经、买蜜的人络绎不绝。看着小小蜜蜂的忙碌的身影，他很欣慰，也期待着好收成。

生命不息，奋斗不止。在养蜂的五六年间，他爱上了蜜蜂，并以它们不断鼓励自己："要像蜜蜂一样，辛勤劳作，酿造甜蜜的生活。"

大山深处的金凤凰

王丽霞

一排排整齐划一的场房，干净有序的办公生活区，杏树下觅食的土鸡，劳作忙碌的养殖人，构成了一幅林下土鸡养殖场的美丽图景。

我们到达养殖场不久，一个年轻人骑着摩托车汗流浃背地赶来了，嘿嘿地笑着。看着眼前这名皮肤黝黑、身材瘦小、年龄与自己相仿的年轻人，我突然想到一句话："男人的高度不是用尺子量出来的。"三十岁的他，可以凭自己的努力经营起一座养殖场和一家农家乐。其间，付出过多少汗水呢？我对他的成长以及创业过程充满好奇。

年轻人叫陈鹏，1984年出生于临潭县八角镇庙花山村木扎河社，2004年毕业于甘肃省404核工业学校。在他身上，具有西北人热情、豪爽的性格，也具有一股敢闯敢拼的精神头。

中专毕业后，为了开阔视野，锻炼自己，他并没有回家就业，而是先后在深圳、广州、江苏、上海等地跑业务，做销售，经过艰苦打拼，于2008年在上海创业成立了一家小型贸易公司。三十而立，在"80后"青年中，他算是成功的。在城市生活九年，他从来没忘记自己是一个农民的孩子，在内心深处，他并不愿意接受任何一座城市，那里没有他的父母，没有乡亲父老，没有乡村泥土的气息。2013年春节回家后，陈鹏对八角镇的自然资源再一次进行了认真的考察，认为八角镇生态环境好，土地资源丰富，适合发展高原养殖业，便做出了一个常人不能理解的决定：放弃上海的工作，回到老家养殖林下草鸡。

他说："趁自己现在还比较年轻，还能干得动，就多试试、多动动，希望在人生的旅途中再次扬帆。"说干就干，他3月初就到浙江、广州、成都等地考察学习土鸡养殖技术和好经验，选择鸡种。回来后，一边忙着修建养殖场，一边利用晚上休息的时间查阅资料，摄取各种与养殖有关的信息。很快，他对养鸡有了一定的把握，并制定了初步的发展规划。他说："在以前，养鸡一直被认为是技术含量低、工作环境差的行业，在农村，根本没人把养鸡当专业来务，如今时代发展了，科学技术在养殖业中早已广泛应用，我要改变这种传统观念。"他认为，随着经济发展和社会进步，传统的种植、养殖方式必将淘汰，科学化、规模化是必然趋势。

他的想法得到了村里的赞同，更得到了乡党委、政府的肯定，为了让陈鹏的养殖场顺利地办起来，八角镇党委、政府为他争取到了一部分资金，配备了鸡棚和一些基础设施，加上自己在外地工作时攒下来的十几万元，2013年4月底，总投资三十万元的高原生态养殖场正式建成，5月1日正式引进第一批雏鸡。为了方便打理，他把养殖场建在自家对面的山上。养殖场占地面积四十亩，现有厂房四栋，土鸡存栏两千五百多只。"8月份打算再进一万五千只雏鸡，2013年纯利润为七万元左右，预计今年的销售量是去年的三倍，另外还要帮其他养殖户销售，预计今年的纯利润是去年的两倍。"陈鹏满怀信心地说。在他的带领下，目前村里已有三十多户群众开始尝试养鸡。

俗话说：万事开头难。一名缺少养鸡方面经验和技术的人，真正做起养殖的时候，遇到的困难可想而知。初期由于技术不够娴熟，雏鸡的防疫没有把好关，赔了好几千元。可他不气馁，不灰心，他坚信，只要肯吃苦，肯钻研，就一定能开辟出一条属于自己的致富路。顶着巨大压力，硬着头皮查资料、找专家，观察鸡的活动情况、生长速度、粪便特点等，结合气温、土质、水质等客观因素分析成活率低的原因，最终确定引进两种抗寒能力强的土鸡进行重点养殖。在不断实践、不断总结养殖经验后，取得了一点成绩：2013年10月，第一批土鸡出栏，颇受欢迎。如今，雏鸡的成活率已经提高到90%以上，他成了远近闻名的养鸡能手。

经过将近一年的努力，靠着一股钻劲儿，凭着一股韧劲儿，带着一颗热心，克服了一个又一个困难，陈鹏积累了不少宝贵的养殖经验，养殖场的规模也逐步改造、扩大。为了给林下土鸡打开销路，他在冶力关镇设了两个销售点，与冶力关各农家乐都建立了供销关系，今年年初，又贷款盘下了庙沟村的一个农家乐。这样，他更忙了，每天除了往销售点运鸡，给各个农家乐送鸡，还要打理养鸡场和农家乐。每天，骑着摩托车，在冶力关镇和八角镇之间至少往返八次。虽然辛苦，但很快乐，他的脸上，一直挂着笑容。那年初，他为自己制定了一个目标：今年，使林下虫草鸡的销售达到六千只以上，养殖场和农家乐总收入突破二十万元；同时，继续扩大投入，学习养牛技术，于年底前修建牛棚四座，养牛十头，利用牛粪培养虫子，供给土鸡，使杏林更肥沃。

创新和坚持是陈鹏做任何事情的法宝，他在养殖土鸡的过程中创造性地提出了"人鸡合一"理念。他认为鸡场里所有要素，包括鸡舍、饲料、环境、营养、疾病控制要达到和谐统一，才能符合鸡的生长、生理、生物学要求。因此，他选择林下养殖，采用放养的模式，在场内种有杏树、苜蓿、板蓝根、柴胡、防风、羌活、蒲公英等多种植物，让鸡能自己去找食吃，而且食物又能提高自身免疫能力，成为名副其实的虫草鸡。目前，他在四十亩场地内种植山杏树三万株，种杏树的原因有二：一、可为虫草鸡提供食物；二、杏核能产生一定的经济收入。他常说："养鸡可不是简单的体力劳动，而是一项对人、鸡、环境要求都很高的工作。"

自己成功了，可没忘了帮助周围的群众。他把自己所掌握的养鸡本领，通过"传、帮、带"的方式手把手地教给当地的许多养殖户，并帮助他们选购育种，制定饲料配方，规范疫病防治技术，准确把握市场行情，帮助其销售，不仅使自己富了，还提高了当地的集体经济效益。

我不禁想起《超级演说家》里那个女研究生刘媛媛的开场提问："你们当中有谁觉得自己家境普通，甚至出身贫寒，将来想要出人头地只能靠自己？你们当中又有谁觉得自己是有钱人的小孩儿，起码在奋斗的时候可以从父母那儿得到一点助力？"是的，在农村，我们大多数人是出身贫寒的，在我们的成长路上没人能靠。但我们可以相信自己，靠自己的头脑和双手，让幸福主动来敲门。

小康路上领头雁

高 杨

"过去青稞、燕麦没有市场，外地人不知道这些，现在有了加工厂，青稞麦索、野燕麦成了抢手货，我们以后再也不需要靠着几亩薄田到地里刨食了。"在临潭县新城镇肖家沟村高原绿色食品厂里，来自本村的务工人员肖志敬说。

在这个厂房里，我们看到有脱粒机、分离器、电动石磨、传送车等设备，每个工人在各自的岗位上熟练操作这些设备，形成了以链机互动为主的加工模式，这种模式不会因为设备增多而减少人工，这也成为临潭县最大的农副产品生产基地。

食品厂的厂长叫李长荣，今年五十七岁。李长荣的创业故事与他困苦的童年生活、执着的实干精神分不开，也与改革开放以来的政策机遇分不开。

由于家庭困难，他从1976年开始就先后在独山电站、洮河林业局大峪沟林场、夏河县阿木去乎打工挣工分。虽然每天仅挣六七角钱，却要比在家干农活儿的收入好。自那时起，他就暗下决心：要将自己从土地里解放出来，带动乡亲们多挣点钱。

1978年，改革开放。传统农业带来的微薄收入勉强解决了家人的温饱。他一边在家务农，一边积极谋划出路。

改革开放后，全国各地的工程建设施工如雨后春笋般大量出现，这给了他的工程队外出挣钱的好机会。他不放过任何吃苦赚钱的机会。

日渐活跃的市场经济氛围激发了他的干劲儿。1985年，他得知新石（新城-石门）公路要开修，便带领本村乡亲们去打零工，每天每人挣三元钱。工钱不高，却足够贴补家用。靠着好政策与自己的不懈努力，生活状况越来越好。从三个人到八个人，又到十几个人，他慢慢地带起了一支自己的施工队。

1988年，经当时的扁都乡（今为新城镇扁都村）乡长王士英介绍，李长荣带着本乡三十多人远赴玉门油田，承包道坑工程，挣了钱，给家里增添了一台黑白电视机。

好景不长，第二年，由于工程队里几个工人不负责任，让他赔光了所有的钱，欠下一身债务。离开玉门油田，一穷二白的李长荣边务农边干起了沼气开发、暖气安装的事。并且一干就是八年。

直到1996年，他将二十年前萌生的想法付诸行动。这个叫李长荣的临潭农民走上了实业之路。

凑了两千元，找了三四个乡邻，凭着自己早年四处奔波的经历，办起了日用化工产品生产小作坊。"那时候就花了一个月便投入使用，一开始生产蜡烛，后来生产'棒棒油'、肥皂等简单的生活用品，一天产值能达一千余元，不愁没销路。"李长荣对自己的事业充满信心，对肖家沟村的整体致富充满信心。他趁势扩大作坊规模，用工量自然增加，生产的"棒棒油"销往州内外。

作为农民创业者的代表，他多次受到省州表彰。2003年，小作坊的年产值达到八万元，并受到政府的帮助鼓励，成为全县为数不多的免税企业之一。直至今日，临潭人仍然亲切地叫他"棒棒油"。

群众生活水平日益提高，交通运输、信息资源越来越便利，五花八门的日用品开始充斥临潭人的日常生活。2004年，他们生产的日化用品销量开始下滑，他和团队举步维艰。

技术是关键。他很清楚，一个处在深山的小型作坊，不能光靠政府支持和自己的一腔热情。在市场经济和轻工业高速发展的大环境中，要么进步，要么退出。

权衡之下，他选择了后者。

在党的富民政策的鼓舞下，他再次调整方向，依托地方资源优势和传统无公害耕作方式。

野燕麦极高的营养价值众所周知，临潭的高海拔及充足的日照时间，是野燕麦生长的绝佳环境。

经过多次市场考察，李长荣萌生并明确了高原野燕麦加工的想法。

2004年，李长荣又开始筹集资金，决定着手创办临潭县高原绿色食品厂。他将这一想法汇报乡政府和县政府后，再次得到六万元的资金支持。从修厂房到增添设备，当年12月，占地九百多平方米、生产车间四十平方米的食品厂建成，次年投入生产。

食品厂主要经营青稞麦索、燕麦颗粒、燕麦冲剂、人参果等纯天然高原绿色食品的加工及销售。建厂初，资金有限，没有能力带动乡亲。技术员、销售员、装卸工都是他，忙得不可开交，却快乐无比。

他坚信，这将是他一直要做下去的事情，很快就能带动乡亲们一起致富。

为了发展壮大食品厂，他探索创新了产品产地、加工、销售三位一体的经营模式。并在相关部门的支持鼓励下，于2007年12月创办了临潭县潭绿青稞燕麦种植专业合作社。

如他所想，青稞麦索、野燕麦等系列纯天然绿色产品填补了国内食品行业空白，野燕麦粥、青稞麦索等产品畅销兰州、天津、西藏、广州等地，得到了消费者的喜爱。

2011年以后，食品厂进入发展成熟期。占地面积扩大到十二亩，生产车间扩展为三千多平方米，固定资产增加到一千多万元，正式职工已有三十八人，累计临时聘用工人八千七百多人次。"洮绿"牌商标被评为甘肃省2012年著名商标，得到了无公害产品认证，先后荣获"诚实守信金牌企业""3.15"诚信企业、甘南州旅游商品"定点生产企业"、甘肃省百强专业合作社、国家级示范合作社等荣誉称号。

面对脱贫攻坚的新任务、改革发展的新形势，唯有实业、实干才是不变的节奏。2017年，李长荣再次探索出"企业+合作社+农户"的发展模式，从物资、技术等方面带动本村贫困户。同时，通过土地流转等形式，发展种植基地一千五百多亩，标准化种植基地三百亩，辐射带动周边一百二十多户群众种植青稞、燕麦特色农作物，初步形成了青稞、燕麦产业链。

"过去我们村都是土坯房、土路，环境也不好。老李带着我们盖起了新房，铺上了硬化路，过上了好生活。跟着老李干，我们放心。"村民李志文对他的认可，亦是全村人的肯定。

2004年，在村两委换届时，通过投票选举，他当选为肖家沟村委会主任，2007年起又担任村支部书记。在任的十五年里，拓宽田间道路，修河堤，打硬化路，拉自来水，安装路灯，修建文化广场……肖家沟从最初的贫困村发展成为新城镇的旅游村、产业村。

他是肖家沟村发展进步的亲历者，更是二百七十多户群众小康路上的领头雁。

李长荣所走过的道路并非一帆风顺，他的创业历程充满坎坷，却凭着顽强的改革精神和坚韧不拔的毅力，带领父老乡亲们走出了一片广阔天地。正如改革开放后的临潭，一步一个脚印，迎来今天的巨变，更期待着明日的辉煌！

银匠的时光

李文祥

　　他，小学文化，出身农家，却是洮州传承民族工艺银饰藏式首饰加工的专家，也是甘南州金属加工技艺非遗传承人。他手中的羊角锤不时叮叮当当响，却敲写着整个家庭的衣食无忧。或在高阳烈照下，或在昏黄灯光中，或在自家那个不足二十平方米的小房间里。从此，这里成了一名手工艺人传承手艺的"庇护所"，也只有这儿，使得一个三十多岁的青年有足够的耐心去雕磨时光。他是一名洮州银匠艺人，名叫申永喜，地道的"80后"。

　　申氏银饰加工手艺经过七代传承，已经有四百余年历史。申永喜从十三岁小学毕业后就跟随父亲申昌才学习银饰藏式首饰加工，辗转二十三年时光。刚开始，作为初学者的他，有过许多迷茫的日子，也常常不明白父亲为什么老是坚持让他学习这样枯燥乏味的活儿。为此，他每每按捺不住，没学一会儿就得跑出去玩儿，挨了父亲不少的批评。

　　父亲执着的坚守感化了他，也叫醒了不怎么懂事的他。申永喜决定下决心好好去学，一遍遍的铸炼、一声声的捶打、一丝丝的焊接……学习使他磨灭了急躁的性格，变得相当有耐心。

　　"历时八年才算能接下所有的活儿，那时候条件艰苦，只能平时出去打工做些钢筋活儿。接到零活儿，年迈体弱的父亲能做的就做了，做不了的'大活儿'都得我年前回来做。"申永喜回想起那段岁月，眉头紧锁着。在外人眼中，加工首饰这活儿似乎很轻松，风吹不着、雨淋不到，可苦只有他自己心里清楚。那是多么难熬的八年岁月，每天重复着同样的动作，可让人高兴的是，手底下的轻重越来越恰到好处，手艺在勤奋和汗水下日益精进，从他手中出来的活儿也越发能满足顾客的心。

2012年，父亲离去后，生活的重担瞬间压在了申永喜的肩上，养家的责任使他不得不赶快做决定，是丢掉这门传统手艺去外面打工闯荡还是留在家里继续坚守。经过反复思考之后，他决定了放弃外面漂泊的生活，待在家中继承父亲遗志，潜心于银饰加工，这一坚守就是七年。

"忽然成为了家中的顶梁柱，我感觉既害怕又坚定。害怕技艺不精，养活不了一家老小，传下来的手艺也会在我手中'断送'。坚定，通过自己的不懈努力，可以继承和改良传统手艺。"父亲离世后的那几年是申永喜最勤奋、最努力的日子。每天天还没亮，申永喜就在小屋里照着灯画图，思索着、揣摩着。在他眼里，传统的手工银饰作品必须得创新，才能不断适应顾客的需求。深夜更有零碎活儿等待着他，昏暗的灯光，成就了一名传统手艺加工的改良者。

现如今，每年周边村镇慕名而来的顾客络绎不绝，但因工序繁杂，接的活儿也是寥若晨星。"入冬后接的活儿多些，因为模子是松胶做的，不晒不软，所以'大活儿'都得在太阳暴晒下完成，手工活儿基本上得依靠这个模子，这可是我的宝贝。"申永喜手底下一边忙活一边介绍。

申氏银饰藏式加工技艺深受江淮文化的影响，从绘图到制作完工有二十几道工序，品种多样，包括耳饰、颈饰、胸饰、腰饰、臂饰等。在制作过程中逐渐将洮州独特的山山水水及多民族宗教文化元素融到工艺饰品中，汉族妇女的首饰主要有银簪花、鬓花、耳坠、手镯、鞋扣、围裙扣等；回族妇女的首饰主要有耳环、戒指、牙签、胸护等；藏族妇女的首饰主要有耳坠、曼珑、乃勾、腰带（恰玛、尕无、珑国）；"三格瑂"妇女的主要首饰有阿珑银钱儿、十二象银钱儿、脖钮、单双耳环、戒指、手镯、银鸡、银泡儿。从银饰当中可以窥见藏族的历史文化和宗教信仰，它不仅是人们婚丧嫁娶等节庆时不可或缺的饰品，也成为了一种文化符号。其中，申永喜每年接得最多的当属"三格瑁"妇女的藏式银饰了。因为周邻地方的妇女发式多为三根辫子,所以谓之"三格瑁"。已婚妇女中间辫子上佩挂一串银质牌子,或在辫子中部坠以圆形银环,或坠以碗口大的银钱和葫芦形银饰,上嵌宝石,谓之"阿珑银钱儿"。

在铁锤与银片反复碰撞敲打中,时间已渐渐流逝,在外人看来如此枯燥单一的工作,对于手工银饰加工师傅们来说,却乐在其中。随着机械化加工技艺的兴起,这门在火中练就的传统技艺,已渐渐留不住年轻人继续来传承。但申永喜不这样认为,"手工首饰加工比起机械化制成的成品来说,虽然不如后者耐看,但是其中饱含着足够的赤诚,原料收的都是老银子,老银子才结实耐用。"

"上初中的大儿子申玉凯假期的时候也成了我的帮手,孩子很朴实,也很有耐心,现在已经跟着我做了三四年了。以后就是读书成材了,手艺也不会丢。"想起这些,申永喜打心眼儿里高兴。

当传承纯手工工艺文化的脚步逐渐远去,仍有一群执着的工匠在用自己的双手,用心雕琢着一件件手工艺品,给予它们温度,赋予它们灵魂。银饰文化绵延数千年,现如今传承下来的工匠手艺已少之又少,但诸如申银匠这样的传统手工艺人,正在用他们的坚守,敲击着每件作品,传承着洮州文化,在不断改良创新中阔步向前。

山谷晨光

夏永强

    2019 年是脱贫攻坚的关键一年，也是最后的决战决胜阶段，习总书记在参加甘肃代表团审议时讲：今后两年是脱贫攻坚最吃劲的时候，必须要把握正确方向，确保目标不变，靶心不散，每一位干部都要以昂扬的斗志、饱满的热情、旺盛的干劲为全面打赢脱贫攻坚战做出更大的贡献。在临潭，还有 2921 户 10545 人在脱贫路上努力奋斗。他们在希望之光的照耀下，正在实现从"思想观念"到"行为实践"上的大转变，为如期实现脱真贫、真脱贫铆足了劲奔跑着……

"山谷里有树，山谷里有河，山谷里的天，永远那样蓝，山谷里的居民祖祖辈辈不离开……"伴随着《山谷居民》的优美旋律，我们行走在前往东山村的路上。

这个被当地人称为上山或上东山的古朴村落位于风景优美的冶力关大岭山北麓。全村四十二户人，隶属冶力关镇东山村。

山高路险，产业低端，深度贫困……过去，一切与贫困有关的符号，就像笼罩在村子上空的阴霾一样难以消散。

何万贵一家是村里最特殊的贫困户：户主何万贵年逾古稀，六十九岁的妻子卢双选患有智力障碍（一级残疾），四十五岁的儿子卢宋成同样患有智力障碍（一级残疾）。

三口之家，无劳动力。

建档立卡前，何万贵家的经济收入以种植养殖业为主，农业收成勉强维持着一家三口的一日三餐，经济作物收入甚微。住在土木结构的老房子里，生活更是举步维艰。

被纳为建档立卡户之后，随着各项惠农政策实施和补助资金落实，何万贵家的日子渐渐有了起色。

要脱贫，解决安全住房问题是首要任务。对于这个家庭而言，自筹资金重建新房几乎没有可能。如何解决这个事情，成为困扰帮扶干部的问题。

2018年，在冶力关镇党委政府以及帮扶工作队、包村干部的积极衔接和倾力帮助下，何万贵申请到了D级危房改造项目，享受到了四万元的补助资金。重建资金有了落实，新的困难却出现了：没有劳动力，谁来修房子？

经过通盘考虑，镇政府在当地找了一个群众口碑好、施工质量过硬的工程队。三个月后，五间砖混结构的新房修起来了。何万贵利用自己多年积攒的五千多元钱和各项脱贫攻坚补助资金完成了室内装修，购置了新家具。年底，新修的住房被住建部门认定为A级住房。

何万贵吃了"定心丸"，一家人有了安全感。

随着年事增高，何万贵的老年病也日渐增多。无力从事种植养殖业的他，今后的生计成了最大的问题。

2018年10月份，在包村干部的积极争取下，何万贵被批准为五保户，他家成为国家特困供养人员家庭，享受国家五保兜底。2019年，何万贵一家人全部参加城乡居民基本医疗保险，儿子卢宋成参加了居民养老保险，个人应缴部分全部由政府代缴。加上医疗报销比例不断提高和家庭签约医生、村医及健康专干的定期服务，一家人看病路上的"绊脚石"被解决。

"政府给我们解决了最大的事情，再也不用为看病和房子发愁了。"何万贵满心欢喜地说。

老骥伏枥，志在千里。虽然每年有国家政策的帮扶和支持，但何万贵心里明白，不能只靠着政府。

2017年年底，冶力关镇协调相关部门为何万贵落实两万元产业扶持资金。六十九岁的何万贵没有选择入股合作社，坐等分红。而是毅然购买了两头黄牛，发展养殖。2018年，政府又相继落实"10·31"地震灾后项目资金一千元；生态文明小康村"七改"项目资金三千元。今年又落实特色产业增收发展资金三千元，县委宣传部赠送电视机一台，使何万贵家在物质和精神上受到鼓舞。

有希望就有动力，有动力才会有未来。何万贵感慨道："党和政府对我们的关怀，让我们家看到了希望，我们一辈子不会忘，我们一定会努力，不拖政府的后腿。"

商海跃龙

敏海彤

临潭县铭鑫商贸有限责任公司董事长苟海龙，一名平凡而质朴、诚信且坚韧的普通党员；一个满腔热情，懂得感恩与回报的农民。他是家里的顶梁柱，更是乡亲们的主心骨；既是村里的致富带头人，更是全县脱贫攻坚的领头雁；是发展农村经济的践行者，也是全县城镇化建设的掌舵人。

穷人的孩子早当家

1978年3月，苟海龙出生在临潭县卓洛乡一个贫穷的农村家庭。贫困使他过早地走入社会。为了不给父母增加负担，懂事的他便在县城餐馆洗碗打工。由于长时间的浸泡，到了晚上他稚嫩的双手不但红肿僵硬，冬天更是皲裂长冻疮。回到家里，他会很小心地护着手不让父母看见，在外所受的苦也从不让家人知道。他带给家人的永远是辛苦赚来的钱、温暖的笑容、体贴的话语，那时他还不到十三岁。在未成年的那段岁月，稚嫩的他辗转在周边打工，用孱弱的臂膀扛起家用。用他的话说，这段时间对他来说既是身体的淬炼期，也是心理的磨炼期。

1996年，刚刚成年且获得驾照的他，选择了跑青藏线运输这条历代洮商选择的老路。恶劣的气候、险峻的交通以及沿途恶霸的欺凌……这期间的艰辛和困苦，辛酸与无助，只有祖祖辈辈的洮商才能体会到。青藏线上的这万里路，流淌了多少的血汗和泪水，就收获了多少的人脉和资源，也让跑在生死线上的苟海龙心境和灵魂得到了沉淀。很快，眼光独到、生意头脑发达而又善于改变的他将目标转向了慢慢兴起的冬虫夏草购销生意。乐于助人、热情大方的他在跑运输期间积攒的人脉，转眼变成了他做虫草生意的资源。几年间，他的虫草生意做得风生水起，如果继续做下去他绝对可以做虫草购销生意的龙头。但是他没有，他带着自己赚的钱和一腔热诚，毅然决然地回到了他那贫困的家乡——临潭县卓洛乡。

回报乡邻显赤子情怀

当所有人认为苟海龙会将虫草生意做大做强的时候，他却积极响应"双培双带"工程，以致富带头人的身份积极入党。面对一穷二白的家乡，他从实际出发摸索调研，选择了养殖业，这个全乡群众都能参与的行业。他将自己辛苦挣来的钱注入濒临破产的卓洛养殖场。成立临潭县循环经济产业园及农盛养殖农民专业合作社。通过聘请专业人员培训养殖户，实行科学养殖，开展集中养殖和散养，聘请低保户和脱贫攻坚户作为养殖工，并采取农户入股等一系列的改革，使合作社走上了正轨。同时，通过租地耕种和向农户收购的形式开展牧草种植产业。在养殖业方面他将选择权和主动权交给农户，由合作社负责引进养殖品种，农户自主选择养与不养。养殖后，农户如果有销路可以自由销售，但是如果销售不出去可以按市场价卖给合作社。这种养殖模式解决了群众的后顾之忧，群众都说合作社就是他们坚强的后盾。在牧草种植方面，他放弃了与交通以及自然条件更为优越的冶力关镇等相对富裕村镇的合作，而是辗转将资金投入临潭县深度贫困镇——王旗镇，与王旗镇四个合作社签约收购玉米秸秆。经过几年的稳步发展，他带领卓洛乡三十多户农户走上脱贫致富的道路，也带动了王旗镇以及卓洛乡周边卓尼县申藏等乡镇的经济发展。这种多赢模式的合作，也使他的企业规模进一步发展壮大。

建设家乡任重道远

俗话说，能力越大责任也越大。苟海龙，这个睿智冷静的高原汉子，将家乡的建设作为自己的责任。他筹资四千多万元修建了临潭县洮州宾馆——临潭最早的正规宾馆，涉足宾馆服务业，注册成立临潭铭鑫商贸有限公司。然而，苟海龙觉得仅仅一个宾馆改变不了临潭县的县城面貌，也改变不了群众的居住环境。2014年开始，他尝试和探索房地产领域的发展，在尊重市场、充分调研、掌握了可靠的市场风向之后，于2015年投资八千万元注册成立了临潭铭鑫宇昂房地产开发有限公司，正式进军房地产领域。

2015年5月，临潭县人民政府和苟海龙协商，将解决地方财政资金不足和城镇棚户区改造投入不足的问题以委托代建的方式由刚刚成立不久的临潭县铭鑫宇昂房地产公司承担，这对苟海龙是极大的信任和考验；苟海龙因为能有机会为家乡建设而激动，也为能让政府放心、群众满意而紧张。他立马组织团队进行了市场调研，出具了可行性研究报告，协同上海同济大学规划设计院对该项目进行多次论证，最终决定投资五点五二亿元，规划建筑面积二十五万多平方米，以实现改造户数达一千四百户的临潭县东环小区棚户区改造及基础设施建设项目任务。项目实施当中，他凭借认真和专注，对项目的各个环节都派专人把关，项目进展非常顺利，赢得了群众的口碑和政府的肯定，也赢得了市场信誉。

2016年，苟海龙和他的团队通过招拍挂的方式取得了原甘南州畜牧研究所土地六十三亩，计划投资七点五亿元建设甘南州规模最大、功能最全的商业综合体；2017年10月，苟海龙对市场的把握和项目超前设计培育出了梧桐树，招得红星美凯龙这只金凤凰。同时，苟海龙参股临潭四通商贸有限公司，出资数千万元参与投资一点六亿元的临潭县商贸城建设项目。2016年，苟海龙在临夏市的铭鑫宇昂房地产开发有限公司，收购临夏市良友公司的债务和解决原工作人员，正在重新设计四星级饭店；在饭店业内，苟海龙起步于饭店（洮州宾馆），现今旗下共有合作市博雅国际饭店、宇昂铂威饭店、临夏市良友洲际饭店、新建的冶力关冶海玥泉居度假饭店、冶力关温泉度假饭店等等。

所有人都羡慕他在聚光灯下的辉煌，但却不知道他在背后的付出。为了学习和引进上市公司的先进技术和科学管理模式，一次次的洽谈协商，一个个通宵达旦的黎明，没有人清楚其中的焦虑和踟蹰。身边的人打趣他说："腿都跑细了。"在房地产方面也做得如日中天的时候，因为良好的口碑和信誉，周边县市给出优厚的条件，邀请苟海龙去投资发展，都被他拒绝了。他说："我的根在这里，我的心也在这里。我所有的感情和投入也将会在这里。"

在甘南州打造全域旅游无垃圾示范区和冶力关大景区建设之际，苟海龙将工作重心从利润丰厚、回报迅速的房地产业转入到投资大、收效慢的旅游业上。这个决定让身边的人都大跌眼镜，却也在意料之中。因为熟悉他的人都明白他的那颗赤子之心。在得知大景区建设资金短缺的情况后，他果断地投资一点五八亿元打造临潭县冶力关游客接待中心建设项目，投资二点七八亿元打造冶力关冶海玥泉休闲饭店；和国际饭店管理公司合资筹建冶力关温泉度假饭店，投资将达到十亿人民币。"我们冶力关的风景不比那些知名景区的差，就是硬件设施跟不上，我要打造出集吃住行游购娱为一体的景区服务体系，从根本上提升冶力关大景区的接待能力。"苟海龙坚定地说。

回报社会彰显情怀

长风破浪会有时，直挂云帆济沧海。苟海龙作为商海的弄潮儿，在努力带动乡邻致富、发展地方经济建设的同时，也用自己的方式回报着社会。他热心公益，积极参加各种社会救助。苟海龙说，他记不清自己帮助过多少需要帮助的群众和家庭，更不记得出了多少钱。为了能更好地服务社会，他注资三十万，成立慈善基金，并已经启动。近几年，临潭县及周边县市火灾事故频繁发生，苟海龙在捐助慰问受灾群众的同时为全县防火消防宣传提供资金。他支持地方文艺和体育发展，多次赞助和出资州县的各类体育运动会和文艺演出。"以前村里穷，没有条件办运动会和演出之类的，闲下来的村民无事可做，就搬弄是非，动不动就打架斗殴，现在条件好了就该多举办一些正能量的活动，既能丰富群众的文化生活，也能引导人们有个正确的价值观。"大大小小的运动比赛、文艺演出他投入了多少资金可能连他自己都不清楚，但是看着群众的笑容，他的内心是充实而满足的。他多次深入甘南州特殊教育学校，捐资捐物。他说："每次去都感触很深，看着那些孩子，心里也会难受几天。他们都在努力地学习着，我们又有什么理由不去提高自己呢？"苟海龙利用闲暇时间，努力弥补自己文化程度不高的缺憾，到如今已经获得了函授大专学历。

卓洛乡是一个多民族聚居的民族乡。苟海龙从小就懂得民族团结一家亲的道理，如今更是以党员的政治觉悟和自身影响力为民族团结和宗教和顺做贡献。清真寺危房改造、大殿重建，他捐资；古战乡古战庵修戏台，他捐赠；卓尼县卡日钦乡地卜沟村修建玛尼塔，他捐助，每次出资都是几万、十几万，甚至上百万。或许有人说他钱多，出资是理所应当的。但是却不了解金钱数字背后的那份情怀。他说："我们甘南州虽然是藏族自治州，但也是多民族融合、多种宗教和谐相处的一方热土。不管是玛尼塔、清真寺还是庙会戏台都是我们的特色，都值得敬畏和传承。"

他用实际行动践行着"人一之我十之，人十之我百之"，从全州开展环境卫生整治开始，他带动身边的人，发动全乡群众积极参与环境卫生整治。他的合作社不会因为养殖牲畜而臭气熏天，相反却是卫生观摩的典型；他的每个建筑工地也不会因为是施工现场而杂乱无章，每一个场地都是井然有序。

一个个奖项和荣誉肯定着他的付出，2015年他被临潭县信用体系建设评审委员会评为2014—2015年度诚实守信个人；2016年4月被临潭县委县政府评为优秀中国特色社会主义事业建设者；2016年4月被临潭县公安消防大队聘为消防宣传爱心大使；2016年7月被甘肃省工商行政管理局党组评为全省非公有制经济组织优秀党务工作者；被临潭县委组织部评为2017年度县优秀共产党员。

勤劳致富底气足

敏海彤

"自家富了不算富，大家富了才算真正富。"当这句话从一个农村妇女的口中说出时，我心里还是有小小的震撼。干合作社十多年来，马玉芳实实在在地发展产业，安安静静地带动群众，蹚出了一条自己特有的致富路。

沿着南门河一路行进，昔日垃圾遍地的臭水沟，如今变成洋气的滨河小路。微风吹过，柳枝轻抚，空气中满是花草的清香。

左边是土木结构的农家小院，虽然布满了岁月的印记，但却依旧干净整洁。右边是一幢充满现代化韵味的二层小洋楼，高档雅致。这一新一旧的明显对比就是马玉芳一家生活水平不断提高的真实再现。

独上高楼后的坚持

过上幸福美好生活是人民群众孜孜以求的梦想。2008年，当时獭兔毛紧俏，为了贴补家用，马玉芳一家与几个朋友合伙养起了獭兔，办起了合作社。但是由于疏于管理，加上獭兔毛市场的崩塌，一年多下来，不但没有挣到钱，反而欠了不少债。

失去了市场的獭兔，也失去了它存在的价值。当所有人都准备放弃獭兔、放弃合作社时，马玉芳一肩扛起了所有的债务，决定继续养兔，虽然獭兔毛市场崩塌了，但是养兔子去卖也是能挣钱的。

人每一次的突破与进步都是被自己逼出来的。

马玉芳就是这样，家在新城镇，而且上有老下有小，却要在离家几十公里的流顺养兔子。在别人的不解和中伤下马玉芳就这样坚持着。

为了堵住别人的嘴，她逼着自己比以往更努力了。在养好兔子的同时，她比以往更孝敬老人。那时候马玉芳的生活就是兔棚和家两点一线。整整一年多马玉芳没有时间去逛街，也没给自己添过一件新衣。

衣带渐宽中的努力

现实是此岸，理想是彼岸，中间隔着湍急的河流，行动则是架在河流上的桥梁。

"兔子不会说话，但是有没有好好操心，看毛色和神态就能看出来。"刚开始忙不过来的时候，马玉芳也雇过工人。但是因为不能很好地掌握兔子的习性，导致兔子生长缓慢，死亡率提高。

为了更好地饲养兔子，马玉芳通过自学和请专业人员讲授学习兔子防疫、配种等知识，通过一次次的实践，到现在马玉芳已经是这方面的行家里手。而且为了让兔子摄取均衡营养，马玉芳租种牧草，确保在春夏秋三季能让兔子吃到新鲜的牧草。

那时候，用披星戴月来形容马玉芳的生活是再合适不过的。经过一年多的努力，兔子的出栏率高了，也有了稳定的销路。马玉芳不但还清了所有的债务，合作社也渐渐步入了正轨。

临潭有句古语叫作：闲坐不如捻麻线。马玉芳在尝到养兔的甜头后就动员身边的老人和妇女养殖兔子。只要有养殖意愿的，马玉芳都会以低于市场价出售种兔，家庭困难的甚至会赊欠。

"阿婆们在家看孩子的时候养上一两窝，一年下来赚个几千块钱没问题。"由于兔子吃得少，出栏快，只要马玉芳帮着解决防疫、配种和销售。周边的老年人们都愿意养一些来补贴家用。

由于马玉芳为人热心、技术又好，很快在养兔圈里有了很好的声誉。所以，除了县域内各乡镇的养殖户来请教或者抓种兔以外，像渭源、漳县等地的养殖户也会慕名来取经。

蓦然回首时的思考

眼界决定格局。有人说，你让别人抓种兔养殖，就不怕让别人把市场挤掉吗？但是，在马玉芳看来兔子的需求市场很大，而我们所占的份额只是周边的农家乐而已。只有把市场做大做强，才能占有更多的需求份额。

马玉芳的愿望是把兔子养殖做成一个产业链，最后在全国各大超市上架。为此早在几年前她就注册了商标。"这样大家都能赚钱了。"马玉芳充满憧憬地笑着说道。

十年如一日，她在坚持梦想、勤劳致富的同时，带动身边的人致富增收。但是她从来都没有跟任何人说过自己的辛苦，只有她微信里的一段段语音和视频演示记录着她的付出。

2018年以前，马玉芳一年下来最少能挣个二十万。去年以来，她积极响应政府的号召，参与到脱贫攻坚战中。目前，她的合作社通过散养和入股带动贫困户十五户。而且她打算让贫困户来帮忙收割以往她一个人就能割完的牧草。"就是想让他们参与进来，能够感受劳动带来的好处。"马玉芳说道。

由于照顾贫困户，马玉芳将种兔的出舍价压到最低给他们，而将回收价格提高到以往的一点五倍以上。这样一来二去马玉芳的收入比往年少了一半以上。但是她的心里是敞亮的。"带动的贫困户越多，我们的市场占有率就会越高。这样，我们离产业化就更进一步了。"马玉芳开心地说道。

勤劳致富是千古不变的真理。马玉芳正在用她的模式带领贫困户自信地走在通往小康社会的康庄大道上。

青山老松

王 力

　　在临潭县店子乡岐山村马营河社南坡，有一片占地八百四十多亩的人工林，全是笔直的华北落叶松。每到夏天，树木郁郁葱葱，林子里鸟语花香，是村子里一道美丽的风景。这是临潭县面积最大、唯一长成的人工林。

　　这片人工林之所以能够长成今天的样子，和护林员董成奎密不可分。完全可以这样说，如果没有董成奎，压根儿就没有这片树林。

　　1988年4月，临潭县农林局组织店子乡群众在马营河社南坡植树造林，5月份造林完成。因董成奎办事认真，有责任心，经乡党委、政府决定推荐他当护林员。征求他的意见时，董成奎没有多想，欣然同意。当时他三十多岁，正值盛年。从此以后，不管白天黑夜、风霜雨雪，他都在这片林子里穿梭，和盗伐分子斗智斗勇，一晃就是二十八年，他也从"小董"变成了"老董"。

　　之所以同意当护林员，是出于庄稼人对自然的一份朴素的感情。董成奎没有想到，就是这份几近义务护林的工作，让他的身心饱受磨难。

　　树苗刚栽下去也就尺把长。马营河南坡的土地，以前全部是庄稼地。成林地之后，满地的蕨麻疯狂地生长了起来。村民养的猪，都跑到林地里拱吃蕨麻，这对林地和幼苗造成了严重的破坏。董成奎每天的工作就是把猪从林地里赶出来，再把地面平整好。连续几年，他一直就在赶猪和平整土地的节奏里反复，一天下来，累得骨头都散架了。

几年以后，林地里长满了茂盛的野草。跑到林地里的牲畜，除了猪，还有马牛羊。有的牲口是自己跑进去的，还有大多数是村民专门赶进去吃草的。这样，董成奎的任务就更加繁重了。为了赶牲口，他无数次被村民谩骂羞辱，甚至被人殴打。村里的一些妇女群众，见了他就指桑骂槐，口出秽言，并朝地上吐唾沫。2000年，一村民将牲口赶到林里，董成奎出面制止。该村民不但不听，反而和他发生了肢体冲突，他的额头被打破。虽然心里苦，但看着幼小的树苗一天天长大，他就觉得，受这些委屈，都是值得的。

在董成奎的精心管护下，幼小的树苗，慢慢长成了大树。但是他的工作任务，却更加辛苦、更加艰巨了。树木没有成材的时候，他的主要工作就是赶牲口、平整土地；树木成材之后，他的工作从白天转到了晚上。本村和周边村子里的一些人，一到晚上，就到林里偷砍树木。

不管月黑风高，不管下雨下雪，天一黑下来，董成奎就坐不住了，下意识地往林子里跑。他惦记着这片林子，就像惦记着自己的庄稼一样。

"很多时候，晚饭熟了，却找不见阿达（父亲）的影子。"董成奎的儿子说。

孩子们当然知道，老董是担心偷伐的人趁着吃饭的空当来作案。等到他一圈子转回来，饭早已冷冰冰的了。冬天热一热再吃，夏天就凉吃了。匆匆吃完剩饭，又到林子里巡查。

一根棍子，一把手电，是董成奎最忠实的伙伴。每当夜幕降临的时候，他拎起棍子，拿上手电，跑到林里巡逻。偷伐树木的人，都拿着斧头、镰刀和锯子，所以晚上护林是非常危险的。随着老董年龄渐长，家里人不放心，就陪他一起去巡逻。

有一次，董成奎晚上去护林。从村里一邻居家的墙根下走过时，突然从墙背后飞来一块石头。幸运的是，没有击中。

"石头擦着耳根，嗖一声飞过去了。"董成奎说。

虽然董成奎每晚都在林里看护，但总是有人来盗伐。

"关键是要把人认下。"董成奎说。认下人，跑了也没关系，同样可以向公安森林派出所报案。

十多年来，经董成奎发现、报案，被森林公安处理的人，少说也有好几十个。

森林防火也是董成奎的一项重要工作。一些孩子总是到林子里点火玩儿。一看见冒烟，他就往林子里跑。2009年，有一个孩子在林子里点火，董成奎赶到的时候，一棵一人多高的松树已经被烧完了。他气得火冒三丈，拿树枝打了放火的孩子。由于在气头上，不小心让树枝把孩子的脸上划破了一点皮。为此，孩子的家长和董成奎纠缠不已，要求他陪孩子到医院看病。后来在村支书的劝解下才罢休。孩子的母亲见他就骂："让你家八辈子人都守林！"

董成奎是名副其实的绿山守护人，却因此成了一些村民的眼中钉，几次遭到村民的报复。一次，有人故意在他家的一块庄稼地里撒上了野燕麦，几年都没有拔完，致使这块地的收成连续几年上不去。还有一次，收割完之后，麦子还摞在地里没来得及打碾，有人却把马赶了进去全部糟蹋光了。"那年家里口粮没够，跟娃舅舅家借了点。"在一家人的记忆里，类似的状况不计其数。

董成奎的妻子以及孩子们多次劝他不要守林了。大人让人骂，孩子们出去也因此让人欺负，还遭人报复，图晦气还是图啥？

董成奎却说："既然答应人家做事，就一定要做好。要不然这么多年的委屈白受了，这么多年的骂也就白挨了。"

他心里想的是，只要这片林子长成了，乡亲们感受到了好处，就会慢慢理解他。

近三十年的护林工作，董成奎的搭档不下十个，但都没有坚持下来。只有他一个人，不论春夏秋冬，不论风霜雨雪，都坚守着这片林子。冬天寒夜漫长，实在冷得受不了的时候，就点一堆火烤一烤，再接着沿着林子查看。

在长期的护林工作中，董成奎也积累了一些经验。比如，他趴在地上，耳朵紧贴着地面，就可以听到林子里有没有人活动的声音。这种方法看似原始，但对老董来说确实有效。他就是用这种方法，几次判断出了林子里是否有偷盗树木的人。

对于逮住的破坏林子的人，情节严重的，只好报案，让森林公安来处理。对于情节不太严重的，董成奎琢磨出了一个办法，就是让其来护林，直到逮住下一个破坏林子的人为止。这一招果然有效，逮住的人为了尽快摆脱，只好尽职尽责守林。

如今，当年尺把长的树苗，都长成了参天大树。但是因此和村民闹下的矛盾，到现在还没有完全化解。一度，他被人骂还不算，就连他的儿子、孙子辈也被人骂。用董成奎的话说，"连晒阳坡的地方都没有"，走到什么地方，骂声就跟到什么地方。直到现在，村里还有三四户人家和董成奎一家不说话。

"我活了一辈子人，三辈子已经叫人骂了。"董成奎说，"不过现在树已成林，村里的风景非常好，看着稀么（特别）讲究，心里就很满足。"

他家原来位于山根下面的河坝上。为了方便护林，他把家搬到正对着南坡的林子北山腰。他的儿子从新城镇买来盖新房用的木料，却被村民诬陷，说是他家利用护林工作之便，砍了林子里的树。县公安局民警在调查之后，才还老董一家以清白。

董成奎有两个荣誉证书，一个是定西、甘南、临夏三地（州）护林联防委员会在1999年颁发的，另一个是店子乡党委、政府在2002年颁发的。

"这两个荣誉证书是我阿达的宝贝，谁都不让碰。"董成奎的儿子说。

从1988年担负起护林任务到现在，二十八个年头一晃而过，董成奎也从一个三十多岁的青年人，变成了一个六十二岁的老人。二十八年来，他几乎是一个义务护林员。一段时间，乡上也给过他几袋面粉，或几百块钱，但与一家三代人先后付出的艰辛相比，这是微不足道的。

"这个阿爷不一般。全县的人工林，只有我们村的这一片长成了。如果不是他白天黑夜地守着看着，在这哪里还有一棵树！"在村里偶遇村支书朱子清，才得知，很多村民被他感动，开始自发地帮他护林。

董成奎讲不出"绿水青山就是金山银山"这样的大道理，但他用自己的实际行动，心甘情愿，默默付出而不计回报，用二十八年的时光，用心干着一件事，才有那一片八百四十多亩人工林的遮天蔽日，郁郁葱葱。

白土村里的"土豪"

王丽霞

　　不服输、不认命、敢拼搏在他身上得到完美的诠释，他用勤劳、耐心和灵活的脑筋，不仅使自己获得了成功，同时感染着村里其他年轻人。在他的帮助带领下，羊永以及周边乡镇的农民大胆转变思想，充分利用土地资源，收入逐年提高。

　　王户神保，男，三十三岁，中共党员，羊永乡白土村原村委会主任，现为临潭县户保中药材种植专业合作社法人代表。

　　2009年以前临潭西路各乡镇主要以传统农业为主，农民收入低。仅羊永一个乡就有耕地近两万八千亩，前几年，由于传统农业收入不高，大量的土地被荒置。2009年年初，王户神保到岷县多次调查了解中药材种植，和当地药材种植大户、专业人员进行探讨，了解中药材的投入产出比、药材市场需求量等。在向岷县药材种植户了解情况时得知，岷县人均不足零点七亩的土地，种植药材的农民人均收入能达到五六千元。当即，他算了个账：白土村人均土地面积将近三亩，种农作物，如果收成好，每亩收入大概一千元；按照羊永乡各村的土质、气候，如果改种中药材，就算歉收，每亩地也能有一千元以上收入，如果天道好，每亩地就能收入三千至五千元。算完账，更加坚定了他带领村民种植中药材的信心。

　　临潭人常管当归叫"耽柜"。意思是，如果种当归歉收了，不仅赚不到钱，粮柜也就空了。由于种植中药材相对成本高，农民受传统农业收入低的影响，谁都不敢尝试。为了让群众放心尝试，当年，他在村里承包了五十亩闲置的耕地。清明后，请岷县药材种植技术专业人员种植了当归、黄芪、党参等。如他所愿：试种取得成功，当年净收入近二十万元，达到普通农作物收入的四倍以上。

尝到"甜头"后，他信心倍增，乡亲们也有了勇气，周边村社的群众也跟着他种起了中药材。为了让大家少走弯路，尽快见效，使中药材种植规模不断发展壮大，他毫无保留地向大家传授种植技术，亲自帮助农户选购种子、种苗，到田间辅导。竭尽全力的帮助，为乡亲们铺就了一条致富的路。

有了经验，就不用花钱请专家了。2009年年底，他从岷县药苗市场购买两万四千斤当归苗，2010年开春租种了村里闲置的二百多亩地。种药材费劳力，这一来，也解决了村里老人、妇女们的就业问题：插苗、除杂草、施肥、挖药、拣药、晒药……上工多的几个月下来也能挣一万多元。2010年，药材净收入一百三十六万元，他成了上半县有名的药材种植大户。随着当归、柴胡、黄芪、党参、大黄等中药材种植成功和农民种植技术、经验的普及、提高，羊永乡中药材种植已由星星之火，发展成燎原之势。

药材种上了，但药价还是被岷县药商左右，许多农户为了省事，将药材在收挖前从地里卖给岷县药商，吃亏不少。看着遍地当归被岷县药商便宜运走，他替农户们可惜，又开始算账："如果农户将药材送到岷县市场，加上运费，成本会变高；如果被药商从地里买走，价格又不理想；如果附近有个药材收购点，就可以解决这两个问题。"

说建就建，2011年，临潭县户保中药材种植农民专业合作社成立，当年就有四十六户种植户加入合作社。年底，合作社统一从岷县购买了大量药苗，开春后根据需求发放到社员手中，并按照比例统一配发化肥。秋收时，除掉成本，以高于岷县市场的价格统一收购。2011年，当归丰收，每亩地净收入达到四千元，种植规模稍大的农户收入超过了十万元。

2012年，全县各乡镇开始大面积种植当归等中药材。岷县市场上药苗开始紧缺，价格成倍上涨，并且出现大量不合格药苗。看着遍地抽薹、开花的当归，听着农户们的声声叹息，他跟着急。"如果自己种苗子呢?"他将这一想法告诉几位种植大户,并得到了肯定的回答。

"当归子要撒在阴坡的生地里,还需要充足的水分,一亩地里的苗子可以栽种十五亩左右。"经过三年的种植,他对当归的育苗条件已经相当了解。羊永缺水,只有为数不多的生地适合当归育苗,比起上万亩的需求,相差甚远。

为了尽快摆脱在选择种苗上的被动,他带着农户去临近羊永、地处洮河沿岸的卓尼县考察土地,发现洮河南岸有大量废弃的耕地,他有了底气。2013年,合作社育苗成功,并在卓尼租下十五亩废弃耕地开始大面积育苗,满足了合作社及近一半农户的需求。"一亩地里的苗子能赚六千元左右,自己也种了十亩当归,一年下来挣十几万没问题。"卓尼县上卓村二十八岁的宁喜全也是户保中药材种植农民专业合作社社员,负责育苗。在合作社三年,他每年的分红都在十万元以上。

在他的带动下,全乡建立中药材科普示范基地五个,培育科技示范户一百六十多户,成立中药材种植农民专业合作社三十余个。

为了打开销路,他多次到各大药材市场,向药材经销商及药材加工厂家详细介绍临潭中药材种植情况,促使大部分农户与企业建立了固定的产销关系。为了中药材种、产、销更加合理、规范、科学发展,王户神保逐步将合作社发展为占地五亩,拥有厂房多栋、铺面十余间和规范办公场所的乡镇企业。

2014年,联合附近村社的合作社,成立羊永乡中药材种植合作联社,统一规划种植规模、种植计划。

2015年,羊永乡中药材种植面积达到一万四千余亩,邻乡、邻县中药材种植也得到快速发展。

规模上去了,但各合作社对中药材只有晾晒、分拣等简单的初加工技术,销售价格仍然受限制。加上没有正规厂房,药材无法直接进入内地市场。

为了扭转这一被动局面,使合作社走上正轨,今年3月,合作社投资三百万元建成GAP(良好农业规范)认证饮片正规生产车间。

"GAP车间上线后，每年至少可加工中药材一千吨，目前已与广西、河北、陇西、兰州等地的制药厂签订供货协议。"他说，从明年起，社员们就不用再担心药材销路和价格了。

"正在起步，比起外面的企业，还差很远，所以要不断学习好经验。"他是个善于学习的人，对所有药材种植户也毫不吝啬。为了方便农户学习，他在合作社设了专门的培训教室，每年分阶段邀请本地或岷县的中药材种植大户讲解中药材种植实用技术和经验。他的合作社也成了全县中药材种植技术培训学校。

"我是土生土长的庄稼汉娃娃，是这一方土地给我机会，希望能带动更多的乡亲一起成长。"他说，自己富起来不算富，带领大部分人脱贫致富才是他最终的愿望。在他的不懈努力下，羊永及周边的中药材种植户吃亏越来越少，赚钱越来越多。他也成了农户们挂在嘴边的"土豪"，却一直对那片土地心怀感激，一直记着那些渴望幸福生活的人。

文化润心 文学助力

——记中国作协扶贫挂职干部朱钢

李云雷

　　2016年，北乔的人生发生了一个重大转折，此前他在中国现代文学馆工作，在中国作协的安排下，他于当年10月到甘肃省甘南藏族自治州临潭县挂职，这一去就是三年。在临潭，北乔恢复了本名朱钢，担任县委常委、副县长，协管扶贫、文化、交通等方面工作。所谓"协管"就是协助分管，并不专门负责某项具体工作，这是县里考虑到挂职干部的特殊性做出的照顾性安排。朱钢到任之后，积极主动地参与了县里的各类工作。那时，他常做的一项工作是陪同督察组、检查组下乡。检查组有中央、省里、州里的，也有各个行业与部门的，朱钢负责陪同接待，向他们介绍县里的情况。

　　不久之后，县里的同志惊奇地发现，在谈及县里的各类行业时，朱钢都能说得很内行，并能提出贴近实际又具专业性的建议。在这背后，是朱钢强烈的责任感与好奇心。他觉得，自己既然进入了工作岗位，一切就都要熟悉起来。他开始尽其所能地了解情况，并充分发挥自己善于归纳总结的长处，很快就对县里方方面面的工作了然于胸。

　　但是朱钢却渐渐感到了不满足，他觉得既然挂职来扶贫，就应该为临潭实实在在做些事情。但是做什么呢？他首先考虑到自己的特长，那就是文字与摄影；其次考虑到自己所能联系上的资源，那就是背后的中国作协。但是中国作协不像其他部委，有充足的资金、政策或项目的支持，也没有地方分支机构的资源。作为中国作协的一名挂职干部，如何发挥作协的长处切实为扶贫工作服务呢？这是摆在朱钢面前的一道难题。经过一段时间的摸索，朱钢终于找到了作协与临潭工作的契合点，那就是以文学的力量扩大临潭的影响。扶贫要先"扶志""扶智"，而文学在"扶志""扶智"方面正好可以发挥独特的作用。中国作协作为文学的组织机构，联系着无数作家、评论家，在全国的文学生活中发挥着重要作用，这是最为重要的无形资产。临潭地处高原，是半农半牧地区，农牧业的增长潜力有限，工业还处于起步阶段。但是临潭具有丰富的历史、文化和自然等旅游资源，近年来临潭将旅游产业作为脱贫攻坚和新农村建设的重要引擎，其中冶力关大景区还被甘肃省确定为重点发展的二十大景区之一。"高原的风景很美，而临潭的景色更呈现多样化的丰富之美。随着海拔的变化，地貌、山形、植被、树木等随之变化，说一步一景，不为过。"但是临潭发展旅游产业也面临着现实的难题：一是本地群众信心不足，二是在外界的知名度不够。

面对现实困境，朱钢拿起了他的笔和照相机，积极书写和宣传临潭的自然和人文。他用业余时间先后拍摄了一万多张图片，撰写散文十多万字，创作诗歌六百多首，利用网络新媒体介绍临潭，阅读量达一百多万人次；在《人民日报》《人民文学》《十月》《诗刊》等二十多家国家级大报大刊发表各类文章二百六十多篇（首），出版了反映临潭人文的诗集《临潭的潭》；写作文学评论推介临潭的文学爱好者，先后在《文艺报》《中国民族报》等报刊发表推介文章十多篇；主持编辑出版了《洮州温度——临潭文学70年》（三卷本），提高了临潭的知名度与影响力；朱钢还在"洮州大讲堂"、干部夜校等各类培训活动中，为广大干部群众讲授党的十九大精神和习近平新时代中国特色社会主义思想、摄影专业技术、公文写作、临潭文化等，受众人数达到一千二百多人次。

中国作协对朱钢的工作给予大力支持。2018年和2019年，中国作协党组书记、副主席钱小芊先后两次率队到临潭考察；组织国内知名作家深入临潭采访采风，结集出版文学作品集《爱与希望同行——作家笔下的临潭》；在鲁迅文学院举办临潭县中小学教师文学培训班，举行"助力脱贫攻坚文学培训班"，对当地边远艰苦地区农村学校的五十名优秀教师和四十名文学创作者以及十一名基层财务人员进行了培训；《文艺报》用两个专版专题介绍临潭文学创作成绩。两年多来，中国作协向临潭县捐赠了五百六十余万元资金和物资支持，用以加强临潭县乡村文体设施建设、基层文学阵地扶持和县乡图书馆及农家书屋建设。同时，向临潭县冶力关镇七所小学及幼儿园、石门乡两所小学、羊沙乡两所小学、八角镇两所小学捐赠了六十余万元的文体设施和衣服等物品。中国作协以文学助力脱贫攻坚，在提升临潭文化形象、加强文化基础设施等方面，发挥了不可替代的帮扶作用。

朱钢的努力收到了实在的成效，不少朋友在朱钢公众号中留言，说他"发现了一个人间仙境"，也有临潭出门在外的游子，说看了朱钢的照片"才发现家乡竟然这么美"。临潭当地的干部群众也对朱钢的做法高度肯定。当朱钢开玩笑地表示自己"只能来点虚的，不像其他扶贫干部那样能拉来项目"时，他们认真地说："你做的事情，从来没人做过，是花多少钱也买不来的。"是啊，扶贫要先"扶志""扶智"，朱钢的文学与摄影作品激发了临潭人对家乡的自信心与自豪感，中国作协的系列举措提升了临潭的知名度，激活了临潭的旅游资源，创造性地探索出了一条作协扶贫、文学扶贫的新路。

朱钢最让临潭人敬佩的是他的在岗状态。"除了正常年休假和探亲假，该同志从没有请过一天事假、病假，挂职九百六十五天，实际在岗八百五十五天，如此高的在岗时间，可以说是所有挂职干部'真蹲实驻'的典范。两年多来，该同志走遍了临潭县十六个乡镇，足迹遍布一百三十多个村（含自然村）和二百三十户贫困家庭，累计下乡达四百一十多天五百二十余次。"但是谈起如此之高的"在岗率"，朱钢说他其实也有"私心"，他去临潭那年四十八岁，如果频繁地来往北京，在高海拔与低海拔地区之间穿梭，他担心自己的身体承受不住。还有一件事让他担心，"我母亲肺癌晚期，除了春节回去看望，其他时间我不敢回。一旦假期用完了，如若她老人家有个三长两短，我是没有时间回去的。"刚决定去临潭挂职时，朱钢甚至不敢告诉母亲，他让哥哥先给母亲透个风，过了几天才给母亲打电话。母亲不识字，不知道甘肃，更不知道临潭，但知道这地儿很远很远。

刚到临潭时，朱钢不仅要忍耐情感上的思念，也要忍耐物质条件上的不适。朱钢是江苏东台人，平常习惯于吃米饭，而临潭是高寒地区，人们喜食牛羊肉，三餐以面食为主，没有米饭，他只好慢慢习惯面食。住的地方就是办公室，没有条件洗澡，他只好减少洗澡的次数，只有在接待检查组时，跟他们关系处好了，到他们所住的宾馆中"蹭"个澡洗。还有洗衣服，刚来时不知高原的水有这么冷，一双袜子没洗完，手指就被冻木了。后来他买了一副橡胶手套才解决了问题。但是最让朱钢不适应的，还是海拔问题。朱钢当过二十五年兵，身体素质相当好，但是高海拔仍给他带来了困扰。一是失眠，"醒来，无须看表，此时凌晨4点左右。窗外夜色淡然，房间漆黑，我像是被这浓浓的黑挤醒了一样。头脑介于清醒与混沌之间，躺着，无一丝睡意。"二是感冒，一旦感冒了总也不好，要拖一个月左右，而且80%的时间总像是处于感冒的状态中，他刚来时头发还是黑黑的，现在已经两鬓斑白了。但是朱钢坚持下来了，他说："我是作协派来的干部，最起码也不能给作协丢人呀。"

正是克服了种种困难，朱钢在挂职中所做的工作受到了临潭县与甘肃省的高度肯定与表彰。2018年7月2日，《甘肃日报》以《哦，甘南》为题，对他的挂职帮扶工作表现进行了报道；2018年9月，他被甘肃省评为"先进帮扶干部"。现在，朱钢已将临潭当作了自己的"第二故乡"。他说，他最引以为荣的是，临潭一共十六个乡镇，他为每个乡镇都写了一首诗，而他现在正在做的，就是编辑一本《临潭脱贫攻坚作品选》。他说，"我很荣幸能在全国人民脱贫攻坚的关键时刻来到临潭，亲自参与了历史的进程，也想将临潭的经验描绘出来，见证现实的巨变，彰显文学的力量。"

哦，甘南

陈 昊

"拉姆卓玛、小牛吾牙、格桑旺姆、云次力……

甘南、临潭、冶海、莲花山、迭山……"

从中国现代文学馆到北京西站的路上，首都的天空晴朗明澈，暖阳高照。那一刻，即将到甘南挂职副县长的中国作协扶贫干部朱钢还没有写下这样的字眼。他的耳旁反复萦绕着母亲的话："去了听组织的话，好好工作，多为民族地区的老百姓做点好事！"与此同时，他背包里装着的几个价值百万的扶贫计划，随着车轮的西行，也越走越沉。他觉得自己带着整个世界，带着婴孩、甘霖和五谷。

此去经年。甘肃甘南，一个素昧平生的高原雪国隐没在鹰翅之上，菩萨们住在无比古老的寺庙里，黄河九曲十八弯，发育得茁壮有力。据说，牧人们大多穿着厚重的皮袍，带刀纵马，歌唱漫游，意气相投便要宰牛杀羊，围坐篝火连着喝酒三天三夜。

一个转身，母亲便在身后，北京也在身后。

从兰州到甘南，比这个五十岁的中年人更早开始理解"羌藏门户"的是一袋条状速溶咖啡早已经鼓胀得如同铁条。日光强烈，紫外线顷刻间会灼伤异乡人的皮肤，昼夜温差极大，六月飞雪，司空见惯。对于高原，不知为何，自恃二十年老兵的朱钢心中还是有些害怕。仅仅在临潭县两千七八百米左右的海拔范围内活动，他便感受到了头脑和胸腔里潜在的鼓噪。在四下里骤然间升起的令他全然无措的土语方音之中，一个头戴黑色毛呢礼帽的老人走过他身旁，停顿了手中的念珠，回头认真地看着他。那个时刻，一位叫作德钦拉姆（吉祥仙女）的老祖母，正举着经筒上方一朵莲花般的云彩，像他的妈妈一样慈祥安静。此时，一只鹰隼穿破云端，栖落在他内心升起的孤独之中。

朱钢是个离不开米饭的人，而在当地，人们喜食牛羊肉，三餐以面食为主。没有米饭，朱钢就狠命地喝茶水，撑起肚皮抵抗饥饿。水通常并没有烧开，喝多了肠胃不适。"我扛饿功能还是相当强的，即使一天三顿不吃，几乎没有任何反应。"（摘自朱钢笔记）而夜半起身却是个问题，四周的黑暗中有着无名的细碎声响；阴雨严寒时，冻得他瑟瑟发抖，一经折腾，了无睡意。在无以消解的寂寥中，他开始写诗，不由自主。

朱钢深知扶贫是百年大计，国家目标明确、格局恢弘，投入史无前例，一切条件都是有利于他开展工作的。这些年，中国作协的主要领导无一例外，屡屡抵达甘肃，实地推进扶贫深度。他也不辱使命，有条不紊地推进着各项工作。价值百万的图书，著名作家采风团，《共和国文库》，历届茅盾文学奖作品全集，鲁迅文学奖作品全集，乡村图书室，小学图书室，一大批特色鲜明的项目纷纷落户甘南草原。他们还邀请一批作家创作了一本《著名作家看临潭》的文学作品集，无疑在为一个小县城长远的文化沉淀留了福祉。鉴于丰富的地理资源和文化遗存，朱钢和同事们紧紧地抓住了旅游推介、深度宣传、文化扶贫、精神扶贫这条主线，竭尽所能地一以贯之。他深信，领导和同事们找准了一个可以持久开采的富矿，那是一条具有中国文联特色、中国作协特色的"不二法门"。

从少年到白头，朱钢只用了三个月。自从到了甘南，朱钢就开始写诗，为他在网络上发布的照片配诗做注解。在下乡的路上，"看着那些一个个回形针连接起来的山路，看着路边下的悬崖或者陡坡，我还是很害怕！""高原的风光很美，也很新奇，但我拍照的原因，是要用这样的方式小结内心的不安"（摘自朱钢《一个人的高原》）。朱钢是个具有哲学思维和求索精神的作家，他对自己很苛刻，便不由自主拼命地写诗，不论在路上或者床上。这是他理解生命、对抗孤独的利器。写诗，在甘南是一种命定的选择。甘南是一块文学的草原，诗性的草原。在经幡与寺庙林立的草原山谷之间，每一株青草、每一块石头都散发着诗一般的光芒。从益希卓玛到丹真贡布、伊丹才让等前人大家，甘南的作家创作了一首首散发着质朴人性与虔诚信仰的长歌短句。今天的甘南文学在朱钢看来就是一个奇迹，蜚声全国的文学论坛接连举办，庞大的优秀写作队伍传承有序，屡屡获得中国作协扶持的少数民族作家队伍冠冕全省，一次次向全国文坛发出了甘南声音。张存学、阿信、李城、扎西才让、王小忠、花盛等等一大批作家散发着独特的魅力，健康得像一头头雄牛。朱钢在写作了许久之后，突然发现，自己的到来像是一次寻根和回流。离乡反而成了一种皈依。他开始认真地思索和理解高原。通过一个个公众号、一张张照片和一首首精美的诗句，简书上的甘南的旅游推介迅速地蔓延向北京的朋友圈，然后通过北京的朋友，传递到了地球上有可能的很多角落。

时间随着巨大的变化一晃而过。那一天，县委的同事告诉他，中国作协不仅捐赠了一百七十万元的扶贫资金，还将有五十名甘南的乡村教师前往中国文学的最高殿堂——鲁迅文学院进行培训深造。朱钢觉着振奋，他起身面对着远处的大山，心中云波涌动。他突然觉得自己像一百多年前初到甘南的美籍奥地利人约瑟夫·洛克一样，被高原的景象所倾倒——而这些是他每日最熟悉不过的寻常景色。那个时刻，米拉日巴佛阁上足以穿透灵魂的风铃声正随着冶海上清凉的水波迎面而来，阿让山和扎尕那主峰之间流岚空蒙。不久前去世的母亲，居然清晰地出现在群山之间的天空。冷杉响彻，在阵阵林涛之中，朱钢觉得自己回到了某个源头，回到了生命的本初。他无比艰涩的泪水坠入脚下散发着清香的草丛，与金露梅上的水珠儿一起，顺着五彩经幡下泥土中的无数条秘径，不断弥散。

他轻轻地默念着，像一句句六字箴言。

哦，甘南，哦，甘南……

临潭三村

逢春阶

惊醒了！大山深处长久的沉睡——司空见惯的东西，如云、天、雾、山、水，甚至荒凉，许许多多东西皆有价值。这种价值的判断、认同、选取，是大自然赐予的"灵眼"穿透和"灵粮"喂养而生成的智慧，是新时代足音的回响……

——题记

古称洮州的临潭县，镶嵌在青藏高原东北角。那里，寂寂无名的小山村，因了精准扶贫而发出夺目光泽。作家们感叹，需要颠覆的固有印象太多啦，青山皱褶中，绿水涟漪里，藏着氤氲灵气。美真的在于发现，在于留心。

牙扎村

冶木河的涛声还萦绕在耳畔，向北，向北，汽车钻过两个隧道，牙扎村就到了。忽然想起了《桃花源记》："山有小口，仿佛若有光。便舍船，从口入。初极狭，才通人。复行数十步，豁然开朗。"

先上青山，山上的木栈道，高高低低，曲里拐弯。嗒嗒嗒的脚步声，敲打着头顶白棉絮一般的白云。大呼小叫的游人，举着手机，你拍了我，我又拍你，不愿挪步。呼啦啦帅哥擎着一杆红旗过来，映红了叽叽喳喳的姑娘的脸。红旗上的字是："中国作协采风团"。

青山环抱着的是一块安静的雪地，仔细瞧，那哪里是雪，分明是白墙、灰瓦，一排排的，依山而建，还有红的黄的，模模糊糊，间或有小车驰过，不知谁家那淡淡的炊烟，溜达着融入蓝天。

小溪在村边，一个老者坐着马扎在村口钓鱼，弯着的脊背上一只绿螳螂，被穿红衣的小姑娘猛地一扑，捏在了手里，螳螂张牙舞爪，绿肚子鼓鼓的。老者的钓竿晃了晃。小姑娘喊："爷爷，家里又来客了。住满了。"爷爷瓮声瓮气地一句："住满了好。"

柏油的村道，隔离线是红黄蓝三色，路旁的矢车菊、孔雀草、虞美人绽放着。村妇女主任米淑兰手提着扶贫档案袋，要到户里去填表。

米淑兰穿着高跟鞋，几年前，可不穿高跟鞋，不是买不起，是无法穿。她说："以前我们住在离村6公里外的山崖底下，每天上山下山都是泥里来雨里去，不用说高跟鞋，平底鞋有时就让泥缠住，拔不出来。我们当地人说晴天一身土，雨天一身泥，现在政府帮我们搬到新村，鼓励我们吃旅游饭过好日子。"

在山上娃娃们上学远，用水也不方便，搬下来以后这些问题都解决了。在旧村子，村民李海峰现在回想起来，最难闻的是味道，驴粪羊粪牛粪鸡粪，臭烘烘的，夏天苍蝇碰头糊脸。他有时晚上睡不着，躺在床上琢磨，自己五十多年，是怎么过来的？黑夜里，自己惬意地咂嘴想着明天，想着给游客炒的菜换啥样：柳花炒鸡蛋、春草炖土鸡、野蘑菇炖土鸡、红烧虹鳟鱼、野木耳炒肉丝、狼毒菌鸡汤……

如今，都是二层小楼，干干净净。范作平今年43岁，笑起来像弥勒佛，他搞农家乐，装修了五间大套间，都在楼上。楼下他和妻子、孩子住。周末客人就住满了。"那以前，都是忙完了农活儿，去打工。现在，给媳妇打工，她里外一把手。"媳妇捅了老范一锤，捂着脸，跑了。

米淑兰说，全村辖四个村民小组，176户791人，有10户是藏族，汉族藏族，和睦相处。两户精准扶贫户是陈学平、李俊成，陈学平家通过产业扶贫领到了200只绿壳蛋鸡及5000元饲料钱……他们村还建成了油葵、油菜、苗木种植基地呢。

一家兰州游客来了，车停下，跑下来的先是孩子，很熟练地跟村民招呼。他们是熟客了。问他们来的理由。很简单："干净、新鲜、便宜、自在。"还有，海拔两千多米，没有高原反应，但得高原之趣。

此前，北乔在北京，在中国现代文学馆上班，不知道有个临潭，接受中国作协指派，到临潭县挂职县委常委、副县长，倏然三年而过，他爱上了这里的山水草木、花鸟虫鱼，他为好多村都写了诗。为牙扎村是这样写的："古旧的戏台前，玩耍的孩子／是本色演员，也是观众／曾经山上的生活／有时会拉弯老人的目光／只要是路，就会收藏许多脚印……"

金山银山，远在天边，近在眼前。换个角度打量，"荒凉"也放光芒。牙扎村醒来了！

捉着螳螂的小女孩，放走了螳螂，手里托着两个大桃子，桃子的绒毛贴着小腮，桃子上还有片颤动的绿叶呢。

庙花山村

自牙扎村往前，就是花庐。花庐？不是去庙花山村吗？庙花山村就叫花庐。果然，还没下车，就看到满目的花了，一丛丛、一片片的，万寿菊、鸡冠花、金盏菊、孔雀草、一串红、水蓼、蜀葵，等等，还有斜出来摇曳的竹叶，斑驳的竹叶影子里蹲着俩汉子，一个用草棒指着地，一个仰着下巴撇着嘴，好像在嘟囔着买卖啥菌的价儿。

民宿"花庐"17户，叫邀月阁的这家最大，在村头上。经理张秀秀在吧台上，胳膊肘支着下巴，跟一个女士在争论，昨晚电视剧一个女主角的眉毛画得有点儿碍眼。

我问花庐价位。张秀秀说，标准间网上价位245元，门市价是289元。套房门市价380元。这是旺季，淡季另说。张秀秀面前的花瓶里，插着一丛干花，淡红的。

这里酒吧、书吧都有，跟城里一模一样。所不同的是，山泉水泡的山茶，刚采的山果，推窗迎山风，开门见山岚，还有，从院墙上翻过来的一簇簇花的清香。

我在庙花山村里徜徉，一个个花庐，都有特色。正走着，一个中年男子笑着说，来我家看看吧，我抬头，他家的花庐叫鹿鸣阁。喊我的，名叫赵志勇，28岁。赵志勇说，原来在白石头山上住，海拔三千多米，啥都不方便。"咱也不知道，咱的先辈咋选了那么高的地方，据说是躲避战乱。可是，太平盛世这么多年了，也没搬下来。"

2013年政府实施易地搬迁，赵志勇得到资助，又自筹了部分资金，就搬到了山下。搞民宿，他精心装修了一个标准间，一个大床房。"先试试，慢慢扩大。"赵志勇的妻子说。赵志勇说："她胆小，叫我说，多装修几个。"妻子说："谁想到，会有这么多人来呢。咱也没觉得多么美，可城里人说美，见了一片云彩，就大呼小叫！"

杨尕兰是2016年县上实施易地搬迁后搬下来的，也经营着自己的花庐，她说："以前我们住在山上，一年到头收入，满打满算，就一两千元。自将我们从庙花山搬到了这庙花滩，开起花庐，我们的日子真是越来越好了。"去年她开花庐收入了10万元。杨尕兰说自己没想到还当上了老板呢。

坐在邀月阁的二层楼月台上，品一杯清茶，眺望着远山、远天，觉得心就飞到了山巅、飞到了云端，被洗礼了一番，飞回到了我身上，感到浑身舒泰。默默地，自问，要是月下呢？

北乔坐在二楼的平台，眺望。他曾在此留下诗句《庙花山的时间》："晨光刚从山顶苏醒／就擦亮了村庄每一朵花的呼吸／行走，不一定是／为了追逐，为了回家／燃烧，火焰和可以和羽毛相拥共眠……"

池沟村

蘸着蜜，吃一小块面包。刚割的蜜，近乎透明，甘甜甘甜。蜜蜂嗡嗡嗡地飞到了我的肩头，并不蜇我。蜜蜂采的是山上的油菜花、柴胡花、山菊花。"越鲜艳的花，蜜蜂越采呢。"养蜂主人孔卯生说，32

岁的他是卯年生人。这是在池沟村，扶贫项目养蜂合作社。孔卯生是合作社经理。

过去孔卯生到处打工，最远到了新疆，平均月收入两千多块钱。政府扶贫，孔卯生他们搞起蜂蜜合作社，年收入十万块。脑瓜子属蜡烛，不点不亮。"过去光知道花儿多，没想到能养蜂。在家门口，多省心呢。"他们经营着的，是甜蜜的事业。网上的订单，都是冲着他们的优质蜜来的。

孔卯生说，他的根在山东，但是北宋靖康之难后，孔家南迁，明代又迁到了临潭。怪不得呢，感觉这里的房屋都有江南风格。北乔曾有这样的诗句："走在村里，就像走进一幅画，／那些鲜艳的色彩，黑白的诉说／日夜，和眼睛里一样的黑白……"

在临潭走了几个村子，最大的感觉，是干净，街道整洁，几乎一尘不染。这在好多城市社区都是做不到的，而池沟村尤其干净。这里有专门的垃圾回收站，有专人打扫街道，家家门前都有格桑花，还有扁豆、茄子、辣椒等时蔬。

事有凑巧，我同事看到我在微信朋友圈里发的冶力关的白云图片，就对我说，前年，获得中国新闻奖一等奖的《羊小平砸缸》的地方，就是在那里。我问陈涛先生，他是中国作家协会选派到甘肃省临潭县冶力关镇任职的池沟村第一书记，他在这里工作、生活了两年。他说，羊小平就是池沟村的。

羊小平一家和池沟村的人一样，世代生活在甘肃省甘南藏族自治州临潭县冶力关的山上。他家里有 6 口大缸，是羊小平祖父和父亲两辈人置办的家里最重要的用具。山旱缺水，挑水要走很远的山路，女人干不了。让人发愁的是，那里的山泉也不是天天有，因此要尽量保持家里 6 口大缸满满的。羊小平记忆里，父亲最重要的活儿就是挑水、挑水、挑水。羊小平成家后，除了伺候家里的 6 口大缸，就是侍弄"挂"在山坡上的十几亩山地。2014 年，政府易地搬迁政策来了，羊小平一家搬到了新村。他再也不用挑水了，搬家时，他把家里的两辈人赖以生活的 6 口大缸给砸了。羊小平盯着记者说，"我早就想砸了。"羊小平是用砸缸的举动，向贫穷告别。

羊小平成了一个有故事的人。

而花匠王定业，是个画故事的人。中国作协的扶贫点，作家、书法家、画家、摄影家来得多，最受益的除了孩子，就是45岁的王定业了，他画的文化墙，越来越受欢迎。他自己也经营着农家乐。他说，政府为每户的农家乐提供桌子、凳子、锅子、屏风等。像他这样的农家乐，在村里有28户。

城里待久了，到池沟村来野炊。在树下，风吹着唰啦唰啦的树叶子，烧烤、手抓羊肉、煮好的豇豆，都是下酒菜，跳一曲，吼一嗓子，都行。可以自炊，更可以自斟自饮。抬头，是湛蓝的天空。

村支书李福禄，刚从北京回来，他参加的是鲁迅文学院临潭县基层文化干部培训班。"去的时候，感觉池沟村和北京一天的距离，回来感觉，北京和池沟村没有距离。我真正理解了什么叫文化润心，文学助力，扶志扶智。"

夕阳西下，我找到了羊小平的家，门楣上写着"羊小平农家乐"，正要敲门，同行者急急地喊我，来不及了，集合了。我只好悻悻地离开。

陈涛这个第一书记，已经离开了两年，但是村民依然拉着他的手，不愿松开，一直低声地说着话。我读过陈涛的扶贫札记《生命中的二十四个月》，给我印象深的是这段话：

记得去年十二月回京后的一天下午，几乎每隔两个小时就会接到来自村里的信息，先是三点多钟，一个小伙子告诉我他的儿子昨天出生了，拜托我起个名字，算起来，这是第五个让我给孩子起名字的父亲了。后来五点与七点分别接到了两个老师的电话，其中一个要请我去家里吃饭，还给我准备了土特产让我带回北京，他说这都是他自己做的东西。我告诉他我要春节后回去，电话那头就没了声音。他说别人告诉他我只是回北京开会，没说春节前不回村里。我听到了他压抑的哭声，他反复说就一个春节，为何走前不告诉他。我跟他开玩笑，等我回到了镇上会第一个给他打电话，会带着二锅头去跟他喝酒的时候，他才破涕为笑。

付出了真情，也会得到真情；你心疼他，他也会心疼你；你牵挂他，他也会牵挂你。

冶力关镇党委书记、44 岁的李金钟，在乡镇摸爬滚打了 25 年，是名副其实的老乡镇了。他说："中国作协来帮我们，看得见的是村垃圾池啊、村小学文具、玩具啊，冬天村民取暖、草坪啊，其实看不见的，更会影响我们，那就是先进理念、先进文化。"

我想起池沟村小学操场墙上的那句话："种下美好的希望。"

池沟村现任第一书记是翟民，这位来自中国作协的小伙子，清华大学的优秀学子，又要跟池沟村人一起并肩前行。

车开动了，我们挥手，我看到了翟民也在挥手，他的眼里有了泪光。

第二辑

我们走在大路上

大山深处的幸福

花 盛

庙山的蜕变

庙山缺水，这是庙山留给我童年的印象。

看到"庙山"这个词，你或许会猜想那里一定有许多寺庙。然而，庙山，其实没有庙。只听老人讲，原来有庙，早在文化大革命时期就被拆除了。我无从考证它的历史，也无从证实庙山过去是否真的有庙，但这并不重要，重要的是庙山缺水。

庙山是一座村庄的名字，我外婆家就在这个村里，我度过了贫苦而快乐的童年生活。庙山坐落于西山坡，坡度很陡很大，以至庙山的存在像镶嵌于西山坡的一块镜子，映照出庙山人的纯净善良和勤劳质朴。让庙山人赖以生存的便是一片白桦林，一片不大但却覆盖着整个西山坡的三分之一，这足以让庙山人骄傲而自豪。就在这片白桦林的旁边，零星地点缀着十二户人家，这就是庙山，一个小得令人容易忽略的村庄。一块块形状各异的田地犹如一块块补丁，缝补着庙山人缺水的日子。

听老人讲，水是庙山人的命。小时候，我经常跟随舅舅到五里外的山那边去担水。一次，担水回来时，雨淅淅沥沥地下了起来，路面湿滑。舅舅累得气喘吁吁，我想替他担一会儿，但他不肯，说："你个小子，还没有木桶大，怎么担得起啊，等你长大了，就能担水了！"

但我执意要担，舅舅也拿我没有办法，便让我担一小段路。舅舅半蹲着取下扁担，放到我肩上，又缠了缠扁担两头的绳子，钩好两只木桶。我刚要起身，脚下一滑，水桶和人一同滚下了山坡，幸好一块大石头挡住了我。我强忍着疼痛，望着被碰坏的木桶和白花花的水，吓呆了。我不知道那天是怎么回到家的，只记得，舅舅像一只发怒的狮子，狠狠地瞪了我一眼后，捡起破损的木桶独自走了。望着舅舅渐渐远去，泪水再一次模糊了我的视线。

庙山每家都有一个很大的窖，专门用来装水的，能装四五担水，三百多斤。农闲时担来的水就积攒在窖里，以备急用。平时用的水大都装在缸里，缸不大，只能装一担水左右。还有不少坛子，下雨时接的雨水都装在坛子里，撒一把盐，澄几天，水就清了。我喝过坛子里的水，咸中略带泥土味儿，但很冰凉，很解渴。庙山人家的厨房里，到处是坛坛罐罐，舅舅家也一样，藏的都是水，不是油。那时候，我不懂水比油珍贵的道理，很多时候趁家里没人，就舀水和泥巴玩儿。

1986年，我离开庙山去上学。小学毕业后，去外婆家，发现担水不用木桶了，而是铁桶，木勺也换成了铁勺，方言叫铫子，用起来轻便，舀水煮饭都行。那时，大部分人家开始用铁桶担水了，我家也是。几年后，又换成了塑料桶和塑料勺子，用起来更轻便了。参加工作后，去庙山的次数更少了，只是偶尔在给舅舅的电话中问一些有关庙山的事，但大都淡淡渐忘了。

直到前几年的一个春节，去外婆家时，才发现庙山早已不是记忆中的庙山了。曾经泥泞陡峭的羊肠小道已经变成了四米宽的水泥路，驴驮马拉的架子车都变成了农用三轮车和小汽车，每家门口都放着一台脱谷机。原来的土坯房都变成了砖木结构的房子，并安装了玻璃暖廊。尽管春节天气严寒，但暖廊里却夏天般温暖。

舅舅说："现在都不养牛羊马了，种地用旋耕机，秋收后也不用碾场，脱谷机一两天就脱完庄稼了。"

我喝了一口茶，想起小时候帮舅舅担水的事，试探着问舅舅："现在吃水不用担了，是用拖拉机拉还是?"

舅舅笑着说："家家都拉了自来水，用水时打开水龙头一接就成了，方便得很。"

经他一说，我这才注意到院子里旁边的水龙头。

我走过去，打开水龙头，清澈的水哗哗流淌，像一支欢快的歌谣，歌谣里是几代人不懈的努力和渴望；晶莹的水花，在阳光下闪烁着梦幻般的色彩，色彩里绘就庙山人幸福的未来和甜蜜的梦想。

移动的锅台

我在大山深处的石门中心小学当老师时，宿舍前是一栋两层寄宿生宿舍楼，楼上挤满了来自偏远小山村的学生。他们中间年龄大的十三四岁，年龄小的只有七岁。寄宿楼解决了学生的住宿问题，然而学校却没有灶房和餐厅，二百多名寄宿生的饮食便成为一件难事。但他们都拥有自己的锅台，那是一种怎样的锅台啊——是两个用旧了的铁脸盆组成的。一个装满土，另一个去掉盆底，并在旁边开个拳头般大小的洞，即灶门；然后将这个盆倒扣在装满土的脸盆上，再用铁丝将两个盆边缀到一起，这样一个锅台便成功了。到中午或傍晚做饭时，先将柴火放进灶台里，点着后端到有风的地方，并将灶门朝向逆风的方向，待风将火吹得旺起来时，又端回原地，便搭上锅开始烧水、做饭……

我为他们能够发明这样的锅台而由衷赞叹，它体现了农村孩子的勤劳和智慧。宿舍前的空地上摆满了大大小小被烟熏黑的锅台，我习惯叫它们"移动的锅台"，但每次说出这几个字时，心中便有种难言的酸楚，挥之不去。每到做饭时间，院子里便烟雾缭绕，人声鼎沸，有的添柴火，有的烧水，有的炒土豆，有的揪面片……像在某个热闹的夜市。他们一边做饭一边又说又笑，年龄大一些的同学在做饭时则顺便帮小同学做饭，一派和谐的田园景象。他们并没有因做饭问题而烦恼、发愁，而我看到更多的是他们对做饭充满兴致。作为来自农家的孩子，他们似乎早已习惯并乐意做饭，这些对他们来说似乎是天经地义的事。

但我还是注意到了他们的无奈，遇到雨天，露天没有办法做饭，便只有啃从家里带来的硬馒头或锅巴；尤其到了冬天，天空雪花飘舞，他们的头上和身上落了一层雪，一个个像雪人似的，但他们依然在露天做饭。雪花不断地落到锅里，嗞嗞作响，像落在我心中，有一种隐隐的冰凉的痛。待饭做完后，他们便围着锅台烤鞋和脚，还有那被冻得红肿的一双双小手……冬天，对于孩子们来说是那么漫长，然而又是那么美好。

春天终于来了，校园里的柳絮像睡醒的孩子，将欢乐撒向天空。一缕缕春风犹如清脆的儿歌涤荡着每一个人的心扉。就在这个春天，学校终于建成了一座占地一百六十多平方米的餐厅，尽管不能容纳二百多寄宿生同时就餐，但却让孩子们告别了那些黑黝黝的"移动的锅台"，告别了雨天啃馒头的无奈，也告别了漫长的冬季和凌厉的风……餐厅前的空地上铺着平整的方砖，每天就餐后孩子们便在这里打乒乓球、羽毛球，跳绳……他们终于拥有了属于自己支配的时间了，我再次目睹着他们天真活泼的一面。

在新时代的春风里，教育均衡发展使这个偏远山区的校园发生了翻天覆地的变化，从校舍建设到校园硬化，从师资力量贫乏到教师整体水平的提高，从学生家长担负沉重的上学费用到全部免除学杂费、书费，从仅仅局限于单一的课本教学到电教化设施的全面应用……这是党温暖的关怀，也是新中国成立以来山区孩子的福祉。

校园的空地上，到处泛出淡淡的绿色，它们是那样生机勃勃。我不禁想起这样一句话：只要春风吹到的地方，到处是青青的野草。

曾经的水磨

我长大的村庄叫党家磨，村里有许多水磨——上新磨、豆家磨、油坊磨、下磨、党家磨等。党家磨位于村中间，又由两盘水磨并肩在一起，属村里最大的水磨，每天磨面的人络绎不绝，加上水磨的周围都是姓党的人家，这个村便由此而得名党家磨村。

小时候，家境贫寒，每天天一亮便跑到水磨里看别人家磨面。磨面的人通常是天还没大亮就来赶磨，来迟了怕搭不上磨。男人们把粮食背到磨里放下后便回家去劳作，磨面的事儿就交给女人们了。她们也很自豪地承担起磨面的事儿，一边哼着洮州"花儿"，一边用笤帚扫着磨出的面粉。尽管她们的头发上、脸上、衣服上都落了一层厚厚的面粉，像雪人似的，但却依稀能看清她们脸上洋溢出的喜悦神情。磨石发出吱悠吱悠的声音，和女人们一样周而复始地转动着，忙碌着，随着哗哗的水流声把人们丰收的快乐送向远方。

　　后来，我上学了，看磨面的次数少了，一放学便在水磨下方的水渠里和伙伴们捉鱼、打水仗、滑冰……嬉戏声和水磨的隆隆声谱写着我童年的歌谣。

　　水磨给生活在这条大山沟里的人们带来了许多的方便，它与人们的生活越来越密切。也许是父亲意识到了这一点，便东借西凑买下了这两盘水磨，这样一方面可以供我们弟兄三人上学，另一方面可以解决全家人的温饱问题。父亲也名副其实地成了水磨的主人，他每天除了细心地看磨，还热情地帮人们磨面，这使得水磨比往日更辉煌和荣耀。一年四季，水磨里总是繁忙而紧张。磨面的粮食有驴驮的、背的、骡车拉的……尤其到了秋后，磨前像热闹的集市，人来人往，排队等候搭磨。这时候，农活儿也不忙了，搭不上磨的人也不着急，他们有的烤火抽旱烟，谝一年的收成；有的说笑打闹；有的放开粗犷的嗓子唱几曲"花儿"，吼一段秦腔；还有的偷偷地跑到水磨旁边的树林里谈情说爱，海誓山盟……

　　水磨由于在当时特殊的年代体现着它特殊的价值，在很长一段岁月里为家乡的人们继续着它的使命。直到20世纪80年代中期，水磨的辉煌便在历史的一页画上了句号，成了党家磨村发展史上不可磨灭的一页。这一年，村里的上新磨换成了水打钢磨，邻村没有水的地方则有了电带钢磨，随着这一现代化机器的产生，其他的水磨和我家的水磨一样都停了下来，变成了库房，用来装草、柴火和农具。

　　后来，由于引洮工程启动，老家的大部分水磨已被拆除，包括那盘水打钢磨。老家迁移后，成为库区，山上和田地里都种上了树木。

附近未迁移的村庄也都很少种庄稼了，大家都转变了传统的种植观念，开始发展起了中药材种植业：柴胡、当归、黄芪……农民专业合作社和扶贫车间的迅速发展替代了曾经的水磨，续写着家乡的辉煌和荣耀。

如今，每次回到家乡，虽然不见了水磨曾经的繁华，但却到处是芬芳的药香，像奔跑在小康路上的一个个幸福的微笑，弥漫在家乡，弥漫在大山深处……

绿色的阳光

我小时候居住的村庄对面有一座山，叫大湾山。山上光秃秃的，只有一棵枯树孤单地站着，像一位老人。

据村里的老人讲，山上曾绿树成荫，这棵树底下有一眼清泉，泉水甘洌可口，人们又称它为泉神树。后来，旁边的树木被砍伐光了，只有这棵树留了下来，一直留到了现在。但我却在这棵树的周围未找到一滴水，连杂草也荡然无存，更不用说一眼清泉了。坐在树下时，我宁愿相信"神"的存在，至少它可以让更多的树存活下来，让更多的泉水浇灌这片贫瘠的土地和失血的思想。

那时候，每家每户烧火做饭盖房用的柴火都来自大湾山，后来砍光了，又去另一座山上砍，年复一年，山上遍体鳞伤，只有大湾山的那棵树没有被砍，孤单地存活着。一棵树的一生就是一个人的一生，从生根发芽到萧条，经历了岁月的嬗变和风雨雪霜的侵蚀，以及生命的兴荣枯衰。然而，相对一棵树来说，人是何其渺小啊，如烟似雾，浮生若梦。但谁又能洞察一棵树濒临灭绝时的孤单呢？它的孤单是一种具有悲悯的大情怀，它以牢固的根须在测量着人类日益萎缩的灵魂，同时，拯救着人类的生命之源。我分明看见这棵树沧桑的躯体上铭刻着人世苍生生死存亡的纹痕——诞生、挣扎、存活、衰亡。

2013年9月7日，习近平总书记在哈萨克斯坦纳扎尔巴耶夫大学回答学生问题时指出："建设生态文明是关系人民福祉、关系民族未来的大计。我们既要绿水青山，也要金山银山。宁要绿水青山，不要金山银山，而且绿水青山就是金山银山。"一时间，"绿水青山就是金山银山"的发展理念逐渐深入家乡每个人的心中。牛羊对植被的破坏不亚于人，大家便开始卖掉牛羊，发展种植业；盖房也由原来的土木结构转变成了砖混结构，取暖做饭不再用柴火。几年下来，大湾山和相邻的山上植被恢复的速度快得惊人，而且有贫困户当护林员，每年有五千元的补助。

今年清明节后，我随村里的护林员老孙去村对面的山上转，刚走到半山腰，发现植被早已茂密得"挤"不进去了。过去，我们放牛放羊，满山都是路，毫不夸张地说，闭着眼睛也能找到上山下山的路。如今，身在其间，连转身都显得有点困难。

老孙说，进不去了，歇会儿吧！我刚坐下，老孙便唱起了"花儿"——

> 红细柳的一丈权，
> 如今变化实在大，
> 扶贫政策把人人都没忘下（ha），
> 叫我们父老乡亲都富下（ha）。
>
> 镰刀儿割下（ha）草着呢，
> 环境保护搞着呢，
> 搞得稀不好着呢，
> 野鸡兔子林里跑着呢。
>
> 线杆儿捻麻线着呢，
> 小康村天天建着呢，
> 新房子一排排站着呢，
> 就像把好日子盼着呢。

老孙的声音虽然有些苍老，但却唱出了新时代乡村的新变化，也唱出了大山深处我的家乡的父老乡亲对美好生活的向往和憧憬。"花儿"在满目苍翠欲滴的山林间萦绕着，荡漾着，似乎"花儿"也成了一缕绿色的阳光，连我们自己也成了其中的一抹绿。

老孙的暖炕

雪花像粉碎的云朵，大片大片地在寒风中飞舞着，似乎没有停下来的迹象。从五楼的窗口望出去，远处白茫茫一片，近处城中村的屋顶已经变成了一团团、一片片的白。偶尔有一缕烟从烟囱里冒出来，瞬间被风吹散，被雪淹没。在这寒冬腊月，最温暖的就是一家人或几个老友坐在老家的土炕上，煮一锅羊肉，烫一壶廉价青稞酒，在酒味、柴火烟味、羊肉味笼罩着小土屋，憧憬新春后一年的生计和梦想。我曾用一首小诗写过这幅暖意浓浓的图景：洮州瑞雪落山川，天地皑皑万物连。土屋暖炉杯中酒，欢声笑语盼丰年。

"三亩地一头牛，老婆孩子热炕头"是老家最贴切的写照。每家都有两三座土炕，分别在上房和厢房里。堂屋两边的土炕叫上房炕，一般是家里长辈居住；厢房里的土炕叫厢房炕，一般是家里的小辈居住。人口多的家庭，也有四座炕的。土炕都比较大，一座炕占据一间房的一半，四五平方米。为了采光方便，土炕大都在靠窗的位置。四四五月份天气渐渐暖和的时候，大家就开始翻修土炕。有的是坍塌了的，有的是四处冒烟的，也有的是年月久了，结焦的烟煤堵住了炕洞和烟囱的……

老孙家土炕的问题却不是这些原因造成的，这让他颇为头疼。三十多年前，村里的路还是土路，到处坑坑洼洼，一不小心就崴脚或摔倒了。老孙的脚就是那时候下雨的一天崴的。那时候每家生活都窘迫，没有钱看医生，生病了就用土办法治。老孙崴脚后就用盐土搓，结果一直没有搓好，到现在走路依然一瘸一拐的。后来老孙辍学了，拄着拐杖去青草坡放牛，这是他每天唯一要干的活儿。后来的几十年里，牛羊成了他童年最好的伙伴，无论天晴还是下雨，他都与牛羊为伴。由于长期在阴暗潮湿的山林间行走，多年下来，他的腿脚瘸得更厉害了，走起路来全身都在摇晃，似乎一不小心就会摔倒，看得人揪心。老孙说，放牛和瘸都不是啥大毛病，就是这么多年了，他一直娶不上媳妇。他经常自言自语：我是一只羊，悬在半崖上……

父母去世后，老孙就一个人过。由于腿瘸一直找不到媳妇，劳动又不方便，成了村里的五保户。但他很热心村里的公益事业，比如修路，只要发现路上哪儿有坑他就悄悄去填平；比如护林，只要哪儿有人砍树，他都尽力去阻止。但令他头疼是自己的土炕，老是不热，尤其到了冬天，炕洞里添再多干草和牛粪都不暖和。每年翻修，依旧如此。前几年，乡上为老孙争取到了危旧房改造项目，老孙整天高兴得合不拢嘴。拉砖、砌墙、硬化院子……不到一个月工夫，老孙家的房子焕然一新，并安装了玻璃暖廊，暖廊里还养了不少花。大家又为老孙盘了一座新炕，在我老家，把修土炕叫盘炕。这次大家没有用土办法，而是用砖块砌成炕围，中间是和炕围一样高的砖墩，然后在上面焊上钢筋，算是炕梁，再将钢板铺炕梁上，最后在钢板上打一层两寸厚的水泥，抹平整，一座崭新的农村"现代化"的炕就盘成了。只要一两锨牛粪或碎柴火，炕就暖烘烘的，老孙的腿也不再因下雨天或冰冷而疼痛了。

他拿出自己的一部分积蓄买了一辆电动三轮车，这样，老孙就不用摇摇晃晃地走路了。接下来几天，他将之前的火盆等废铁拉到附近集市上卖掉，买了新炉子、平板液晶电视机、餐桌等，回来后布置装修了客厅。过去窑洞般的土屋子一下子变得宽敞明亮、干净整洁了。

老孙说，炕暖和了，心就暖和了。但他是个闲不住的人，他除了护林之外，又在房前屋后向外延伸栽树、浇水。几年下来，一片片绿树蓬勃生长。如果不是夏天亲眼所见，真难相信绿荫里竟然藏着一户人家，给人世外桃源的感觉。

今年春节回老家，一条结实平整的水泥路直通老孙家门口。老孙说，现在路修好了，再也不担心崴脚了。我问老孙平时闲了都做什么，他告诉我说，除了护林，他还种了些柴胡等中药材，养了几巢蜜蜂……望着老孙苍老的脸上难以抑制的笑容，我相信，一辈子没有出过远门的老孙是幸福的，生活在大山深处的父老乡亲们是幸福的。

我从冶力关来

黑小白

今年的雨有些多，天放晴的日子少，感觉有点闷，怀念阳光，心里萌生着到外面去转一转的念头。

5月中旬的一个上午，小忠打来电话，说，州文联组织了个采风活动，你去吗？去啊，地点呢？我问。小忠说，冶力关，远处去不了。挂了电话，我赶紧查天气预报，采风的三天里，都有雨。心就有些凉了，难得出去几天，也没个好天气。但还是想去转转。冶力关大景区建设如火如荼，已经一年多没去北路三乡了，很想看一看那里的新发展、新变化。

一

本来约好和花盛一起去的。他临时有事，我只好一个人先去合作。下午两点，到州文联集合，院子里停着辆小巴。有老师迎上来问，是黑小白吧？嗯嗯，我答应着，也不知道她是谁，快步走了过去。她说，赶紧上车了，过会儿就走。上了车，笑着跟大家打招呼。完玛央金老师坐在前头，同行的十来位老师里，我认识的只有她。听老师说，还有辆大巴一起出发了。

这是第二次以文学的名义去冶力关了。去年8月，参加了临潭县助推脱贫攻坚作家培训班。学员有二十几个，都是本县的，熟人自然多一点。活动邀请了《民族文学》《延河》《飞天》的编辑老师和挂职临潭县委常委、副县长的北乔老师给大家授课。这是中国作协帮扶临潭的一个举措，目的是培养本土作家。学员们的积极性都很高。除了授课，还有作品研讨会、同题诗会、采风活动，培训班办得灵活而成功，大家收获满满。

　　其间，《飞天》的郭晓琦老师开玩笑说，你这么黑，叫小白不好吧，干脆叫黑小白好了。几位老师和学员们都笑了，一致说，这个名字好。我听从大家的意见，正式采用黑小白的笔名。这也是一个意外的收获了。

　　出合作不久，就到美仁大草原了。生活在甘南，草原是常见的风景了，但还是喜欢美仁大草原。它是青藏高原特有的高山草甸草原地貌，是非常独特的草原类型。说起草原，都会想到一望无际随风飘动的青草和成群结队慢慢悠悠的牛羊。美仁大草原也有牛羊，牛是牦牛，羊是绵羊，和别处一样。不一样的是，美仁大草原上一望无际的并不是随风飘动的青草，而是蘑菇头一样的草甸。那些青草，抱团取暖，彼此依靠，一起抵御高原的严寒。在这样高海拔而又极其寒冷的地区，那些牛羊，那些青草，让人肃然起敬。

　　下了车，大家纷纷拍照，有些人是第一次看到这样的草原。同在甘南，也有陌生的地方。这几年，搞全域无垃圾旅游，搞生态小康村建设，本来熟悉的地方焕然一新，本来陌生的地方更觉得美不胜收了。美中不足的是，天阴沉沉的，风吹着，有些冷。也许，这次的天气预报是对的。好像要下雨，云压得很低，看不到远处。那些牛羊怕是要待在风雨中了。上了车，我还想着抱团取暖的草甸和寒风里前行的牛羊。像我在一首诗中写的——

　　　　几头牛在地上走过
　　　　雪还在下
　　　　看不见天空的颜色
　　　　也看不到它们的眼睛

一种无法言喻的孤独
在蹄腿的甩进和身脊的起伏间
固执地敲打着我的心扉

我开始讨厌这场雪
之后，却深深地记住了这场雪
还有那几头在雪地上走过的牛

这首诗，写得一般。这样的画面，常常在脑海里浮现，或者，再次见到。很多时候，感动是一瞬间的，却成为一生不能磨灭的记忆。而这些感动，也许是因为壮观的自然景色，比如美仁大草原；也许是因为顽强的生命，比如牦牛和绵羊；也许是因为为梦想奋斗着的人们，比如我其后即将见到的祁三宝、蒲桃英老两口和回乡创业的年轻人陈鹏。不管怎样，都已深深铭记，并让我感到生命的可贵和生活的美好。

二

冶力关，古代关隘名。其实，这个名字是近几年才响亮起来的。以前，它叫野林关，而且还有很多人继续这样叫着，包括我。这其实是一种怀旧，发展中的冶力关越来越漂亮，但新的变化让一些熟悉的东西慢慢消失，这是社会发展的必然现象，但还是让人有些伤感。

我喜欢"野林关"这三个字，叫起来更像是一个关口的名字，让我想起冶木河，上峡，下峡，茂林，鸟兽和千百年来历史云烟变幻的沧桑。

现在的冶力关，是个旅游小镇，人口刚刚过万。风景优美，交通便利，距省会兰州一百六十八公里，距州府合作九十五公里，距县城一百零五公里。

在乡下工作的时候，去冶力关的少，要过长岭坡，翻大岭山，路况差，一路颠簸，两三个小时才能到。调县上工作后，去冶力关下乡，路况好了点，但还是砂石路。一直想从合冶公路上走走，看看美仁大草原，始终未能成行。直到去年，培训班结束后返程，才特意和北乔老师、敏奇才、花盛、尕丁一起，从合冶公路上走了一趟。路上，北乔老师拍了很多照片。他是一位善于发现美的作家和诗人，也许这与他的摄影经历有关。他对临潭的热爱让我们感动，他一直在努力让更多的人知道临潭，领略临潭的历史文化、江淮风情和自然景观。

每次去冶力关，就像赴一场与山水的约会。尽管要经受两个多小时的颠簸，心里还是喜悦的。临潭，是以新城为中心，延及其他乡镇的，如中西路，东南路，北路。冶力关是北路，还包括羊沙和八角两个乡镇。从旧城出发，过了新城，山势就险峻起来了，草木也越来越茂盛。我往往会在途中停几次车，看蓝天白云，看耸立的山峰，看茂密的层林。有时想，就在这里找一处地方，盖几间平房，赏月观日，归隐山林。但也只是想想，当不了真。越来越多的人涌向城市，那些高耸的楼群何尝不是现代人生活的茂林？

于是更加喜欢冶力关。冶力关也有楼，高点的也就几层，大都是酒店和宾馆。更多的是两三层的楼房和平房，临街的都是农家乐，一家挨着一家。进了门儿，有绿油油的蔬菜，黄澄澄的果子；有假山，凉亭；有小桥，流水。出了院门儿，是硬化的巷道或公路。路上车不多，开得也慢，能看见车里的人向你点头微笑。在这样的小镇上，走几步就能碰上熟人，彼此问好，互相招呼。

在拥挤的城市，人们都是疲倦而麻木的神情，走路带风。我去过的城市里，最喜欢成都。生活节奏慢，气候温润，景色优美，像和老朋友相处。成都的临潭人很多，时不时就能碰上，你不一定知道他是谁，但知道他就是临潭人，甚至知道他生活的村子、他的家人、他的亲友。在冶力关，也是如此。但成都有些远了，冶力关就在身边，想去就去了。

奇怪的是，去冶力关，就像去很远的地方。你去关尼了吗？就是，前几天去的。这样的问答，在生活中常常遇到。从旧城去冶力关，一路颠簸，若不是那里的山山水水，没有谁愿意受这罪。合冶公路通车之后，很多人从旧城去合作，再去冶力关，需要的时间一样，人却轻松多了。在当初的旅游宣传中，也是针对兰州到冶力关的交通便利情况提出了"山水冶力关，兰州后花园"的宣传口号，现在再加上合冶公路，到冶力关旅游的人更多了。"后花园"嘛，就几步路的事，都愿意去转一转。

事实上，到冶力关旅游的人确实多。或是一家人，或是三五好友，自驾游也罢，坐客车也好，说说笑笑，不知不觉就到冶力关了。吃住在农家乐，实惠又方便。远离了城市的喧嚣和拥挤，在大自然的怀抱中神清气爽地转几天，这是多么美好的出行。

三

到冶力关，快要吃晚饭了。下了车，我们在凉亭里休息。

老板祁三宝过来招呼。见了我，笑着说，是你啊。

是我。我又来了。

他问我是有缘由的。去年的培训班，我们住的也是花果香农家乐。

这是冶力关最早发展起来的农家乐之一。2015年8月，国家旅游局评选首批中国乡村旅游金牌农家乐，甘南有二十二家入选，临潭八家，花果香农家乐是其中之一。

祁三宝曾在迭部林场当了十二年工人，后来在冶力关以卖茶叶为生。2006年，镇上鼓励农户经营农家乐，他带头响应，多方筹资，先后建了三幢楼房，占地两亩多，有二十三间客房，能同时接纳五十多人住宿。

前些年，冶力关的旅游刚刚起步，来的人少，农家乐也在探索阶段，收益不好。后来，宣传上去了，景区建设也跟上去了，游客多了，农家乐的经营也逐步规范化，收益渐渐好转。近几年，花果香农家乐的年收入保持在二十几万。这在一个小镇上，已经很不错了。越来越多的农户看中了这条致富之路，纷纷筹资经营农家乐，镇上也积极引导，给予各种优惠政策大力扶持，农家乐像草原上的格桑花，遍地开放。

花果香农家乐依山傍水，门前有河，一座小桥连着院子和公路。院子里除了住房，有一片林子，种着果树，结着青涩的绿果子。林子旁边是草地，开着小花，叶子和花瓣都很小，像我们小小的幸福，开在平常的日子里。也有盆栽的鲜花，散落摆放着。还种着萝卜、辣椒、芹菜、葱等蔬菜，看着舒心，吃着放心。

林子的空地上，搭建了几间凉亭。吃饭的时候，大家都坐在了凉亭里，冷落了那些摆在暖廊里的桌椅。吃的都是山野菜，像鹿角菜、苦苦菜、马苋菜、地耳、蘑菇等。平常吃得少，又在时令上，大家吃得满口香，都说好久没有这样的胃口了。

吃过晚饭，我看到老板娘蒲桃英几个还在拣蕨菜，便走了过去。

这是今天收的吧，多少钱？我问。

一斤六块。这些六百多。她指了指堆了一地的蕨菜。有三四个人帮她，把蕨菜扎成小捆。她切掉蕨菜老了的根，大约两寸。

我拿了根蕨菜折了折，说，这个新鲜得很。我前几天在旧城里买的，根子老得多，吃时还苦着呢。

那是隔了夜了。她说，蕨菜就怕隔夜。

这样新鲜的蕨菜，难怪大家胃口大开。你这是准备腌呢吧，我又问。

就是，腌一点，再晒一点。过几天，就没蕨菜了。她说。浪来的人吃不到新鲜的，腌下的，晒干的，也都爱吃着呢。

那你还是辛苦。提茶倒水，拣菜做饭，一天没闲过。

开农家乐懒不成啊。现在政策这么好，只要勤快，就能挣着钱。

看来农家乐的生意，她很满意。

听说隔壁农家乐是你家亲戚？我问。

是我娘家。她说，农家乐的生意好，镇上好多人经营着呢。我娘家也是我家带动起来的。镇上还有专门的农家乐协会，我们农家乐都是要评比的。

那你家是最好的一家了吧？我笑着说，我们中的很多人住过你家。

都好着呢。比种地的强。浪的人有了，就开农家乐。没有了，就到街上卖茶叶，一个月也能挣两三千。

那别的农家乐呢，都不能卖茶叶吧？我打趣说。

她被我问笑了，说，那倒没有。闲了，有的到附近打工，有的拾掇房子，有的到街上摆摊，都有干的呢，没闲着。

蒲桃英几个快要拣完蕨菜了，我问，这么多蕨菜，能卖完吧？

还不够。外面浪来的人，爱吃山里的菜。回去的时候，还要买点晒干了的。就是我们拣呢晒呢，吃力得很。

这个我知道。农家乐的山野菜，每一样收拾起来，都很麻烦，其间的辛苦，不是三言两语能说清楚的。也正是这样，才格外好吃。

拣完蕨菜，蒲桃英几个又忙去了。我去找小忠和花盛聊天。小忠正在给花盛说他今天上山挖虫草去了。

我吃了一惊，这里还有虫草？

有啊。你看，这是我挖的虫草。小忠点开手机上的相册让我看。

照片上有几根虫草，比平常见到的要小。还有挖虫草的两个人。

冶力关有虫草，这让我有点意外。就好像很多人来到甘南，发现在高原上，还有这样一处山清水秀、气候温和的旅游胜地，自然就有些意外的惊喜了。

四

在冶力关，看了很多农家乐，几乎都一个样子。两三层的楼房，或平房，带个小院。房间都差不多，像旅馆的标准间。没有特别好的，也没有特别差的。这让人有点困惑。重复的太多，游客会有审美疲劳。再说，很多城市游客特别在意房间的个性化设计，追求的就是别出心裁、与众不同。

当我走进花庐民宿时，眼前一亮。多么漂亮的房间，干净整洁，新颖别致，仿佛走进了城市里安静而雅趣的茶屋或者咖啡馆，你不由自主地会喜欢上它，坐在某个角落里，慢慢欣赏房间精美的装饰，感受一份内心的澄澈和明净。

同行的老师纷纷赞叹，在各自喜欢的房间里拍照，看得出大家珍惜这样漂亮的房子，都不愿起身离开。在这里，写一首诗，读一本书，听一首歌，说一些话，都应该是美好的。

出了民宿，是十里花廊。可惜我们去得早，花还没开。去年来的时候，花开得正好，老远就能闻到花香。花的旁边，写着名字。我也没记住，只是觉得花很多，漫山遍野，像五彩的锦缎，又像巨大的油画。刚从漂亮的房间出来，又见到漂亮的花，心情之好，无法言喻。

花庐是八角着力打造的旅游品牌，民宿、花谷、假山、人工湖、绿化带和观景河堤组成了一个旅游体验园区，这对城市游客有着很大的吸引力，带动了旅游业的蓬勃发展，增加了群众收入。

旅游的快乐不仅仅在于欣赏风景，也在于参与和体验。像农家乐的篝火晚会，一群人围着耀眼的篝火载歌载舞，玩得投入而尽兴。篝火灭了，还不愿意停下来。旅游景区增加一些体验项目，比如漂流、攀岩、采摘、垂钓、劳作等，可以吸引更多的游客。这也是一种宣传，并且因为参与和体验的真实性和娱乐性而让游客带走一份难以忘却的记忆。很多时候，喜欢上一个地方，并不是因为风景，而是因为记忆。

正如这次八角之行，就给大家留下了深刻的印象。我在乡下工作时，八角的交通极为不便，发展缓慢，一直没有去过。这几年，八角的发展很快，通了公路，基础设施明显改善。很多人慕名而来，看花庐民宿，看十里花廊。八角，已不是记忆中的八角，而是远近皆知的花海之乡了。

在八角，我还记住了一个年轻人。他叫陈鹏，今年三十五岁，个头不高，短发。他的事迹深深打动了我。2004年，陈鹏从甘肃省一所中专学校毕业后，先后在东莞、深圳、上海等地打工；2010年，在上海创办了一家小公司；2013年，他回乡创业；2014年，被评为"中国梦·最美临潭人物"；2015年，获得甘南州"向上向善创业创新"好青年荣誉称号。

一个二十九岁的年轻人，放弃上海的事业，回到偏远的家乡，开办养殖场，经营农家乐，需要多么大的勇气，又包含着他对家乡多么深沉的热爱。县上、镇上对他的创业大力支持，八角的书记和乡长亲自开车带他去定西考察。但是，从未从事过养殖业的他，还是遇到了很多难题。

陈鹏没有气馁，他一边忙着盖厂房，种杏树，引进鸡种，一边查阅资料，咨询专家，整天钻在养殖场里现场观察，不断总结，摸索出了一套林下放养的养殖模式。他在养殖场里种了大量的杏树，树下种了苜蓿和药材。鸡吃了，增强了免疫力，鸡的粪便又当作肥料，杏树和药材长得更加茂盛。这样放养出来的土鸡，颇受市场欢迎。陈鹏在冶力关设了销售点，又与各个农家乐建立了供销关系。他在八角和冶力关之间来回奔波，艰辛的付出赢来了令人欣喜的回报。近几年，他每年的收入稳定在十五万左右，今年的养殖规模达到了八千只。

创业成功后的他，手把手地把自己多年摸索出来的养殖技术传授给当地农户，还帮他们选购育种，定制饲料，规范疫病防治，把握市场行情。在他的带动下，八角的土鸡养殖大户越来越多，还成立了合作社，土鸡和土鸡蛋供不应求，群众收入逐年增加。

陈鹏就是这样一个充满责任感的年轻人。在回到家乡的这几年，他不等，不靠，不要，艰苦奋斗，自主创业，不但自己富了，也带动了更多的农户富起来。

从冶力关回来的路上，再次经过美仁大草原，经过那些耐寒的牛羊。想起祁三宝、蒲桃英和陈鹏，想起冶力关的农家乐，想起八角的十里花廊，心里感到暖暖的。短短的三天采风，我看到的听到的只是一部分，更多美好的人和事，在那里，也在我们身边。古老的洮州，拥抱着时代的梦想，正在发生着巨大的变化。

诗和远方在陈庄

——省交通运输厅对口帮扶纪事

蒋文艳　胡旺弟

用"心"帮扶谋发展

临潭县王旗镇地处临潭、岷县、卓尼三县交界处，位于临潭县东部边缘、洮河西岸，人均耕地不足两亩，一直以来，交通不便、靠天吃饭是这里贫困的根源。脱贫攻坚开展以来，作为帮扶单位的省交通运输厅用心用力抓帮扶，王旗镇的村民结束了肩扛担挑的历史，产业发展了起来，村民的日子越过越红火。村民们也为陈明文、陈勇等一批帮扶干部纷纷点赞。

7月11日上午，记者随省交通厅帮扶干部、现任甘南藏族自治州临潭县王旗镇陈庄村驻村帮扶工作队队长、党支部第一书记陈明文从兰州出发到陈庄村。"我们现在最急的是赶紧把兔产业做起来。"刚碰头陈明文就聊起陈庄村目前急需解决的难题，并告诉记者，行程有所改变，先到永靖县安华獭兔养殖场拿安装兔笼的工具。

上午10点左右，到达永靖县安华獭兔养殖场后，负责人杨学林已等候多时，下车顾不得寒暄，陈明文就立即请教安装兔笼的操作流程及工具的使用方法。

"前边距离二十五厘米，后边距离五十厘米，食盒用铁线钩在兔笼门口······"听着杨学林的介绍，陈明文半开玩笑地告诉记者，现在是我在请教专家，等到陈庄后我就是专家。

下午5点左右，记者一行终于到达陈庄村，陈明文匆忙赶到陈庄村同林合作社。在合作社里，几位农户正等着陈明文传授拼装兔笼的方法。"我们研究了半天，兔笼怎么也对不齐，这边又长出一截。"合作社负责人马同林搓着手无奈地说。

这个地方要剪掉，这里应该套进去，经过指导，一会儿工夫一个兔笼就安装完成了。忙着手里的活儿，马同林告诉记者，陈书记来了，我心里就踏实，干啥都有数了。

陈明文原是巉柳高速公路收费所所长，去年3月，在脱贫攻坚战进行到最吃紧的时候，他主动请缨，来到甘南藏族自治州临潭县王旗镇陈庄村帮扶。

陈庄村属于国家级贫困县深度贫困村，平均海拔2696米，距镇政府十五公里。全村有十个村民小组，296户1212人，其中有八个自然社处在半山腰上，山大坡陡，出行不便。全村三分之一的户是建档立卡户，截至2018年度剩余贫困户55户209人，贫困发生率17.24%，脱贫工作任务艰巨，责任重大。

立足优势抓项目

俗话说："靠山吃山、靠水吃水。"陈庄村属典型的高原山区，平均海拔2696米，共有耕地1640亩，这里草山资源丰富，具有发展养殖产业的自然优势。

陈庄村哈尕路社社长侯龙海用"做梦都想不到"来形容乡村变化之大。"以前，田间道路是羊肠小道，收获季节只能肩扛担挑，在家务农不足以维持家人的吃穿用度和孩子的花销。"侯龙海靠着一手拿得出手的木工活儿，在外务工二十二年。现在好了，新修的路农用车能到达每一块地，出行比以前方便了很多。侯龙海家里三年前养了六只羊，去年在帮扶干部的劝说下他决定不出去打工了，养羊的规模扩大到了七十只，今年达到了一百二十只。按照一年繁殖五十只羊计算，年收益在五万元以上。

按照《关于支持贫困户发展"五小"产业的指导意见》，陈庄村的"五小"产业正在如火如荼地进行。陈庄村先后成立了拓新种植养殖合作社（养牛）和同林种植养殖合作社（养鸡）两个扶贫车间，脱贫致富产业开始起步，村集体经济初步形成。

与此同时，省交通运输厅驻临潭县王旗镇的其他七个帮扶队经过调研，因地制宜发展各自养殖业。临潭县格桑花藏蜜养殖农民专业合作社中蜂养殖一号基地就在龙元山村。该合作社监事闫焕娃家里有传承下来的养蜂经验，以前，闫焕娃想着带孙子，养好自己的二十箱蜜蜂日子过得去就行了。在龙元山村帮扶队长陈勇一次次上门劝说下，去年他的格桑花藏蜜养殖农民专业合作社成立了。他把小儿子从北京叫回来继承养蜂，发展甜蜜事业。在合作社的帮扶带动下，全村九百户人家有二十三户开始养蜂。

日子红火村庄美

授人以鱼，不如授人以渔。省交通运输厅驻临潭县王旗镇帮扶干部践行从思想上"扶志"、能力上"扶智"、发展上"扶技"的帮扶思路。

"扶志"上，着重扶思想、扶信心。去年以来，省交通运输厅为临潭县王旗镇8个帮扶村开展了"脱贫攻坚促发展，文化下乡暖人心"文化下乡活动，受到了群众的一致好评。

"扶智"上，强化扶知识、扶教育。去年6月份，按照帮扶三年规划，陈明文协调帮扶单位和帮扶责任人，为陈庄村高中（职中）以上三十三名学生发放助学金九点二万元。

"扶技"上，加强扶技术、扶技能。陈明文联系天水、永靖、甘谷等地的獭兔养殖大户前来调研考察，衔接洽谈獭兔养殖事宜，聘请养殖经验丰富的专业技术人员为贫困群众进行专业授课，宣讲獭兔养殖过程中防病减灾知识，力争把养殖风险降到最低。

在推进产业扶贫的同时，陈明文决定要改善陈庄的村容村貌。他发动全村干部群众参与进来，彻底清除村内道路旁和房前屋后乱堆乱放的柴草、生活垃圾，在每条街道上放置垃圾桶，集中收集清运垃圾，坚持三天一大扫，两天一小扫，每天清扫大街小巷，建立严格的监督制度，做到了有人清、有人管。

现如今，行走在陈庄村，每个社的小巷道路两旁是干干净净，房前屋后整洁有序，昔日脏乱差现象不见了踪影，村容村貌有了很大改观。"以前这都是堆放秸秆、垃圾的地方，下一步准备安装一批健身设施器材供村民活动健身，今后这里将是我们休闲娱乐的好去处。"侯龙海指着一处空地说。

村子一天天变美，生活一天天变好。在陈明文眼里，诗和远方就在陈庄。

大山深处有故事

王朝霞

作为脱贫攻坚工作中的主力军，帮扶队员算是一个最接地气、最多付出、最为关键的群体。在古老的洮州大地上，有这样一群帮扶队员，他们以村为家，认贫困户做亲戚，和群众同吃同住同劳动，每天奔波在山沟与村道之间……

不靠谱的坏爷爷：陈勇

陈勇是省交通厅下派在王旗镇的帮扶队员。这个来自陇南武都的"江南人"，在闭塞偏僻的大山沟里，一待就是半年：因为他看到，村里那些除了两亩薄地以外什么都没有的贫困群众确实需要自己。所以，他顾不上回家看望年事已高的父母和天天想他的小孙子。因此在两岁半的陈诺眼里，陈勇是个很不靠谱的"坏爷爷"——别人家爷爷天天陪着孙子逛公园买零食玩游戏，自己的爷爷跑到一个叫作龙元的山沟里，半年不着家不说，连个电话都顾不上打，实在是"坏"透了！

陈勇只要是休息时，就会尽力哄小孙子陈诺开心。

记者见到陈诺时，他正和奶奶一起在爷爷的小宿舍里啃西瓜。不用说，西瓜也是从武都带过来的。半个月前，奶奶带着他从武都乘火车又坐汽车辗转来到临潭的这个小山村里看望爷爷。陈诺太小，他还不知道帮扶队员的概念，他只记得爷爷从过完春节后就一直不在家。家里人都说，爷爷是帮扶去了。

爷爷住的平房很小，还兼了办公室、宿舍和厨房。说是厨房，其实只有一个电磁炉一副碗筷而已。爷爷不会做饭，大多时候就煮个泡面，或者烧饼就咸菜，偶尔去村民家吃个饭，算是改善生活了。奶奶此次来，带了好多好吃的，还给爷爷做了凉粉和红烧肉。陈诺看见奶奶一边做饭一边偷偷地抹眼泪，但爷爷看上去一直是乐呵呵的。

爷爷整天忙在地里，小陈诺只好自己一个人在院子里玩儿。

陈勇所在的单位为帮扶村建起了蜜蜂养殖基地。爷爷很忙，每天一大早就戴上草帽去干活儿了，养蜂的、种药的、办事的似乎都离不开爷爷。陈诺觉得爷爷黑了老了土气了，再也不是原来那个帅气的爷爷了。陈诺不明白为什么爷爷要离开那个温暖舒适的家，来到这么穷的地方工作。他很难过，觉得一定是爷爷变"坏"了、不爱他了，但他还是喜欢这个又黑又忙碌的爷爷。每次奶奶做饭洗衣的时候，他就一个人在空荡荡的院子里玩儿，等着"坏"爷爷回来。

陈诺和奶奶离开的时候，爷爷说：他的梦想是让这个村里的贫困户都过上好日子。等到地里的药材变成钱、蜜蜂酿出的蜜变成钱，等到这些钱鼓了村民们的腰包，他一定回家……

正科级的服务员：赵新章

赵新章是临潭县非公经济组织和社会组织党工委副书记。这个有想法、有闯劲儿的人，自从到八角镇竹岭村担任帮扶村长以来并没有安于现状混日子，他从一进村就开始着手了解情况走访入户，并提出养鸡养鸭的扶贫产业，还引进二百多只信鸽分给贫困户养殖。后来，他又巧借村里的优势资源想方设法筹资建起了自驾营基地。赵新章没料到，他只是想给村集体经济找条增收的路子，但营地餐厅自今年6月中旬开始营业以来生意大好，颇受游客青睐。缺资金，又缺人手，赵新章只好把正在休暑假的媳妇从县城叫下来给自己帮忙，而他自己更是身兼数职：老板、厨师、采购员、服务员……在接待游客的同时，他的自驾营餐厅还对村里的农家乐从业者进行免费培训。赵新章说，他办这个自驾营地的初衷，就是为了帮贫困户脱贫，既然目前还没找到合适的经营人选，他只能先自己干着，顺便给大家提供一个学习和实践的平台。

忙是赵新章惯有的节奏，即使夜幕降临游客散去，他还要处理很多琐事，为第二天做准备。

我们采访期间正逢午间饭点，前来就餐的客人不少，采访被频频打断。"服务员，倒水！""服务员，我们的菜快一点……"面对客人，赵新章一路小跑有求必应，不停地穿梭于帐篷之间。他自嘲道："你们看我这个正科级的服务员，是不是很称职啊？"

赵新章的自驾营基地位置很好，几顶帐篷藏在青山绿水间。

凡事为贫困户着想，是赵新章这个帮扶队长的扶贫原则。哪怕是为自驾营基地找守门人，他也专门找了村里的建档立卡贫困户董国祥。一个六十二岁、基本丧失外出务工能力的老人，每月很轻松地就有了一千块钱的收入，这让董国祥充满了感激，每天的工作也更加认真负责。

有远见的养兔人：田盼伟

田盼伟是岷县人，"80后"，很年轻，以至看上去不像个养殖专业合作社的老板。他也不是帮扶队员，但他是浩浩荡荡扶贫大军中不可忽视的一员。他以一个异乡人的热忱，让自己的事业落户临潭，让当地的贫困户成为了最大的受益者。我们发现他、采访他，恰恰因为他不是帮扶队员却专心致志地干着帮扶队员的工作：他借"三变"改革的东风，以入股的方式带动了临潭县三岔乡高楼村的二十四户贫困户搞养殖种植，走上了脱贫致富的道路。

田盼伟养的兔子质优价廉，销路很好。

田盼伟的合作社不在村子的中心，几座温室大棚围成一个小院，坐落在大山脚下，看上去孤零零的。但每座大棚里，都养满了活蹦乱跳的兔子。田盼伟还专门从河北衡水请来了懂养殖的技术人员，长期进行合作。而他自己，既是老板也是工作人员，不管是喂兔子搞防疫还是清理兔子的圈舍卫生，干起来都是有板有眼样样在行。田盼伟告诉记者，他的兔子因为价廉质优，销路一直不成问题，一只出栏的兔子能卖六十元，周边县的农家乐、餐厅都是他的客户。尤其是在旅游黄金周期间，差不多每天都会收到购买订单。田盼伟因此充满了信心：只要做好疫情防治，科学搭配饲料的营养，其他的都不成问题。等到年底，就可以按原计划为入股贫困户分配红利了。虽然脏一点累一点，但想想这些，还是挺有成就感的。

　　除了养兔子，田盼伟还为村里五户贫困户免费提供了地膜肥料，带动他们搞药材种植，多渠道致富。我们离开的时候，夕阳渐淡，养殖大棚屋顶上的一排换气扇在暮色里轻轻转动，像一盏盏亮起的灯光。那些灯光，是田盼伟对于未来美好日子的希望，也是全体贫困户的希望。

　　临潭全县的建档立卡贫困户多达 12331 户，建档立卡贫困村 64 个，深度贫困村 18 个，非贫困村 59 个，贫困程度深、任务非常繁重。该县积极协调省州县三级帮扶单位，按照"一户一策"帮扶计划，在旅游、养殖种植、劳务培训等方面找出路想办法，为全县的脱贫攻坚任务注入了新的活力，也充分调动了贫困户的主动性，燃起了他们对明天的希望。

"扶贫车间"的故事

王 鑫

挣钱顾家两不误

从十六岁开始远赴青海、西藏经商的蒋建民回到了家乡，带领着临潭县城关镇西庄子村的"阿娘"们做起了女红。不到两个月，以一百六十元一双的价格卖掉了六百双毛布底儿（临潭布鞋）和数十套床套、枕套洮绣产品，签下两笔千件以上的大订单。

蒋建民三十七岁，谈笑间透露出一股子干劲儿。

临潭县盛民纺织品加工有限责任公司就是他在广州、深圳等沿海城市进货时受启发创办起来的。他选择返乡创业，在自家院子里建纺织品工厂，是希望能有更多的乡亲在家门口就业，能顾家，能挣钱。

"以前除了几亩地就没有其他收入了，现在一个月挣上一千五百元钱，起码够给老汉买药了。"四十七岁的敏玉兰熟练地踩着缝纫机，身边摞着的一米来高的环保袋是她上午一个多小时的劳动成果。2017年，老伴儿患上胃病后，每月七百多元的医药费成了家里的固定开支。少了劳动力，多了支出，原本不错的家庭很快返贫。公司开业后，敏玉兰除了上班挣钱，照顾老伴儿和孙子的事也丝毫没有耽搁。把"扶贫车间"开到家门口，让愿意做事的贫困户，都有事可做。这是蒋建民的初衷，也是无数个"敏玉兰"所期盼的。闲余劳动力是农村发展的优势，但妇女走不出去是影响家庭收入的原因之一，这样的产业发展模式无疑实现了企业和农户的双赢。

有双手就能有工资

从清朝开始，临潭旧城铸造的铜锅、铜火盆、铜火炉、铜罐、铜脸盆、铜瓦、铜香炉等产品，便远销甘、青、川、藏四省藏族地区。如今，铜器铸造作为临潭传统手工业带动着地方经济，也有不少从业艺人遍布西北各地。贾双龙就是其中之一。

贾双龙是临潭县城关镇教场村致富带头人。2017年10月以前，在岷县从事铜器铸造业，年收入五十万元以上。2017年10月，村两委班子找他商量村集体经济发展及村民就业的事，并一致认为教场村可以依托铜器铸造、帐篷加工、土地流转三大产业解决贫困群众的就业、收入问题。

"老贾，你的手艺好，但老在外面发展只是你一个人赚钱，不如回来办个厂带动大家一起脱贫致富。"村支书张昌奎的一席话提醒了在外漂泊多年的贾双龙。2017年12月23日，双龙民族工艺铜器加工厂成立，同时吸纳十三名建档立卡贫困人员在厂里就业。

"他们也许听不见，也许腿脚不灵便，也许视力不好，但在这里，他们都和正常人一样，能工作，能挣钱。"贾双龙招来的十三名员工里，有六名残疾人，月工资1700至2500元不等。除去工资和一日三餐，他们还享受着特殊待遇：逢年过节，厂里会送来米面油等生活用品；如果打磨出的产品细腻、漂亮，隔三差五还会有奖金。工作轻松快乐。

2018年6月，教场村九十九户贫困户将102万元产业发展入户资金入股双龙铜器加工厂，并于11月份完成5.16万元半年分红。在企业和政府的共同努力下，如今的双龙铜器加工厂扶贫车间已带动教场村十八名贫困人员就业，企业规模仍在逐渐扩大，产品市场前景良好。所铸铜锅、熏炉、茶壶等器具热销于四川、青海、西藏及州内各县市。

普通人增收致富的"金银大道"

虽是寒冬时节，临潭县鑫德顺金银器加工公司所属的扶贫车间里却一派热闹景象：金属碰撞的悦耳响声和匠人们的笑声相互交织。他们用锤子在车间里边干活儿，边唠嗑，有说有笑，很是热闹。

"看似简单，但每一样金银首饰都是纯手工打造的，一般学徒也要七八年才能出师。不过我喜欢这一行，学了两年，已经能打'一格毛银钱'了。"六十八岁的城内村贫困老人丁吉玉曾经只是"德顺银楼"加工作坊的门房老人。经过两年多的学习，已经成为临潭县鑫德顺金银器加工公司所属扶贫车间里的高级技师。从年薪三千元到日工资二百四十元，两年多时间，他与老伴儿的生活发生了巨大变化。

姜文德从事金银器加工二十一年，在临潭、卓尼县城各有一个门店。依靠祖传的精湛手艺，凭借自己的刻苦钻研，"姜家银楼"在临卓两县几乎无人不知。其打造的"一格毛银钱"更是大受卓尼妇女青睐。

之前的二十年中，他只是个小有名气的匠人，并没有想过自己的银楼能有更大的能量。直到今年，在村、镇两级班子的鼓励下，姜文德建起了扶贫车间，吸纳的十名学徒中有五名贫困人员。来到车间的贫困学徒通过学习，工资也从最初的每月一千二百元逐渐增加，成为技师，成为所在家庭脱贫的主要力量。

临潭绣娘们的致富路

"丈夫打工赚来的钱就够我们一家三口生活了，我每个月挣的两千元要存起来。"二十五岁的丁亥夫赛看起来瘦小，在临潭县洮绣传承开发有限责任公司却是带着十几名"阿娘"学习机绣的培训师。

由于丈夫患慢性病，干不了重体力活儿，就在县城跑三轮车，收入不稳定。为了帮丈夫减轻负担，肯吃苦的丁亥夫赛也先后在饭馆、超市打工，因为工作忙，顾不上照顾孩子，就辞职专心学习刺绣。两个月前，被下河滩村主任丁桂英吸收到临潭县洮绣传承开发有限责任公司做培训师，既可以赚钱，也可以顾家，还能带动更多像她一样离不开家的妇女。

"生产工序化整为零，送车间到村，送岗位到户，送技能到人，为贫困群众在家事、农事之余提供了一就业增收的渠道。"据村主任丁桂英介绍，临潭县洮绣传承开发有限责任公司成立于今年8月，解决了下河滩村二十六名妇女（含二十二名贫困人口）的就业问题。结合妇女的家庭角色，该扶贫车间确定了适合家庭妇女的运营模式：闲时在车间工作，忙时可将工作带回家，所有刺绣、手工编织产品由公司统一回收、销售。

如今，绣娘越来越多，机绣、手绣、手工编织同在一间房里，五十来平方米的小车间已经略显拥挤。丁桂兰鼓励大家多学习、多创新，迎合大众市场。同时，也在寻找优秀的设计师，联系在外经商的临潭人，设法让他们生产的手工鞋垫、床上用品、婚嫁用品及手工艺品走向国内大市场。

符合临潭实际的现代农业可以助农增收，临潭独有的传统手工业能让闲余劳动力有事可做，契合大众市场的新型手工业也可以让临潭人打破传统壁垒，迎来更多商机，创造更多就业岗位。今年，临潭有五个扶贫车间。此后，会有更多本土企业，会让更多因贫困而自卑的人重拾自信，让更多因贫困而消沉的家庭重获幸福。

村里有了艺术团

马廷义

农历腊月十八，临潭县羊永镇李岗村年味儿渐浓。

白墙黛瓦辉映下的村民文化舞台上，"李岗文化艺术团"团长赵寿云正在督促孩子们排练舞蹈《红红火火中国年》。

"创建李岗文化艺术团是我十七八岁时就有的想法，想了快二十年，现在终于实现了。"赵寿云说。

2010年以前，李岗村并非如今的美丽乡村。全村249户人家依山而住，"晴天一身土，雨天一身泥"曾是这里的真实写照。村民兜里少得可怜的钱和写在脸上的愁苦使得整个村子显得老气横秋，一度成为羊永镇最贫困的行政村。

当时，热心文化活动的赵寿云试图创建村级演艺团队，却遭到村民的反对，"挎包里没钱，肚子里没油，哪有心情唱歌跳舞？"

"要办艺术团，就先要想办法让大家富裕起来。"思来想去，赵寿云决定先带着乡亲们挣钱：他负责找活儿，大家一起跟着干。很快，他成了村里第一个"包工头"，队员越来越多，收入逐年增加。

2008年前后，随着农民工工资的持续上涨和种植养殖业结构调整、东西扶贫协作项目等一系列惠农政策的落地实施，李岗村村民收入大幅提升。

"过年前开小车回家的年轻人几乎年年有，吃穿早已不是问题。"如今办起了合作社的王拉毛是村里最早外出务工的青年之一，也是李岗文化艺术团组建之初的负责人之一。

2009年，王拉毛在内蒙古工地上承包了两台吊车，年底回家时带回七万多元。然而，在几个同龄"朋友"的撺掇下，他稀里糊涂地学会了打麻将，春节还没到，挣回的血汗钱已经输掉了一大半。

"闲是产生各种问题的根本原因，要让大家在腊月里有事可忙才能解决问题。"2011年12月，赵寿云和村干部以及几位德高望重的老人商量后，决定组建李岗村文化艺术团。在赵寿云的引导鼓励下，王拉毛等年轻人加入艺术团，忙起采购设备和招募演员的事。

"喝酒赌博闹事的人少了，效果好得很。"渐渐地，村里闲散的年轻人、无聊的中老年人都加入了艺术团，村民们以参加演出为荣。

建设艺术团离不开本领过硬的老师。闫爱萍和马燕是城关镇下庄子村的大学生，一个舞蹈专业科班出身，一个喜欢跳舞。这个寒假，她们来艺术团帮忙教授和排练舞蹈。

"范家咀要安排新疆舞，多巴村多一两个藏族舞，快板《赞脱贫》、小品《彩礼风波》、情景剧《美丽乡村》是今年新编排的，各村都要演……"二十二岁的闫爱萍一边验收大家刚学会的彩绸舞，一边在手机上备注正月里的演出地点、场次、内容。那边，马燕正在认真地教学员们跳伞舞。

"初八阳什，初十李岗，十三范家咀，十四、十五多巴村，十六太平村……各村都会给我们两三千元的经济支持，基本上够运转了。"赵寿云介绍道，目前，六十多名演员的艺术团已经积累了七十多个文艺节目，接到了临潭、卓尼两县四个村的邀请。在乡亲们的好评中，李岗文化艺术团成了县里有名的农民文艺团体。

艺术团让成年人的生活充实起来，也让孩子们的假期更有意义。

二年级学生王彩霞是艺术团的舞蹈演员之一。"以前，我们经常因她沉迷于电视、手机而烦恼。"提起跳舞，王彩霞的母亲说，从腊月初二开始，每天中午12点之前，王彩霞就会快速写完当天的寒假作业，飞奔到广场上排练节目，"不仅不会影响学习，学习效率反而提高了"。

晚饭后，李岗村气温又降到零摄氏度以下，却丝毫没有阻挡住村民排练、观看节目的热情。在悦耳的音乐声中，这个村子散发出一股蓬勃向上的朝气。

情系梁家坡

连金娟

　　年末冬日里的梁家坡村，人们喜滋滋地谈论着今年的增收，脱贫致富的喜悦笑容映红了他们的脸庞，自信的目光里透着一股喜庆的气色，同时透着一种难以言表的感激之情。自临潭县委办帮扶工作组进驻梁家坡村以来，工作组成员们扎根农村，俯下身子真心为民服务。一件件、一桩桩真情帮扶的事迹如涓涓细流温润着当地群众的心田。

　　梁家坡村位于石门乡以东五点三公里处，毗邻石门口库区，全村下辖四个村民小组，142户551人，建档立卡户54户211人，贫困发生率38.29%，是临潭县贫困面积广、贫困发生率较高的地区之一。

　　从驻村开始，临潭县委办作为梁家坡村的帮扶单位，第一时间成立了脱贫攻坚帮扶工作领导小组，多次进村入户，通过调研了解，走访群众，制定了切实可行的实施方案，始终把带动帮扶贫困群众脱贫致富作为重要任务，把产业作为贫困户稳定增收的根本途径。在与村干部和群众代表深入探讨交流的基础上，制定出真正适合梁家坡村脱贫致富的路子，提出了生态养殖、种植抱团发展的新思路，积极培育发展本土黑猪养殖产业、蜂蜜养殖产业、乌龙头种植等特色产业，着力解决好有人养、养得好、卖得出三个关键问题。

　　石门乡梁家坡村村民梁存虎，曾经是一个失败的养殖户，因为缺技术、缺经验，他一度对养殖失去了信心，县委办驻村帮扶工作队在了解了他的实际情况后，多次上门做思想工作，开拓致富思路，在帮扶队多次上门鼓励下，梁虎存坚定了养殖致富的信心。考虑到附近的草山环境更适合黑猪生长，县委帮扶队就帮助他将养殖基地建设在村对面的山脚，采取圈养+散养的方式，早晚各喂一顿玉米，剩余时间就将黑猪放到山间散养，这样不但降低了养殖成本，而且提高了肉质。为了带动更多的群众发展高原绿色生态养殖业，增加贫困户收入，县委办考虑到群众筹办资金难的问题，积极多方筹措资金，垫付五万元从岷县引进一百口优质黑猪，免费发放给有养殖意愿的群众，其中将十八口黑猪分给有养殖意愿户，其余八十二口由梁存虎集中在山上放养。为了让农户对养殖黑猪多一颗"定心丸"，县委办协调石门乡兽医站对引进的黑猪进行科学监管，对首次引进的黑猪在兽医站隔离十五日，注射防病疫苗，联系保险公司赴梁家坡村为本批黑猪恳购买了生猪保险。县委办与梁存虎和其他农户签订协议：黑猪长成后，按照十八元一斤的价格回收，加工成特色腊肉、腊肠、丸子等产品进行销售，这从根本上解决了销路难的问题。

今年分给梁存虎的八十二口仔猪成活了六十四头，最大的长到二百斤，其他重量在一百四十至一百六十斤之间。按平均每头一百三十斤计算，销售额可达到十五万元以上，除去五万元仔猪购买成本和饲料购买费四点八万元，至少盈利五万元，二十二户贫困户每户也可获得两千元以上分红。

"通过县委办的帮扶，我办起了这个养猪场，一年下来能挣五六万，明年我将会扩大养殖规模，带动周边的特困群众、贫困户，一起奔小康。"谈起今后的生活和设想，梁存虎显得信心满满，干劲儿十足。

梁家坡村依山傍水的地势和适宜的气候使得当地一直以来拥有养蜂的传统，梁志成就是其中的一员。

走进梁志成的家，传统的农家院里，一排排整齐地码放着新式的蜂箱和传统的木槽。合作社负责人梁志成正挨个儿查看蜂箱里蜜蜂繁殖及酿蜜情况。"现在已经有七十一户群众加入了我们合作社，共有蜂群一百五十多箱，保守估计每箱产蜜二十多斤，年收入在十二万左右，收成这样好，明年我想多养几箱，带动更多的困难群众走上脱贫致富的路子。"梁志成边工作边说。

一开始，梁志成采取传统的木槽养蜂，但时间一长，他发现这种木槽养殖存在很多弊端：难以取蜜，难成规模，难以科学化养殖。临潭县委办脱贫攻坚帮扶工作领导小组在了解情况之后，积极联系天津援建工作队，给梁家坡村支取到了十万元的产业发展补助资金（贫困户每户补助八百元，非贫困户每户补助六百元），支持梁志成成立合作社，联合困难群众发展壮大土蜂养殖。

梁宝珠是盛华养殖合作社自养蜂群的社员，也是自养农户中养蜂技术比较好的。"养蜂也好着呢，我现在有七箱蜂群，坐在家里一年还能增收五千多元呢，到明年我的蜂群最起码能繁殖到二十箱，到时候收入更多。"梁宝珠高兴地说着，脸上洋溢着希望和幸福的笑容。

增收是群众最关心的问题之一，工作组采取"激励引导"与"适度扶持"相结合的工作策略，为了补齐集体经济短板，帮扶队积极引导群众发展集体经济，在进一步的走访调研中，因地制宜，与当地群众同吃同劳动，共种植乌龙头一万多株，种植面积三百多亩，邀请专业人士进行技术指导，确保了新苗的成活率，按每亩地收成三千至四千元计算，三年后收成将达到十万多元，六十户贫困户每户将收益一千五百元。

隆冬，一望无际的田野寂寥了下来。但梁家坡村的文化广场上新建成的文化舞台准时响起了悠扬的音乐，广场上村民们或伴随音乐翩翩起舞，或兴高采烈地谈论着今年的收成，呈现着一派欢乐祥和的景象。

"农活儿忙完了，走，广场上活动去！"如今已成为临潭梁家坡村村民农闲时流行的时髦话。

"今年县委帮扶队给我们建了这么好的文化舞台，过年我们要从外地请上戏剧团好好地唱上几天几夜，县上的帮扶队不仅让我们的腰包鼓起来，还充实了我们的精神生活，日子真是越过越美了。"说起县委的帮扶队的事迹，梁家坡的每个村民都有说不完的话、表达不完的感激之情。

有多少付出就有多少回报，临潭帮扶工作队真心实意的付出赢得了梁家坡村村民们的认可，一张张感激的笑脸和一个个竖起的大拇指是对驻村帮扶工作最大的点赞，临潭县委办公室帮扶工作队与群众血脉相融、心手相助、共谋发展的事迹将永远铭刻在梁家坡村的青山绿水和广大人民群众的记忆当中。

只为桃李竞相开

王丽霞

　　她叫陈玉香，女，四十七岁，出生于羊沙乡秋裕村，先后在羊沙乡秋裕村小学、羊沙中心小学、羊沙乡甘沟村小学担任代课教师，现为三岔乡高楼子村小学代课教师。

　　1987年，由于身体原因，高考落榜。同年，成为秋裕村最年轻的代课教师。据包村干部介绍，秋裕村地处羊沙乡东南角，距乡政府所在地有近三十公里山路，至今无法通车，是全乡最偏僻的行政村，也因此一直为老师、干部们最不愿意待的地方。秋裕村小学为六年制，二百多名学生，仅有三名教师，其中一名为本村的老教师，其余两名都是代课教师。当年，一名代课教师过完暑假就再没回来。两名教师面对六个年级的学生，根本无法正常上课。

　　"丫头，你是村里第二个上到高三的娃娃，我们这里条件差，没人来，你就去吧。"面对乡政府与乡亲们的请求，父亲替她做了主。原本打算继续复读的她离开高中，走进小学。

　　"头两年，每个月工资是十八块钱，我一个人吃住在家，用不完，但是很多娃娃买不起作业本。"在学校里，她至今保留着学生时的节俭习惯，将自己用不完的生活费留给孩子们买作业本，买铅笔。

　　"刚开始，还是很激动，因为当上了老师。过了一周就怕了，我家在白土坡社，离秋裕学校还有二十里路，中间隔了一座山，要走两个多小时，早上4点多就要出门呢。"秋裕小学艰苦的条件让从小学到高中一直在县城被父母照顾的她尝尽了苦头，也学会了独立生活。

春夏秋冬，她带着村里的几个孩子伴着满天繁星摸黑上学，跟着月亮回家。雨天一身泥，雪天浑身雪，中午在教室里和孩子们一起啃干馍馍，陪孩子们写作业。从教二十八年，她从未睡过午觉。

除了吃晚饭、睡觉以外，所有的时间都跟孩子们在一起。时间久了，她在孩子们心里是老师，也是姐姐。

学校只有三间土木结构的教室，一间教师办公室，老师们只有两张从大队部借来的旧桌子和一个火炉。除了上课、备课、批作业外，她包揽了提水、生火、裹炉子等琐事。"学校没有煤，所以周末也不得闲，要进山拾柴；山上缺水，村西有眼泉，水很小，每天要早早去提水，不然排不上队，一天就没水喝。"

"夏天怕雨，外面下大雨，教室漏小雨；冬天怕风，外面刮大风，教室刮小风。"她记得，为了给学生取暖，她险些丧命。12月份，学生们在没有任何取暖设施的教室里冷得直跺脚，看着孩子们冻得发紫的脸蛋和长满冻疮的手指，她心疼不已，就用自己的工资买了一笼炭，却不小心一氧化碳中毒。她误以为是感冒头疼，出去透风，却晕倒在教室外。被孩子们叫醒后，她说的第一句话是："都出来了吗?"

在她二十八年教师生涯中，在秋裕的两年最艰苦，也最难忘。

"全学区老师里面学历最高的是师范毕业，几个村学的绝大部分老师是高中以下学历的代课教师。"在当时的羊沙学区，她是数一数二的高材生。加上工作认真勤奋，两年后，被调到羊沙中心校带高年级。在中心校，她仍旧过着简单的生活，把大部分时间用在了工作和学习上，每月四十元的工资绰绰有余。她把用不完的钱攒起来，除了帮困难学生买纸笔，还要在假期、周末去县城买自学考试复习资料。

"学校还有一个女老师跟我情况一样，都有娃娃，我们就申请学校把两人的课排开，我上课的时候，她带娃娃，她上课的时候，我带娃娃，晚上要等娃娃睡了才有时间批作业、写教案。"1991年结婚后，随着大儿子的出生，她开始了长达十五年的快节奏生活——上课、批作业、写教案、带孩子、自学，在教室、办公室、宿舍间奔跑着，并习惯了不按时吃饭、每天睡三四个小时觉的生活。

1999年，"普初扫盲"工作开始，她的生活里没有了白天黑夜，没有了周末假期。"我负责双河堡社，六十岁以下的没上过学的人都要参加'扫盲班'，白天没人，吃过晚饭后才能上课，10点多下课，一两点睡觉。"她说，晚上除了给在校学生批改作业、备课，还要给扫盲班的学生批作业、备课。"结婚的时候没这么瘦，从'扫盲'开始瘦了，就再没胖。"丈夫说。十五个春秋，五千多个日夜里，除了面对学生，面多一摞摞作业本和教材，她几乎没有认真照顾过父母，没有耐心辅导过孩子，没有为丈夫分担过家务。

2005年"普九"工作结束后，因婆婆生病无人照顾，她申请教育局将她调至三岔乡高楼子村（婆家所在村）小学任教。至此，恢复了正常生活。"这个学校没人愿意来，都嫌清苦，去年分配了一个年轻人，待不住，出去打工了，现在陈老师一个人负责。"三岔学区校长刘守恒说。初到高楼子小学时，学校只有一名校长和四个年级的三十多个学生，她的到来解决了村学师资紧缺的问题。她和校长各代两个年级，上复式课，每人每天七节，连轴转。除此之外，一家人的每日三餐，一顿不差。

在三岔，除了工作，照顾年迈的公公、患病的婆婆和残疾的姑姑外，每天晚上，安顿好家人后还要抢时间复习。于2005年和2006年分别取得高等教育自学考试专科、本科毕业证书，2006年考取了教师资格证书。

"很多次了，开学时，高楼子小学就陈老师一个人。她也经常向学区申请老师，但从来没有诉过苦，没有提过要求。"十年里，她为高楼子村学所作的贡献历任学区校长都看在眼里，记在心里。面对校长们的无数次感谢与愧疚，她说："这是我们村里的学校，多操点心是应该的。"

在别人看来，光阴似箭。只有她深知那些忘我工作的日子里的辛酸苦楚。她不愿多说，芳华不再。

"谁都对得起，就是欠家里人太多。"这是她对自己从教二十八年的总结。她将自己的青春奉献给了家乡，奉献给了深山里的孩子们，毫无怨言，并满足于孩子们的一声声"陈老师"，满足于孩子们逢年过节时的一声声问候关心。她说："做一名老师是我年轻时的选择，也将是我的终生事业，很多娃娃还记得我，这就够了。"

大山深处的幸福

何子彪

干净平整的村道两侧，整齐地排列着白墙黛瓦的二层小楼，古朴的栈道掩映在树木的浓荫里，宽敞的文化广场上荡漾着欢声笑语……

对于大山深处的临潭县八角镇老百姓来说，做梦也没想到这里会发生翻天覆地的变化，这一切，源自精准扶贫脱贫攻坚政策，这样的蝶变在临潭县随处可见，庙花山是其中之一。

真真切切的变化

庙花山村位于八角镇西南，与天池冶海相邻。长期以来，由于基础条件比较薄弱，生产生活条件较为严酷，经济发展相对滞后。村党支部书记冯林平说："以前，村里都是土路，晴天一身土，雨天一身泥。住的都是土坯房，遇上雨雪天就漏，更别说楼房和广场了。"

庙花山村曾是八角镇有名的贫困村。自脱贫攻坚工作开展以来，在省人大常委会的帮扶下，庙花山村拉开了脱贫致富的序幕。

2012年3月30日至4月1日，当省人大常委会副主任嘉木样·洛桑久美·图丹却吉尼玛一行十二人第一次走进庙花山村时，被这里的贫困深深地震撼。在走访贫困户时，他们与群众亲切交谈，详细了解他们在生产生活中存在的困难和急需解决的问题，为制定帮扶措施收集信息，掌握第一手资料。并通过实地踏勘，掌握了牙池公路断头路建设和天池牡丹园种植培育牡丹的相关情况。

省人大帮扶工作组目睹了庙花山村的贫困和艰辛，亲身感受了群众渴望早日脱贫的迫切愿望，也深刻体会到脱贫攻坚这一项惠民工程的深远意义。嘉木样主任说："我和同事们来到八角镇开展帮扶工作，感到很高兴。特别是对我本人来讲，这是一个很好的学习机会，也是一个为人民服务的好机会，我们要诚心诚意为八角镇的农民群众服务，全力以赴促进八角镇的经济发展。"

在随后的几年里，嘉主任多次来到庙花山村，挨家挨户走访调研，找"穷根"，谋"富路"。多次组织干部入户摸底贫困户家庭基本情况，采集产业发展、种植养殖、增收措施等方面的信息，并将采集到的信息建档立册、上墙公示。通过抓长效机制和制度建设，使干部职工对脱贫攻坚工作的目标和任务有了更加明确的认识，增强了干部职工搞好脱贫攻坚工作的信心。

庙花山村与天池冶海相邻，区位优势明显。为把庙花山村打造成甘南州生态文明示范村，使其可持续绿色发展，县上和省人大帮扶单位先后整合各类资金1928.37万元，实施了危旧房及风貌改造、巷道硬化、护村护田河堤、环境整治、绿化亮化美化、文化广场等建设项目。积极协调筹措资金为牙扎坎、八角、中寨、庙花山四村修建党员活动室、远程教育站点、文化室、图书室、阅览室、卫生室等多位一体的村级综合服务中心。并协调省交通厅打通了八角镇庙花山村至冶力关池沟村旅游公路十四公里，解决了制约八角镇旅游业发展的瓶颈问题。

如今的八角镇，小桥流水，屋舍俨然，交通便利，道路干净整洁，新建的农家院内红灯高悬，呈现出一派生机勃勃的景象。

"如果没有脱贫攻坚行动和省人大的帮扶，很难想象我们村能发生这样脱胎换骨的变化。"庙花山村党支部书记冯林平说。

渐行渐近的梦想

短短的几年时间，庙花山村的面貌焕然一新。外出务工的村民大都开始返乡创业，在大山深处一步步实现着自己的创业梦想。他们的创业，带动更多的人增添了在自家门前创业的勇气，也坚定了村民"留下来"的信念，一度沉寂的山村，燃起了创业的梦想。

庙花山村木扎河社的陈鹏就是其中一位。他2004年从甘肃省404核工业学校毕业后，没有回家就业，而是先后在深圳、广州、江苏、上海等地跑业务，做销售，经过艰苦打拼，于2008年在上海创业成立了一家小型贸易公司。在"80后"青年中，他算是成功的。但当他听到家乡的脱贫攻坚政策时，做出了一个常人不能理解的决定：放弃上海的工作，回到老家，在省人大的帮扶下，从零开始办起了养鸡场。现在，他已经是远近闻名的养殖专业户，并带动八角镇群众养殖土鸡。目前，规模在五百只以上的养殖户已达到三十户以上，逐渐实现着规模化生产经营，还积极申请成立了高原生态养殖专业合作社。

省人大帮扶从"输血"到"造血"，增强了经济发展的内生力量。近年来，为改变庙花山村种植结构单一的状况，变依赖"输血"为自身"造血"，省人大帮扶组多次邀请天祝县农业技术人员赴八角镇，为帮扶村群众举办日光温室人参果、红提葡萄栽培技术专题讲座。同时，组织帮扶村干部和农户代表赴康乐、广河、天祝、陇西考察学习药材种植业及养殖业发展，日光温室人参果种植技术，药材收购加工销售，学技术、阔视野，为发展特色产业创造条件，指点迷津。目前，在省人大的帮扶下，已引导群众培育苗木一百七十多亩，推广高产杂交油菜一千二百亩、中药材一千九百亩；建成人参果和红提葡萄种植日光温室四座，建成种植暖棚四十七座，扶持农家乐九户；培训钢筋工、砖瓦工、电焊工工种为主的技能人员七百余人，使庙花山村每家至少一人有一技之长。目前，庙花山村主要以药材种植、劳务输出、特色养殖为增收产业，人均收入达到三千八百一十元。

"以前我们住在山上，现在整村都搬迁了下来，路也修好了，房子也盖成了二层小楼，比以前方便了很多。"说起精准扶贫，庙花山村村民陈杰一下子打开了话匣子，"我现在也开了农家乐，尽管农家乐刚起步，但我们的致富劲头更足了！"

贴贴心心的帮扶

"能为八角镇父老乡亲多做贡献，我深感荣幸。"这是嘉主任每次到八角镇说得最多的一句话。

自省人大帮扶工作在八角镇开展以来，嘉主任一直牵挂着帮扶村的父老乡亲。他每年深入临潭县八角镇开展帮扶活动不少于四次，每次都是轻车简从。也正是在嘉主任的带领下，在大山深处的八角镇经常能看到省人大帮扶干部的身影。

"脱贫攻坚，就是要给老百姓最贴心的帮扶，这是我们的责任。"省人大秘书长张绪胜如是说。自开展精准扶贫行动以来，他们多次深入庙花山、中寨、竹林等帮扶村，走访农户，看望帮扶户，仔细询问目前存在的困难和问题，和老百姓一起找原因、理思路、订计划、谋发展。他们的每一次到来，除了向帮扶对象送医、送药、送政策、送日常用品等慰问品外，时常鼓励他们快乐、健康地生活。用八角镇老百姓的话说，省人大帮扶组就是他们的贴心人。

州人大常委会主任安锦龙、州政协主席徐强等多次陪同省人大帮扶工作组进村、入户、调研、帮扶，他们见证了临潭在省人大帮扶以来发生的巨大变化。正如徐强说："省人大嘉主任帮扶组一行，不走形式，亲力亲为，实实在在，为群众出主意、想办法、送政策、送信息、送技术，群众脱贫致富的路更宽了，信心更足了。他们的身影既传递着一份正能量，感染着我们每一个人，又为全州如何进一步开展好帮扶工作，树立了一个很好的榜样。"

他们来了，百姓的信心就更足了。

正如村民陈杰所说："帮扶干部来了，我们村的经济发展了，环境也变好了，日子一天比一天红火，干什么浑身都是劲儿！"

近年来，省人大嘉木样主任带领帮扶工作组多次深入临潭县八角、冶力关、卓洛、新城、王旗等乡镇，与群众共同制订脱贫致富计划，为群众想办法、送政策、送技术等，用一系列实际行动见证了省人大一心为民谋发展、共同致富奔小康的决心。

　　省人大的帮扶工作犹如一股春风，吹拂着大山深处的临潭。在省人大的帮扶下，临潭各乡镇的道路修通了，农民的致富产业培育起来了，致富信心更足了，而被这股"春风"吹开的花儿，正在老百姓脸上幸福地绽放着，荡漾出一派致富奔小康的喜人景象。

真心帮扶暖民心

马志明　王兰香

　　2017年，省交通厅被确定为临潭王旗镇、新城镇十二个村定点帮扶单位。两年来，省交通厅把帮扶村脱贫攻坚作为第一政治任务来抓，通过对村庄合理规划，从强基础、扶志和扶智入手，全面推进脱贫攻坚，王旗镇、新城镇帮扶村的面貌焕然一新。

　　针对王旗镇、新城镇基础设施薄弱的情况，省交通厅扶贫工作组认真调研，由帮扶单位多方筹措资金，3月以来，历时两个月，投入挖机七台，平板车一辆，油罐车一辆，通勤车三辆，管理人员和机械人员二十人，完成田间道路整修九十三公里，推广机械化、规模化种植，打通了通往田间地头的"最后一公里"。

　　陈庄村驻村帮扶队队长韦少民给我们如数家珍地介绍帮扶情况：交通厅驻陈庄村帮扶队，近期针对通陈庄村的主干道的七公里路进行了维护、养护整治，对原来路上的病害，过水路面的路基冲毁的病害，还有山体滑落的碎石，边沟，路肩进行了平整。当然，我们作为陈庄村驻村工作队，不单纯是帮扶陈庄村的道路整治，对陈庄村沿线的三个行政村，马旗村、陈旗村到陈庄村的这三个行政村的通村主干道全面进行了养护整治，这个资金来源主要是我们帮扶单位自筹的资金，组织了我们村上的贫困户和有技术的大工对这些病害进行了加固、处置，有效地保障了我们通陈庄村主干路的路容路貌和老百姓的安全出行条件。

　　同时，针对王旗镇、新城镇群众的健康问题，省交通厅邀请省人民医院专家到王旗镇、新城镇开展送医送药下乡活动，免费体检七百五十余人次，义诊六百余人次，送去了价值五千多元的药品，发放宣传册一千二百多册。

针对帮扶村贫困户的受教育问题，省交通厅统筹做好了帮扶贫困户中考入和在读高中、职中、高等院校学生的资助工作，助力贫困户脱贫。韦少民说，针对贫困户的主要致贫因素之一的因学致贫，我们交通厅帮扶单位出台了因学致贫的管理办法，就是资助的管理办法，主要是针对贫困户家庭成员中有高中以上的在职在校的学生，进行贫困资助，连续资助三年，每年根据本科，一本，二本，和高职以及高中分别给予五千至两千的每学年的学费资助，这样有效地减轻了贫困户家庭的经济负担，对贫困户脱贫有积极的意义。

省交通厅为十二个帮扶村全村百姓按每户二百元送去了价值五十二万元的化肥、地膜等农资。并邀请农学专家，深入帮扶村、养殖大户及田间地头和牛羊圈舍，开展现场集中培训服务，零距离了解种植养殖户在生产中遇到的实际问题，讲授和培训相关实用技术，并赠送了价值上万元的特效药物。

两年来，省交通厅全力围绕贫困户脱贫和贫困村脱贫验收指标，精准发力，精准施策，帮扶工作队的同志用真心，动真情，下真功夫，取得了真实效，得到了王旗镇、新城镇老百姓的真心拥护。

无悔的足迹

王丽霞

初生婴儿是一个家族的生命延续，是一个民族繁荣富强的希望，是人类发展的未来。作为一名产科医生，她在工作岗位上孜孜不倦、勤勤恳恳，认真履行一个好医生应有的职责。二十多年里，她为无数待产的准妈妈鼓劲儿加油，为每一名需要手术的患者做心理疏导，帮每一名因经济原因看不起病的患者想方设法，用手势猜测不会说汉语的藏族妇女对病情的表述……在她的生活里，没有白天黑夜，没有上班下班，也没有关掉手机安静休假的日子。她说，医生都一样，选择了这一行，就要为自己的选择负责任，为每一名患者负责任，为每一位产妇、每一个新生儿负责任，尽自己所能，给别人幸福生活。

她叫王国兰，出生于1960年，临洮人，童年随父母工作定居临潭。1984年调至临潭县第一人民医院，1992开始从事妇产科工作，现为临潭县第一人民医院妇产科主任、妇产科主治医师。

"这是我爱的职业"

孜孜不倦勤奋学习是王国兰为实现人生价值而苦苦追求的目标，二十多年来，当别人闲谈阔论时，她则伏案苦读；当别人安于现状，她则艰辛求索。"这是我爱的职业，救死扶伤、迎接新生命是我的天职，能为患者减轻痛苦，能多治好一个病人就是我最大的快乐。"这是王国兰常说的一句话，也是她从医生涯的真实写照。虽然年龄已大，身体状况也大不如年轻时，却始终坚持在临床工作第一线，值夜班、查房、抢救危重病人……百忙之中，她克服重重困难，在有限的条件下，积极开展临床研究，不断探索适宜本地区妇女病的治疗经验，成为县医院的医疗技术骨干，并多次在专业刊物上发表文章，交流学习心得。

无论在哪里，她都是最敬业的"王大夫"

哪里需要她，她就出现在哪里；无论在哪里，她都是最敬业的"王大夫"。1996年，由于工作需要，被医院派到冶力关卫生院负责计划生育、妇产科工作。当时，她的儿子不满六岁，丈夫工作也很忙。但她更了解冶力关卫生院的情况：工作人员奇缺，年轻大夫经验不足，加上离县城远，妇女们生孩子需要去定西地区，费用高、危险系数高。经过考虑，她带着孩子去了冶力关。

"苦也吃了，但是更有成就感。"她说，一年中，她吃在单位，住在单位，孩子经常托给别人带。有病人时，带着年轻大夫接生、做手术、抢救，一有空就给大家讲经验、讲理论知识。到离开前，卫生院大夫们已经可以独立接生，做结扎手术，接待普通病人了。

有一次，小河村送来一位产妇，经检查为横位难产，病人情况十分危急，而当时卫生院无条件处理此类病人，送往其他大医院已经来不及。看着家属乞求的眼光和病人痛苦的样子，她毅然就地给产妇矫正胎位，产妇浑身汗，她也汗流浃背，一直忙到拂晓，孩子才安全降生。就这样一次又一次，在冶力关的一年里，她有效诊治了一个又一个危重患者。在计划生育四项手术中，她手轻，技术高，手术对象痛苦少，她做过数千例计划生育手术，无一差错。"王大夫对待工作很严谨，她是我们的老师，也是我们的榜样。"同事们一直叫她"王老师"。

披星戴月地奔波，只为一扇窗

"妇产科是医院最忙的科室，没有规律，人员紧缺，她是年龄最大的，也是压力最大的。她经常以病房、产房、手术室为家，她的生活里，没有白天黑夜，没有上班下班，也没有关掉手机安静休假的机会。"院长杨文焕说。对于一个妇产科医生来说，这些都是常有的事情，最忙的时候连续接待三四个产妇，累得腰酸背痛，遇到难产的产妇、早产的孩子，她便一直陪到顺利生产，陪到孩子脱离危险，有时候连续几天几夜不能合眼，连续一周不能回家。即便在休息时，如果有危重患者，电话一来，她就得放下手中的家务，赶去抢救病人。有时深更半夜，丈夫也得送她去医院加班。年轻时，丈夫不理解："八小时工作制，你动不动二十四小时不下班，哪有这样的工作？家是我们共同的，不是我一个人的。"她难过、愧疚。但如果对得起家，就有可能耽误患者，鱼与熊掌不可兼得。经过她的认真开导说服："越是忙的时候，工作难度就越大，病人就越危险。我们忙一点，保住了产妇的安全，就是保住了一个家庭的幸福。"这样的话，她对丈夫说过无数次。随着孩子的长大成人，家里的琐事日渐减少，丈夫也终于理解了她的工作，在她加班时，把饭送到医院，主动承担起所有家务。

羊永乡村民王凤莲由于院外治疗耽误病情，入院时已经生命垂危，她患有重度妊高症合并重度贫血、心脏病、生殖道损伤。"你们这是不要命的做法，不对自己负责，也要对孩子负责啊。"面对面色苍白的孕妇，她一边生气地责怪家属，一边紧张地抢救病人。经过一整天的抢救，病人的情况逐渐稳定下来。但刚刚回到家，没来得及吃饭，又接到医院的电话，说病人病情突然加重，再次垂危，她赶紧三步并作两步跑到医院，再次投入紧张的抢救工作中。一直忙到凌晨4点，病人的病情逐渐平稳下来，她才感到疲惫。拖着疲惫的身躯在医护室里和衣而卧，第二天早晨又进入紧张而忙碌的工作中。

"王大夫，我能摸到肚子里有个硬疙瘩，已经十二年了，没钱看，现在住院费能报销了，你帮我看看好吗？"看着眼前衣衫褴褛的回族老阿娘，她哽咽了："阿娘，你不要害怕，我给你看，药费别担心。"2007年3月初，五十九岁的长川乡敏家咀村民马团力亥慕名来找她看病。经过耐心询问才得知患者发现腹腔内长疙瘩已有十二年之久，但由于家庭困难，求医无望，身体越来越弱。经过详细检查后，确定为子宫肌瘤，决定马上对患者实施手术治疗。"手术非常成功，顺利切除了重约七公斤的巨大多发性子宫肌瘤，现在阿娘精神很好。"出院后，老人还时不时地到医院去看她，她们之间的关系，已经不只是医生与患者。

寒来暑往，王国兰在医疗岗位上奉献了二十四个春秋。作为科室主任，她尽职尽责，心系医院；作为党员，她淡泊名利，心系病人。她记不起遇到过多少次紧急情况，抢救过多少病人，迎接过多少新生命，但每一次，她都竭尽全力。她的医德医术常常被各族群众称赞。披星戴月，舍家忘我，在她心里，每一声清脆的啼哭，每一台成功的手术，每一次准确的诊断，就是最大的成就。那二十四个春秋之路，披星戴月地奔波，只为开启生命之窗。

看着那个匆忙地奔忙于病房、产房、手术室间的身影，日渐衰老。她也是一位母亲，她还有一个动听的名字——"妇产科医生"。也许，孩子们都不认得她，妈妈们会忘了她，许多患者也不会时常想起她，但这首歌里，一直有她。

清晨微风吹过山谷

拂动青草露珠

蒲公英随风翩翩起舞

等待下一次重生

宝贝当你慢慢降生

是谁捧你在手中

微笑看着你第一次啼哭

放你在妈妈怀中

她是谁　你是否能记起

在你还未睁开双眼的年纪

她是谁　曾经温暖过你

白色的身影　像天使的双翼

打针阿爷

王丽霞

　　"打针阿爷"叫王尕兰，1942年出生，中共党员。1961年，碰上人民公社改革，十八岁的他正在德吾鲁中学（现合作一中）上学，因为国家停止给学生供应口粮，所以他只能休学回家挣工分。那时的他，算是一个念书人，是村里是为数不多的知识分子之一，加上踏实肯干，头脑灵活，被大家推选为大队文书。1968年，"文革"第三年，他无辜牵连被批斗，导致脊椎严重变形，腰部瘫痪。虽然，经过重新审核证明了他的清白，但二十六岁的王尕兰便再也不能和同龄的年轻人们一样下地劳动了。

　　也许是因为那个年代像他这样的人太多，也许是性格，他没有抱怨，也没有消沉，而是在逆境中坚定了自己的意志。他想，自己虽然身体有了残疾，但心智还健全，不能就此消沉下去，自己这个念书人的名头不能白当。于是，在农闲季节和阴雨天，拄着拐杖入户做文书工作，农忙时，就拿起上学时用口粮钱偷偷买来的中医书籍自学。针灸是中医的基本功之一，为了找准穴位，他经常边看书，边在自己身上试针，常常是扎得疼痛难忍。经过反复试针，他终于找准了身上的穴位，可以给人看病治疗了。他的第一个病人叫宁成喜，一次闲聊时，得知他被风湿性关节炎折磨了好几年，他说："我给你扎针试试吧。"治疗了三四天后，宁成喜高兴地告诉他："我的腿没有以前那么疼了。"从那以后，他懂医术的消息慢慢传开了，本村和邻村找他针灸的人也多起来了。为了方便乡亲们，他又买来针盒、酒精等，做起了义务打针的事情。

1976年，丁家堡村的第一位村医去世。第二年3月，他成为村里的第二个"赤脚医生"。上岗后，他给自己立了一条规矩：不管是谁，不管有钱没钱，只要来了，就要无条件地把病给看了。同年秋天，他在自家大门口盖了三间土房：一间取药，一间看病，一间睡觉。之后的三十七年里，这三间房就是他的家，打针、输液、搞防疫和出生（死亡）人口统计就是他生活的全部，不管刮风下雨，白天黑夜，只要有人叫，他就立马拄着拐杖出诊。

他常说："给人看病是担尖子的事情，一点儿都不敢马虎。"为了更好地服务村民，上岗后，他立即参加了资格考试，拿到了《乡村医生资格证书》，并坚持每天学习。到现在，他的诊疗室里还摞着厚厚的医书，一有空就看。

搞防疫是他的主要工作之一，儿童预防接种又是防疫工作的重中之重。2010年之前，丁家堡五个自然村的儿童防疫都是他亲自搞。每次接种，至少要五天，接种后要跟踪随访，及时了解接种情况。在他的努力下，丁家堡村儿童接种率超过98%。在搞防疫的同时，还要对各自然村的新生儿进行普查登记，及时上报、建卡建档。说到这件事，他拿出一个小本子："这是我挎包里经常装的，谁家生娃了，谁家老人走了，都先记在这里，再建档、上报。""三十几年里，我最清楚的事情就是出生和死亡。"那是一个用废纸订起来的小且厚的本子，在上面写着各自然村的出生、死亡人口情况，每件事一页。虽然，从今年起，有新的医生接替了他的所有工作，但这个小本子还装在他的衣兜里。有些事情做久了就成了一种习惯。

2000年之前，和所有村医一样，他没有工资，从2000年开始，每年也只有六七十元生活补助。在这样的条件下，他把治病救人当作自己的全部事业来做。因为资金有限，每隔十天左右就要进一次药。早晨五六点，吃一口干馍馍就出门步行到流顺桥（现乡政府所在地）坐班车到新城车站，从车站步行到新城卫生院买上药后再步行到车站坐车到流顺桥，赶天黑走回家吃晚饭。丁家堡距流顺桥四公里，新城车站距卫生院一公里，每个来回十公里，每年至少三十趟，加起来至少三百公里。每年最少搞十次防疫，每次五天，每天按两公里算，一年至少一百公里。除去进药、搞防疫，几乎每天都会出诊。全村五个自然村，远的距他家一点五公里，近的零点五公里。除本村外，其他村的人也会经常叫他出诊，他从不拒绝。这样按每天一公里，每年三百天算，至少也是三百公里。粗略计算，他一年走过的路至少有七百公里，其中，大部分是山路。对于一个双腿残疾的人来说，平均每天两公里路，不容易。他却笑着说："就那么点儿路，有啥不好走的，就当是锻炼身体了。"望着那蜿蜒的乡村道路，听着他娓娓道来，笔者突然有一种惭愧袭上心头，一切正常的我们却已经习惯了各种交通工具，走不了那么多路了。

80年代末的农村，大多数家庭还在重男轻女。他至今清晰地记得那个初生女孩血肉模糊的小背：那是1985年冬天的一个下午，波丈湾自然村的宁过关神色匆匆地来找他，说自己刚出生的丫头被烫伤了。一听是个新生儿，他紧张起来了。在看到孩子光着身子，后背被炕上的席子牢牢粘住，嗓子已经哭哑时，他心如刀绞："那么小的娃娃，真的下不了手，但不下手不行，孩子会没命的。"他闭着眼睛把孩子和席子分开，边给血肉模糊的背部上药、裹纱布，边哽咽着责怪大人："儿子丫头都是生命，这么烫的席，给娃娃一个单子都不包，烫成这样你们不心疼吗？"第二天，第三天……一直到半个月后不用再上药，他每天都要去看孩子。那是他救治的最小的生命。

虽然村卫生室的医疗条件非常有限，但村民们相信他的医术，除了急病、大病外，基本都不出村。路马儿湾自然村的王全福老人已故。生前，患慢性支气管炎十几年，是他的老病人。慢性支气管炎的发病与气候有关，每年冬春季节，只要王全福老人的儿子来到诊疗室，他就知道老人的老毛病又犯了。"路马儿湾离这儿远着呢，怕我走起来耽误时间，他们就来接，开始是驴，后来变成骡子，要是晚上就住下，要是白天就送回来，反正不能耽误其他看病的人。"慢性支气管炎无法根治，每次发病时需要输液一星期左右，每次输液，他要一直守在老人身边。十几年下来，他们的关系不只是医生和患者，也成了朋友。

1998年正月初七，他和往常一样，吃过晚饭就去诊疗室睡了。半夜2点多，本自然村的张有龙来敲门，焦急地说他们全家拉肚子了。他立刻起床，收拾好药箱说："你背我走，我这个腿太慢了。"经过诊断，确定一家五口都是病毒性痢疾。连续三天，每天早晚各两次，他给每个人挨着打针，观察治疗效果，直到五个人完全康复他才放心。"我们叫老文书，年轻人、娃娃们叫打针阿爷，体力劳动不行，把看病当正事来务，不分白天黑夜，随叫随到，从来没拿过架子。"与他同龄的王全珍老人说。

　　"老汉腿不好，风里雨里晚上，没有误过人，啥时候叫，啥时候去，我这一辈子都支持他，家里担子再重我也不告诉他，治病救人是善事。"小他一岁的老伴儿看上去和他一样精神，但为了扛起整个家，她的背有点驼了，手指的关节也都变形了。在问起他们的生活时，他满足地说："现在政策好，退休前有补助，退休后低保、养老保险都有呢，老两口儿日子过得去就成了。"

　　采访结束时，一名年轻妇女背着孩子进来了："打针阿爷，这是欠你的五块钱。"原来，她两岁的孩子两天前拉肚子了，急忙抱过来，忘了带钱。我猜测，五块钱怎么也不够，但他们买了五块钱的药，孩子吃了两天就完全好了。老村医解释道："普通的感冒、拉肚子吃点药就好了，最多花十块钱，严重的就输两天液，也就三四十块钱。"虽然退休了，但来他的小诊所看病买药的人还是络绎不绝。

　　让乡亲们花最少的钱看好病是他的宗旨，正是这种朴实的情怀，赢得了全村人的尊重，那一声声"打针阿爷"，正是对他三十七年村医工作的最高评价。

大山的坚守

王丽霞

刘喜生，1958年出生，甘肃省临潭县新城镇晏家堡村人，在晏家堡村小学担任代课教师三十年，从青年到老年，他勤勤恳恳、无怨无悔地在扶志与扶智的农村义务教育工作中奉献了他的大半生。

他以为，这一生，就这样了

1978年，文化大革命后恢复高考第一年，刘喜生正好高中毕业。在考前，他曾无数次幻想自己跟父亲一样走上讲台，从事阳光下最光辉的事业。但由于农业合作社里农活儿太多太重，学习时间严重不足，仅一分之差，高考最终落榜。为了不再给原本困难的家庭增加负担，他放弃复读，先后到晏家堡社办粉条厂、新城水泥厂（现建华水泥有限责任公司）做临时工。那时候，他以为，这一生就这样了。

那一年，他28岁

晏家堡村小学，在甘肃省临潭县新城镇东北方向，离新城镇三公里多。学校始建于1946年，担任着本村以及南面的褚家堡村和北面的党家沟两个自然村孩子们的小学教育，在校学生近二百人。学校规模不大，但年级、学科一应俱全。唯一跟县城小学和镇中心小学不同的是，这里的孩子们朴实、好学、能吃苦。

1986年，晏家堡村小学的一名民办教师退休了，学校只剩下四名教师。这对于师资力量本来就薄弱的晏家堡村小学来说，无异于雪上加霜，这四名教师面对五个年级的学生，分身乏术。"娃娃们既然来了，我们就要负责。"校长和老师们商量到最后，决定找刘喜生谈谈。虽然是高中毕业，也喜欢学习，但教书育人毕竟是一件大事情。面对校长突如其来的邀请，刘喜生又激动又紧张。那一夜，他失眠了，在心里不断假设着各种情形：万一上不好课，耽误了孩子们怎么办？万一孩子们不听话，管不好怎么办？万一乡亲们责怪起来怎么办？但一想到学校里那张小小的讲桌，想到将来也许桃李满天下，想到那个叫作"老师"的光荣称号，他就欣喜不已。自己从小读书，不就是想做一名人民教师吗？第二天早晨，他满怀自信，去学校报了到。那一年，他二十八岁。

那一去，风雨无阻，二十九年

农村的清晨来得格外早。5点半，天还不亮，刘喜生和妻子的一天就在鸡叫声中开始了。洗漱完毕，吃一疙瘩馍馍，喝一杯隔夜的开水，刘喜生给正在收拾院子的妻子招呼一声就匆匆去学校了。

已经有几个学生在校门口等着。总有学生要赶在他之前到校，而他，生怕孩子们冻着，就尽量再早一些。打开校门，他先看着孩子们各自开了教室门，安排他们打扫卫生、早读。随后，打开办公室门，提水，生火，烧水，扫地，擦桌子，带早操，只等其他老师们到校后喝一杯热茶水去上课。"如果在冬天的话，还要帮低年级学生生火，每堂课间都要去各教室转转，随时提醒他们注意安全。"说话间，水已经烧开了，他把老师们的杯子依次洗干净，放上了茶叶。

8点准时上课。和所有老师一样，从第一节课开始，一直上到最后一节。中午放学，送走孩子们，最后一个锁门回家。

地里的活儿永远也干不完。除了冬天，在他午休这个时间段，妻子基本上从来不在家。他取出锅里留好的饭，就着开水吃几口，又拿出一摞作业本开始批阅。他说："这些作业下午要赶紧发下去给娃娃们讲呢。"

下午2点20上课，他要在1点30之前到校开门。"如果遇到雨天或者雪天，要再早来一些，不然把娃娃们冻坏了、淋坏了怎么办呢？"他一边打开门带孩子们走进去，一边这样说着。办公室里，最醒目的就是贴在墙上那张被排得满满的课表，从周一第一节的一年级语文开始，到周五最后一节的二年级思想品德，总共二十八节，一周下来，只有两个课时是空的。"作文本、写字本、大楷本、语文作业、数学作业、品德作业等，各年级各学科的总共加起来十二种，在学校批改时间有限，就都带回家去，但从来没压过。"说话间，他把几本二年级数学作业本批改完了。按照正常课程安排，他的课时应该是每周十二节，但他始终觉得这一切都是应该的。

"除了周末和假期，我从来没指望他帮我干点什么家务，也习惯了。"在妻子记忆中，结婚二十多年，丈夫从来都这样：每天早晨6点出门，晚上11点以后睡觉，周末和假期其他老师都回家了，他还要每天到学校转两趟。就这样，二十九年。他的年龄从二十八岁长到五十七岁，几乎把一切献给了所热爱的教育事业；而他的工资，几经周折，终于从起初的每月四十元涨到现在的每月一千元。在他后面，有四五个代课教师来了又走，都嫌清苦。

甘为春蚕吐丝尽，愿做红烛照人寰

刘喜生有三个爱好：看书、写字、拉二胡。他家里有一个小书柜，里面装满了书，最醒目的，莫过于《辞源》《辞海》和各类字帖。他说："活到老，学到老，我本来没有受过专业教育，比起其他年轻教师，先进的教育理念欠缺，所以就要不断学习，不断给自己充电。""现在越来越忙，练字、拉二胡的时间越来越少，但晚上睡不着时，翻一翻书还是能做到的，踏实一些。"在他的炕头，从来都放着几本书。

在好奇心驱使下，我看了他的"百宝箱"：两本教学笔记、四十多本教案、十二本证书（继续教育毕业证、普通话证、教师资格证、代课教师聘任证等）和十几个奖状。有几本教案封面早已泛黄，但依然整洁如新。每一本教案，从字体到教学思想到具体内容，比起上一学年的都有进步。我原以为，备课是一件费功夫的事。但他说："备课不累啊，只要有一点时间，就可以写一点，只要肯用心，就没有太难的事。"在教学笔记的开篇第一页，用毛笔干净工整地写着：清清白白做人，认认真真教书；甘为春蚕吐丝尽，愿做红烛照人寰。也许，就是这两句话让他二十九年如一日地坚持了下来。

他是前辈，更是榜样

高原上的春天来得晚，5月份，风才开始柔和起来，植物才准备慢慢生长。2009年5月份，为了给那个又小又简陋的学校增添一分生机，老师和学生们移来家里的花和树，种在了校园中间刚收拾好的小花园里。结果，一夜雨夹雪。"看着那么大的雨夹雪，我们都着急啊，但家离学校太远，都去不了学校，刘老师电话又打不通，我心想，这下全冻死了，白种了。第二天早上到学校后发现花园里盖满了大大小小的塑料布，花和树都活下来了。"校长朱红俊提起五年前的那场雨夹雪，记忆犹新。"他还担任着学校图书室管理员，不管什么时候去图书室，所有书都分门别类整整齐齐地摆放着；写得一手好字，普通话讲课，我们年轻人都惭愧着呢；学校里不管什么东西坏了，都是他先发现，悄悄修好，从来不告诉我们；在孩子们眼里，他既是老师，又是父亲，在老师们心里，他既是前辈，更是榜样……"提起刘老师，同事们有说不完的故事。

有这样一位启蒙老师，是一种幸福

2012年从甘肃农业大学毕业的硕士研究生孙英，是刘老师的学生。每年春节回家，他都要去看望刘老师。在他的记忆中，刘老师既能吃苦，更会教书。三年级那年，由于生病，半学期多时间没有上课，刘老师每天下午放学后都去他家，把当天的课程都给他补上，一天不落。"他讲课非常注重方式方法，经常鼓励学生用自己编写的顺口溜背记字母、汉字和口诀。他写得一手漂亮的汉字，并经常告诉我们做人也要像汉字一样横平竖直，堂堂正正。我感激他，敬佩他，他教我知识，更教我处世做人。"相信，遇到这么一位好老师，是一种幸福。

那一刻，他只想让孩子们正常上课

"那段时间，学校正在增修教室，工地上每天晚上要留一名工人看守。那天晚上11点多，突然听见刘老师在学校里叫'失火了，赶紧救来'，我们闻声跑到学校，发现学校的工地着火了，守夜的工人被大火吓跑了，刘老师一个人边喊，边来来回回泼水。直到凌晨4点多才把火扑灭，看着临街的三个教室基本上没事，刘老师终于松了一口气。第二天，带着浑身的伤，还是坚持去上课了。"邻居刘和平回想起1989年那场大火，感动不已。我问他当时的想法，他笑说："哪有什么想法，就是娃娃们，眼看他们就没处上课了，总不能不管嘛。"

父亲是我的骄傲

刘喜生的大儿子刘海华去年刚刚大学毕业。在他的高中作文里，写过这么一段话：我有一个和睦而幸福的家庭，造就这个家庭的，是我的父亲和母亲。我的父亲是一位平凡却不平庸的人。从小到大，当我和弟弟在学习上有困难时，他鼓励我们，和我们一起克服；当我们做错事时，他坚持"教育为主、责罚为辅"的原则；当我们有兴趣爱好时，他总能想办法满足我们，为我们创造各种条件（2004年的时候，我对电脑产生了浓厚的兴趣，父亲攒下一年的工资帮我购买了一台电脑，来支持我的兴趣爱好）。父亲是一个孝顺的儿子，爷爷在世时，每到双休日、节假日他就去帮爷爷做一些家务事，爷爷生病了，他每天下班后都去医院照顾。他喜欢书法，但为了我们，为了家，练习书法的时间少之又少。他严格要求自己，也严格要求我们，他是我在生活中处事的典范。我以有这样的父亲而骄傲。

我愿意一直这么支持下去

"他把大部分时间用在教学上，没有时间操心家务，大多数家务活儿、农活儿都是我一个人的。每年秋收时节，我最忙，他比我更忙，我就跟他说：'学校的事情忙完了再过来吧。'为了他喜欢的工作，我愿意一直这么支持下去。"我在地里找到刘老师的妻子，那个淳朴而坚韧的农村妇女。

离开前，他告诉我，他已从教三十多年了，这些年让他感到欣慰的事情有三件：教书育人，给村里培育了不少好学生；两个孩子学业有成，都很懂事；有一个默默支持他的好妻子。

在刘老师日记本的扉页上，我看到这样一句话："只要还有一口气，就要为人民干到底，尤其是贫困家庭的学生，我更要付出我最大的努力和辛劳，因为我是一名党员。"这样的话，在这个年代是稀缺的。这是一名代课教师的坚守，更是一名老党员的坚守。

刘老师是贫困家庭的学生的希望。

特产敲门

张彩霞

暖棚里牛羊满圈，田野里当归飘香，旅游景区牧歌悠扬……这么美的画面，只是临潭脱贫攻坚的一个侧面。

多年来，临潭一直是国家级贫困县。脱贫致富，最终要依靠贫困地区的自身发展来解决。临潭要实现稳定脱贫、持续发展，归根结底要依靠产业的"造血式"发展来支撑。

俗话说，"授人以鱼不如授人以渔"。为增强贫困地区群众的"造血"功能，临潭县立足自身优势和特点，着力培育提升特色产业，大力调整农牧业结构，不断加快产业化步伐；加大科技推广力度，强化农牧业基础设施建设。并且，采取"专业合作社带动、农户加盟、专业化生产、产业化发展"的生产模式，积极实施了特色种植业和特色养殖业为主导产业的片区开发，形成了以三岔、洮滨、长川等乡为主的藏中药材种植基地和以城关、古战等乡镇为主的牛羊育肥、奶牛养殖产业带。

近年来，全县种植藏中药材突破13.8万亩，油菜种植6万亩，玛卡300亩，羊肚菌50亩，育苗当归3500亩，青稞高产示范田2.3万亩，临潭列入全省当归全产业链建设区域；创建县级示范合作社九十九个，州级十八个，省级十个，国家级三个，合作社累计达到九百八十个；建成各类养殖小区九十三个，建成牲畜标准化养殖暖棚8639座69万平方米，牛羊育肥户达到7600多户，年户均牛羊育肥纯收入在1.6万元以上。贫困群众依靠特色产业脱贫致富的能力不断提高。

生态种植，铺就生态富民路

来到羊永乡李岗村，雄伟挺拔的仿古山门矗立在村口，一排排青瓦白墙的民房依山而建，干净平整的水泥路通向家家户户，有了绿树的点缀和农田的衬托，这里仿佛一幅美丽的山水画卷……

李岗村位于临潭县城以东十六公里，平均海拔2910米，全村有6个村民小组249户1097人，耕地面积3328亩，2016年农民人均纯收入4350元。

走进村民王福生老人家，整洁的院子里通了自来水，他正领着孙子在院中玩耍。走进他家装有玻璃暖廊的大房子，家里电视、冰箱、洗衣机等家用电器一应俱全，还装上了太阳能热水器，修建了淋浴池。

王福生说："以前，日子过得穷，房子也破旧，通过国家的帮助，现在我们住进了舒适的新房，还有太阳能洗澡间，和城里人的生活基本没区别，我希望自己多活几年，多享几年福。"

近几年，李岗村大力推进中药材种植、杂粮种植等特色生态种植业，走上了一条生态富民的道路。致富带头人王举焕说："这两年，我们村的居住环境发生了翻天覆地的变化，基础生活条件改善了，我们致富的信心更强了，成立了种植专业合作社，要让村民都富起来。药材利润较好，村民种植积极性都很高，日子会越过越好。"

"几年来，全县累计投入各项涉农资金2.42亿元，农牧业发展围绕脱贫攻坚，聚焦持续增加农牧民收入，主要突出富民产业培育，重点向牛羊育肥小区、特色种植业示范基地、草产业开发、专业合作社、产业化龙头企业、农牧村生态文明小康村建设方面倾斜。"临潭县县长李生文说。

产业联动，铸就特色产业链

走在临潭县的乡野田间，空气中弥漫着淡淡的药香，当归、大黄、黄芪……各种长势正好的中药材承载着村民们的希望。

在位于店子乡业仁村的临潭县西正开农业发展有限公司，加工烘干车间里当归飘香。药材加工的负责人朱子龙告诉记者，过些日子杀菌机和真空包装机到位后，就可以构成完整的生产线。

"以前没有机器，药材只能晒干后出售，卖不上好价钱。"朱子龙说，除了加工本乡本村的药材外，他们还收购洮滨乡、王旗乡和流顺乡的药材进行加工。

目前，业仁村一百二十户村民几乎家家种中药材，今年种植面积增加了两倍左右，仅当归就有一千多亩。在药材采收期，加工厂还可以带动一百多名本地劳动力增收。

去年春天，羊永乡李岗村党支部书记王永德，在自家的18亩地里种上了黄芪、当归和柴胡，他打算根据自己种的情况来获取药材生长周期的第一手资料。"我在网上查过资料，预算了一下，一亩地大概能产一百公斤柴胡，今年最低价是一公斤二十三块钱，最高价格是一公斤二十八块钱，如果成功的话，我准备带领全村及邻村的村民一起种黄芪、当归和柴胡，一起走上致富路。"王永德说。

"当归籽要撒在阴坡的地里，还需要充足的水分，一亩地的苗子可以播种十五亩地左右。"如今，临潭县羊永乡村村民王户神保已经成了半个当归育苗"专家"。近年来，王户神保发展药材种植，逐步走上了致富路。

近年来，临潭县不断加快藏中药材、牛羊育肥产业链开发，努力建设高原有机农畜产品生产加工基地，坚持以农牧村改革为动力，着力推进一、二、三产业融合发展，全力实施"168"现代农牧业发展行动计划，农牧业发展步伐不断加快。

引育新种，鼓起群众钱袋子

在位于古战乡古战村的临潭县羊肚菌引育基地，走进大棚，如果不仔细看很难发现隐藏在草丛中的羊肚菌，在技术员的指点下，大家认真观看，那一个个、一簇簇表面呈网状，整体形状呈椭圆形，略似羊胃。这样的菌种在日光温室内生长，着实是一件稀罕事。

羊肚菌又称羊肚菜，是一种珍贵的食用菌和药用菌，也是子囊菌中最著名的美味食菌，具有益肠胃、化痰理气、抑制肿瘤、增强免疫力的功效，有"素中之荤"的美称，位居世界四大野生名菌之首，被称为"菌中之王"。

"羊肚菌是一种珍稀名贵食用菌，肉质细嫩，香甜可口，富含蛋白质、碳水化合物、多种维生素及二十多种氨基酸。既是宴席上的珍品，又是久负盛名的食补良品，民间有'年年吃羊肚，八十照样满山走'的说法。"临潭县农技站站长李遇春说，"以前人们只能见到野生的羊肚菌，它们生长在云南、四川、西藏一带的山区。随着技术的不断成熟，羊肚菌已经可以人工种植。"

"从2014年，我们开始引种羊肚菌，当时由于技术不过关，没能种植成功。"临潭县农技站工作人员说，"去年，我们赴成都学习取经，掌握了过硬的技术和管理知识，种植的四十个塑料大棚的羊肚菌获得成功。"

"在羊肚菌试验引育成功的基础上，我们加大了推广种植力度，并投入资金十五万元，在城关、新城、冶力关等乡镇大田示范种植羊肚菌五十亩。目前已全面完成采收，亩产量湿货达到六十公斤，每公斤按市场价一百六十元计算，每亩收入达到九千六百元。"李遇春满意地说。

在城关镇，青崖大队村民杨鸿宇笑呵呵地说："我是个传统的庄稼汉，祖祖辈辈靠种小麦、青稞为主，我们村去年有两户种植了羊肚菌，效果确实好，产值是小麦的好几倍，今年我也种了两亩，我相信羊肚菌产业会使我的钱包鼓起来。"

"科技+市场"，强势融合促增收

科学技术是第一生产力。临潭县紧紧围绕"科技"这一主题，按照"突出主作、发挥优势、连线连片"的原则，引进甘青4号、甘青5号、黄青1号等青稞良种，重点示范推广青稞丰产栽培、规模化栽培技术和测土配方施肥，示范推广机耕、机播、平膜穴播技术等机械化耕作技术，全县建成高产青稞种植基地2.3万亩。结合藏区高原油菜基地建设项目，按照品种统一、集中连片、规模发展的要求，建设高产油菜基地3.54万亩。

"以前，自家种的油菜只够一家人吃，有的一年还不够，去年，政府给了高效油菜籽，我们家种了三亩，这一种还真给我一家人带来了不小的收益，一家人吃的够了，而且还卖了两千多元。"古战乡古战村村民张祥林高兴地说，"我想好了，今年我要多种几亩呢。"

"去年，我抱着试一试的态度，加入了合作社，没有想到的是年底竟然拿到了分红。"古战村五社的张继焕一脸满足地说，"政府的决策最终还是为我们群众好，今年我们合作社加大了青稞的种植面积，我想年底的收益肯定比去年还要好，拿到的分红会让我们的钱包越来越鼓。"

专合社，现代农业发展主力军

近年来，临潭县依托种植专业合作社、种植大户，进一步优化种植业结构，充分挖掘农业内部增收潜力，引导农牧村耕地向种植合作社、大户有序流转，继续建立"一药（药材）、二青（优质青稞）、三油（双低杂交油菜）、四菜（高原夏菜）"为主的高原特色优势生产基地，进一步推进特色产业规模化发展。通过政策引导、资金扶持、技术推广，依托庄稼汉、户保、康源、永诚、新农等902个农牧民专业合作社，参与社员5412户，注册资金118132.9万元。

临潭县鼓励引导龙头企业建设标准化原料基地、物流配送和市场营销体系，通过"公司+基地+农户"等方式，构建农户、合作社、企业之间互利共赢的合作模式，让农民更多分享产业链增值收益。在店子、洮滨、流顺等周边乡镇带动4800余户农牧民发展订单种植西兰花、娃娃菜等高原夏菜2718万亩，年收入达800万元左右，户均增收3000元左右。

"农民专业合作社已成为临潭发展规模农业、品牌农业、绿色农业和效益农业的主导力量。"临潭县农牧局局长石磊说，"今后，我们将在全县培育树立一批产权明晰、管理规范、分配合理、运行良好、带动力强的农民专业合作社示范社，从而推动全县农民专业合作社向规范化、高水平方向发展。"

"在农业产业化发展中，合作社可谓是遍地开花，不仅提供了更多的就业机会，也很大程度上帮助当地农牧民走上了增收致富之路，逐步实现了传统农业向现代农业的转变。"临潭县分管农牧业工作的副县长说。

产村相融，美丽乡村新画卷

走进冶力关镇池沟村，小桥流水，杨柳依依，如走进了江南水乡。清澈的小溪穿村而过，一座座石桥连接着村庄，苍老的古树和古老的水磨相依相伴。溪边的农家小院，青瓦白墙，绿树掩映。院墙上，农民自己画的山水画朴拙、生动；空地上，石头围成的花圃别致而自然，村边一棵棵杨柳树像是在列队迎接八方来宾。苍翠的山峦绵延起伏，突兀的山石青苔裹面，在河谷，淙淙的小溪一路欢歌向前奔流。山水之间，一个个干净整洁的房屋散落其间，如一幅美不胜收的水墨画。人与自然、人与生态和谐相处，到处涌动着蓬勃的希望和幸福的梦想。

临潭县以住房特色化风貌改造为亮点，把农牧村住房风貌改造作为推进生态家园建设的突破口，有效结合棚户区改造、危旧房改造项目，坚持整治与改造相结合，全面规划，整片改造，合理布局，住房风貌以江淮风格为基调，并融入民族、民俗和地方特色。

"以前，村里的房子都是破旧的土墙，村道路不整齐，柴草等乱堆乱放，严重影响了环境卫生。如今，新建的房子漂亮整洁，道路平整干净，住着舒心，看着也舒心了！"池沟村村民李改荣高兴地说。

池沟村、关街村、蕙家庄、堡子村等一个个优美如景点般的亮丽乡村，蓝天白云，绿树成荫，鲜花掩映，城乡融合，成为临潭县一道亮丽的风景线。

"前几年，年轻人拼命要离开家到外面去发展，这两年，好多人又回来了，还开上了自己的农家乐。"冶力关镇关街村村民姚汉忠的一句话，道出了临潭县近几年来乡村生活的巨变。

"政府帮我家做了新的大门，加固了围墙，用预制块对院子进行了硬化，修建了水冲式厕所。改造后房子更加牢固，面貌焕然一新，我们住着心情也特别好。"谈起现在的房子老大爷脸上洋溢着幸福的笑容。

临潭县坚持"一村一品""一家一特""因地制宜""就地取材"的原则，结合脱贫攻坚等重点工作，以景区、林区、郊区为重点，建设打造八角镇牙扎村大庄社、冶力关镇洪家村海家磨社等十四个旅游专业村，进一步挖掘乡村内在潜力，内外兼修，美了村，绿了村，优化了生活环境，发展了特色产业。

温暖的阳光叩响了春天的大门，春耕生产工作又拉开了帷幕，洮州大地正焕发出蓬勃生机！

采得百花成蜜后，为谁辛苦为谁甜

——临潭县牧野人家中蜂养殖农民专业合作社侧记

张润德

今年的雨水特别广，因为水分充足，学校院子里的大酸梨树长得格外茂盛。雪白的梨花开了，引来了许多采蜜的蜜蜂。我发现，今年的蜜蜂特别多，有的飞进我的宿舍，有的飞进教室，赶都赶不走。一打听，才知道草山村里办了个土蜂养殖场，就在学校附近。

我来东山小学教书已经五年多了，知道草山村的村民爱养蜂，产的蜜货真价实。尤其是对门王叔家的蜜，我每年都买，也替朋友们买了好几次。但他们养蜂的规模都不大，少则八九巢，多则十几巢，产的蜜自己吃，吃不完的才卖给别人。要买到他们家的土蜂蜜，还得提前打招呼。出于好奇，我决定利用双休日去养蜂场一探究竟。

盛夏，一个晴好的午后。我从学校出发，在村道口就碰到了放在矮墙上摞在一起的两个蜂箱，蜂箱上绑着尼龙绳，却没看到背蜂箱的人。沿着陡坡，顺着蒿草掩没的小路向下走。在高处，我就远远看到了地垄下面的平地上，整齐有序地摆放着许多蜂箱，中间是一幢新建的夹心铁皮房。我想，这就是养蜂场了。近了，蜜蜂绕在我的周围"嗡嗡"盘旋，好像在侦探我这个不速之客。我有些胆怯，驻足观望，生怕挨蜇。这时恰好孙大哥出来看蜜蜂，看到我就大声说："张老师，快下来，还怕蜂儿嘛！"我也大声说："不怕不怕！孙家哥，你今天在啊！"我硬着头皮，穿过乱飞的蜂群，走进养蜂厂的办公室。

孙大哥就是草山社的老社长孙七个，是临潭县石门乡草山村牧野人家中蜂养殖农民专业合作社的负责人。他五十多岁，为人耿直，热情好客。他把我让到沙发上后，又是倒茶，又是递烟，还拿出从家里带来的油饼子。我们抽着烟，喝着茶，闲聊了起来。他说："这个场子办起来也不容易，多亏了县上、乡上和村里的协助扶持。"我们谈起办场的思路，他说："最初乡上提出一村一产业，我们草山村就有养蜂的传统，就把这个项目定了下来。我养过蜂，是个老社干，老党员，乡上就把我定成了草山村中蜂养殖项目的带头人。乡上领导多次带领我们去外地参观，鼓励我们参加中蜂养殖培训，拿证上岗。我们把场办起来，主要是要带动贫困户脱贫。"我问及资金来源，他说："办场的钱主要是临潭县农牧局的扶持资金和天津援建资金。农牧局给了十万元，要求带动十户贫困户脱贫，以一户一万元的股金入股，计划每年每户分红四百元。天津援建的资金，作为周转资金正在使用。"我们谈起现在的养蜂规模和今后的打算，他说："现在场也建起来了，蜂也买了一百七十多箱，计划养二百箱，多了养不了。今年还没产蜜，打算白露铲蜜，铲得早了蜂蜜的质量不成，对蜜蜂的繁殖也有影响。估计今年能繁殖崀蜂一百箱，蜜也会比往年产得多，因为今年雨水广。"

正聊得带劲儿，饲养员牟文玉走了进来，从谈话中得知路口放的蜂箱就是他搬运给养蜂场的新蜂箱，为新繁殖的蜜蜂提前准备的。他说他和孙大哥是搭伙养殖，养得好不好都要给入股的贫困户分红。他还说养蜂的效益比不了养牛羊的合作社，更不能和养土鸡的比。养蜂是个操心活儿，精细活，稍有疏忽，就会带来很大的损失。比如：出巢的崀蜂群，会趁人不注意跑了；一次不及时的防冻，就会把整箱的蜜蜂冻死；钻进蜂箱的马蜂、剪剪蛆会把蜜蜂咬死、夹死等等。他作为养蜂厂的饲养员，有着丰富的养蜂经验。他每天会定时定量给蜜蜂喂白糖和花粉，冬天打算给蜂箱做保暖。

原先我家也养过蜜蜂，但那就是一根圆木锯成两半，中间掏空，合在一起，用麻柳腰或铁丝捆紧，缝子用泥抹实，就成了一个蜂巢。只知道在中秋节等蜜吃，谁还给蜜蜂喂白糖，喂花粉，做保暖？这些事我先前真是闻所未闻。据说天热时饲养员每天都要给蜜蜂及时饮水，在水槽里还要放上木片、松枝之类的漂浮物，以防止蜜蜂喝水时淹死。过去常常在路边见到放养蜜蜂的外地人，觉得他们干的活儿很轻松。其实到了今天，我通过他们才知道养蜂是一件多么不容易的事。不过，世上无难事，只怕有心人。孙大哥对养蜂的前景持乐观的态度，显得很自信。他说养蜂厂周围地域狭小，蜜蜂太集中，蜜源不够，打算转七八十箱到别的地方，分开来养。饲养员王文玉对养蜂的前景有点担忧，他说养蜂不能光靠嘴上说，还要在精细化管理上下功夫。建养蜂场前期投入大，管理不好的话，恐怕连本金都保不住。再说崽蜂的出售，蜂蜜的销路，也要认真考虑。

离开牧野人家养蜂场已有几日，但两个耿直的庄稼汉的话却久久萦绕在我的心头。愿他们俩好好地磨合，好好地钻研，让土蜂养殖在草山村遍地开花，结下累累硕果。

大泉滩里的小康梦

张润德

　　早就听说占旗河村的文化广场很有特色，但无缘一睹风采。今天我随罗主任去实地考察扎浪沟村异地搬迁点生态文明小康村，在回家的路上饿了，就到龙泉农家乐吃饭，这家的椒麻鸡很有名。龙泉农家乐旁边刚好就是占旗河村文化广场，我想一睹为快，便向广场走去。

　　首先映入眼帘的是一座古色古香的小桥，一大股清澈的泉水从文化墙根的树根造型中喷涌而出，经过石桥，沿着广场边的水渠，在经过了另一座石桥之后，流入一个圆形的蓄水池。池中央立一假山，题名：圆梦小康。池边上不锈钢栏杆透着银光，池水清澈见底，倒映着假山白云，还有惊喜的我们。因为喜欢，我手搭栏杆，背对假山，让罗主任用手机给我拍了张照。原来这地方有一个泉眼，因为泉水很大，所以人们叫它大泉。这股泉水夏天清凉，冬天冒着热气，不结冰，乡亲们按习惯把它叫作南水。为什么叫南水呢？因为我们北方寒冷，南方温暖，"南"就是北方人心目中暖的代名词。有了这股神奇的泉水，大泉的油坊水磨在过去颇负盛名，尤其是寒冷的冬天，磨务排着长长的队。村姑们会在数九寒天，手拿棒槌，在大泉边热热闹闹地洗衣。今天，大泉依然充满着青春活力，源源不断，不增不减，或在广场漫步，或在池中与日月交辉，为占旗河文化广场增添了无限的诗情画意。

　　有诗云："问渠那得清如许，为有源头活水来。"是的，在万民创新、万民创业的时代大潮中，就有新的事物不断涌现出来，形成燎原之势，红红火火地发展起来。宋万龙，作为一个地地道道的农民，他就是临潭县石门乡涌现出来的弄潮儿。初中毕业后，他就走上了一条坎坷的寻梦之路。他在工地打过工，在饭馆帮过厨，但他的努力打拼并没有给他带来丰厚的回报。他在种地的同时，也经营过小饭馆，但最终因为地处僻壤，缺少顾客而以失败告终。贫瘠的土地，靠天吃饭的现实，使他空有手艺却难以养家糊口。爱折腾的他，却因为创业的失败而债台高筑。他跌入了人生的最低谷，父母抱怨，妻子弃他而去。但他不气馁，依然拼命到工地打工，无工可打时就到饭店帮厨，拜师学艺。苦难，在弱者面前是拦路虎，在强者面前就是财富。2018年，他勇敢地走出了人生路上重要的一步。他借助农村风貌改造的春风，自筹资金，自行设计，在风景如画的大泉旁边建起了石门乡第一个也是唯一的一家农家乐。以自己的名字和地名相结合，取名龙泉，正式注册为龙泉农家乐。饭庄开张后，生意十分兴隆，顾客遍及临潭、卓尼、岷县等乡镇，有的是慕名而来，有的是回头客。他们来一定要尝一尝他的拿手菜椒麻鸡和石门沟的应时山珍野菜，喝一壶大泉水浸泡的香茗。他在赚了人生第一桶金的同时，也收获了爱情，遇到了现在的妻子李凤娥。

石门乡在提出了"一村一产业"的号召后，村里公推他为海隆中蜂养殖合作社的带头人。他干劲儿十足，信心百倍。在他家农家乐房前屋后的田地里，摆放着一百多个蜂箱。蜂箱间点种着约莫半人高的玉米，绿意可人。石门沟山大沟深，雨水充沛，植被茂盛，气候宜人，自然资源丰富。山里有狼肚菌、丁字菇、红里子香菇、鹿角菜、黑杆蕨菜、猪尾巴菜（芦笋）、乌龙头、苦苦菜、野苜蓿、孖脚花、黄花菜、古韭花（野韭菜）、黄葱花、地丸子（地衣）、绿儿韭、苦梗儿等山珍野菜。盛夏里的石门乡十分美丽，满山遍野的格桑花竞相绽放，山里的天然牧场牛羊如云。放眼山川，绿的是小麦、青稞、大豆、洋芋、当归，黄的是万亩油菜。蜂儿在蜂箱里进进出出，忙忙碌碌，正在辛勤地酿蜜，如勤劳的人们，在酝酿幸福的生活。参观罢蜂园，在宋老板热情的招呼下，我们进入百花争艳、花香扑鼻的农家四合小院。寒暄落座，泡上热茶后，他谈起农家乐的经营情况，去年净赚了六七万元，不过今年比去年还要好。他设想把农家乐办成能吃、能住、能玩的度家村，让来大泉游玩的人体验养蜂的乐趣，品尝货真价实的土蜂蜜。在品味山珍野菜的同时，在KTV尽兴唱一曲心中的歌谣。

占旗河村是一个好地方，这里鸟语花香，绿树成荫，泉水叮咚。面对着弯弯的小河，背靠着青青的大山。这里的人们吃苦耐劳，大部分人过上了好日子。但贫困还没有真正消失，在临潭县农牧局和天津援建资金的帮扶下，石门乡政府大力落实脱贫攻坚政策，指导占旗河村依托大泉这一地缘优势，助力十户贫困户脱贫，以一户一万元的帮扶资金入股海隆中蜂养殖农民专业合作社。这更加增添了宋万龙带领乡亲们致富的信心，他说，无论养蜂前景如何，都要保证给贫困户按时足额分红。龙泉农家乐在土鸡、山珍野菜收购、雇人用工方面都会给贫困户优先照顾。由于龙泉农家乐的土鸡需求量增大，占旗河村土鸡散养初具规模。

海隆中蜂养殖刚刚起步，愿更多的人加入进来，把它办成集养殖、加工、销售为一体的农民养殖合作社。龙泉农家乐，以它特有的勇气和资源，开启了大山沟里农民致富的先河。一花独放不是春，百花齐放春满园。愿像宋万龙这样的能人多多出现，愿像大泉这样的独特资源，被开发、被利用，在新时代的春光里圆梦小康，大放异彩。

圆 梦

苏建华

"我现已在中国科学技术大学正常入学，一切都好，非常感谢阿姨、叔叔和爱心人士的帮助，请你们放心，我一定认真读书，好好努力，回报社会。"

"感谢所有帮助和关心我的人，我以全级第二的成绩升入了高二，我心中无比激动与自豪，永远不会忘记大家的恩情，我一定会好好学习，不负你们的期望，让你们的帮助与关爱得到价值的体现，尽我所能回报社会。"现读一中高二（1）班的雍淑婕同学在信中这样写道。

故事，从一个办公室来电和我手中的一沓由衷的感谢信说起——

2018年9月10日，就读于中国科学技术大学的鲁俊强同学从安徽合肥给团县委办公室打来电话，表达谢意。小鲁是临潭县冶力关镇蒽家庄村人，父母体弱多病，家境贫寒，这让收到中国科学技术大学录取通知书的他面临"考得起、读不起"的困境。

和他们一样的寒门学子在临潭县不算少数。在"金穗圆梦"深度贫困地区大学生助学活动、"春蕾陪伴计划"项目、"情暖童心　相伴成长"共青团助力"脱贫攻坚·关爱农村留守儿童公益夏令营"活动开展过程中，我们积极协调整合各行业、各领域服务贫困青少年脱贫发展资源，全力助推贫困青少年脱贫致富、成长发展，展现了共青团围绕中心、服务大局、精准施策、尽力服务贫困青少年群体的责任担当。

希望工程是共青团的品牌工程，是一项崇高而神圣的社会公益事业。"决不让一个学生因家庭经济贫困而失学!"我们这样承诺,也这样践行着,我们一直高度重视贫困学生资助工作,广泛动员社会力量,关注留守儿童,资助贫困学子,支持教育发展,帮扶和勉励全县品学兼优的困难学生完成学业,为全县脱贫攻坚加油鼓劲儿,增砖添瓦,助推全县脱贫攻坚工作,得到了社会各界的一致好评。

开展"金穗圆梦"深度贫困地区大学生助学活动。经过跟上级团组织衔接沟通后,决定按学生家庭个人申请、村委会证明推荐、乡镇团组织初审、学校团组织复审、向社会公示、发放助学金等程序,从全县参加高考被二本以上录取的大学新生中,通过为期一个月的共同努力完成了申请、摸底、推荐工作,最后确定资助我县建档立卡贫困户学生五十九名,每人获得"金穗圆梦"助学金五千元,其中被中国科学技术大学录取的鲁俊强同学也在资助学生中。共发放圆梦助学金二十九点五万元。

实施"春蕾陪伴计划"项目。经过学校初步审核、团县委综合审定,我县一百名高中贫困女童得到"春蕾陪伴计划"项目,此项目的落地实施,旨在陪伴高中女生在校三年成长,包括一千二百元的助学金发放和每学期的陪伴成长活动。按照资助要求,我们和彩虹公益社老师奔赴资助的女童家庭进行了实地家访,经过十天的辛苦,完成了实地家访工作,顺利将高一学年共计十二万元助学金分别打进学生的账号。在家访过程中,彩虹公益社老师始终体现着专业助学的素质和认真负责的态度,与每位贫困女童及家长促膝谈心,了解他们目前的生活状况和面临的困难,认真细致询问受访学生家庭成员和邻居,查看房屋情况及室内布置等,多方面地了解受访学生的家庭经济条件,仔细做好相关详细记录,并向他们介绍"春蕾女童陪伴计划"项目,鼓励这些学生勇敢克服困难,好好学习,乐观向上。

举办"情暖童心 相伴成长"关爱少数民族地区青少年公益夏令营。2018年7月12日联合兰州团市委共同举办的"情暖童心 相伴成长"——共青团关爱少数民族地区青少年公益夏令营活动在兰州开营。经过前期筹备完善后,11日,团县委书记屈慧娟领着十七名农村留守儿童踏上了去兰州的路程,全程陪同孩子们一起体验大城市的精彩世界,感受走进城市、了解社会、播种梦想的公益之旅。兰州团市委精心安排了丰富多彩的参观学习课程,孩子们走进甘肃省科技馆、极地海洋世界,参观地震博物馆,了解防灾减灾自救互救知识;参观兰州市青少年实践基地,以及观看精彩纷呈的3D大片。

2018年8月25日,"金穗圆梦"深度贫困地区大学生助学金发放仪式在县城举行。团县委书记屈慧娟向全体学生提出殷切希望:要倍加珍惜社会各界满怀期待的关心关爱,珍惜来之不易的学习环境,珍惜宝贵的青春年华,学好新知识,掌握新本领,增长新才干,努力增强为党、为国家、为人民服务的本领。

受资助的学生们也选出代表,表示进入大学后,一定会加倍努力学习、不断进取,学会感恩、学会立志,把自己磨炼成品学兼优的人才,为将来更好地回报祖国、回馈社会打下坚实的基础。

脱贫攻坚是共青团围绕中心、服务大局的重要战场;精准资助,让资助政策惠及每一位贫困家庭学生;精准帮扶,让教育扶贫真正能阻断贫困代际传递;控辍保学,不让一个学生因贫困而失学。

在脱贫攻坚战线上,有无数个像我们一样坚守一线的扶贫工作者,我们的努力和付出,都源于肩上的责任,源于勇于担当的精神,是落实共青团助力脱贫攻坚要求、纵深推进脱贫攻坚工作的实际行动。因为,我们一直在路上,在越走越宽广的脱贫之路上,我们将永远不掉队,不脱钩,用心帮扶贫困学生立志,用智帮扶他(她)们提高学业成绩,争当脱贫攻坚的生力军和突击队,要撸起袖子加油干冲在扶贫最前线,把人生华章书写在脱贫攻坚的主战场。

当然,我们的扶贫故事还有很多很多。但所有的故事只有一个主题,那就是"决不让一个学生因家庭经济贫困而失学"。

我们的脱贫攻坚工作成果如同烂漫的山花,正在漫山遍野中竞相开放……

党建引领促脱贫　致富路上再加速

——记临潭县洮滨镇朱旗村党支部

朱斌懿

由临潭县出发，驱车两个小时，一路南行，前往临潭南部山村。在一个个掩映在大山深处的小村落里，除了满目苍翠让人感到些许凉爽外，更打动人心的，是这里一个个精彩的脱贫故事，是脱贫群众脸上洋溢的灿烂笑容，是扶贫干部无私奉献的一片赤诚和村党支部的引领作用。

"去年，俺拿到了一万九千元的帮扶款，入股合作社，到年底就收了八千元。"六十岁的朱绪生脸上洋溢着甜蜜的笑容。

朱绪生是临潭县洮滨镇朱旗村的一名贫困户。朱旗村石多，土壤贫瘠，种地、放羊、养牛、挖药材、打零工，几乎是朱旗村民维持生计的全部途径。朱绪生年龄大了，不能外出打工，在家里还需要照顾孙女，老人家的晚年生活也不是很好。他们家的房子也是危房，去年安排了危房改造项目，房子得到了修缮，住危房的日子算是结束了。"想一想以前，那过的算是什么日子？以后的日子啊算是有盼头喽！"朱绪生高兴地自言自语着。

这朱旗村啊！在洮滨镇政府驻地西北、卓尼县木耳镇正北处，全村共有四个村民小组，179户758人，党员39人，其中女党员7人，少数民族党员5人。2018年人均纯收入达6200余元。但两年前的朱旗村，与现在判若天渊。从挪穷窝到发展建立起强大的村级集体经济，朱旗村究竟使用了什么样的"法宝"，实现了破茧成蝶的美丽蜕变？又是谁带领朱旗村实现了华丽的转身呢？

一心一意　抓班子聚民心

"只有团结的班子，才能无往不胜。"这是常士杰常挂在嘴边的一句话。朱旗村底子薄，根本就没有什么经济来源，只有每年"面朝黄土背朝天"的劳作，出路在哪里呢？村级集体经济薄弱，党支部无钱办事，一直是制约朱旗村发展的主要"瓶颈"。2016年村级换届中，县、乡两级多次调研、走访、征求意见，力求选出一个群众认可、能干事、善干事的"领头羊"。最终一批致富能人进入村"两委"班子，常士杰也当选为村党支部书记，这大幅提升了村"两委"班子带领群众脱贫致富奔小康的能力。

"农村富不富，关键看支部"。带领群众过上好日子，是基层党组织的使命。首先，朱旗村党支部高度重视班子自身建设。为了"给群众一个明白，还自己一个清白"，村党支部考虑再三，借助村民监督委员会这个平台，开展"五个清单"工作，主动接受广大群众监督。村"两委"采取自己找、群众帮、上级点的方式，梳理出权力清单、责任清单、负面清单、项目清单、问题清单共计十一条，并在工作中严格监督执行。按照"四议两公开一监督"原则，村两委成员在村中显眼位置晒出岗位职责、村务账务，并召集支委会、村民代表、县乡人大代表、政协委员、离任村干部等人员参加议事会议，主动公布群众关心的村务，保障了群众在村级事务中的知情权、参与权和决策权……朱旗村的人开始动起来了。

支部带动　抓党建促脱贫

新的村"两委"班子建强了，如何发展是难题。两年前的一次帮扶单位调整中，县委组织部紧盯贫困村实际和需求，积极把力量和资源投向脱贫一线。作为洮滨镇贫困村之一的朱旗村有幸和州发改委联系在了一起，结下的"扶贫缘"也如"毛桃花"般盛放在洮滨山脉间，为朱旗村今后的发展提供了千载难逢的机遇。

思路决定出路。村"两委"和帮扶单位州发改委经过多次开会研究，最终决定"支部结对共建，党员结对帮扶"，并分批、分组深入村社入户走访，逐个儿分析致贫原因，把准"脉搏"、找准症结、选好"药方"，同时州发改委选派单位业务骨干担任村党支部"第一书记"。通过多次召开村"两委"会议、群众大会、党员大会，共同商讨制约本村发展的种种因素，研究破解项目落地后采取何种运营方式等难题。

经村两委会议的不断商议，朱旗村终于以地理优势（大峪沟4A级旅游景区、冶力关至大峪沟旅游专线和S360省道）及构建"一乡一业、一村一品"的产业发展格局作为"突破口"，以农村"三变"改革为抓手，通过土地流转形成产业园区，这样不仅能鼓起群众的腰包，壮大村级集体经济，还能带动现代农业观光旅游，解决本村剩余劳动力，实现一举多得。

穷则变，变则通，通则久。谁也不愿过穷苦日子，但是项目资金紧缺是客观事实。面对这种两难局面，村支部在反复商讨的基础上，提出了"党支部+龙头企业+合作社+农户"的经营模式。

2018年借生态文明小康村建设的东风，在充分调研和得到群众认可的基础上，州发改委最终认同了村党支部提出的发展理念。以下拨的省管补交党费为"药引子"，整合县农牧局、扶贫办集体经济补助资金130万元，累计投入690万元资金，修建集无土栽培蔬菜大棚、休闲茶园和儿童游乐园于一体的休闲娱乐园区。目前，自动恒温、恒湿，自动喷淋、排风，自动施肥、全电子智能控制、无土栽培的蔬菜大棚已全面投入使用，此大棚主打草莓、圣女果、奶油生菜、紫油菜等四类反季品种。休闲娱乐园区正在紧张的筹备建设当中。

"这就是无土栽培技术，这就是新型现代农业，是州发改委帮扶的成果，无土栽培技术以前只是听说，现在没想到在我村落户，我们村有了产业，有了村集体经济，我们的日子有了盼头了！"这是很多朱旗村老百姓的声音。目前第一批草莓、圣女果、奶油生菜、紫油菜已正式投入市场,朱旗村扶贫成果迎来了第一个"春天"。

搭建平台　党建引领再发力

在当地有一句俗话:"有钱男子汉,没钱汉子难。""村集体经济没有钱,很多实际问题都解决不了,拿什么服务群众,怎样服务群众?自己说话都没有底气,老百姓怎么会服你?"村党支部书记常士杰说。

这些天,常士杰和村两委成员茶不思,饭不想,他们再三琢磨,苦思冥想,最后一致认为,只有走发展壮大村级集体经济这条道路,才能让党组织具有号召力、凝聚力,才能实现扶贫由"输血"向"造血"转变,才能促进群众持续稳定增收。就这样村党支部前后组织召开支部会议、党员大会、群众大会,征求和倾听了全村党员群众意见,最后形成了《股权量化决议》,建立了《股权分配台账》。商定将建设资金80%投入村级集体经济当中,预计年底按效益6%—8%进行分红。剩余20%进行贫困户量化入股,每户入股一万元,年底按8%进行分红。脱贫攻坚结束后,由持股人和公司重新约定,尊重双方意愿,可将股金退还给持股人,也可继续参股分红。

听到此消息,朱旗村贫困户都拍好叫绝、连连点头,贫困户杨尔林茂说:"怎么也没想到,国家拿钱让农民分红,党的政策真的是好啊。之前过的是什么日子,住的房子破旧不堪,孩子没钱上学只能在家里蹲,当羊倌儿,说到这里我就直想哭。"

家住洮滨镇朱旗村的寇林生一直就在这无土栽培蔬菜大棚打工,她家有五口人,丈夫在外打工,常年不在家,两个孩子都在上学,她还要照顾年迈的老婆婆。在这里打工,她忙的时候可以回家,闲了再过来,既挣了钱,又照顾了家里。寇林生笑着说:"自3月份采摘园的草莓成熟后,每天都有人来园区采摘草莓,村里就让我在农闲时过来帮忙,我一天就在园区拔拔草,吊个西红柿,给草莓浇浇水,一月下来也有三千多元的收入，孩子们还小，我在家门口就能挣到钱实在是太好了。"采摘园的管护工寇大姐说起现在的工作时脸上露出甜美的笑容，看出来是打心眼儿里发出来的。

朱旗村的实践再次证明，农村的发展一刻也离不开党的领导，离不开村党支部的谋划和带头。选准一个带头人，建设好一个班子，方可活一个村庄、富一方百姓。在朱旗村发展壮大村集体经济的历程中，每一项重大决策的实施，都有村党支部的论证引导，都有党支部的坚强领航。正是朱旗村党支部以"两学一做"学习教育常态化、"三会一课"、民主评议党员、"党员活动日"等活动，推动广大党员以"学"为根本，以"做"为落脚点，对照"四个意识"查找问题和不足，使每名党员深刻认识到脱贫攻坚是必须完成的政治任务、不可推卸的政治责任，形成积极参与和支持脱贫攻坚的强大思想自觉和行动自觉。

如今的朱旗村骄阳似火，大地回春。生态农业观光园内购买草莓、圣女果的人们络绎不绝，他们沐着果香，一边采摘，一边品尝，陶醉在现代生态农业和乡村观光旅游的香甜惬意之中。

莲山花痴

王丽霞

在海拔三千多米的临潭莲花山密林深处，有一位纯朴憨厚的教书人，二十几年如一日，他用知识和爱心耕耘并浇灌着十几名孩子的未来，他用热情和青春守护着大山中的"花朵"，这里每一条蜿蜒的山路上都曾留下他斑驳的脚印和艰辛的汗水，这里的每一条河流都映照过他接送孩子的高大身影。大山里青草绿了枯，枯了又绿，他精心呵护的"花朵"走了一茬儿又一茬儿，而他却始终如一地守护着那些稚嫩的"花朵"，他就是美丽的乡村校长——李发英。

子承父业　初为人师

1960年，他出生在八角镇一个偏僻的小山村里。童年的他，是幸运的，因为他的父亲是一名小学教师。别的孩子还在玩儿泥巴、满山遍野捉迷藏的时候，他已经在父亲的格外"呵护"下走进了校园，看着父亲和同学们一起游戏、一起玩耍……还有小朋友们亲切地叫父亲"老师"时，李发英幼小的心灵里萌发了长大后也要跟父亲一样当一名老师的愿望。这个小小的愿望一直激励着他勤奋学习，一直到初中毕业后考入临潭二中。然而，天有不测风云，人有旦夕祸福，正当他努力拼搏，以实现他童年的梦想时，他的父亲因患胃癌离开了人世。去世前父亲语重心长地说："孩子，父亲这辈子没有啥遗憾的，你也大了，家里的事也都能放下心，只是筹建教学点的工作刚刚起步，我却……"话语未完，已沉重地闭上了他那双关爱了无数"花朵"的眼睛，离开了人世。父亲病前执教于八角学区牙布山小学，而那里群众居住分散，有三个社的孩子们上学需走三小时的路程，许多孩子因路途遥远而辍学了。他的父亲正准备和乡政府协调组织在那里筹建一所教学点。回想着父亲去世前眼角流下的泪珠和未说完的遗言，李发英的心久久不能平静。是继续读书求学，还是继承父亲未完成的事业？他在矛盾中徘徊着，思索着，挣扎着。同学们劝他继续读书，当代课老师没前途、没出息。然而，李发英最终还是做出了出人意料的抉择，毅然决然地继承了父亲的事业，当了一名代课老师。料理完父亲的丧事后，他和学区领导一同进村入户，走访群众，宣传动员，发动群众，向群众宣讲读书是孩子的权利，让孩子读书也是家长的义务。向群众解说当前办学存在的困难和问题，以及目前办学的现状。同时，他带头捐出了五百元钱，那可是他父亲的埋葬费啊！功夫不负有心人，他的真诚、执着和美丽的情怀以及对乡亲们孩子们的爱和对乡村教育的重视，深深地感染了当地群众，在乡政府和村委会的协调下，群众出工的出工，出料的出料，出钱的出钱，不到一个月时间，四间土木结构的八角学区牙布山教学点诞生了。而他也实现了儿时的梦想——教书育人，为人师表。从此，莲花山的密林深处有了一位孩子们的领路人，传出了孩子们的琅琅读书声。

舍小家　顾大家

　　2008年5月在四川汶川发生的大地震，给汶川人民带来了毁灭性的灾难，同时给八角镇的人民带来了灾难，牙布山教学点也不例外。就在地震发生当天，他和村干部一起查看校舍受损情况，在第一时间将灾情汇报给学区。校园的土垒围墙严重裂缝倾斜，他看在眼里，急在心里，一边和村干部发动群众，一边亲手挖地槽，夯地基，取沙土，砌石墙……汗水湿透了衣服，泥土沾满了全身，脸晒黑了，脱皮了，人瘦了。而他却一点儿也不在乎，一个劲儿地傻干。乡亲们被李老师的举动感动了。男女老少齐上阵，帮助李老师打土垒墙，不到十天时间，校园围墙又重新修建起来了，危险也排除了。而又有谁知道呢，在这次地震中他家的房子也出现了危险。羊圈墙体倒塌，五只山羊被砸死，而年仅十二岁的儿子患急性阑尾炎住院。家里只靠妻子和年迈的母亲料理。可他却在学校险情排除前没有回过一次家，一直和乡亲们一道并肩排除险情。一位知情的乡亲劝他回家，帮助料理家务，他却出人意料地说："自古忠孝难两全。学校是大家，我家是小家。作为一名共产党员，舍小家顾大家是我的职责，是我分内之事，如果人人都去顾小家，这个大家谁管呢？"是啊，人人去管小家，大家谁管呢？任何豪言壮语在如此简单的话语面前，都显得苍白无力。

托起明天的太阳

牙布山教学点地处深山密林中，村民居住分散。孩子们上学路途遥远，而且羊肠小道崎岖蜿蜒，泥泞不堪，行走艰难。而最让人揪心的是两个村庄的七八个孩子上学要经过一条小河，这些孩子都是留守儿童，孩子上下学的安全问题便成了许多家长牵肠挂肚的头疼事。但家长在外又无法接送孩子。面对家长这些困难，李老师没有推脱，没有抱怨。有的只是责任和爱心，有的只是脱掉球鞋、挽起裤腿，将一个个孩子从河里背过来，背过去，不论是春夏秋冬，不论是刮风下雨，日复一日，年复一年，李老师永远重复着这一定格的动作。脚崴了，腿破了，裤子被河水浸湿了，这是常有的事。由于被河水长期地浸泡，李老师落下了严重的关节病。这也是乡亲们公开的秘密。每当乡亲们看到他强忍着疼痛而略显僵硬的走姿时，他却轻松地说："昨天不小心脚崴了，不要紧。"没有只字的豪言壮语和信誓旦旦，有的只是淳朴的、善良美丽的情怀和深深的大山之爱。

随着农村薄弱学校大灶改造工程的推进，牙布山学校在2011年被改建为寄宿制学校，而学校只有李老师一人。他既是校长又是老师，既是宿管员又是炊事员。学生的管理、教育、生活都落在了他一个人的肩上。学生年龄小，生活不能自理。李老师心甘情愿地成为孩子们的保姆，每天帮助孩子们穿衣服、叠被、洗脸、梳头、拖地、缝补衣裳、生火、打水、做饭……每当别人进入梦乡酣睡的时候，李老师房间的灯又亮了。每天晚上他都要起床查夜，悄悄地看孩子们的被子盖严实了没有，孩子们生病了没有，还要陪着爱尿床的孩子去上厕所。春去秋来，雷打不动。除了照顾孩子们的生活外，李老师还要把学习落后的学生请到房间里，和他们谈心、补课、辅导作业……

不是亲人胜似亲人，不是父亲胜似父亲。李老师把无限的爱与关心送给了他的学生。他像一根红烛，给学生的心灵带来了温暖和光明，他如一朵莲花，把美丽和馨香送给了周围的人。他似一场甘霖，滋润这校园里的棵棵幼苗，将乡村教师的时代风采展示得淋漓尽致，他大山般的爱，在阳光下更加显得耀眼夺目。

生命中的二十四个月

陈　涛

离开甘南后，我多次梦中重回那个群山环绕的小镇。

梦中的我，站在熟悉的街头，不识来往行人，四处打量着陌生的建筑，无论如何都找寻不到居住过的小屋。还有一次，我梦到了窗外的核桃树，那棵高高大大的核桃树，风吹过，鲜亮的叶子轻摆，簌簌作响，闭眼倾听，只觉天地间最美妙的声音也不过如此。我极喜爱这棵核桃树，无数次长时间坐在树下，目光越过对面的楼顶，与流转变幻的白云一起打发时光。或者在一个午后，看镇政府的朋友们打核桃。那时，许多人围在树下，用木棍、橡胶棒甚至砖块向枝头扔去，运气好就会有三两个核桃掉下来，一帮人冲上去抢，抢到的欢乐，抢不到的继续抢，而像我这样的旁观者获得了欢笑。也有身手矫健、胆子大的，沿着树杈爬上去，挑一根细一点的枝子拼命晃，很多核桃哗啦啦落下来，连同之前扔上去被枝条缠住的棍棒，于是更多的人围上去，更多的欢笑抢出来。我虽然没有抢，但常会有人送我吃。一个叫晶晶的小女孩，小学六年级了，来我的房间送六颗核桃给我，并让我一下子吃完，后来她得知我只吃了一颗的时候，噘着嘴，一脸的失望。我告诉她，每天吃一颗，感觉很美好。她不理解，说自己一次可以吃很多。也有那么几次，夜深人静的时候，躺在床上，黑暗中想一些久远的事，偶有一颗核桃落在窗外水泥地上，"啪"的一声，清脆又悦耳。明天它会被谁捡走？又会滑入哪个口袋与腹中？这念想伴我坠入深沉的梦中。

有时也会回忆起在甘南的那段时光，它们以碎小瞬间的方式闪亮定格并涌向我。想起一个人走很长的路去任职的村子，道路两旁欢快的溪流以及远处被阳光洒上一层淡淡金黄的绵延不断的山顶；想起许多次开摩托车沿着曲折环绕的盘山路进入大山深处，当站在路旁向山下望去时，触目而来的美以及伴之而来的哀愁；想起自己对一盘绿叶菜的强烈渴望，最后竟通过吃三鲜饺子中的点点青菜来达成心愿；想起大家夏日时在茂密森林与广阔草场"浪山"的情景，吃肉喝酒尽情谈笑，醉了睡，醒来再喝，心无旁骛；想起山里孩子们可爱、羞涩的模样，以及双手接到礼物时眼神中流露出的简单纯粹的欢喜；想起许多次师友们的到来，更想起任期结束返京前的那晚，与朋友们一次次地举杯，记不得饮下多少酒，只记得情难自已潸然落泪。

如何看待这段时光里的自己？可否完成了应尽的责任？这些念头冷不丁蹦出来，当然，每次的结论也不尽相同。理想，自然有理想的光芒，但现实，常会让这光芒暗淡。对一名挂职干部而言，既要尽力而为，更要量力而行。量力是前提，尽力是态度。不自量力下的尽力而为，是滑稽式的可怜与荒唐式的悲壮。这两年，为十多所乡村小学建立完善了图书室，并提供了许多的玩具、文具、书画作品，为十余个村子建立了农家书屋，以及购置了健身器械、安装路灯等等。做事时，困难如影随形，坚持与放弃，反复交织缠绕。深夜，在台灯之下，信笔涂写，更多的词语竟然是"时光"。是啊，时光，属于我自己的时光，属于我自己的不可被辜负的时光。时至今日仍清晰记得路灯安装好的那个夜晚，村子在高山上，我们在一团漆黑中沿着环绕的盘山路爬行，行至拐弯处，抬头就看到远方高高的山腰处有一盏灯，明亮极了，再一个拐弯，满目光亮，黑暗，被彻底甩在了身后。"天上的街灯亮了"，脑海中反复回响这一句。所谓的蛮荒之地，所谓的穷乡僻壤，究其本质，都与黑暗紧紧捆绑在一起。如今，光亮洒满了这个高山的村落。抬起头，望向布满星辰的夜空，群星明亮，立于街口，半是欣喜，半是难言的酸楚。

在小镇的日子里，我始终在学习如何独处。意大利导演费里尼说，独处是"人们嘴上说要，实际上却害怕的东西"，害怕什么呢？

"害怕寂静无声，害怕那种剩下自己一人与自我思绪及长篇内心独白独处时的静默"。短暂时间内的独处，是自我内心与情绪的平衡与调适，长期的独处，则需要一种特别的能力。旷野无人，天地静寂，一人独坐，是独处；人来人往，众声喧哗，穿行于其中，却又与己无关，那一张张看似熟悉的面孔，陌生到难以听懂的语言，无不提醒着自己外来者的身份，这同样是独处。

关于独处，周国平也有讲过："人在寂寞中有三种状态。一是惶惶不安，茫无头绪，百事无心，一心逃出寂寞。二是渐渐习惯于寂寞，安下心来，建立起生活的条理，用读书、写作或别的事务来驱逐寂寞。三是寂寞本身成为一片诗意的土壤，一种创造的契机，诱发出关于存在、生命、自我的深邃思考和体验。"对照之下，第二与第三种状态，我都占了，只是第二种状态多一些，第三种状态略少一些罢了。

独处时的我，封闭内敛，沉默坚定，我会在核桃树下端坐许久，也会在午后或黄昏的暖阳中沿着河边行走，此时的自己大脑放空，有时会随手捡起一根柳枝在身前随意舞动抽打，只是那样走下去，再折回来。甘南的天气多变，经常走不了多远就遇到落雨，于是匆匆跑回房间。待回到居住的小屋，关上门，只觉世界都安静了。鲁迅所讲的：躲进小楼成一统，管他冬夏与春秋，说的就是我这种人吧。小屋不大，十平方米的样子，我在里面居住、办公，一晃就是两年。斗室中的那个我，时常手插口袋低着头来回踱步，有时会思索一些事情，更多时候则无甚可想，只是那样反反复复地来回踱着。从入门处的书柜到窗台，正常六步走完，走得慢些则会八步。走久了，便一屁股坐在正对门口的那个砖头垫起的破败不堪的沙发上，整个人沉陷下去，接着随手取一本书读，再起身时，也不知时间又过去了多久。读书时，会泡一壶茶，或水仙，或肉桂，或滇红，慢慢来品。我有几把钟爱的壶，如梅桩、掇只、石瓢等等，建盏也有几只，以束口居多。极无聊时，会把所有的紫砂壶摆放茶台之上，分别放入不同的茶叶，再一一注满开水，盖上壶盖后，用热水轻润壶身。对于它们，我是喜爱的，它们始终陪伴着我，在静寂里我们互相凝视，在孤独中我们互相诉说，只见得壶身日趋透润，盏内五彩斑斓，它们如同我最亲近的朋友，以这种方式陪我见证并记录了这段时光。

写到这里，我想起了与我朝夕相处同时命运多舛的那盆绿植。植物是小屋的前任主人留下的，初见它时，在堆满烟头的花盆中一副枯败模样，我为它更换泥土，每天浇水感受阳光，两个月后满盆皆绿，小屋也多了一分生机。春节后从北京返回，再见它时，上面爬满了白色的小虫，不管我如何照料，它仍旧是死掉了。几根干枯的枝条立于盆中，似乎在向我痛诉。我是自责的，每天仍旧会给它浇水，明知所做的一切徒劳，却从未放弃过奇迹的发生。直到有一天，奇迹竟真的出现了，一枝幼芽从枯枝的顶端发出，或是被我内心深处不屈不挠的祈愿所打动。我将它放入土中，依旧是每天浇水晒阳光。在一年多的时间里，它从最初的两片小叶，到六片，再到八片，茁壮成长。后来我再次返京，托人照看，不知被谁不小心碰到，根部脆断。这是你的命运，我心疼地对它说。我想扔掉它，但又鬼使神差地把它插入水中，它也鬼使神差般地生出了根须，我大喜，把它插入盆中，就这样，它再次回到了我的生活里。现在，我又离开了甘南，不知何时还能回去，也不知它现在怎样了。

在小屋里的那个我并非总是安静平和，我做不到也不应该假装坚强，无视那些莫名的脆弱，我不能因为那段时光的远离而去否认那些存在，因为那就是我。甘南的夜，忽然就落下雨来，忽然就飘下雪来，而我，忽然就流出泪来。记得一个夜晚，女儿给我打电话，她的声音很低，对我说："爸爸你什么时候回来？"我不知该如何回答，只是安慰她说很快就回家。她问我为什么还不回来，我继续安慰她说很快就回家。她命令我早点回来，要在她第二天晚上入睡前返回，我安慰她说："好。"她让我保证，不许撒谎，我缓缓地说："好。"类似这样的情绪都在随后的某一天某一刻，突然化作眼泪，从心底涌出，毫无缘由地，只是单纯地为了流泪而流泪。

今日写下这段文字，不介意被误解为矫情，亦不会有难为情之感，我怀念那些莫名流泪的夜晚，因为那是自我情绪的梳理与平衡，我甚至觉得有泪可流是一件幸事。

很庆幸在自己的生命中有这样一段美妙的旅程，将我从固化的生活轨道中抽离，投入充满新奇未知的世界里。我知道，有些东西悄然发生了变化，我感受得到，并且欣喜于此。曾有一个作家说，如果不是遭遇苦难，我是无论如何不会想到我会成为一个作家的。而我如果不是到小镇任职，写作于我的意义可能要多年后才会意识得到。在小镇上，我写下了很多文章，在文字中不断地确认着对生活的感受与认知。我还在这里完成了自己的博士论文，尤其是读到丁玲在对中央文学研究所的作家学员们谈实践学习时说过的一段话，会心地笑了，她是这样说的："我认为下去是换换空气，接触些各式各样的人，使生活开阔一些，是要去锻炼自己，改造自己，不要犯错误，不要留坏印象给人家，也不要像钦差大臣一样下去调查一番。回来能写就写，不能写也没有关系，总结一下经验，看是否比过去不同，有些什么收获，看一些新事物，也是好的。"在甘南待得久了，所作所行正如丁玲对作家学员们讲的那样，整个人也越发地松弛，随之而来的是长期形成的谨严有序如夏日冰雪般消融。记得初到甘南时，朋友们带我四处游走。从未有过一次旅行是这般地漫不经心，走走停停，停停走走，随心随性，不克制也不压抑自己的内心。被认真与一丝不苟过度训练的我起初多有不适，我不知道目的地，也不知道我会在哪个确切的时间以怎样的方式抵达。但最后，在这场旅途中，陪伴我良久的那些精确、秩序、规则等等一一退场，而是逐渐沉浸在由大概、也许以及模糊主导并由此而产生的愉悦中。的确，谨严有谨严的美，散漫，也有其内在的难与人言的妙趣。也唯有散漫，将自己丝丝缕缕融入小镇的生活里，学会在生活的内部去生活，破除刻板印象，重建对生活及世道人心的认知。这也是一个令我日趋沉默的过程。记不得从哪天开始，突然丧失掉对这份生活言之凿凿的自信，不再轻易地断言，所谓的悲悯与愤怒随时面临着转换，所以唯有小心翼翼地去表达对某件事情的看法，"不确定""可能性"变成了充满魅性的词语，如此迷人，一如海面之下的冰山，丰富巨大，耐人寻味。

在甘南的小山村待久了，似乎气息也就变了，再回到北京也就有了陌生感与疏离感。有次外出购物，面对地铁与商场中迎面而来的汹涌人流，一时间竟有些惊惶，甚至有些畏惧，走在摩肩接踵的人群中，第一次感觉到如此地格格不入。回京后时常睡眠不好，辗转反侧难以入睡，每逢此时便格外想念那间遥远的小屋，那间窗外有两棵高大核桃树的小屋子。当我真正回到那里时，如同一株枯萎的植物被投入清澈的泉水中，不管多么焦虑的情绪都会瞬间平静下来，失眠的症状也顷刻间烟消云散了。

回望这二十四个月，从最初的新鲜感到中间的煎熬期，再到最后的留恋不舍，一步步地走过来，也就这样过来了。看看做过的事，读读写过的文，想想交过的友，念念动过的情，我想，我是尽力了的。对这段时光，我用心对待，不曾虚度，遗憾也就少了许多。记得去年12月回京后的一天下午，几乎每隔两个小时就会接到来自村里的信息。先是3点多钟，一个小伙子告诉我他的儿子昨天出生了，拜托我起个名字，算起来，这是第五个让我给孩子起名字的父亲了。后来5点与7点分别接到了两个老师的电话，其中一个要请我去家里吃饭，还给我准备了土特产让我带回北京，他说这都是他自己种的东西。我告诉他我要春节后回去，电话那头就没了声音。他说别人告诉他我只是回北京开会，没说春节前不回村里。我听到了他压抑的哭声，他反复说就一个春节，为何走前不告诉他。我跟他开玩笑，等我回到了镇上会第一个给他打电话，会带着二锅头去跟他喝酒，他才破涕为笑。离开小镇前的最后一个月，当地的朋友们说要用这一个月来欢送我，虽是玩笑，但他们也这样做了。等到最后离开的那天，几十个人聚在一起，朋友们带来了自己珍藏的酒，那晚我不记得喝过什么酒，也不记得喝了多少酒，到最后，跟朋友们频频举杯，接着一饮而尽。此刻，言语已毫无意义了。那个叫晶晶的小女孩掉泪了，我摸摸她的头，眼眶突然湿润了。当朋友们唱起"祝你一路顺风"时，我的眼泪涌出来。他们让我感受到了这时光的意义。

在这二十四个月的时光里，还有一件事情是我必须要谈及的。离任期结束还有四个月的时候，凌晨我从梦中疼醒。恰逢周末，没有电，房间冷得厉害，所有的一切都是冰凉的。我用尽各种姿势去缓解我的疼痛，结果都是徒劳的，只好一个人在房间，与疼痛一起熬到黎明的到来。两个半月后，疼痛再一次降临。这是另一种病症，它让我彻夜难眠，止疼药、止疼针也毫无作用。住院时，不能进食，不能饮水，每天只能躺在病床上，看不同颜色的药液通过红肿的手背流入身体。好在老天保佑，无须手术，躺过几天后，大夫允我进食。一碗粥，一个馒头，一片面包，两份不过油的小菜。当我把它们一一摆放整齐，凝视着它们时，我第一次对食物产生了虔诚之心与敬畏之情。我端坐桌前，神情专注又认真，没有人可以打扰到我，我缓缓品尝每份食物的味道，用心去一点点地咀嚼，再将它们全部吃下，一点都不剩。其实，我所遇到的这两种病症在小镇居民中很普遍，当地的朋友戏称它们为高原病。初时，我有些难以接受，疼时，也从未因此而对小镇有所怨恨，我把它当作是小镇对我节制欲望、善待肉身的劝诫，这注定是一份深刻而又深远的影响，从此以后，我的生命是彻底地与甘南联系在一起了。

　　如今，当这二十四个月终于过去，到了该说再见的时候了。难说再见，但是，再见！今天，我用这篇文章与生命中的二十四个月告别。正如马洛伊·山多尔所说的那样："有什么东西结束了，获得了某种形式，一个生命的阶段载满了记忆，悄然流逝。我应该走向另一个现实，走向'小世界'，选择角色，开始日常的絮叨，某种简单而永恒的对话，我的个体生命与命运的对话。"但我知道，不管怎样，从此以后的那个远方，以及那些远方的人，都与我有关了。

上高原（外二篇）

北 乔

一

对我来说，上高原，不是旅行，而是一次突如其来的征程。

一下兰州的中川机场，我被冷漠的群山惊住了。山不高，但连绵不断。这些个头儿不高的汉子，长得敦实，肤色深黄或浅黄，无声中透着雄浑的力量。如海浪奔涌，浪头打在我心里，我的心情与大海中颠簸的小船一样。人们开山造路，看似改变了大山的命运，其实一切都在大山的掌控之中。作为行路人，更是无从选择。你把山当作风景，山冷峻地指挥你前行的方向。顺流而下，畅快之余，多少有些无奈。幸好，我感觉到了群山的某种顽皮，它们一会儿远远地待着，一会儿凑到跟前。再僵硬的态势，总有灵动的瞬间。这就是人生。我也只能以自己的方法来消解内心的不安，甚至慌张。

高速公路如同秋风一样在山谷里穿行，我在车上沉默地观望，心里算计着什么时候进入高原地带。我们总是这样。对某些重要的关口，我们既不愿意抵达，又盼望早些到来。纠结，永远伴随我们的脚步和心境。好在，我们身后的足迹，还算有序。

到王格尔塘收费站，从兰州到甘南藏族自治州合作市的高速公路画上了句号，接下来，就是省道，还有最为一般的公路。天出奇地蓝，但我的心开始沉重起来。因为，这里已经是高原。

省道，路况不错，车少，路显得更加宽阔。只不过这秋风扭曲得更加随意，司机的驾驶技术又好，这车真就是弯弯绕绕打秋风。

我开始兴奋，话多了。一个人话多，并不代表心直口快，许多时候，是以语言遮蔽语言，说出来的都是无关紧要的，那些不愿为人知的，藏得更深。谈笑风生，可能是激情所致，也可能是在逃避和掩饰内心的另一种涌动。我这样的兴奋，源于我内心对高原的恐惧。司机不了解我的言外之意，劝我少说话，别大声说话，因为高原上缺氧，加大肺活量，更容易起高原反应。

这切中了我的要害。

二

上高原，是我人生中少有的一次意外。蓝天白云的好天气，突然暴雨大作。我遇上的就是这样的意外。雨水把我浇得通透，心也被打湿。呆若木鸡，这词对我太贴切了。当然，我不会胡搅蛮缠，更不会逃跑。我当过二十五年兵，早养成了一种习惯，不管内心愿意不愿意，号令一响，就会不顾一切地往前冲。这也是一种心态。当你改变不了外在时，那就改变自己，不但接受现状，而且要尽快地适应，更要在新的境况中发现和收获快乐。就像这高速公路，山再蛮横，它照样走得行云流水，像闪电一样在山中穿行，在重重挤压下，唱着欢快的歌。再艰难的地方，总有诗意。而且，苦难越肆意，诗意愈加浓郁。

从接到通知到出发，不到半个月时间。一切都是匆忙的，一切都是麻木的。按部就班的生活，被打乱，种种的计划被击得七零八落。有些事，可以置之不理，有些计划，可以束之高阁，心情这家伙不太好伺候。如此一来，根本顾不上做相关的功课。百度了一下我所去的甘肃省甘南藏族自治州临潭县。别的没记住，临潭平均海拔2825米，最高达3926米，最低2209米。相关资料表明，海拔2500米以上，就是标准的高原。我的心里，被搋进一根钉子。唯一治疗的方法，就是我不断地告诉自己，上高原的人多着呢，不都挺好的？这方法，疗效确实明显。只是我不知道，这和吃药一样，药一停，症状就会死皮赖脸地贴上来。

高原，一直在我的梦想之外。在某些夜晚，我闭紧眼睛，打开内心的隐秘，想象过登上月球，在火星上梦游，像孙悟空那样有七十二变，但从没有向往过高原。也许是见过许多去过高原的人，阅读过太多有关高原反应的捉摸不定。细细一想，这些似乎又不是致命的痛点。许多事情，总是没有来由的，经不住问上几个为什么。我对高原敬而远之，就属于这样的事。莫名的惧怕，杀伤力最强。明枪易躲，暗箭难防，就是这理儿。

我对临潭最在意的就是它的海拔，尤其对我这样一个在海边长大的人。此前，海拔，于我而言，只是一个没有任何意义的名词。到临潭后，海拔变成了一个左冲右突的小野兽，搞得我心神不宁。当年，我到哈尔滨时，一下火车，嘴巴、鼻孔直冒霜气，我说我看到了呼吸。到了高原，我真的听到了海拔的声音。别人问及我家乡的海拔，我总是说，我家那儿，挖个坑，就是负海拔。语气轻松，还有些调侃，可心里虚着呢。

我原本计划到临潭后，再告诉母亲我的这一次远征。母亲身患重病，父亲又去世两年多，我几乎天天都在担心接到不祥的电话。母亲会照猫画虎般写自己的名字，除此以外，面对文字，用她的话说是"睁眼瞎"。自然，母亲也就不知道甘肃不知道临潭。但母亲知道这地儿很远很远，她的表达方式是"怎么的，这不是出国了吗？"去那么遥远的地方，而且一待就是两年。我知道，接下来，泪水就会在母亲苍老的脸颊纵横。这也是我临行时没敢回去看看她老人家的原因，我害怕转身的一瞬间那撕心裂肺的痛，更担心我会不顾一切地反悔。一个坚强的人，其实是最脆弱的。或者说，再坚强的人，内心都有一根经不起风吹草动的神经。在这样的关键时刻，我的确触摸到我内心的脆弱。

到临潭后，我至少是三天给母亲打一个电话。这成了我最揪心的事。不通话，我想母亲，母亲想我。通话，说着说着，母亲就哽咽起来。母亲的泪水在电话的那头，但淹没我的坚强。我每次都要经过激烈的斗争，下很大的决心，才会接通电话，有几次甚至在按下号码后，又放弃了。而通话时，多数情况下，我要么说些有趣的事，要么就呱呱地说个不停，免得母亲接上话头，说几句就伤心不已。春节回去时，我总是竭力回避有关临潭的话题。走的那一天，母亲的泪水让我迈不开腿。

我上高原，在家的母亲情感极度缺氧。

这成了我最严重的高原反应。

三

天色渐暗。海拔在攀高，我的心在下沉。

从中川机场到临潭县城，五个多小时的路程，后面的一个多小时，飘忽在高原之上。经司机吓唬式的提醒后，我明显安分多了。不敢多说话，那就把自己想象成游客，专心观赏一路的景色。

人烟稀少，天苍苍，地茫茫，换个心情看，就是自然的美，原生态的醉。这里的山不再是光秃秃的，树不多，草不高，但绿得有层次，有曲线，仿佛一条地毯被风随性地铺开。这里的山少了些雄壮，多了些慈祥。后来，我到临潭后，发现临潭的山多半也是这样的。我总觉得这样的山像中年男人，甚至像父亲一样。只要你不去攀爬登顶，还是很心旷神怡的。在高原爬山，多半没有快感，除非你能脚下生风，不大喘气。或许你真的可以，反正我不行。有一次我花了一个多小时，沿山路或台阶上山，也就百十米高的山，我就累得比狗还惨。好家伙，真是许久没缓过来。想想也正常。在高原走楼梯上楼，到三楼，你就感觉像在平原已经上了十层一样。高原嘛，总归是高原。高原的风景着实大气而惊艳，但要体味其独特之韵，要有一定的冒险精神，付出一些代价。老天给予我们一些，总会让我们掏出一些，这也算是一种自然规律吧。

一路的草原，不辽阔，但相当精致，有韵味。常常是一片草场迎面而来，你拐弯，草场从两山之间溜走。山的背后，一如我们那些所有未知的世界和情感，总是充满神秘感。我顾不上尾随那跑到山后的草地，因为牦牛来了，山羊来了。这时节的草原，开始泛黄，花草们即将重回大地的怀抱，明年的春天再鲜绿而来。牦牛不着急，显得很悠闲。蓬松、低垂的黑色长毛，微风一吹，牦牛款款而行，就是一件极漂亮的裙子。牦牛几乎不抬头，一直与青草卿卿我我。它的这种沉稳，极富绅士风度。这倒与高原的气质特别相符。高原在高处，离天最近，但很少给人以高大威猛的感觉。就像坐墙角晒太阳的一位老者，不起眼，没有惊人之举。靠着墙，慵懒着身子，但你千万不能小瞧。岁月给了他太多的故事，太多的力量，太多的人生经历和体验。如果你仔细打量，你会发现许多奥妙，让你在不知不觉中受到震撼。高原在苍穹下千万年，看似孤独寂寞，其实是过着它们自己的充实。活泼的是山羊，草地，是它们的餐桌，也是游乐场。我最喜欢一只羊仰头站在那儿，像在思考，又像在注视它眼中的世界。它用羊角挑起一缕缕阳光，好像落在人间的白云。

车突然减速，不是急刹车，而是如同船靠码头一样乖巧。哦，原来前方有一群牦牛横穿马路。看得出，司机习以为常。对我而言，这可是奇观。马路已经不是我们的，是牦牛的。看似是牦牛挡道，其实是我们打扰了它们的生活。面对它们，我们是真正的闯入者。它们原本在天地间自由自在，是我们吞噬了它们的领地，侵犯了它们的自然生活。岂止是牦牛，许多的野生动物，原生态的大自然，都遭受了我们的虐待。我们常常缺少真正的与动植物与自然平等相处的情怀，更谈不上敬畏。牦牛走得从容，走得优雅，有些牦牛还抬头看看停下的车子，似乎说，现在是牦牛时间。我不知道，它们内心有没有怨恨，抬头的那一刻，是不是一种沉默的反抗。这一路上，遇上了好几次这样的情形。有点像平原地区的检查站，车辆逢站必停，接受盘问和检查。不同的是，这里牦牛为主角，气氛也相当地平和、温馨。一群牦牛像在马路上散步，偶尔还止步静立，人和车耐心而友好地等待，世界出奇地静寂、祥和。我喜欢这样的高原时间。

四

天色渐晚，我们迎来黄昏中的牧场。

甘南藏族自治州是中国十个藏族自治州之一，位于中国甘肃省西南部，地处青藏高原东北边缘与黄土高原西部过渡地段，是藏、汉文化的交汇带，是黄河、长江的水源涵养区和补给区，被费孝通先生称为"青藏高原的窗口"和"藏族现代化的跳板"。用我的话说，就是高原中的平原，平原里的高原。后来，我听到经典的描述："甘南，是离内地最近的雪域高原。"这里是典型的农区与牧区的混合地域。山地、草原，基本是藏族牧民千百年来的福地。草场就和内地的庄稼地一样，分给了个人。一片草场，一群牦牛，一群羊，蓝天白云，青山绿水，人们的笑容那样地质朴、天然。他们一方面享受着现代文明的红利，一方面坚守着自己的生活方式和生活节奏。我从中看到了久远以前的乡村生活。

山坡下的草场，夕阳如雨，地上一片金黄。房子一如牧民般淳朴，灰白色的石头墙，黑色的钢瓦，围栏闪烁岁月的光泽。司机告诉我，这是牧民放牧的临时住处，在集中居住的村子里，还有更好的住宅。围栏前，一位卓玛正在忙碌，身上的藏式服饰，黑的凝重，红的跳跃，黄的安详。她身边，还停着一辆摩托车，大红大红的。古典与现代，就在不经意间融为一体。在房子和山之间，有经幡。微风中，经幡像僧人在打坐在诵经。印有佛陀教言和鸟兽图案的蓝白红绿黄五色方块布一块紧接一块地缝在长绳上，中间竖起一根高高的经杆，经幡从经杆顶端斜下固定于地上，就像在大地上支起了一把撑开的伞。因为经幡的意义很明确，不是为了美化环境，而是祈求福运隆昌，消灾灭殃。虽说如此，经幡还是成了高原上独特的极具魅力的风景。经晚霞渲染，经幡既庄重，又梦幻。山坡上，牛、羊缓缓而下，一条黑色的河流，一条白色的河流，山似乎也跟着在走动。这一切，有我说不清的意象，想不透的神秘感。没有牛羊，没有经幡，高原是凝固的，是它们鲜活了高原的灵气。远处山顶上的插箭隐约可见，这是一种古老、原始的自然崇拜现象，箭是山神保卫村落的武器。此时，神箭像古老的骑士伫立于霞光云雾之中，仿佛从历史深处向我们走来。我得承认，如此唯美的画面，我几乎从没有真切见过，第一次有如此强烈的在场感。这一刻，我竟然想起了故乡的小村庄，河边的芦苇，和门前屋后的那些树。

　　绕过一座山，满眼的枯黄，大地似乎刚经历了一次大逃亡。司机告诉我，这里是油菜种植地。哦，油菜花已经绚烂过，留在了秋天的记忆里。想想，满山遍野的油菜花，那是怎样的气势，怎样地令人陶醉。我赶忙证实，这里的油菜花是不是和我家乡的一样。得到肯定的回答后，远去的油菜花扑进我的脑海。真好，来年，我一定要走进油菜地里，与油菜花厮守一份时光，来一次想象中的回乡之旅。有了这份期待，我对高原的恐惧一下子少了许多。人生就是这样，活好当下，是坚实地站在大地上，怀揣期待，就张开了翅膀，随梦想飞翔。看得出，这里的油菜地，开阔地带，错落有致，起伏有度，那爬上山坡的，既壮观又俏皮。我家乡的油菜花景观，属于小家碧玉，雅致甜美。这高原上的油菜花，一定是大气磅礴，在天地间铺陈粗犷之美。我照着山形地势，想象油菜花纵情绽放。

<h2 style="text-align:center">五</h2>

　　车外，天基本黑了，车灯让黑暗更加黑暗。也不知从什么时候起，我们几个人都不说话了。此时，我们像在深海中游动的鱼，黑暗就是那深不可测的海水。

　　我来时，带了两本有关甘南有关临潭的书，在飞机上时粗略翻了翻，突击性地补了点小功课。黑灯瞎火的，看书，不可能，那我回味回味吧。试了一下，做不到，没心思的。我取出耳机听了几分钟音乐，还是放弃这种调节心情的方式。安抚心绪，音乐历来不是我的菜。那好吧，我主动出击整理我内心的不安。已经在高原上一个多小时了，我一直如同中医把脉一样寻找我生理的不适。没有，一点都没有。这应该可以说明，高原在我的身体机能上掀不起波澜。我高中练了三年中长跑和散打，到部队后又接受过数年高强度的军事训练，不会轻易被高原找到可乘之机的。有一年，我去云南丽江的玉龙雪山，一路小跑式地登上了海拔4050米的地方，几乎没有任何不适之感。同去的一位朋友，半路上就头晕，大喘气，腿重如铅。现在我知道，他是有高原反应了。三四年前，我从九寨沟上黄龙，途中有人叫卖红景天等药物，说是黄龙海拔四五千米，会有高原反应的。我心里有些小紧张，但也是说说笑笑跑跑跳跳，就把黄龙来了个上下。临潭怎么了，海拔才2800米左右，不算个事儿。还有寒冷，那更没问题，我在黑龙江待过两年多，在北极村、呼伦贝尔这样有名的极寒地方，我曾经生活过一至两个月。

车依然在摇晃，我的心归于平静。但凡遇到事，碰到让我心神不安的情况，我习惯自我疗治，在心理上说服自己。对我而言，这一招相当管用，屡试不爽。有时想想，还真有些佩服自己这方面的奇妙。我想，这一回我又一次自我松绑了。

窗外，偶尔有灯光，就像星星在闪烁。天空没有月亮，没有星星。这样一来，高原与天地合为一体。我们是那为数不多的夜行人。

六

前面是个岔路口，司机说进县城了，车就拐进了一条小路。路窄得也就能两车交会。两旁的树，挺高，像欢迎的队伍。这路，在我的家乡，也就是村道。下坡、转弯、转弯、下坡，山谷里现出灯光。一座小城，小得如同一枚烛光。城里的主干道，还没有我老家镇里的宽。高楼没几座，街面的店铺多半很陈旧。这很像二十三年前内地的小镇。司机说，这已经不错了，四五年前，这里就跟个村子似的。

礼节性地吃过饭，我进了房间。给亲人们报了平安后，打开电脑，摊开书本，进入我日常性的自我空间生活。我习惯把一个封闭的房间与我的身心合为一体。无论在什么地方，我只要关上门，坐在电脑前，或捧起一本书，我就觉得在哪儿都是一样的。没过多久，我心中已经没有高原，仿佛还是在北京的家中。

有人说，高原反应的第一板斧就是让人睡不着，或睡不踏实。这我一点儿也不担心。我是一个在任何时候任何地方都能倒头就睡的人，属于那种天生缺觉，起床永远需要闹钟的嗜睡控。

这一夜，我当然睡得不错。有一小小的变化，梦多了。梦中，处处是高原的气息。我在梦中建构了一个高原，想来，这样的建构，有我一路所遇见的，有从书本文字转化而来的，有影视中的画面切分嫁接的，也有我的想象和期待。我做梦一向天马行空，杂乱无章，这晚的梦居然特别有条理，逻辑性很强，充满生活的真实质感。

早上，我拉开窗帘，阳光别样地清纯，小城起得比我早。行人不多，车不多，小城的悠闲和安静，让我很舒服。

我住的房间是七楼，比对面的山还高。

嗬，我这是在高原的高处啊！

2016 年 10 月 25 日 于临潭

海　拔

醒来，无须看表，此时凌晨 4 点左右。窗外夜色淡然，房间漆黑，我像是被这浓浓的黑挤醒了一样。头脑介于清醒与混沌之间，躺着，无一丝睡意，倘若坐起来看书，不消几分钟，困得不行，再躺下，精神又足了。有关资料说，这是"高原性失眠"。据说凌晨 4 点左右，氧气最稀薄。没有在理论上进行考证，但身体告诉我，自来到高原，这个时候的睡眠最脆弱。没有特别的感觉，就是睡不着。晚间入睡，也是一件困难的事。一夜下来，真正睡着的也就三四个小时。我历来以"躺倒就能睡着，没有闹钟不醒"为自豪，现在高原没收了我为数不多的自豪之一。我知道，这是看不见的"海拔"在骚扰我。

很久以来，海拔一直与我的生活无关，就连"海拔"这个词语也根本不在我的字典里。未到高原时，偶尔遇见海拔多少多少米，也只是一组没有感觉的数字而已。那些有关高原的种种文字或言语，瞬间会在心里荡起波澜，转眼便会散去。巨大的想象力，逼真得感同身受，如若没有亲身体验，终究不会抵达完全的真相，再深的感受也是肤浅的。许多事情就是如此，未能身在其中，就无法真正品出其中味。

有一年在云南丽江，几个朋友一起登玉龙雪山。我几乎是一路小跑向上，半路上，其他几个朋友都说头晕胸闷腿软，陆续停了下来。到了刻有海拔4050米的石头前，上面无路了，我才作罢。比爬任何山都累，我一手撑着石头，着实喘了好一阵子。那时，我根本没有往高海拔上去想，那"4050米"，是在石头上刻下，再涂上鲜红的色彩。醒目，但没能让我敬畏。

那时候，我还年轻，把一切都不放在眼里。若干年后，早过生猛年纪的我来到高原，想想才有些后怕。年轻时的无所畏惧，天不怕地不怕，多半是因为见识浅，所谓无知者无畏。身体也是一个重要的原因。在我看来，心理总是要比身体年轻，感觉年纪大了，总是先出身体发出信号。比如体力不如从前，灵活性差了，许多动作，以前随随便便就耍一个，现在心里想着是小意思，可一动起来，哪儿都不得劲儿。有那么几次下来，才真切意识到确实不年轻了。

来临潭的第一个冬天，一场大雪整整下了一个晚上。我从楼里出来，准备去食堂吃早餐。这楼的台阶铺着抛过光的人造大理石板，上覆雪，下卧冰。我试了几下，感觉特别滑，便打算知难而退，不去吃早餐。再一想，不就是滑嘛，小心点儿就行，可不能就这么被吓住。几番努力，我终究未能正面征服那八九级台阶，只得从边上手把着花坛墙，以半蹲的姿势抖抖索索下去。这半蹲的姿势，离爬，真是差不远了。事实上，我也做好了脚下打滑时双手撑地的打算。到了平地，没敢直接穿过广场，而是绕回到门对面的盲道。这段路也就十多米，我却走了好几分钟。全神贯注，眼睛始终盯着脚尖，每一步都是轻轻抬起脚，轻轻地以全脚底正面踩到雪上。那份紧张，难以准确表达，幸好没吓出汗。类似的画面，我以前见过许多次，总觉得可笑。真没想到，这次轮到我行可笑之举。这哪是从前的我？从前，就喜欢下雪结冰，不好好走路，一定是滑行。根本不怕摔跟头，即使是摔了，爬起来后若无其事。真的，从那一刻起，我才相信了年纪不饶人。看来，心态再好，其效果也是有限的。到了一定的时候，身体总会扯心态的后腿。

有些事，我们无知无觉，但一直潜伏于内心深处，处于引而不发的状态。我喜欢自然山水，向往到许多地方走一走看一看，也知道西藏的美与神圣，但去西藏是我唯一没动过的念头。得知非得去甘南高原，我才意识到，原来我一直对高原怀有恐惧，海拔早就幽居在我心底的某个角落。

不可知的恐惧，才是真正的恐惧。高原的诡异之处在于，无法确定什么样的人，会有高原反应。有没有高原反应，似乎与年龄、性别、身体状况等因素毫无关系。高原，具有幽灵的某些特性。而且，我坚定地认为，不管有没有高原反应，高原对人的伤害一直存在。区别只在于强度，有些伤害是立马显现，有些刚会隐伏很长时间。

按公认的定义标准，海拔2500米以上为高原。甘肃省甘南藏族自治州临潭县海拔在2209—3926米之间，平均海拔2825米，我住的地方海拔2800米左右。不高不低，比较尴尬。谈及高原，人们总会认为至少四五千米的海拔，这还不到3000米，根本不能当个事儿。一些去过西藏的朋友也安慰我，临潭所处的高原，也就是稍微高了一点的平原，别紧张过度。有位来过临潭并逗留了一周左右的朋友说，什么高原啊，纯粹唬人的，一点儿不适感都没有。

我没有朋友们豪迈，也没过于放松警惕，基本属于摸着石头过河的姿态，不把高原当回事，但注意观察和体验。当地人时常提醒我，在高原如感冒了，过程比较长，伤害要比平原上大些。初到时，已是秋天，我特别注意保暖，尽可能防止感冒。人家秋裤才上身，我已穿上保暖裤。尽量避免大运动量，这点我知道，做得也相当彻底，就连走楼梯上楼也似老干部迈八方步。就这样，上到五楼，再往上，明显吃力，那感觉就像在平原上到十楼。

县城附近有座东明山，说是山，也就一二百米高。一个周末，天气不错，我独自前往。走的是山后的土路，起先感觉可以，还没登上一半，真的是喘得不行。路并不陡，小小的坡度，偶尔才会遇上几米的陡坡。这是条穿过青稞地的小路，在我老家，这样的路，其实叫田埂。青稞，我总叫成高原上的麦子。时值青稞抽穗之时，满眼的葱绿，给人无限想象。青稞只在高海拔地区生长，我羡慕它的这份傲然。同在高海拔的我，真想变成一株青稞。那天，我反复给自己打气，似乎也在与青稞较劲儿，六七次没让退堂鼓响起，总算到了山顶。这是我有生以来最艰难的登山，而且还只是一二百米高的山。后来想想不对，东明山相对高度一二百米，但海拔过三千米了。这一次登山，是我到临潭的半年后。说到底，心里还是不服高原的蛮横。只是过后的数月里，我又老实了，任由高原嚣张。一个土包，一座小小的山丘，我都不敢再漠视。高原是巨人，它们站在巨人的肩膀上，高高的海拔被它们的低调所伪装。

"海拔"这个词语一旦苏醒，强行参与生活，便一发不可收拾。毫不夸张地说，自我到了临潭，"海拔"天天缠着我，成为我有生以来使用频率最高的词语。最初，我以为是我在手机中下载了海拔计量仪的软件所带来的后遗症。有一段时间，我是有些着魔了，无论到哪儿，哪怕是上一层楼，都要看看海拔的变化。海拔计量仪上的数字变化，直接影响我的心跳。不能被这软件钳制，但卸载后，我的目光，我的双脚，我的感觉，都成了随时随地工作的海拔计量仪。我，就是一个具有生命特征的海拔计量仪。风景、方向、天气，在我面前黯然失色，我的生活完全被海拔左右。

再说起往事，谈及某个地方，海拔都会在场。我家乡在江苏东台的海边，海拔几乎为零。以前，根本不会说到海拔，现在总是说，我的老家，挖个坑，就是负海拔。说这话时，我表情灿烂，腔调轻松，而一丝凉意掠过心头。高原，这个离大海很遥远的地方，以高海拔这特殊的形式，让人们生活中总有大海的影子。

谈论海拔和高原反应，是经常性的，初来高原的外地人如此，高原上的本地人同样如此。如果本地人与外地人在一起，这话题一定会出现。

我不知道人类是何时开始在高原生活，但我总觉得高原人远没有真正适应高原生活，生命与高原高度融合的进化还在路上。或许，真正的彻底征服自然，只在我们的想象之中，不存在于现实。更何况，就我所遇见的高原人，多半的祖辈是几百年前从平原地区而来的。几百年，之于个体的人是漫长的，但就人类的进化而言，似乎可以忽略不计。他们被高原拥抱，又被高原伤害。步入中年后，他们的面容年龄明显超过了生命的实际年龄，种种高原病开始显现出来。我总是固执地认为，他们只是被迫适应了高原，而非彻底征服了高原。因为只是被迫地适应，所以高原之于他们的伤害总是存在的，只不过多数情况是隐伏性的。

临潭县的绝大多数地方，植被相当脆弱，有山几乎没有树，有沟水很少，这导致空气的含氧量更低。每年6月至9月，大坡披绿，还算好。余下的日子，或遍地枯黄，或大雪铺盖，景色着实美妙，但长期生活，真是不妙。高原人豁达、坚韧，可以轻松地聊高原聊身体，但我再怎么听，总有是病友在交流的感觉。他们不像外地人那样明显地有高原反应，比如头疼、睡眠不好、稍剧烈运动就气喘吁吁，或许他们也会这样，只是习以为常了。我发现，他们中的许多人在说话时，言语间总有类似于大喘气的停顿。我相信，这不是某种习惯，而是高海拔所致。平常，我与他们谈及高原，他们说，这海拔不算高，不会有什么高原反应的。而一旦去平原地区回来，他们又说，还是低海拔的地方舒服，就连睡觉也特别地香。他们自己漠视高原，但对外地人又常常提醒，这是在高原，处处小心些。遇上来临潭的外地人，第二天一准儿会关心地问，睡得怎么样？

我的住处边上有一个广场，每天早上都有一些人打羽毛球。反应灵活，动作敏捷，全然不像是在高原上。这样的场景，早年我也向往过。我在高中练中长跑和在部队最初的几年训练时，常想要是能到高原上强化训练一段时间，效果肯定特别好。而现在，我来到高原，再也没这样的想法了。我喜欢打羽毛球，心里还是想凑上去参与一下的。可是，我每次都是远远地走过，非但没有靠近，反而有意避开。我与他们仿佛两个世界的人，不得不承认，我对他们充满敬意的同时，也在叹息我对高原挥之不去的畏惧。我爱好运动，但并不是经常运动。问题在于，想运动时不敢运动，很折磨人。人就是这么奇怪。我们在家里待一天不出门，没关系。如果这一天，你已准备在家里宅一天，但来人把你家的门反锁了，外面还有荷枪实弹的警察看着你，对你实施一天的软禁。你不会再坦然，反而觉得极度不自由。类似这样的事和心境，我们经常会遇到。似乎，我们对于自由的理解，其实许多时候说不清道不明。懒惰，是人固有的天性。我从最初的不敢运动，到后来的懒得动，当是这样的天性使然。

　　在高原上，我对海拔的变化是下意识的。上了几层楼，去了某处，哪怕海拔只是升高了几十米百十米，防备之心油然而生。大惊小怪的成分确实有，但也不是纯粹的自己吓自己。甘南州府所在的合作市，海拔比临潭县城高一百米。在闲聊时，我常与同样是外地来临潭的同事说，别看只是一百米，区别大着呢。这位同事不以为然：哎，你啊，就是太敏感，这点高差，完全可以忽略不计。后来，有一次他去合作需要住两晚。第二天上午打电话给我说，昨晚没睡好，这海拔高了一百米，还真的不能小看。

　　当然，高海拔的生活，绝不会只限于睡眠不好。当然，对我而言，除了睡眠，除了来了几个月后两鬓生出白发，其他到目前还好。但先后从外地来的同事，有的血压高了，有的痛风了，有的没什么毛病，就是成天感觉身体不得劲儿。而这些症状，一回到低海拔之地，很快就消失。

　　听说，高原生活对人的损伤有时是缓慢的，不知不觉地。一般七八年后，再到低海拔地区反而不适应了。还有就是，高原人到低海拔地区几年，再回高原也无法适应。原因在于，身体有一个适应过程，但二次逆向适应的可能性比较小。有人为此提出证据，临潭的一些人退休后去兰州生活三四年，再回临潭，就浑身出毛病。我不知道这其中有没有医学上的佐证，人们举的例子有没有代表性，但我知道，对于高原反应不明显的人，高原是在以温和的方式进行侵害，有点温水煮青蛙的意思。

我刚到临潭时，还是很好入睡的，早上也需要闹钟才能醒。那时下乡，尽管一路上海拔不断变化，最高时达3300米，最低时2200米，我没有任何不适。但一年下来，难入睡易醒来，成为常态。再在海拔不断变化的路上坐两三个小时的车，明显有反应，头晕反胃。这不是晕车，而是轻微的高原反应。

现在我才发现，所谓到高原一段时间就能适应，更多的是心理而非身体。既来之则安之，别人能待得住，我也可以。至于身体上，对高原的敏感下降了，高原反应仍悄然存在。最大的适应来自某些习惯的改变，换种说法，就是臣服于高原。最明显的莫过于不再总想着运动，走路慢了，爬楼慢了，真正过上了"慢生活"。就连感冒好的步伐也出奇地慢，少则两三周，多则个把月。我这一年中，至少有一次感冒会延续一个多月的时间。最长的一次，竟然两个月的时间里，感冒的症状总是如影随形。人常说高处不胜寒，现在要加一句，高处不胜快。

高原的风景很美，而临潭的景色更呈现多样化的丰富之美。随着海拔的变化，地貌、山形、植被、树木等随之变化，说一步一景，不为过。心境或细腻或辽阔，不过，心跳也在跟随海拔上下波动。

我总认为在高海拔地带长时间忽高忽低地行走，其伤害远大于停留在某一海拔高度上。临潭县的绝大多数乡镇离县城并不远，县里的干部下乡，多半会当天来回。八九个小时里，在海拔2800米到3300米之间来来回回，上上下下，身体始终处于高负荷的调整状态。长年累月如此，过度劳作的器官肯定受到不同程度的损伤。

我与临潭的许多干部交流过我的这一观点，他们不以为然的态度，出乎我的意料。"不会吧，这些年就这样过来了，没什么啊。""你心太细了，有伤又能怎么办？三天两头得下乡，不下，不行啊！"他们的口气很平常，表情平和。可他们越是这样，我越是敬佩他们。他们习惯了高原，习惯了超乎我想象的海拔之折磨，更习惯于到了五十多岁甚至四十多岁时一身的疾病。我不得不承认，他们的某种精神高度远超过临潭所在的海拔。

　　与他们在一起，我最朴素的想法就是，他们长年甚至一生都在高原上辛劳，我只待两三年，没有理由成天任由海拔纠缠。这是我对他们的由衷敬佩，也是缓解我在高原生活种种不如意的良药。

　　高原临潭，高于我以往生活之地两千多米，一切的生活景象完全不同。这里的大地天空，这里的人们，我熟悉而陌生，这是一个我熟悉而陌生的世界。

　　一切因海拔过高而来，一切似乎又不仅仅因高海拔所致。

　　　　　　　　　2018年11月20日于甘南临潭斜藏河畔

身体里的高原

　　到高原之上的临潭，是我始料不及的。我不善规划人生，喜欢顺其自然。那好吧，迎面而来的，都是人生应有的一部分。我说服自己的理由很简单，别人可以上高原，我也可以；无数的父老乡亲能在高原上生活一辈子，我去两年，不该认为是难事。过了心理关，其他都是小事。人就是这样，最难战胜的是自己，最容易战胜的，其实也是自己。

我清楚心态的力量，凡事往好处想，内心将会充满阳光。是的，一束光就可以穿透黑暗。我开始寻找和捡拾来临潭的种种益处，营养我稍有虚弱的心绪。我在农村长大，十八岁参军后，再也没有体验过乡村生活。到临潭好啊。临潭有16个乡镇114个行政村，虽然平均海拔2825米，虽然属于藏区，其中还有三个乡镇是回族乡镇，但这里有我源于生命里熟悉的乡村生活。

临潭，古称洮州。明洪武年间，大批江淮军士和家属来到此地，从而保留了绝版的江淮遗风。作为江苏人的我，感到格外的亲切，在这远方的远方，呼吸浩荡了六百年的故乡风。别人是他乡遇故知，我是在他乡看到了故乡的身影。临潭，不是他乡，也不是我的第几故乡，而是我故乡的一部分。这里的乡村生活，与我童年和少年时期的乡村生活，有着太多的相似。下乡走村入户时，我特别爱和乡亲们聊聊天，遇上小孩子，总忍不住要摸一摸，仿佛是在亲近童年的我。

对于下乡，我确实有些矛盾。临潭山大沟深，许多山路通行条件很差，坐在车里，我总觉得大山是位放风筝的人，弯弯曲曲的山路是那根线，我与车子是在空中晃荡的风筝。数小时的路程，海拔不断变化，我从不晕车，可跟不上海拔起起伏伏的身体，总是受不了，头痛、恶心、反胃，成为经常之事。这也好办，摇下车窗，拿起手机，拍拍一路的风光。这也算是意想不到的收获。一天又一天，我居然拍了上万张照片。利用便捷的网络新媒体，比如公众号、微博等，进行图文式的展示，宣传临潭独特的风土人情和旅游资源。粗略算了一下，我在多家报刊发表散文、诗歌和图片一百多篇（首、张），网络媒体阅读量加起来已过百万人次。临潭人自豪临潭是离内地最近的雪域高原，个性化的旅游资源相当丰富。然而，外界对此并不了解。许多朋友和读者看到我的图文，总以为我在西藏。我说，临潭，甘南，真的都是旅游胜地。有许多景色和地貌，具有独特性和唯一性。满山的格桑花、悠闲的牦牛、调皮的高原羊，能让我们感受到大自然的亲和与神秘。下乡途中，我见过鹿、野兔，看过百姓挖冬虫夏草。时常遇到过路的牛羊，它们不紧不慢的样子，真的很可爱。临潭的冶力关，既是行政上的冶力关镇，又是更广范围的冶力关大景区，这里的地质风貌纷繁，景点众多，有"山水冶力关，生态大观园"之美誉。而临潭的牛头城、洮州卫以及遍及全县的土城墙、烽燧、城堡等，从岁月的深处走来，写满历史的沧桑。转一转，旅行一番，是顶好的去处。至于长期生活，那还是相当艰苦的。

作为国家级深度贫困县的临潭，自然条件恶劣，严重缺乏经济发展的必要条件。脱贫是国家之重举，也是百姓们过上幸福生活的必由之路。临潭没有脱贫的百姓还很多，可他们乐观的光芒照亮了我的心魂。在羊永镇的一个村子里，一位六十多岁的老人，妻子和两个儿子早在十多年前就相继去世，他拉扯孙子十多年，现在二十岁的孙子在夏河县打工。我去的时候是傍晚，夜色已经开始漫开来。通向村庄的路还算不错，从大路进入村子，就很难走了。同行的村干部不时提醒我注意脚下的坑和土块，路两边的土墙和草垛，有一种说不出的悲凉。挺大的院子，显得特别空旷，因为收拾得干净，反而更像荒原。老人不爱说话，与老屋一样的沉默。令我诧异的是，屋子里特别整洁，超乎我想象的整洁。墙面和屋顶糊着的报纸和油皮纸已经泛黄，一如老人满脸的沧桑。没有灰尘，没有蜘蛛网，柜子后面、门的上沿等处，用手一摸，干净得不可思议。老人抽水烟，喝盖碗茶，身体上的衣服虽旧而板正，竟然把困苦的日子磨出了光泽。老人说，苦都熬过去了，现在孙子打工挣钱了，政府也很关心他，日子越过越好了。我不敢与老人直视，他眼神里的从容和向往，让我温暖，又让我心痛。在此之前，我曾到过冶力关镇一户人家。爷爷腿有残疾，只能靠双手挪行。我去的时候，他在屋外的廊道里，身后是一间暗如黑夜的屋子。我和他聊了几句，想进屋里看看，刚到门口，从里面蹿出一个小小的黑影。定神一瞧，一个四五岁的男孩，后来知道是爷爷的孙子。这孩子浑身的衣服破旧，油腻腻，深黄色的污垢愣是涂出个大花脸。一个小脏孩子，比小时候号称"泥猴子"的我还脏。孩子不说话，在我身边来来回回跑跑蹦蹦，一会儿拿起小土块儿当作玩具玩儿得很专注很开心，一会儿又倚着爷爷静静地站着。孩子的无忧无虑，孩子的活泼，那清澈的眼神，让我顿时生出许多羞愧。

我来临潭挂职帮扶，协管文化、扶贫和交通等工作。因为是协管，所以接触的工作面反而大。而中国作协这样的单位，也不可能像一些单位那样有资金和产业项目等资源。虽然扶贫工作要力戒直接送钱送物，但钱物总是让人喜欢的。没有硬通货，这是我履行挂职工作的短板。我只能发挥作协的文化优势和文学强势，多在加大人文关怀和锻造人文精神上寻找突破口，多做文章。这其实与扶贫先要"扶志""扶智"是相通的。因为长期积攒下的生活习惯和封闭性的思维，许多群众对扶贫政策的理解比较浅，有时因为过于自我，面对众多的惠农政策，反而心生不满。有的贫困户"等、靠、要"的思想确实有些严重。这时候，干部主动热情地贴上去做工作，就显得尤为重要。而许多干部为贫困户送政策送资助送技术，好事做很多了，偏偏没落个好，既委屈又不同程度地怨群众。在一个村子，我遇上一家贫困户的男主人，帮扶干部送钱物，他嫌少，帮助谋划致富之路，他要么说学不会，要么说干了没多大意思。那天，我和他聊了很久，替他舒展了一些心结。我沾的好处是，有些家乡口音，群众一听就知道我是外地人，我再随意一些，他们就认为我不是本地干部，说话就随意多了，聊着聊着，愿意说心里话，我站在他的角度说的一些，他也愿意听听。我的感受是，干部真要学会用农民的语言和农民说话，要多站在农民的角度去看世界想问题。很多时候，沟通、交流，真诚比技巧更重要。

　　我清楚地认识到，扶贫工作，有的需要短时间见效，有的则需要我们有些耐心，从视野、自信心等方面润泽，慢慢地收获。

　　在一个仅有十二名学生一名老师的村小学，我的到来，孩子们很紧张，躲得远远的，目光里有胆怯也有好奇。我尝试回到我的童年与他们说话，还是不管用。我不再强求式地与他们交流，而是和他们一起推铁环、跳绳。玩了一会儿，孩子们都围着我，先是相互间开玩笑，争着向我说同伴的糗事。再后来，我感觉他们把我当成他们中的一员了。我问什么，他们都抢着回答。每到一个学校，和孩子们在一起，我都问我自己，当年我在村里上学时，我希望见到什么，听到什么。我们在作协的支持下，协调社会力量为孩子们捐助衣服、学习用品和文体器材等，这两年折合人民币六十多万元。每次发放给孩子时，我总会说，这是山外的哥哥姐姐叔叔阿姨们带来的关爱，是奖励你们的。以后，你们长大了，学有所成了，也要这样去奖励小朋友们。我总是相信，对孩子而言，为他们打开一扇窗，在他们心里植下向上、美好的种子，看似没有实质性的资助，其实对他们成长的影响是巨大的。

以文化润心，以文学提神。这样的扶贫理念，并不是我一个人在战斗，我的身后是中国作家协会所有的领导和同事。这两年，钱小芊书记、阎晶民副主席、书记处吴义勤书记、办公厅李一鸣主任和《文艺报》梁鸿鹰总编等许多领导来到临潭，带着党中央的扶贫任务，带着一颗颗炽热之心走村入户，与群众拉家常，共同为脱贫出主意想办法。今年5月，中国作协折合人民币五百万元的一揽子帮扶实举，多是在发挥文化和文学在扶贫中的独特力量。让五十名语文老师进京免费接受十天的培训，二百万码洋的图书进学校进村级书屋。此外，还动员数十名作家倾情撰写反映临潭人文风情和旅游资源的散文诗歌，结集出版《爱与希望同行——作家笔下的临潭》，公开发行。《文艺报》更是以前所未有的气魄，把文化扶贫做到实处，用两个专版集中展示临潭本土作家的文学作品，展现临潭人民扑下身子抓扶贫、竭尽全力奔小康的精神风貌和走在幸福路上的欢笑。

临潭许多干部群众也常对我说：多写写我们临潭，让更多的人知道我们坚定而热切地走在扶贫脱贫路上，让更多的人知道我们临潭有得天独厚的旅游资源。在工作之余，我计划中的十五万字左右的临潭系列散文正在进行中。最让我意外的是，我居然开始写诗了。写作也算有些年头了，操持散文、小说和文学、美术评论，涉足过新闻报道、报告文学和电视剧本，也想过写诗，但一直未能写下一行。如果这不感谢挂职之举，不感谢高原上的临潭，我真的想不出还能感谢什么。在颠簸的车里，在夜深人静之时，不知不觉，我写下了四百多首诗。诗集《临潭的潭》即日将由中国青年出版社出版发行。

是的，挂职帮扶，我职责所在。我想，中国作协让我来临潭，也包含支持和动员作家深入生活的意旨。

到临潭挂职，艰苦自然是免不了的。我有一年的时间以办公室为住处，办公室里只有一张床，没有卫生间等基本的生活设施。没关系，这不需要经受上下班的劳顿；在楼道的洗漱间洗衣服，不用五分钟，手就冻僵了。没关系，我就想当年我当兵时与此一样的洗衣服情形；晚上因在高原而久久睡不着时，没关系，这是多了看书写作的时间。到目前为止，我来临潭挂职近二十二个月，实际在岗时间超过五百五十天。有人说，我在岗时间超过许多挂职干部和任职干部，其实我也是有私心的。我母亲肺癌晚期，除了春节回去看望，其他时间我不敢回。一旦假期用完了，如若她老人家有个三长两短，我没有时间回去的。事实也是这样，母亲于去年7月去世，我来回用了一个月的时间。

我确实认为，在临潭挂职，是我人生中极为艰苦的岁月。可是，与临潭的干部群众相比，我的这些艰苦又微不足道。这是真心话。别的不说，就是县上的县级干部，每天除了开会，就是下乡，和在下乡的路上。白天的工作太多，许多会是在晚上开的，动不动就开到一两点，甚至3点多。我曾开玩笑地说，临潭的百姓真是大开眼界，他们见到县长、县委书记，是常事，就是州长和州委书记，许多村民也见到过许多回。在我看来，在临潭经常性地下乡，是在与生命相搏。一天里，以2800米海拔为中心点，低到2200米，高到3200多米，短时间里如此频繁的海拔不断变化，身体需要付出更多的机能进行调整，外在的高原反应常有，潜在的损伤一定也不少。临潭的干部们，就这样一天又一天，一年又一年。

前些日子，我获得了"甘肃省2017年先进帮扶干部"的荣誉，我真的觉得惭愧。临潭的县乡村三级干部天天在扶贫第一线，付出了比我多的辛劳，受了比我多的委屈，挨了比我多的批评。我的挂职是短期的，而他们还将长期这样工作下去，他们中的许多人，将会把一生交给临潭，交给高原。

是的，当初组织上选我来挂职时，我心里多少有些想法。记得当初中国作协李敬泽副主席在我启程来临潭前对我说："去挂职，困难一定很多，收获一定会更多。"当时半信半疑，现在着实相信了。时光逝去，我发自内心地感谢中国作家协会选我来挂职。我可以与临潭人民一起参与扶贫攻坚的伟大战役，我收获了许多意想不到的成果。只有经历了艰辛，才能真切地体味到美好的实质。

　　来到临潭，来到高原，我才发现，高原一直在我身体里，一直在期待我打开。这是工作需要，也是我生命的机缘。

　　现在，高原与我，互为对方。真好！

2018年7月11日于甘南临潭斜藏河畔

临潭文学的步履

李一鸣

　　在新中国成立70周年之际，由中国作家协会扶持的作品集《洮州温度》（小说卷、散文卷、诗歌卷）出版发行，这是对临潭70年文学创作的集中梳理捡拾，是中国作协对口帮扶工作的硕果展示，也是向新中国成立70周年交出的一份临潭文学答卷。

　　临潭是一块神奇的土地。她拥有悠久的历史，厚重的文化，绚丽多彩的风光。早在远古时期就有先民在这里生活，千百年来一直是西北汉藏聚合、农牧过渡，东西通达、南北联结的门户，历史上被视为北蔽河湟、西控番戎、东济陇右的边塞要地，肇始于唐、兴起于宋、繁盛于明、延展于清的"茶马互市"，曾繁华一时。具有一千七百多年历史的牛头城遗址，六百多年历史的洮州卫城，诉说着久远的沧桑；绝版的江淮遗风，雅丽的洮州刺绣，悠扬的洮州花儿，独特的民俗风情，诠释着灿烂辉煌的洮州文明；冶海冰图、朵山玉笋、石门金锁、洮水流珠、迭山横雪、黑岭乔松、玉兔临凡……无数胜景，展示着临潭令人叹为观止的景观。这都为临潭作家提供了得天独厚的文学素材。

　　临潭是一方文学的沃原。"沿村雪释欲成泥，晴日人扶陌上犁。最是微禽先得气，树梢几处有莺啼""插门逐户映垂杨，布谷声中日正长。佳节好邀良友兴，一杯酒色艳雄黄。"写出《临潭月令词》的清代诗人赵维仁，被顾颉刚先生标举为："诗才横溢，独来独往。"而"工诗善书，辩词纵横，精识强记"的陈钟秀，其《咏洮州八景诗》，也不落窠臼，别有深意，"茫茫冶海水平堤，万状冰图望眼迷。如是龙宫多妙手，故教呈出待人题"。其《洮州竹枝词》："禾稼终年只一收，但逢秋旱始无忧。夕阳明灭腰镰影，半是男儿半女流。"则充满对民情的描绘和对农人的关切之情。新中国成立后，在这块土地上成长起来的作家，用手中的笔讲述临潭故事，抒写时代风貌，取得不俗的成就。李城、扎西才让、李志勇、王小忠、丁颜、敏彦文、牧风、花盛、敏奇才、陈拓、唐亚琼，等等，就是其中的翘楚。《洮州温度》收录的临潭籍作家有七十多位，其中省作协会员近三十位，对一个县来讲确是一个令人惊讶的数字。他们不少人正是通过文学创作改变了工作和生活环境，走向更为宽阔的世界。有的则长期在临潭工作，如敏奇才和花盛，既创作又编辑，默默无闻地耕耘着临潭文学大地。敏奇才创作的突出特征是忧患意识，他在文字中将个人与自然融为一体，将思想精神与一些被忽略的生灵融为一体，将那些即将消失或被遗忘的乡村图景真实再现与还原，使生命图景在心灵疆土上不断呈现。花盛的诗歌则以青藏高原为背景，抒写了雪域甘南的自然风光、独特的民族风情、深厚的人文精神和浓郁的故土情怀，给人痛感，给人温暖，又启人沉思。临潭作家们既书写心中的梦想，恰如甘南的阳光、和风、细雨、飞雪、青草，天然而透明，多彩又绚灿；又以向下、向内的姿态，诉说对低处生命的理解与追求、敬畏与好奇。那是眼中的风景，那是心中的感动，那更是笔下创造的世界。

　　临潭集聚着中国作家协会的心血。1998年，经国务院扶贫办确定，甘肃省临潭县被列为中国作协对口帮扶的国家级扶贫开发重点县。多年来，中国作协高度重视做好对口扶贫工作，用心用情用力对口帮扶。钱小芊、吉狄马加、陈崎嵘、李敬泽、阎晶明、吴义勤等党组书记处同志先后到临潭县进行调研，现场指导扶贫工作。特别是2018年5月、2019年6月，钱小芊书记不顾气候不适，舟车劳顿，两赴临潭进行扶贫调研，现场指导，受到当地干部群众的欢迎。中国作协选派了陈涛、朱钢、张竞三位优秀干部先后赴临潭县挂职县委常委、副县长和冶力关镇池沟村第一书记。挂职期间，他们克服家庭困难以及高原气候条件给工作生活带来的不便，坚守岗位，认真履职，深入调研，根据群众的实际需要，利用一切可以利用的资源，为脱贫攻坚作出积极贡献，得到甘肃省、州、县、镇、村干部群众的称赞。中国作协还认真设计和落实若干帮扶项目，特别是2018、2019年，中国作协结集出版了《爱与希望同行——作家笔下的临潭》一书；《文艺报》开设专版推介临潭文学创作成就；在鲁迅文学院举办了临潭县中小学语文教师和基层文化干部暑期文学培训班；为临潭县图书馆和有关单位捐赠数百万元码洋图书；对口拨付几百万扶贫资金，用于加强临潭县文体设施建设、基层文学阵地建设，改善临潭县冶力关镇民生环境，让更多贫困群众享受更好的社会资源。中国作协还组织著名作家到临潭开设面向公众的公益大讲堂，组织著名作家深入临潭一线采访创作，协调旅游专家对临潭旅游工作进行规划指导支招，加强对扶贫题材文学作品的扶持力度，动员社会力量参与对临潭的支持，尽心尽力推进临潭的脱贫攻坚。这套三卷本《洮州温度——临潭文学70年》，也传递着中国作协的温度、中国作家的心跳。

我们相信，在习近平新时代中国特色社会主义思想指引下，在中国作协的帮助指导下，临潭文学必将走出一条更加宽阔的大道。

后 记

　　金秋八月，是甘南大地收获的季节，在这片黄土地上战天斗地辛勤耕耘的农民，收获了累累硕果。而我们也经历了从孕育到收获的过程，完成了《临潭有道》书稿的编辑和出版工作，卸下了心灵的重荷，算是给洮州大地上辛勤耕耘的人们一个交代吧。

　　《临潭有道》是全景式反映临潭县脱贫攻坚一线人民群众艰苦创业和各级各类驻村干部全力帮扶的故事实录。它收录了七十多篇讲述临潭故事、弘扬临潭精神、塑造临潭典型的优秀作品。重点记述临潭扶贫、脱困、致富的艰难历程，人民群众追求幸福生活奋斗不息的实践创造和深情礼赞，构成了一幅具有现实感和历史感的恢宏画卷。

　　广大驻村干部和文艺工作者带着真诚的感情，用优美的文笔，把亲身经历的动人鲜活的故事，尽情地以文学的形式描绘出来。字里行间透露着在脱贫攻坚这彪炳千秋的历史伟业中，国家各项惠民政策在临潭的落地落实，交通、水利等基础设施的大力改善，经济结构的优化调整，人居环境翻天覆地的巨大变化，决策者呕心沥血绘制脱贫攻坚蓝图的艰难历程，基层干部的拼搏奉献，人民群众的渴求奋斗，致富产业的蓬勃发展……

　　《临潭有道》是中国作协注重扶贫与扶志、扶智相结合，助力脱贫攻坚，重点支持资助出版的又一重要的文化精品和文化盛宴。

图书在版编目（CIP）数据

临潭有道 / 北乔主编 . -- 北京：作家出版社，2019.11

ISBN 978-7-5212-0782-8

Ⅰ.①临… Ⅱ.①北… Ⅲ.①纪实文学– 中国 – 当代

Ⅳ.①I25

中国版本图书馆CIP数据核字（2019）第251295号

临潭有道

主　　编：北　乔
执行主编：敏奇才
责任编辑：李宏伟　秦　悦
装帧设计：薛　怡
出版发行：作家出版社有限公司
社　　址：北京农展馆南里10号　　　　邮　　编：100125
电话传真：86–10–65067186（发行中心及邮购部）
　　　　　 86–10–65004079（总编室）
E–mail:zuojia@zuojia.net.cn
http://www.zuojiachubanshe.com
印　　刷：天津中印联印务有限公司
成品尺寸：152×230
字　　数：307千
印　　张：21.5
版　　次：2020年1月第1版
印　　次：2020年1月第1次印刷
ISBN 978-7-5212-0782-8
定　　价：58.00元